책벌레의 하극상

사서가 되기 위해서라면 뭐든지 할 수 있어

제 4 부 귀족원의
자칭 도서위원 Ⅵ

카즈키 미야
miya kazuki

길찾기

귀족이 된 로제마인은 영주의 양녀이자 신전장으로서 바쁜 나날을 보낸다. 인쇄기가 만들어지고, 성의 판매회에서 카루타나 트럼프가 큰 인기를 끈다. 그러나 게오르기네의 방문으로 불안한 분위기가 감돈다. 죄를 범한 빌프리트, 납치 당할 위기에 놓인 샤를로테를 구하기 위해 동분서주하는 로제마인은 정체를 알 수 없는 적이 먹인 약 때문에 죽음의 위기를 맞게 된다. 치료를 위해 들어간 유레베에서 로제마인이 깨어난 것은 2년이 지난 후였다.

로제마인
주인공. 조금은 성장해서 8세 정도로 보이지만 내용물은 변하지 않았다. 귀족원에서 책을 읽기 위해서 수단과 방법을 가리지 않는다. 귀족원 2학년생

에렌페스트 영주 후보생

빌프리트
질베스타의 장남. 로제마인의 오빠로 귀족원 2학년생

샤를로테
질베스타의 장녀. 로제마인의 동생으로 한 살 아래로 귀족원 1학년생

로제마인의 보호자들

페르디난드
질베스타의 이복동생. 로제마인의 보호자 역할을 하고 있다

질베스타
에렌페스트의 아우브(영주). 로제마인을 양녀로 맞아들인 양아버지

플로렌치아
질베스타의 아내. 후보생 세 명의 어머니. 로제마인에게는 양어머니가 된다

칼스테드
에렌페스트의 기사단장. '귀족' 로제마인의 호적상 아버지

엘비라
칼스테드의 제1 부인. '귀족' 로제마인의 호적상 어머니

보니파티우스
질베스타의 숙부이자 칼스테드의 아버지. 로제마인에게는 할아버지가 된다

리카르다
필두 시종. 세 보호자의 어린 시절을 꿰고 있는 상급귀족

리젤레타
견습 시종으로 중급 귀족. 귀족원 5학년생. 안게리카의 여동생

브륀힐데
견습 시종으로 상급 귀족. 귀족원 4학년생

하르트무트
견습 문관으로 상급 귀족. 귀족원 6학년생. 오틸리에의 막내 아들

필린느
견습 문관으로 하급 귀족. 귀족원 2학년생

코르넬리우스
견습 호위 기사로 상급 귀족. 귀족원 6학년생. 칼스테드의 삼남

레오노레
견습 호위 기사로 상급 귀족. 귀족원 5학년생

유디트
견습 호위 기사로 중급 귀족. 귀족원 3학년생

로제마인의 측근

다무엘
호위 기사로 하급 귀족

안게리카
호위 기사로 중급 귀족. 리젤레타의 언니

오틸리에
시종. 하르트무트의 어머니

로제마인의 전속

엘 라	⋯⋯ 전속 요리사
푸 고	⋯⋯ 전속 요리사
로지나	⋯⋯ 전속 악사

에렌페스트의 학생

오즈발트	⋯⋯ 빌프리트의 필두 시종
이그나츠	⋯⋯ 빌프리트의 견습 문관으로 상급 귀족. 귀족원 3학년생
바 넷 사	⋯⋯ 샤를로테의 필두 시종
마리안느	⋯⋯ 샤를로테의 견습 문관으로 상급 귀족. 귀족원 3학년생
카 트 린	⋯⋯ 샤를로테의 견습 시종으로 중급 귀족. 귀족원 4학년생
트라우고트	⋯⋯ 견습 기사로 상급 귀족. 귀족원 4학년생. 리카르다의 손자
마티아스	⋯⋯ 견습 기사로 중급 귀족. 귀족원 4학년생. 구 베로니카 파
라우렌츠	⋯⋯ 견습 기사로 중급 귀족. 귀족원 3학년생. 구 베로니카 파

로데리히
견습 문관으로 중급 귀족. 귀족원 2학년생. 구 베로니카 파

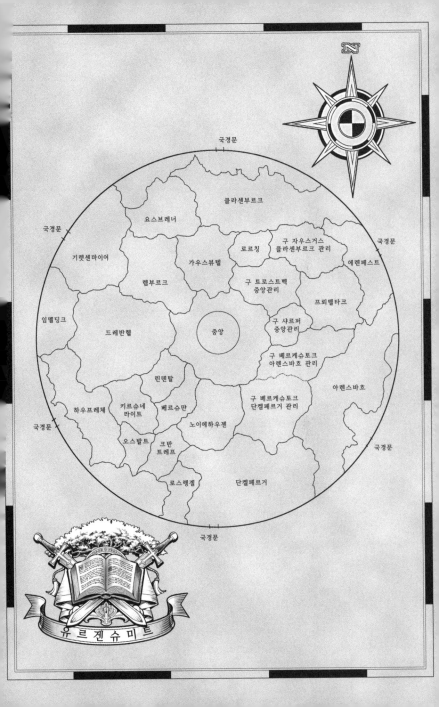

제4부 **귀족원의 자칭 도서위원** Ⅵ

일러스트 시이나 유우   **지도제작** 후지시로 요   **번역** 김 봄
디자인 백진화   **편집** 김일철   **교정** 정성학 김서희   **마케팅** 정다움 박인기

제 4 부

귀족원의 자칭 도서위원 Ⅵ

프롤로그

돌돌 말린 머리카락을 흔들며 샤를로테는 귀족원 기숙사와 이어지는 전이 마법진 위에 섰다. 옆에는 수석 시종인 바네사가 있다. 기대감과 긴장감을 느끼며 처음으로 귀족원으로 향한다.

"다녀오십시오, 샤를로테 님. 귀족원을 즐기고 오십시오."

에르네스타를 비롯한 성인 측근들이 웃으며 배웅한다. 하지만 부모님은 걱정스럽고 불안한 표정으로 끊임없이 주의 사항을 설명하기 시작했다.

"잘 들어, 샤를로테. 지금 정보 정확도를 높이려면 여러 시점에서 본 귀족원의 정보가 필요해. 빌프리트와 로제마인에게도 명령했지만, 너도 귀족원에서 보고 들은 것과 수업 상황을 네 견습 문관과 함께 보고서로 작성해서 매일 보내라."

"네, 아버님."

"샤를로테, 너도 알듯이 로제마인은 사교 면에서 아주 위태로운 구석이 있어요. 신전에서 자란 데다 지금도 신전에서 지내는 시간이 길고, 2년이나 교육받을 기간을 잃은 것도 큰 요인이겠죠. 하지만 다른 영지 사람은 그런 사정을 일일이 이해해 주지 않아요. 많은 사람이 유행의 선두주자인 로제마인과의 교류를 원하고 있어요. 1학년인 너에겐 벅찬 일이겠지만, 여성 영주 후보생으로서 잘 보좌하세요."

대부분의 주의 사항이 샤를로테가 아니라 온통 오라버니와 언니를 보좌하기 위한 행동거지에 관해서다. 빌프리트와 로제마인의 혼약으로 샤를로테는 차기 영주가 될 싹이 아예 뽑혔다. 현재 주변 사람들이 샤를로테에게 바라는 것은 자신을 갈고닦는 일이 아니라 두 사람을 철저히 보좌하는 역할이다. 그것이 에렌페스트의 미래에 최선인 줄은 알지만, 영주 후보생으로서는 조금 서운하다고 생각했다.

'그래도 언니에게 은혜를 갚을 수 있다면야.'

세례식 직후, 납치된 샤를로테를 구하러 왔던 로제마인의 모습이 뇌리에 떠오른다. 그 일로 로제마인은 유레베에서 잠들게 되었다. 그런데도 2년의 세월을 잃은 원인을 제공한 샤를로테에게 불평 한마디 없이 다양한 곳에서 애써 주었다. 그런 그녀에게 은혜를 갚을 기회가 있다면 조금이라도 보답하고 싶다.

"언니에게 도움이 되도록 열심히 하겠습니다."

샤를로테는 활짝 웃으며 그렇게 말하고, 귀족원으로 이동했다.

"샤를로테 님, 다녀오셨습니까? 첫 친목회는 어떠셨습니까? ······ 출발 전에 굉장히 긴장을 많이 하시기에 걱정했었습니다."

친목회가 끝나고 기숙사 방으로 돌아오자, 바네사가 살짝 걱정스럽게 물었다. 샤를로테는 "언니 덕분에 긴장이 풀렸어요."라고 조그맣게 웃으며 고개를 저었다. 자신을 믿으라는 로제마인의 말에 '내가 정신을 단단히 차려야지'라는 기합이 긴장을 뛰어넘은 것이다.

"그거 정말 다행입니다. 그럼 친목회 보고서를 작성해 주십시오."

바네사의 재촉에 샤를로테는 견습 문관인 마리안네와 함께 집무 책상으로 향했다. 마리안네가 펜을 들어 보고서용 목패를 집어 들었다.

"샤를로테 님께서 친목회에서 처음 알게 된 사실과 인상 깊었던 점은 무엇이었습니까?"

"……글쎄요. 에렌페스트의 음식이 중앙보다 맛있어서 놀랐어요."

친목회에 나온 요리는 중앙에서 준비했다. 즉, 왕족이 먹는 요리일 터이다. 하지만 샤를로테의 입에는 에렌페스트의 요리가 훨씬 맛있다고 느꼈다.

"물론 중앙 요리도 맛있었어요. 하지만 영주 회의에서 돌아온 아버님과 어머님께서 극찬하시던 말을 어릴 때부터 듣고 기대했던 것만큼 대단한 맛은 아니었어요."

표정 관리를 했지만, 샤를로테의 실망감을 눈치챘는지 마리안네를 비롯한 측근들이 키득키득 웃었다.

"에렌페스트 요리는 로제마인 님의 레시피를 도입하면서 단숨에 바뀌었거든요. 옛날에는 중앙 요리가 훨씬 더 맛있었답니다."

"기숙사에서 나오는 음식도 성의 음식과 같은 맛이라서 샤를로테 님은 모르셨겠지만, 귀족가에서도 이런 요리를 매일같이 먹는 사람은 거의 없습니다. 기사 기숙사의 음식은 아직도 개선되지 않은걸요."

측근들의 말에 샤를로테는 자신이 얼마나 복받았는지 깨달았다. 로제마인이 세례를 받은 시기는 샤를로테가 다섯 살이던 해 여름이다. 이미 그 당시의 맛을 잊은 지 오래다.

"샤를로테 님께서 보시기에 다른 영지의 영주 후보생들은 어떠셨습니까?"

견습 시종인 카트린이 궤도를 수정하듯 친목회 질문으로 화제를 돌렸다. 샤를로테는 각 영지 후보생에게 인사하며 돌았을 때의 기억을 다시 떠올렸다.

"예상대로 다른 영지 분들은 언니를 주목했어요. 린샴과 머리 장식에 강한 시선을 느꼈거든요. 무엇보다 최우수를 딴 언니의 이름을 왕족이 기억하고 있고, 다른 영지 분들도 오라버니가 아닌 언니에게 관심을 보였던 것 같아요."

두 사람의 혼약을 축하하는 말들이 쏟아졌지만, 진심으로 축복하는 사람이 과연 얼마나 될지 생각하지 않을 수 없었다.

"……주목하는 것도 당연하죠. 여학생들의 머리 장식은 전부 언니가 준비한걸요. 정말 놀랐어요."

모두의 머리카락 색깔에 맞춘 머리 장식을 개인 예산만으로 준비한 로제마인이 대단했다. 고르는 것쯤이야 샤를로테도 할 수 있지만, 자신에게 할당된 예산으로 모두의 몫을 사기는 쉽지 않다. 못 사는 건 아니지만, 상당히 고민되는 금액이다.

"인쇄업 때처럼 샤를로테 님께도 도움을 요청하셨으면 좋았을 텐데요. 두 분이 함께 준비하셨더라면 부담도 반으로 줄고, 샤를로테 님도 유행에 가담하고 있다는 인상을 모두에게 심었을 텐데……."

불만스럽게 말하는 마리안네를 샤를로테는 남색 눈동자로 날카롭게 째려보았다.

"마리안네, 유행을 퍼트리려고 언니가 스스로 생각하고 행동하신 거예요. 오즈발트가 오라버니에게 실적을 양보하라고 했을 때 우리도 불쾌했었잖아요. 그런 요구를 언니에게 하자고요?"

"대단히 죄송합니다. 빌프리트 님께는 아우브께서 유행을 퍼트리라고 조언하셨다고 해서 조금 섭섭했나 봅니다."

마리안네의 사죄를 들으면서 샤를로테는 조금 씁쓸해졌다. 그랬구나. 빌프리트에게는 질베스타가 조언과 도움을 줬던 모양이다.

"……나도 같은 마음이에요. 혼약으로 차기 영주로 정해졌으니 오라버니를 치켜세워야겠죠. 하지만 아버님은 내가 훗날 에렌페스트에

남지 않을 사람으로 취급하시는 것 같아 조금 섭섭하네요."

샤를로테가 어깨를 떨구자, 바네사가 달래듯이 다정하게 어깨를 어루만졌다.

"혼약을 발표한 지 반년이 훌쩍 지났는데도 여전히 로제마인 님을 차기 영주로 앉히자는 목소리가 크니까요. 아우브도 어떻게든 라이제강 계 귀족을 설득하고, 빌프리트 님의 실적을 올리려고 필사적이시겠지요. ……그래도 영 마음이 울적하시면 보고서에 원망을 담아 보내심이 어떠세요? 분명 아우브께서 깜짝 놀라 사과하실 겁니다."

바네사가 농담처럼 웃으며 하는 말에 샤를로테는 납득했다. 분명 지금 질베스타는 로제마인에 뒤지지 않는 실적을 빌프리트에게 주려는 생각만으로 정신이 없으리라. 샤를로테가 불만이 있는 줄은 생각도 못 하고 있을 터이다.

'아버님은 예전부터 남의 심정에 무신경한 데가 있거든요.'

본인이 좋다고 생각한 일은 남도 좋아할 거라고 낙관적으로 생각하는 구석이 있다.

"샤를로테 님. 어떤 내용을 쓸까요? 불만으로 목패를 채울까요? 아니면 요리 감상을 쓸까요? 린샴이나 머리 장식을 본 다른 영지의 반응이 낫나요?"

"마리안네도 참."

키득키득 웃으니 기분이 한결 나아졌다.

"중앙과 요리 수준 차이가 얼마나 나는지는 영주 회의에 출석했던 아버님이 더 잘 아실 거예요. 린샴과 머리 장식도 어머님께 들은 영주 회의의 반응과 똑같고요. 불만스러운 점을 굳이 알릴 필요는 없어요. 역시 3왕자에 관해서 보고하도록 하죠."

"빌프리트 님 측도 똑같은 보고를 하실 텐데요."

"그렇겠죠. 하지만 다른 영지의 영주 후보생에게 느낀 인상과 반응은 오라버니와 언니가 더 잘 알 테고, 아버님은 각자의 의견을 듣고 싶으실 테니까……."

공교롭게도 현재 샤를로테에겐 독점 정보가 없다. 앞으로 두 사람과 다른 학년이라는 장점을 살려서 정보를 모아야 하리라.

"어머님께는 따로 사교 자리의 대응에 관해서 질문서를 보내려고 해요."

"어떤 질문을 하시려고요? 저희가 모은 정보로는 부족하십니까?"

다른 영지 대표자와 인사를 나눈 날, 사전에 측근들이 귀띔한 정보를 외운 샤를로테는 수업 때 교류가 수월하도록 1학년 영주 후보생과 시선과 미소를 주고받았다. 오라버니와 언니에게 들은 정보도 있어서 시작은 느낌이 좋았다.

"아니에요. 여러분은 정성껏 정보를 모아 줬어요. 친목회를 실패했다고 생각하지 않아요. ……다만, 부끄럽게도 할머님을 빼닮으신 디트린데 님께 거북함을 느끼고 말았어요."

샤를로테는 아렌스바흐와의 경계문에서 열린 결혼식에서 디트린데를 처음 보았다. 빌프리트에게 허물없이 굴면서 다른 사람과는 짧은 인사가 고작인 그녀의 행동은 할머니인 베로니카를 방불케 했다. 그래서인가, 친목회에서 그녀가 살가운 미소를 보냈지만 저도 모르게 경계하고 말았다.

"구 베로니카 파에도 공평하게 대하는 언니를 본받아서 디트린데 님이 할머님과 다른 사람이고, 그녀 개인을 봐야 하는 건 알아요. 하지만 도무지……."

"플로렌치아 님께 상담하십시오. 오랜 세월을 베로니카 님과 지내 오셨습니다. 대처 방법을 잘 아실 겁니다."

바네사가 상냥하게 샤를로테를 지지해 주었다. 그녀는 베로니카가 플로렌치아와 샤를로테를 어떤 태도로 대했는지 잘 아는 사람이었다.

바네사에게 고개를 끄덕이고 보고서를 쓰는데, 방에 올도난츠가 날아왔다.

"저거 봐요. 이그나츠 님이 독촉 올도난츠를 보냈네요."

하얀 새가 마리안네의 팔에 앉았다. 예상대로 하얀 새는 빌프리트의 견습 문관인 이그나츠의 목소리로 말하기 시작했다. 누가 보고서를 모아서 보내겠느냐는 내용이었다. 아무래도 이그나츠와 로제마인의 견습 문관인 하르트무트도 이미 보고서 작성을 끝낸 모양이다.

"제가 정리해서 보내겠습니다. 지금 받으러 가겠습니다."

마리안네는 올도난츠를 돌려보내고 일단 방을 나갔다. 계단 층계참에서 두 사람에게 보고서를 받아오는 것이 최근 마리안네의 일과가 되었다. 보고서 작성에 서툰 샤를로테 쪽의 마무리가 항상 제일 늦어서다.

"다녀왔습니다."

마리안네가 목패 몇 개를 품에 안고 돌아왔다. 오늘은 이상하게 양이 많다.

"오라버니와 언니는 무슨 보고던가요?"

"역시 3왕자에 관한 사항인 듯합니다."

샤를로테는 이그나츠와 하르트무트가 작성한 보고서를 보았다.

「가을에 세례를 받았으며 영주 회의에서 아직 데뷔 무대를 치르지 않은 3왕자가 귀족원에 상주하게 되었습니다(이그나츠)」

「3왕자는 단켈페르거 출신인 셋째 부인의 아들입니다. 신하가 되기 위한 교육을 받았고, 세례를 받은 직후라서 사교 경험이 부족한 듯합니다(하르트무트)」

같은 3왕자에 관한 보고인데 하르트무트의 보고에는 상세한 정보가 포함되어 있다. 샤를로테와 마리안네가 쓴 보고는 이그나츠의 보고서와 거의 동일했다. 마리안네는 물론, 샤를로테의 측근들이 하르트무트의 보고서를 들여다보며 눈을 크게 떴다.

"하르트무트 님은 대체 어디서 이런 정보를 얻었을까요?"

"다들 로제마인 님의 사교가 위태롭다지만, 역시 상위 영지와 교류하면 얻을 수 있는 정보가 예상보다 훨씬 많다는 것을 보여주는군요."

"상위 영지와의 교류라면 빌프리트 님의 측근도 마찬가지입니다. 드레반헬의 오르트빈 님과 자주 교류하고 계시는걸요. 다른 영지의 정보를 얻으려면 견습 문관의 능력이 중요하다는 뜻 아닐까요?"

측근들도 놀랐듯, 견습 문관의 보고서만 보아도 영주 후보생의 입장과 수완의 차이를 엿볼 수 있다. 로제마인은 스스로 만든 유행을 퍼트려서 지금까지 교류가 전혀 없었던 왕족은 물론 상위 영지와 교류를 텄다. 영주 회의에서 몇몇 영지에 직접 거래 요청을 받을 정도로 성공했다. 샤를로테는 자신과의 차이를 절실히 느끼고, 소름이 돋았다.

"언니는 1학년일 때 이만큼이나 교류를 트셨네요. 유레베에서 막 깨어난 직후이고, 봉납식 때문에 본격적인 사교 시즌에는 영지에 돌아가 있었는데도요……."

샤를로테의 중얼거림에 측근들이 화들짝 놀랐다. 질베스타와 플로렌치아는 사교에 서투른 로제마인을 보좌하라고 샤를로테에게 신신

당부했고, 로제마인의 사교 방식이 기존과 달라서 오해하기 십상이지만, 성과만 따지고 보면 실패한 것이 아니었다.

"오라버니와 언니가 교류의 길을 터 준 덕분에 나는 순조롭게 사교를 시작할 수 있겠죠. 하지만 우리 실력이라고 착각하지 않게 주의하세요. 왕족과 밀접하게 교류해내는 성과는 내겐 불가능해요. ……물론 언니가 동생으로 소개해도 부끄럽지 않게 노력하겠지만요."

"우쭐하지 않게 조심하겠습니다. 하지만 샤를로테 님. 갑자기 왕족과 교류하겠다고 하시면 곤란합니다. 사전 보고와 교섭은 철저하게 지켜 주십시오."

측근들에게 고개를 끄덕이며 샤를로테는 마음속으로 로제마인의 측근들을 칭찬했다. 귀족의 교류는 혼자서는 할 수 없다. 그 교류를 지탱하는 측근들의 노력이 있었기에 가능한 일이다.

"나도 여러분의 주인으로서 오라버니와 언니와 비교해도 부끄럽지 않게 노력할게요. 우선은, 1학년 시험 첫날에 합격하는 거겠죠……."

로제마인에게 받은 참고서가 책상 위에 산처럼 쌓여 있는 모습을 보며 샤를로테는 탄식했다. 첫 과제부터 난관이다. 참고서를 쌓아 올리는 로제마인의 모습이 "이 정도는 할 수 있겠지."라며 끝없이 목패를 쌓아 올리던 페르디난드와 겹쳐 보인 건 혼자만의 착각이었을까? 쏙 빼닮은 사제는 언제나 한계보다 살짝 더 어려운 과제를 낸다.

"보고서도 썼으니까 이제 공부할게요."

기합을 넣는 샤를로테의 어깨를 마리안네가 살짝 눌렀다.

"……하실 수 있는 만큼만 하시면 됩니다. 작년에 로제마인 님께서 몰아붙여서 공부해야 했던 1학년들은 정말 불쌍했거든요. 너무 주변을 몰아붙이지 않는 정도로만 열심히 하십시오."

수업 시작

친목회가 끝나면 바로 다음 날부터 수업이다. 에렌페스트 기숙사에서는 모두가 아침을 먹은 직후부터 채비를 끝내 놓고 빠릿빠릿하게 공부하고 있었다. 성적향상위원회가 제시한 승리 조건이 작년과 마찬가지로 '초고속 합격! 혹은 우수자 다수를 노려라!'여서다. 수업 첫날부터 전력투구하는 상급생의 모습에 눈이 휘둥그레진 신입생들도 황급히 참고서를 펼치기 시작했다. 샤를로테가 1학년을 이끌며 노력하고 있지만, 작년의 귀족원 상황을 모르므로 출발이 한 발씩 늦다. 그런 모습을 보면서 나는 리카르다에게 편지를 건넸다.

"리카르다. 오전 수업 시간 안에 솔랑쥬 선생님에게 면담 의뢰를 제출해 두세요. 1학년이 도서관 등록을 해야 하거든요."

"알겠습니다, 공주님."

면담 의뢰를 맡긴 후, 까먹기 쉬운 부분만 정리한 개인용 재검토 메모를 훑어보는데 샤를로테가 볼을 부풀리며 나를 보았다.

"……언니는 여유롭네요."

"난 준비 기간이 1년이나 있었거든요. ……여러분은 준비 기간이 짧다고 한탄하지만, 작년부터 어린이 방에서 지리와 역사를 가르치고 있고 참고서도 줬으니까 작년 1학년보다 훨씬 편할 거예요. 작년에는 귀족원 기숙사에 도착한 이후에 성적향상위원회가 생겼고, 외울 시간이 아주 촉박했거든요."

내가 작년의 상황을 설명하자 지리와 역사 과목에서 고생했던 중급, 하급 귀족 2학년이 연신 고개를 끄덕인다. 작년에 죽을상이었던 그들도 올해는 사전 준비가 완벽해서 안색이 좋아 보인다. 덧붙이자면 올해 2학년의 목표는 '한 방에 전원 고득점 합격'이다.

"슬슬 시간이 됐네요. 여러분, 현관홀로 나가십시오."

수업이 시작하는 두 점 반 종에 맞춰서 이동해야 한다. 리카르다의 목소리에 필기구를 챙긴 모두가 자신감 넘치는, 그러나 긴장한 얼굴로 현관홀에 모였다. 망토와 브로치가 제대로 달렸는지 확인하고 1학년에게 주의 사항을 설명한 뒤 기숙사를 나섰다.

1학년과 2학년은 중앙동, 3학년부터는 전문동 쪽으로 걷기 시작했다. 올해 1학년은 오전에 실기, 오후에 이론이다. 우리 2학년은 작년과 마찬가지로 오전이 이론이고 오후에 실기를 한다. 오전 이론은 역사와 법률이다.

"1학년들에겐 첫 실기네요. 마력 다루기, 열심히 배우세요."

"네. 언니와 오라버니도 이론 첫날 합격이 목표죠? 전원 합격 보고를 기대하고 있을게요."

샤를로테의 격려에 고개를 크게 끄덕이며 우리 2학년은 강당으로 향했다.

"저희가 마중하러 가기 전까지는 절대 강당에서 나오시면 안 됩니다."

측근들에게 신신당부를 듣고 강당으로 들어서서 에렌페스트가 사용하는 10번 자리를 찾는다. 영지마다 책상과 앉는 자리가 정해져 있어서 착각할 일은 없다.

"로제마인 님, 빌프리트 님. 안녕하세요."

각 영지 학생들이 하나둘 모이는 가운데, 익숙한 목소리가 들렸다.

아직 앳되고 부드러운 이 울림은 한넬로레의 목소리다. 뒤돌아보니 파랑 망토를 걸친 단켈페르거 무리가 있었다. 선두에 선 사람은 한넬로레지만, 그녀가 무리를 이끌고 있다기보다는 주위의 보호를 단단히 받고 있는 느낌이다.

"한넬로레 님, 안녕하세요."

"여러분은 올해도 첫날 전원 합격을 노리고 계세요?"

모두가 제각기 메모를 쥐고 막판 스퍼트를 내는 상황에 한넬로레가 흐뭇한 광경을 보듯이 부드러운 미소를 지었다. "작년에 첫날부터 전원이 합격해서 얼마나 놀랐다고요." 라고 말하자, 빌프리트가 "가능하면 올해도 그러고 싶군요." 라고 대답했다. 나도 싱긋 웃으며 말을 덧붙였다.

"작년 표창식 때 합격은 빨랐지만, 성적이 전혀 따라 주지 않았다는 평가를 받고 부끄러웠어요. 그래서 올해는 최대한 노력해야겠다 싶어서⋯⋯. 전원 고득점으로 첫날 합격을 노리기로 했어요."

한넬로레를 비롯한 단켈페르거 학생들의 눈이 동그래졌다. 한넬로레는 놀란 표정으로 에렌페스트 학생들을 천천히 둘러본 뒤 나를 보고 미소를 지었다.

"⋯⋯로제마인 님이라면 정말 해내실 것 같아요. 올해도 에렌페스트의 활약을 기대할게요."

'한넬로레 님이 날 기대하신다고!? 함께 도서위원 일을 할 상대로서 한넬로레 님께 부끄럽지 않은 성적을 따내고 말겠어!'

도서위원으로 걸맞은 결과를 내겠다고 생각한 순간, 나의 의욕이 폭발적으로 솟아났다.

"한넬로레 님의 기대에 응하도록 노력할게요. 저도 단켈페르거가 활약하기를 기도드리겠습니다."

"감사하게 생각합니다, 로제마인 님."

본인들 자리로 이동하는 파란 망토를 바라보며 나는 집중해서 재검토 메모를 다시 훑어보기 시작했다. 첫 수업은 역사다. 작년 내용보다 심화되고, 심층적이다. 외울 것은 많지만, 작년과 중복되는 부분이 있어서 힘들지는 않다. 1학년과 2학년 때 대략의 흐름을 배우고, 3학년부터 전문 코스에 들어가면 다양한 분야에서 활약한 인물들과 그들의 업적을 배우게 된다고 한다.

"작년에 저 혼자 역사 합격점이 간당간당해서 긴장돼요."

필린느가 필기구를 준비하면서 중얼거렸다. 작년 역사 시험에서 혼자만 선생에게 불려가서 겨우 합격점을 넘었다고 들은 일을 떠올린 모양이다.

"올해는 필린느도 착실히 공부했으니까 괜찮을 거예요. 그죠, 빌프리트 오라버니."

"말 걸지 마, 로제마인. 귀에서 역대 왕 이름이 새어나갈 것 같으니까."

"하긴 하나같이 다 비슷비슷한 이름이긴 하죠."

유르겐슈미트의 역사는 ○○왕 시대라고 부르며 왕의 이름으로 구분한다. 나는 은근히 연호와 비슷하다고 생각하면서 이를 외웠다. 자세한 연호는 없고, ○○왕 시대로 일괄한다.

우라노 시절의 연호에 비하면 왕의 이름이 길어서 외우기는 어려워도 그것 외에는 복잡한 연호가 없어서 편했다. 흐름만 꽉 잡아 두면 충분하다.

"그럼 각 영지에서 한 사람씩 시험지를 가지러 나오세요."

필린느가 대표로 시험지를 받아서 나눠주었다. 이 순간이 가장 가슴이 뛰고 신난다. 자, 뭐든 다 덤벼! 하고 적에 맞서는 용사의 기분이 된다.

'자신이 없을 때라면 제발 오지 마라! 라는 심정일 테지만.'

준비를 단단히 했고, 자신 있던 시험이어서 쉽게 끝났다. 에렌페스트 아이들도 어렵지 않게 푼 모양이다. 작년보다 필린느와 로데리히의 표정이 현격히 좋다.

"끝났어요."

아주 진지한 눈빛으로 시험지를 다시 살펴보던 필린느의 목소리로 에렌페스트 전원이 시험을 끝냈다. 전원의 시험지를 제출하면 선생에게 채점을 맡기고, 다음 시험 공부를 해도 좋았다.

법률 과목을 훑어보는데 "에렌페스트, 전원 합격입니다." 라는 목소리가 강당에 울렸다. 모두 참고서와 메모지에서 고개를 들어 "해냈다." "좋았어!"라며 시선을 교환했다. 이 상태로 다음 과목도 전원 합격을 노리고 싶다. 우리 외에도 전원 합격한 영지가 있었지만, 에렌페스트가 1등이었다.

'다음은 법률이다!'

역사 공부는 크게 어렵지 않았지만, 법률은 내게 상당히 까다로웠다. 외우는 것보다 이해하는 것이 말이다. 왕족을 비롯한 유르겐슈미트의 모든 귀족에게 적용되는 이곳 법령은 '법률의 서'에 기록되어 있다. 우리가 배우는 내용은 그것을 옮겨 쓴 것이고, '법률의 서'는 중앙에 있는 마술구라고 한다. 법률에서는 영지 사이에서 일어나는 일이나 모든 영지에 공통되는 점들만 다루고 있다. 내용을 보면 결혼으로 다른 영지로 거처를 옮길 때의 결정 사항이나 후계자를 정할 때의 규칙이 대부분이다. 특히 영주가 후계자를 정하지 못하고 사망했을 때의 사항이 자세히 정해져 있다.

하지만 솔직히 유르겐슈미트의 법률은 상당히 모호하고 조잡하다. 왕의 판단에 맡긴다느니, 영주 회의에서 결정한다는 항목이 수두룩했다. '결국 아무것도 정해진 게 없잖아! 무엇을 위한 법률이야? 존재 의의조차 이해할 수 없다구!' 하고 무심코 소리치고 싶은 내용이 많았다.

페르디난드가 알려준 바에 의하면 한 번 '법률의 서'에 기재되고 나면 시대에 맞지 않는 법률이라도 삭제가 거의 불가능하다고 한다. 그래서 일부러 모호하게 표현한 부분이 많다고 한다.

과거에 뭐든지 왕의 판단을 추앙하는 제도에 불만을 품은 왕이 있었다. 그는 조금이라도 국무를 줄이고자 잇달아 세세한 법률을 추가했다. 그 시대에는 그래도 문제가 없었다.

그런데 시대가 바뀌자 점차 법률이 상황과 맞지 않는 문제가 생겼다. 하지만 법률로 정한 이상 따라야 한다. 새로이 즉위한 왕은 시대에 동떨어진 법률을 삭제하고 싶어 안달이 났지만, 관례라며 삭제를 반대하는 귀족도 있어 분쟁이 일어나게 되었다. 그 뒤로 수십 년에 걸쳐 영지 사이의 사사로운 논쟁이 항상 법률 삭제의 잘잘못을 따지는 사태로 발전하게 되었고, 매년 영주 회의는 혼란의 극에 달했다.

결국 의논으로 그때그때 자세히 결정하는 편이 수고를 덜 수 있다는 이유로 세밀한 법률은 지워 버리고, 법률 자체를 모호하게 설정했다. 이후에 세밀한 법률을 만들고 싶어하는 사람에게는 '혼돈의 여신에게 홀렸는가?'라는 질문을 하게 되었다고 한다.

몇십 년이나 혼란이 지속됐으면 얼른 개정하면 될 텐데, 라고 생각했지만, 어느 항목을 남기고 어느 항목을 지울지 왕의 재량을 기다려야 하는 사항이 많아지면 시간도 걸리고, 왕의 업무도 막대해질뿐더러 고려할 것들이 많아서 쉽지 않았다고 한다.

'그렇게 시간을 들여서 나온 결과가 모호한 법률이라니.'

내가 "모호하게 두면 오히려 시간이 더 걸릴 것 같네요."라며 유르겐슈미트의 법률에 대해 불평하자, 페르디난드가 "이러니저러니 말들은 많지만, 결국 명문화된 부분이 적을수록 권력자에게 유리하거든."이라고 중얼거렸다. 하긴 그것도 그렇다.

존재 의의를 이해할 수 없는 법률이지만, 내용이 대략적이라서 외우기는 쉬웠다. 절대 변하지 않는 보편적인 법과 왕의 재량으로 다소 차이가 있는 법, 영주끼리 정하는 법, 영주의 재량으로 결정하는 법으로 나눠서 외우면 문제없다.

'도서관법과 특허법 시험을 헤쳐 온 우라노 시절을 생각하면 식은 죽 먹기지.'

모두가 시험지를 제출하고 내일의 이론 공부를 하면서 채점을 기다리는데 앞쪽에서 선생들이 언쟁하는 모습이 보였다. 법률 채점 담당 선생과 프라우렘이 '전원이 이렇게 빨리 풀어냈는데 고득점이라니 수상하다'며 이의를 제기했고, 다른 선생은 '딱히 수상한 점은 없었다'라며 지적했다.

2, 3등으로 제출한 영지가 합격을 받아도 1등으로 제출한 에렌페스트는 아직도 결과가 나오지 않았다. 점점 불안해져서일까. 필린느가 조그맣게 입을 열었다.

"로제마인 님, 빌프리트 님……."

"그렇게 불안한 얼굴 하지 마, 필린느. 우리는 부정행위를 하지 않았어. 당당하게 굴어."

"다함께 1년 동안 노력했잖아요. 당연히 좋은 성적이 나올 거예요."

내가 그렇게 말했을 때 "에렌페스트, 전원 합격입니다."라는 목소리가 강당에 울렸다.

결과가 나올 때까지 시간이 걸렸지만, 당연하게도 전원 합격이다. 프라우렘이 '고득점'이라며 소리친 것만 들어도 올해 성적이 좋았음을 알았다. 원래는 일일이 성적을 알려주지 않는데 고득점임을 알아서 조금 기뻤다.

전원 합격했으니 기숙사에 돌아가려고 짐을 챙겨서 자리에서 일어났다. 그때 에메랄드그린 비슷한 연녹색 망토를 두른 드레반헬 무리가 멈추어 섰다.

"올해도 굉장하네, 빌프리트."

"오르트빈. 칭찬해 줘서 고맙지만, 너희도 전원 합격이잖아."

나는 빌프리트와 오르트빈이 서로의 건투를 칭찬하는 모습을 한 발짝 뒤에서 바라보았다. 드레반헬은 우수한 문관을 많이 배출하는 영지라고 들어서일까. 모두 똑똑해 보인다.

"최근 20년 정도는 이론에서 1등을 뺏긴 적이 없었어. 에렌페스트가 이론 성적을 올리고 있지만, 우리도 쉽게 지지 않을 거야."

'오오. 똑똑해 보이는 게 아니라 정말 똑똑했구나.'

20년이나 1등을 지키려면 영지 전체가 함께 공부에 대처해야만 가능하다. 역사가 뒷받침된 자신감 넘치는 웃음을 지으며 오르트빈이 자신의 영지를 자랑했다.

"오르트빈 님, 이제 가셔야 합니다……."

"그래, 알았어. 빌프리트, 앞으로도 서로 힘내자."

뒤에서 대기하던 학생이 슬쩍 말을 걸자, 오르트빈이 정신을 차린

듯 말을 끊고, 에메랄드그린 망토를 휘날리며 드레반헬 무리를 이끌고 사라졌다.

"선의의 경쟁을 펼칠 친구가 있으면 좋은 자극이 되네."

후련한 얼굴로 드레반헬을 바라보던 빌프리트가 밝은 황토색 망토를 펄럭였다.

점심을 먹으러 기숙사에 돌아가자, 상급생 견습 기사와 견습 문관 몇 명이 이미 돌아와 있었다. 오전에 이론 수업이 있었던 학년은 전원 합격했다고 한다.

"올해 이론은 누워서 떡 먹기네요."

"네, 기사 코스한테도 이길 것 같아요."

성적향상위원회로서는 기쁘기 그지없지만, 팀마다 경쟁이 치열하다.

"공주님, 솔랑쥬 선생에게 면담 의뢰를 제출했습니다. 수업이 시작하자마자 면담 의뢰가 들어온 적은 처음이라며 깜짝 놀라시더군요. 1학년 등록일은 내일모레 점심시간이라고 합니다."

"그때 슈바르츠와 바이스에게 새 의상을 입혀도 될까요?"

새 옷을 빨리 입혀 주고 싶은 내 마음과 달리 리카르다는 생각에 잠겼다.

"……옷을 갈아입힐 때 힐쉬르 선생도 불러야 하고, 솔랑쥬 선생은 1학년생 등록으로 바쁘시겠죠. 그리고 점심시간만으로는 시간이 부족할 겁니다. 내일모레는 1학년생 등록과 슈바르츠와 바이스에게 마력만 공급하시고, 의상은 공주님께 빈 시간이 생겼을 때 하시면 되지 않겠습니까?"

리카르다의 말대로 옷을 갈아입히는 일은 서두를 필요가 없다. 슈바르츠와 바이스에게 마력만 공급해 두자.

다 함께 성과를 공유하며 한껏 달아오른 점심시간이 끝나고, 오후부터는 이론 시험을 치르는 샤를로테를 포함한 1학년들을 격려하며 시험장으로 보낸 우리 2학년은 실기를 받으러 갔다. 실기 수업은 단계별로 교실이 나뉘기 때문에 인원수가 훨씬 적다.

"오랜만이다."

빌프리트가 다른 영지의 영주 후보생이나 상급 귀족들과 재회를 기뻐하며 "올해도 잘 부탁한다."라고 인사를 나누는 모습을 보며 나는 부족한 교류를 실감했다. 첫 수업에 초고속으로 합격한 이후로 출석하지 않아 모두의 얼굴과 이름을 기억하지 못한다. 아마 다른 아이들도 내 얼굴을 기억하지 못하리라.

'조금 더 교류를 많이 하는 편이 좋겠는데. 도서관과의 교류 말이지.'

올해도 나는 수업을 통과하기 전까지는 도서관에 눌어붙기 금지령이 떨어졌다. 도서관과 학생과의 교류. 어느 쪽을 선택하겠냐고 묻는다면 나는 두말할 것 없이 도서관이다.

'나는 도서관에서 책을 읽는 사람. 빌프리트 오라버니는 교류를 통해 친구를 많이 만드는 사람. 응, 완벽한 역할 분담이야. 이거야말로 적재적소 아니겠어.'

게다가 나도 교류가 아예 없지는 않다. 내게는 한넬로레라는 멋진 친구가 있다. 한넬로레와 더 깊이 교류해서 책벌레 친구를 만드는 것이야말로 나의 중요한 사명이다.

'1학년 때 책벌레 친구가 한 명 생겼으니까 올해는 두 명 더 늘었으면 좋겠다.'

올해의 친구 계획을 짜고 있을 때 힐쉬르, 프라우렘, 프림베르, 루펜이 교실에 들어왔다.

"오늘은 기수 다루기, 슈타프 변형, 로트 등 1학년 때 배운 내용을 복습하겠습니다. 새로운 기술을 익히려면 작년에 배운 실기가 확실히 몸에 배어 있어야 하거든요."

"그럼 기수를 소환하세요."

프라우렘의 목소리에 모두가 일제히 기수를 소환했다. 순식간에 소강당이 좁아진 느낌이 들었다. 기수를 완벽히 소환하기까지의 시차는 습관 차이가 크리라. 금방 소환하는 아이도 있고, 형태를 만드는 데 조금 시간이 걸리는 아이도 있다.

그중에서 나의 특수한 레서버스처럼 탑승형 기수를 소환해서 타고 있는 여학생이 몇이나 있었다. 대부분이 스밀형인 이유는 시범을 보인 힐쉬르의 기수가 스밀형이어서이리라. 핸들이 아니라 고삐라는 것도 공통점이다.

"다 됐어요."

휴 하고 가볍게 숨을 내뱉는 한넬로레의 기수도 스밀 모양의 탑승형이다. 작은 1인용이지만 스밀의 얼굴이 매우 귀여웠다. 아마 스밀을 굉장히 좋아하는 것이 틀림없다.

'한넬로레 님은 리젤레타와 장단이 잘 맞겠어.'

두 사람 모두 스밀을 좋아하고, 귀여운 것과 너무 잘 어울린다. 분명 한넬로레도 자수와 바느질을 잘하는 아이이리라.

모두가 기수를 소환한 것을 확인하면 다음 차례는 슈타프 변형이다. 루펜이 앞에 섰고, 학생들이 잘 보이도록 다른 선생들은 뿔뿔이 흩어져서 눈을 번쩍인다.

"자, 슈타프를 소환해라!"

루펜의 우렁찬 목소리가 소강당에 울렸다. 동시에 모두가 팟 하고 슈타프를 소환했다.

'문장이 달린 슈타프가 왜 이리 많아!'

문장이 달린 독특한 슈타프를 만들어 기뻐한 사람이 빌프리트뿐일 줄 알았는데, 남학생들 사이에서는 문장이 달린 슈타프가 유행인 듯하다. 지휘봉 형태의 슈타프에 그림처럼 문장이 붙어 있는 슈타프도 있고, 빌프리트처럼 입체화한 슈타프도 있다.

"로제마인, 왜 깜짝 놀란 표정을 지어?"

"문장이 달린 슈타프가 굉장히 유행하는 것 같아서 놀랐어요."

"넌 수업을 빨리 통과해서 몰랐구나? 내가 유행시켰어."

빌프리트가 득의양양하게 사자 문장이 달린 슈타프를 흔들었다. 빌프리트의 슈타프가 화려한 것도, 문장이 달린 슈타프를 유행시킨 것도 어림짐작은 했지만, 이렇게까지 막대한 영향을 끼쳤을 줄은 몰랐다.

"여성은 거의 없네요."

"응. 도전하려던 사람은 있었는데 한넬로레 님이 다른 영지로 시집갈 가능성을 생각해서 본가 문장은 넣을 수 없다고 하니까 다른 여학생들도 나중 일을 생각해서 그만뒀대. 이곳에 있는 사람은 전부 영주 후보생이나 상급 귀족이니까 다른 영지로 시집갈 가능성이 크잖아."

'흠. 모계 문장을 전승하면 될 텐데.'

우라노 시절에는 결혼해서 성이 바뀌더라도 '엄마가 딸에게, 딸이 자기 딸에게' 계승하는 문장이 있었다. 원래부터 그런 관습이라고 주장하면 여성도 문장을 넣을 수 있지 않을까?

'나는 넣을 생각이 없으니까 어찌 되든 상관없지만.'

1학년의 슈타프 제작 수업 때 문장을 넣고 싶은 여학생이 있으면 조언할 수 있게 샤를로테에게 모계 문장에 관해 귀띔해 줘도 좋을지 모른다.

"슈타프를 소환했다면 변형 복습이다. 이걸 못하면 조합도 못 하지. 메서."

루펜의 구호에 맞춰서 모두가 "메서." 하고 슈타프를 변형한다. "류켄." 하고 변형을 취소하고, 그다음은 "스틸로." 로 펜을, "바이멘." 으로 막대기로 변형한다. 이 변형도 걸리는 시간이 다 달랐지만, 모두 무사히 성공했다.

"그럼 마지막으로 지원 신호다. 로트!"

루펜의 목소리에 맞춰서 모두가 슈타프에서 빨간빛을 발사했다.

슈타프 변형은 조합 실습에 필요하니까 초반부터 가르치는 건 이해가 된다. 그런데 왜 로트까지 초반에 가르치는지 의아했었다.

'지원 신호라는 건 그렇게 자주 안 쓰잖아.'

위험해졌을 때 구조 신호를 보내는 마술구를 하나쯤 가지고 있으면 되지 않나? 그런 내 의문에 페르디난드가 단번에 대답해 주었다. "로트를 모르면 보물 뺏기 디터가 더욱 위험해지기 때문이다." 라고.

슈타프 소유 시기가 1학년으로 변경된 것도, 보물 뺏기 디터가 사라진 것도 최근 일이라서 미처 생각하지 못했다. 전문 코스로 나뉘는 3학년 때부터 슈타프를 갖게 되고, 견습 기사만이 아니라 견습 문관도 마술구를 만들어 작동시키며 보물 뺏기 디터에도 참가했던 시절에는 로트가 필수였던 모양이다.

'보물 뺏기 디터가 그만큼 위험했다는 뜻이겠지만.'

"음. 다들 열심히 연습했나 보구나. 문제없이 다음 단계로 들어갈 수 있겠군."

루펜이 그렇게 말하며 만족스러운 미소로 학생들을 둘러보자, 힐쉬르가 천천히 앞으로 나왔다. 그리고 다음 실습에 관한 설명을 시작했다.

"다음 실기에서는 조합 기초를 가르치겠습니다. 2학년 수업에서 제작하는 것은 회복약, 올도난츠, 그리고 구혼용 마석입니다. 이것들은 모두에게 필요한 물건이죠."

훗날, 특히 전문 코스로 나뉘는 3학년부터는 실기 때마다 회복약을 먹어야 할 정도로 마력 사용량이 커지는 모양이다. 자기 손으로 회복약을 준비하지 못하면 곤란해지는 사람은 본인이다. 또 올도난츠는 귀족간의 연락에 필수다. 하나뿐이면 답장이 돌아오기 전까지는 누구와도 연락을 취할 수 없다. 그래서 보통은 여러 개의 올도난츠를 상비한다고 한다. 그리고 구혼의 마석. 남녀가 서로에게 선물하는 물건이라서 이것을 만들지 못하면 결혼을 못 하는 사태가 벌어진다.

"이번에는 방법만 가르치니까 남은 마석으로 만드십시오. 실제로 구혼에 쓸 때는 자신이 준비할 수 있는 최고의 마석으로 제작해야 합니다."

그렇게 말하면서 힐쉬르가 깊은 미소를 지었다.

"2학년에겐 아직 이르지만, 구혼이 아닌 교제나 졸업식 에스코트 신청에 쓰는 정도라면 실습 때 만든 마석으로도 충분합니다. 첫 마석을 부모가 반대하는 연인에게 바치는 분도 계셨지요."

'그러고 보니 어머님이 쓴 귀족원 연애 소설에 그런 장면이 있었던 것 같기도 한데……'

책 내용을 떠올리는 내 주변에서는 "멋져라."라며 여학생들이 로맨틱한 이야기에 눈을 반짝였다. '그래서 어쩌라고?'라 말하고 싶은 듯한 남학생들의 미적지근한 반응과 온도 차가 느껴져서 재미있었다.

'여학생들에겐 어머님의 연애 소설이 아주 잘 먹히겠는데?'

잠재 고객 수를 파악하고, 나는 씩 웃었다.

힐쉬르는 준비할 소재를 설명하며 기숙사 근처에 있는 채집터에서 각자 준비하라고 했다.

"다음 조합 때 회복약을 만들 거니까 잊지 마세요."

도서위원 GET!

다음 날 이론은 산술과 신전 신학과 마술이다. 전부 작년 수업에서 심화된 내용이었다. 모두 철저히 예습한 부분이라서 전혀 문제가 없다. 강당에 나란히 앉아 있는 에렌페스트 2학년생들의 얼굴빛이 밝다.

산술은 계산기를 써서 큰 자릿수 계산을 할 줄 알아야 한다. 그래서 나는 아이들에게 계산기 사용 방법을 배워 두었다. 페르디난드에게 "시험이 아닐 때는 석판을 써라. 재확인도 필산으로 하도록."이라는 주의를 듣는 수준이긴 하지만.

계산뿐만 아니라 영지 예산의 필수 항목과 배당, 세금 계산도 다소 배우지만, 그렇게 어렵지는 않다. 초등학교 중학년부터 고학년 정도의 수준만 해낼 수 있으면 된다. 그보다 위의 단계는 문관 코스를 선택한 사람이 배우게 된다.

"저는 신전 업무를 도우면서 계산 실력이 늘어서 자신 있어요."

강당에서 시험 준비를 마친 필린느가 새잎 같은 눈동자를 반짝이며 그렇게 말하자, 빌프리트가 무슨 생각이 떠올랐는지 미간을 찌푸리며 싫은 표정을 지었다.

"신전 업무라면 숙부님의 일을 돕는 것 말이냐?"

"네, 빌프리트 님. 거의 1년 사이에 실력이 꽤 붙었어요."

"……뭐? 너 신전 다녀?"

로데리히가 깜짝 놀라며 짙은 갈색 눈을 크게 뜨고, 필린느를 보았다. 그 눈에는 당황과 혐오가 뒤섞여 있었다. 신전이라면 질색하는 귀족다운 반응에 나는 피식 웃었다.

"내가 신전장이잖아요. 필린느는 나의 측근이니 신전 출입은 필수지요. 하르트무트와 견습 호위 기사도 일상적으로 드나든답니다. 이름을 바치고 싶다면 로데리히도 이런 점까지 잘 생각하세요."

마티아스가 보류하라고 말렸지만, 로데리히는 이름을 바칠 결심을 단단히 굳힌 듯했다. 필린느를 비롯한 나의 측근과 교류하려고 애쓰고 있고, 강당에서 하는 수업에서는 되도록 내 근처에 있으려고 했다. 한 번 이름을 바치고 싶다고 측근 앞에서 선언해서일까. 나의 측근들도 로데리히의 접근에 과한 경계심을 드러내며 떼어내려고 하지는 않았다. 다만, 주시한다고 할까, 관찰하는 눈은 더 매서워졌다.

산술은 예상대로 간단히 끝났다. 실수가 없는지 반드시 두 번 확인하라고 모두에게 말해 둔 덕분에 실수도 많지 않으리라.

"페르디난드 님의 업무에 비하면 간단했어요. 실수해도 혼나지 않고, 퇴짜맞는 일도 없으니까요."

필린느가 키득거렸다. 신전 업무에 투입되었을 당시, 필린느는 긴장감 속에서 익숙지 않은 계산과 "틀렸어. 다시."라는 페르디난드의 냉정한 연속 공격에 상당히 풀이 죽어 있었다. 요즘 들어 계산 실수가 줄고, 페르디난드의 무표정이 화난 표정이 아님을 알게 되면서 계산 속도도 빨라졌다.

"다음은 신학인가."

신학에서는 자신이 태어난 계절의 신과 그 권속, 그리고 또 하나, 다른 신과 권속을 골라서 신의 이름과 그 신이 무엇을 관장하는지 외워야 한다. 아예 외우지 않은 사람은 고생하겠지만, 성전 그림책과 카루타로 놀았던 에렌페스트 2학년은 이미 모든 신을 알고 있다. 누워서 떡 먹기다.

"로제마인, 넌 어느 신을 골라 쓸 거야?"

속성이 하나뿐인 사람은 어느 신과 권속을 골라도 되지만, 여러 속성을 가진 사람은 자신의 속성 안에서 골라야 한다. 3학년 수업 때 신의 가호를 받으려면 자신이 가호를 받기 쉬운 신을 알아 두는 것이 중요해지기 때문이다. 여름에 태어난 나는 불의 신 라이덴샤프트와 그 권속을 필수로 외워야 하고, 다른 한 속성을 골라야 했다. 나는 모든 속성을 가지고 있으니까 어느 신이든 상관없다.

'그래도 내가 가호를 받고 싶은 신은 진즉에 정해져 있지.'

"도서관과 책에 관계가 깊은 바람과 그 속성으로 하려고요. 난 지혜의 여신 메스티오노라께 기도를 제일 많이 드리고 있거든요."

"너답네. 난 태어난 계절인 물과 앞으로의 성장을 바라며 불로 할 생각이야."

봄에 태어난 빌프리트는 물의 여신과 그 권속, 거기에 불의 신과 그 권속과의 관계를 강화하고 싶다고 했다. 성장하고 싶고, 강해지고 싶어서라고 한다.

"필린느는 어쩔 거예요?"

"저는 흙 속성밖에 없어서 다른 하나는 로제마인 님과 같은 바람으로 할 생각입니다. 지혜의 여신 메스티오노라의 가호를 받고 싶어서요."

"하긴 문관은 지혜의 여신의 가호가 있으면 큰 도움이 되죠. 로데리히는 어떻게 할 거예요?"

내가 로데리히에게 질문을 던지자, 로데리히가 부러운 눈빛으로 주변을 본 뒤, 천천히 주황에 가까운 갈색 머리카락을 좌우로 흔들었다.

"저는 태어난 계절이 바람이고, 나머지 속성이 흙이라서 고를 여지가 없습니다."

"속성이 있으면 다른 속성을 고르지는 못해도 가호를 받기 쉬워지니까 저는 로데리히가 부럽네요."

필린느가 아쉬운 듯이 숨을 내뱉자, 로데리히가 "그렇게 생각할 수도 있겠구나."라며 조그맣게 중얼거렸다. 모두가 어떤 속성을 고를지 얘기하는 모습이 상당히 부러웠던 모양이다.

"에렌페스트 전원 합격입니다."

신학도 별 탈 없이 끝났다. 신전에 막 들어갔었던 청색 견습 무녀 시절, 신들의 기나긴 이름에 얼굴이 경직되고, 울고 싶은 심정으로 외웠던 기억이 그립게 느껴질 정도다.

마술은 마법진 교육의 기초로 페르디난드에게 이미 배워서 큰 문제가 없었다. 마법진을 그릴 때 쓰는 기호와 주의 사항만 외우면 되었다. 주의 사항이란 혼합하면 위험한 속성이나 상승 효과가 있는 조합을 말한다.

'생명의 속성은 흙을 제외한 나머지 속성을 튕겨 내는 점만 외워 두면 돼.'

실제로 마법진을 그려 보는 2학년 실기에서는 기본적으로 단일 속성의 마법진을 연습하고, 복수 속성을 사용한 마법진의 경우에는 상승 효과가 있는 속성만 쓴다. 까다로워지는 건 문관 코스에 들어가서부터다.

오늘 이론도 무난하게 합격하고 오전 수업이 끝나면 오후는 음악 실기다. 실기가 열리는 소강당을 쭉 둘러보니 이론과 달리 한 명 한 명 얼굴이 보일 정도로 인원수가 줄어 있었다. 얼굴과 이름이 일치하는 사람은 여전히 몇 명 없지만.

"올해 과제곡은 이것입니다."

커다란 판에 작은 악보가 떡하니 붙었다. 그 순간, 악보가 점점 커지더니 조금 떨어진 곳에서도 잘 보이게 되었다.

"또 하나는 과제곡 외에 본인들이 자신 있는 곡을 선보이십시오."

1학년 때는 이론뿐만 아니라 실기 때도 같은 영지끼리 뭉쳐 있었다. 그러나 내가 합격한 후에 학생들끼리 교류를 했었는지 영지별 그룹의 벽이 허물어져 있었다. 선생이 과제를 내자 곧바로 빌프리트가 페슈필을 안고 오르트빈이 있는 남학생 무리로 가 버렸다. 주변을 보니 각자 친한 친구와 연습하는지, 한넬로레도 여자 친구들에게 둘러싸여 있다.

'어쩌지?'

페슈필을 안고, 무리에 넣어 줄 만한 한넬로레에게 가면 간단하다. 하지만 여학생들의 수다와 '다 함께 연습해서 합격하자'라는 동료의식에 발목이라도 잡힌다면 한 방에 합격해서 수업에서 빠져나가기가 어려워진다. 나는 올해도 도서관에 가기 위해 초고속 합격을 노리고 있으니까 함께 연습하는 것보다 혼자 얼른 끝내 버리고 싶다.

'주변에서 친구 없는 애라고 생각한다면 조금 슬프지만 어쩔 수 없지.'

과제 곡은 반년 전쯤에 페르디난드가 시킨 곡이어서 약간의 연습으로 손가락 움직임만 떠올리면 합격할 수 있으리라. 자유 선곡도 그 무렵에 과제로 받은 곡에서 고르면 난이도나 지명도도 괜찮을 터이다.

모두가 가벼운 잡담을 나누며 함께 연습하는 가운데, 나는 혼자 열심히 과제곡과 자유곡을 연습해서 선생에게로 갔다. 얼른 합격해서 음악 수업을 끝내 버리자. 이 외로운 시간을 두 번 세 번 겪고 싶지 않다.

"파울리네 선생님, 시험 쳐도 될까요?"

과제를 제시한 후에 자신도 페슈필을 연주하고 있던 파울리네에게 말을 걸었다. 파울리네는 작년에 나를 다과회에 초대했던 선생이다. 페슈필을 튕기던 손을 멈추고, 눈을 끔뻑거렸다.

"어머, 벌써 치시게요?"

"네. 올해 과제곡은 예전에 연습했던 곡이거든요."

나는 선생이 권하는 의자에 앉아서 페슈필을 들었다. 첫 번째여서 이리라. 갑자기 주변 시선이 내게로 쏠렸다. 연습과 수다 등 잡다한 소리로 가득했던 소강당이 점차 잠잠해졌다.

갑자기 쏠린 시선에 당황한 나는 천천히 호흡으로 마음을 진정시킨 뒤 현을 튕겼다. 오른손에서는 띠링 하고 주선율을 연주하는 높은음이, 왼손에서는 두둥 하고 낮은음이 소강당에 울린다.

"매우 훌륭합니다. 1년 사이에 부쩍 느셨네요."

성에서도 신전에서도 빠짐없이 연습해 왔던 나는 특별한 문제없이 합격했다. 파울리네는 입으로는 칭찬하면서도 눈으로는 나를 째려보았다.

"다만, 자유곡이 너무 뻔하네요. 로제마인 님이라면 새 곡을 연주하시지 않을까 내심 기대했었는데 말이죠. ……새로운 곡은 없나요?"

없을 리가 있나. 졸라대는 로지나에게 제공한 원곡이 몇 곡이나 있다. 다만, 이런 수업 시간에 '자작곡'이라며 선보여서 눈에 띌 생각이 없을 뿐이다. 작년에도 빌프리트가 폭로하지만 않았다면 자작곡이 있다는 사실도 알려지지 않았으리라.

만약 지금 여기서 또 자작곡을 공개하면 친구도 없는 외톨이 주제에 허영심은 강하다며 주변이 욕할 게 틀림없다. 외톨이가 돋보여 봤자 좋은 일은 없다. 얼른 수업을 끝내고 조용히 사라지고 싶다. 나는 주변 사람의 기억에서 '에렌페스트의 영주 후보생은 외톨이였다'라는 사실 자체가 아예 사그라들기를 노리고 있다.

"공교롭게도 수업에서 공개할 만한 완성도가 아니어서요."

"그럼 올해도 다과회를 열 테니 로제마인 님의 새로운 곡을 들려주세요. 그 악사도 또 데리고 오시고요."

"파울리네 선생님의 마음에 들었다니 기쁩니다. 제 악사도 자랑스럽게 여길 겁니다."

'어휴. 또 다과회 일정을 잡아 버렸어. 올해는 제발 왕족이 없기를.'

빨리 합격한 건 좋았지만, 수업이 끝날 때까지 어떻게 시간을 보내야 할까? 나는 다른 아이들의 모습을 지켜보았다. 애초에 음악에 별 관심이 없는 빌프리트가 입꼬리가 축 처진 채 악보를 노려보는 모습이 보였다. 여학생 무리는 손가락보다 입이 더 바쁘게 움직인다.

'책만 있으면 혼자 있어도 전혀 아무렇지 않은데. 페슈필로는……'

음악 연습 외에는 할 수 있는 일이 없어서 나는 다시 의자에 앉아 페슈필을 들었다. 그때 머뭇거리는 표정으로 한넬로레가 다가왔다. 고개를 갸웃거리는 내게 한넬로레가 싱긋 웃는다. 혼자 있는 나를 걱정하는 걸까. 그런 생각만으로 눈앞이 갑자기 환해졌다.

'역시 한넬로레 님! 내 마음의 벗이야!'

"이렇게나 빨리 합격하시다니 로제마인 님은 페슈필 실력까지 뛰어나시네요."

"뛰어난 것이 아니라 엄격한 선생이 있어서 그래요. 전 페슈필 연습보다 책을 읽고 싶은데 그렇게 놔두질 않거든요."

로지나가 "전속 악사의 본분을 다하게 해주십시오."라며 호소했던 데다가, 페르디난드가 진도를 확인하며 과제를 내지 않았더라면 나는 페슈필 연습보다 독서에 빠졌을 터이다.

"그리고 빨리 합격하지 않으면 봉납식 전까지 도서관에 못 가거든요. 슈바르츠와 바이스가 기다리고 있는데 말이죠⋯⋯."

"슈바르츠와 바이스라면 도서관에서 솔랑쥬 선생님의 업무를 돕는 커다란 스밀형 마술구 말인가요?"

고개를 갸웃거리며 확인하는 질문에 나는 "맞아요." 하고 고개를 끄덕였다. 슈바르츠와 바이스의 이름이 학생들에게는 알려지지 않았는지도 모른다. 그런 생각을 하는데 한넬로레가 뺨을 괴고 빨간 눈동자를 반짝이며 한숨을 내쉬었다.

"정말 귀여운 마술구죠. 저도 작년에 도서관에서 일하는 모습을 보고 얼마나 마음의 위안을 받았는데요."

그 순간, 한넬로레가 깜짝 놀란 듯 눈을 크게 뜨더니 갑자기 곤란한 표정으로 주변을 살피기 시작했다. 두 갈래로 묶은 옅은 색 머리카락이 찰랑거린다. 나는 흔들리는 한넬로레의 머리카락을 보자 얼른 나의 발언을 되짚었다. 누가 들으면 한넬로레가 곤란해지는 발언을 했나? 함께 도서위원을 하자고 꼬드길 기회를 호시탐탐 노리고 있기는 하지만, 아직 입 밖에 꺼내지는 않았는데.

'우라노 시절처럼 옷에 가격표가 붙어 있다든가, 지퍼가 열려 있었다든가 하는 실수도 없을 테고.'

시종이 갖춰 주므로 대놓고 외견상 지적할까 말까 망설일 정도의 실수도 없을 터이다. 머리 장식도 슬쩍 만져서 확인해 봤지만, 떨어질 락 말락 하는 상태도 아니었다. 한넬로레는 주변을 신경 쓰면서 거리를 좁히더니 목소리를 낮췄다. 나도 숨을 멈추고 한넬로레의 말을 기다렸다.

"저, 저기, 로제마인 님. 줄곧 사과하고 싶은 일이 있어요."

"……다과회에서 갑자기 기절한 제게 한넬로레 님께서 사과하실 만한 일이 있었나요?"

예상치 못한 말에 내가 눈을 끔뻑이자, 한넬로레는 "제 일이 아니라 단켈페르거의 일로요."라고 중얼거렸다. 페슈필 연습 소리에 말소리가 묻힐 것 같은 잡음 속에서 한넬로레는 레스티라우트가 작년에 슈바르츠와 바이스의 권리를 넘기라고 주장하게 된 사정을 말해 주었다.

"제가 귀여운 슈바르츠와 바이스를 보고, 주인이 되고 싶다고 혼잣말을 한 탓에 로제마인 님께도, 에렌페스트에도 큰 폐를 끼쳤다고 들었습니다. 제가 알았을 때는 이미 왕자님의 귀에도 들어간 뒤여서 까무라치게 놀랐어요."

요약하자면 '그 귀여운 스밀들의 주인이 되면 얼마나 좋을까'라는 귀여운 여동생의 중얼거림을 들은 레스티라우트가 한넬로레를 슈바르츠와 바이스의 주인으로 만들려고 뻘짓을 한 것이라고 했다.

'무슨 이런 민폐 시스콤이 다 있나!'

"심지어 루펜 선생님이 몇 번이나 디터 승부를 제안했다면서요? 최대한 말리고 있지만, 앞으로도 계속 폐를 끼칠지도 몰라요. 그 일로 혹여나 로제마인 님께서 저를 미워하지 않을까 걱정이 되어서……."

한넬로레는 울먹이는 얼굴로 '계속 사과하려고 했지만, 기회가 없어서 이렇게 늦어졌다'라며 사과했다.

'어쩌지. 한넬로레 님이 미치도록 귀여워! 슈바르츠와 바이스의 주인이 되고 싶었다니 역시 책벌레 친구야!'

한넬로레에게 도서위원을 권할 기회는 지금뿐이다. 나는 한넬로레를 올려다보았다.

"제가 어찌 한넬로레 님을 미워하겠어요. 슈바르츠와 바이스의 주인이 되고 싶으셨군요. 그럼 저와 함께 '**도서위원**'을 합시다."

한넬로레가 멀뚱거리며 고개를 갸웃거렸다.

"저기, '**도서위원**'이 뭔가요?"

"슈바르츠와 바이스에게 마력을 공급하고, 솔랑쥬 선생님을 돕는 일이에요. 한넬로레 님도 책 좋아하시잖아요. 함께 하실래요?"

내 기세에 놀란 듯 눈이 휘둥그레진 한넬로레는 차분한 동작으로 뺨을 괴며 생각하더니 "슈바르츠와 바이스와 함께 도서관에서 지내면 즐거울 것 같네요."라며 미소를 지었다.

'됐어! 도서위원 GET!'

언제 어떻게 한넬로레를 도서위원에 꼬드길까 고민했었는데 아주 수월하게 일이 굴러갔다. 야호! 하고 펄쩍 뛰며 신에게 기도하고 싶은 충동을 억누르면서 나는 주먹을 꽉 쥐었다.

"저기, 로제마인 님. 저, 그게, 무례한 부탁이 있습니다."

"뭔가요?"

도서위원 동료의 부탁이라면 뭐든 들어 줄게, 라고 생각하며 말을 재촉하자, 한넬로레가 머뭇거리며 입을 열었다.

"로제마인 님께서 만드셨다는 곡을, 그, 제 악사에게 연주시키고 싶은데 허가해 주실 수 있으세요?"

작년 음악 수업에서 내가 만든 새로운 곡을 파울리네가 연주했었는데 그 곡을 자기 악사에게도 외우게 하고 싶다고 한넬로레가 중얼거리듯이 말했다. 음악 선생이 주최한 다과회에서 그랬듯이 로지나가 연주한 곡을 자신의 악사에게 외우게 하고 싶다는 청이었다. 내가 만든 것으로 알려진 곡을 한넬로레의 악사가 연주한다면 친밀함의 증거가 된다. 나는 웃으며 승낙했다.

"그럼 다과회 때 책을 교환할까요? 그때 악사를 데리고 오세요."

"고맙게 생각합니다, 로제마인 님. 그날 빌려드릴 책을 준비해 놓고 기다릴게요."

'한넬로레 님과 도서위원. 한넬로레 님과 다과회. 한넬로레 님과 책 교환. 나 이젠 외톨이가 아니야!'

음악 수업을 끝낸 내가 친구와의 약속에 한껏 들떠서 소강당을 나가자 리카르다가 측근들을 거느리고 기다리고 있었다. 코르넬리우스가 나를 보고 "그 얼굴을 보니 합격이군요?"라며 피식 웃었다.

"네. 음악도 합격을 받았어요."

"로제마인 님, 저도 받았습니다. 음악 선생님께 칭찬까지 들었어요. 작년에 비해 실력이 많이 늘었다고요. 로제마인 님과 함께 연습한 덕분입니다."

내가 가슴을 펴며 보고하자, 필린느가 뺨을 장밋빛으로 물들이며 환한 미소로 다가왔다. 신전에서 나와 함께 로지나에게 배우며 페슈필을 연습했던 필린느는 하급 귀족으로서는 좀처럼 볼 수 없는 실력 향상이라고 칭찬받은 모양이다.

"선생이 바뀌어도 진지하게 연습하지 않으면 자기 것으로 만들 수 없는 법이에요. 필린느의 노력으로 얻은 실력이에요."

필린느를 칭찬한 뒤, 나는 내 노력을 측근들에게 보고했다.

"오늘은 합격도 하고, 파울리네 선생님에게 다과회도 초대받고, 단켈페르거의 한넬로레 님과도 이런저런 약속을 했어요. 나, 사교도 열심히 하고 있죠?"

그 보고에 측근들의 눈이 휘둥그레졌다. "도서관보다 사교를 택하신 겁니까?"라고. 그럴 리 있나. 도서위원의 교류는 도서위원 활동의 일환이다. 하지만 굳이 말할 필요는 없으리라. 나는 말없이 싱긋 웃었다.

다음 날도 이론은 쉽사리 합격했다. 본래 한 계절 동안 배우는 과정을 모두가 1년에 걸쳐 예습하고 공부했으니 당연한 결과다. 하지만 다른 영지 학생에게는 한 영지의 모든 학생이 잇달아 첫날 합격을 따내는 상황이 당연하지 않다. 드레반헬의 오르트빈이 에메랄드그린 망토를 휘날리며 우리 상황을 살펴보러 다가왔다.

"빌프리트, 너희는 계속 전원 합격할 셈이야?"

"그럼. 이론은 전부 합격해야지. 절대 양보할 수 없는 것이 있거든."

"······양보할 수 없는 것?"

오르트빈이 눈을 끔뻑이며 흥미진진하게 빌프리트를 바라보았다. 순간, 아차 싶은 얼굴로 입을 꾹 다문 빌프리트는 이내 귀족답게 짙은 녹색 눈동자에 미소를 띠며 흘려 넘겼다.

"뭐, 그게 무엇인지는 에렌페스트만의 비밀이야."

'타르트를 귀족원에서 공개할 예정은 없으니까요.'

빌프리트는 공개해서 유행시킬 계획이 없으니까 말을 흐렸을 뿐인데 드레반헬 아이들에겐 굉장한 비밀이 있는 것처럼 들린 모양이다. 학생들의 눈이 무섭게 번뜩였다.

"에렌페스트의 성적 향상 비밀이라. ……반드시 알아내고 말겠어, 빌프리트."

"그렇게 간단하지 않을걸."

'아아, 응. 둘 다 힘내.'

도서관 등록과 마력 공급

오늘 점심시간에는 오랜만에 도서관에 간다. 1학년들을 데리고 가서 이용자 등록을 해야 하기 때문이다. 나는 다목적 홀에 늘어선 1학년들을 둘러보며 싱긋 웃었다.

"귀족원 도서관의 등록료는 한 사람당 소금화 한 닢이에요. 돈이 없어서 등록을 주저하는 사람에게는 내가 빌려줄 테니까 열심히 사본을 만드세요."

다목적 홀에 비치한 책장에는 에렌페스트의 장서 목록 사본과 상급생이 작년에 베낀 책 목록을 두었다. 목록을 확인하고 중복되지 않도록 사본 작업을 하라고 설명하자 1학년들은 순진한 얼굴로 고개를 크게 끄덕였다.

서둘러 점심을 먹은 뒤 나는 나갈 채비를 했다. 도서관에 갔다가 곧바로 오후 실기 수업에 들어가야 한다.

"역시 로제마인 님도 도서관에 가십니까?"

알고는 있지만 가고 싶지는 않은 표정으로 코르넬리우스가 만반의 준비를 한 나를 내려다보았다.

"에렌페스트의 학생이 도서관에 등록하러 가는데 내가 기숙사에 남아 있는 쪽이 이상하지 않아요?"

"잘 생각해 보십시오. 이번에는 1학년의 등록입니다. 로제마인 님은 이미 등록을 마친 2학년이시니 전혀 관계가 없습니다. 영주 후보생이신 샤를로테 님도 계십니다. 게다가 솔랑쥬 선생님의 집무실에 측근까지 우르르 몰려가면 오히려 방해되지 않겠습니까?"

"하지만 슈바르츠와 바이스에게 마력도 공급해야 하는걸요."

내가 입술을 삐죽이자 코르넬리우스가 "마력이 떨어졌다는 연락은 아직 없었습니다만." 하고 가볍게 어깨를 으쓱했다.

코르넬리우스의 주장도 일리가 있다. 마석에 마력을 담아 건넸으니까 오늘 굳이 내가 도서관에 갈 필요도 없다. 하지만 수업을 통과하기 전에 도서관에 갈 이 귀한 기회를 어찌 놓칠 수 있으랴.

"내가 얼마나 도서관에 가고 싶어 하는지 알면서 어찌 그런 심술궂은 말을 하세요? ……아 참. 마음에 둔 분께 차였다고 했죠?"

화풀이예요? 하고 내가 노려보자, 코르넬리우스가 눈을 부릅뜨고, "아닙니다!" 하고 즉시 부정했다.

"그럼 졸업식 에스코트 상대는 정해졌겠네요? 코르넬리우스도 하르트무트도 최상급생이잖아요."

우수자인데 여자에게 인기 없을 리가 없겠죠? 라고 내가 두 측근을 번갈아 보자, 코르넬리우스와 하르트무트는 서로 눈빛을 교환하더니 눈을 반짝였다. 둘이서만 통하는 뭔가가 있는지 덥석 악수한다. 하르트무트가 씩 웃음을 짓고는 나를 내려다보면서 입을 열었다.

"로제마인 님께는 알려드릴 수 없습니다."

하르트무트가 그렇게 거절할 줄 몰랐다. 내가 "어째서요!?"라며 눈을 부릅뜨자, 코르넬리우스가 책장으로 시선을 돌렸다.

"어머님 귀에 들어가면 책의 소재가 되니까요."

책장에는 엘비라와 그녀의 친구들이 쓴 귀족원 연애소설이 꽂혀 있다. 그녀들이 쓴 귀족원 연애소설의 2탄, 3탄의 희생양이 될 거라는 코르넬리우스의 예상은 옳다. 엘비라는 램프레히트와 아우렐리아의 연애 사정도 신나게 집필했다. 등장인물의 이름이 다르고 중간에 신을 찬양하는 시가 들어가기에 실제 인물을 특정하기는 어렵지만, 아는 사람이라면 보면 안다. 코르넬리우스도 틀림없이 소재거리가 되리라.

덧붙여 말하자면 램프레히트의 연애담은 서로 마음이 통했으나 사회 정세로 인해 한 번 헤어지고도 신들께 기도를 올림으로써 결국 이어졌다는 내용이 되었다. 절반 이상이 창작이다. 엘비라의 망상 능력은 경탄스럽다.

"소재거리가 되는 것을 피하고 싶은 마음은 이해해요. 하지만 어느 분을 에스코트하든 인사를 안 할 순 없잖아요."

상대가 다른 영지 사람이라면 더더욱 영지대항전 전에 부모에게 말해야 한다. 엘비라의 먹잇감이 되는 시기가 앞당겨지나 뒤로 밀리나 그게 그거다.

"그건 로제마인 님께서 봉납식을 하러 돌아가실 때 말할 겁니다. 걱정하실 것 없습니다."

명쾌한 말본새로 보아 아무래도 예정된 상대가 있는 느낌이다. 나는 코르넬리우스를 좋아한다고 했던 레오노레에게로 시선을 옮겼다. 살짝 숙인 얼굴이 포도색 앞머리에 가려서 표정이 보이지 않았다.

"하아……. 그건 그렇고 어쩌다가 이런 이야기가 된 거죠? 저는 앞으로 로제마인 님의 도서관행에 동행할 수 있도록 최대한 빨리 수업을 끝내는 데 집중하고 싶었을 뿐인데 말입니다."

"그럼 코르넬리우스는 따라오지 않아도 돼요. 호위 기사는 레오노레와 유디트도 있고, 샤를로테의 측근도 동행하니까요."

점심시간에 공부하라는 허가를 내렸는데도 코르넬리우스는 깊은 한숨과 함께 고개를 저으며 칠흑 같은 눈으로 빤히 나를 바라보았다.

"아뇨, 동행하겠습니다. 최대한 눈을 떼지 말라는 명령을 받았으니까요."

누구한테? 라고 묻고 싶었지만, 나는 입을 다물었다.

'신관장님이나 양아버님이나 양어머님이나 아버님이나 어머님이나…… 겠지.'

이름이 나올 만한 보호자들의 얼굴을 떠올리는데 하르트무트가 맑은 오렌지색 눈동자로 먼 허공을 본다.

"아, 저도 여러 사람들에게 들었죠. 신전 시종을 비롯한 다무엘, 안게리카, 에크하르트 님, 유스톡스 님, 성에 돌아가서는 어머님과 보니파티우스 님께도……."

'정말 내가 도서관에 가는 것을 주의해야 한다고 여러 사람이 생각하나 봐.'

"모두의 의견은 잘 알겠어요."

"로제마인 님, 그럼……."

"하지만 주변이 어떻게 생각하든 내겐 도서관을 포기하는 선택지는 없어요. 어서 도서관에 갑시다."

'오랜만에 도서관이다. 야호!'

"이번에는 페르디난드 도련님께 빈 마석도 받았으니 괜찮겠지요."

리카르다가 포기한 듯 현관문을 열었다.

이미 등록이 끝난 우리는 들어갈 수 있지만, 등록하지 않은 1학년은 사서인 솔랑쥬의 허가 없이는 도서관에 들어가지 못한다.

"샤를로테, 솔랑쥬 선생님에게 받은 목패를 문구멍에 넣으세요."

"네, 언니."

샤를로테가 살짝 긴장한 표정으로 목패를 문에 달린 우유 투입구 같은 구멍에 딸깍, 하고 넣었다. 몇 초 뒤 끼익 하는 소리를 울리며 문이 서서히 열렸다. 놀라서 토끼 눈이 된 1학년을 이끌고, 환한 복도를 걸어가 끝에 있는 문을 열었다. 그곳에는 작년처럼 솔랑쥬가 온화한 미소를 머금은 채 기다리고 있었다. 작년과 다른 부분이라면 솔랑쥬의 옆에 슈바르츠와 바이스가 있다는 점이다.

"오랜만이에요, 솔랑쥬 선생님."

내가 인사하자, 솔랑쥬의 파란 눈동자가 반갑게 부드러운 웃음을 띠었다. 마치 오랜만에 만난 손녀를 보는 할머니 같은 눈빛이다.

"로제마인 님이 건강해 보여서 다행입니다. 그리고 1년 새에 키가 크셨네요."

"네? 한눈에도 알 정도로 그렇게 많이 컸나요?"

키가 컸다는 말에 기뻐하는 내 주위를 슈바르츠와 바이스가 폴짝폴짝 뛰며 돌기 시작했다.

"공주님, 왔다."

"오랜만이다, 공주님."

"……커다란 스밀이다."

"말을 해?"

슈바르츠와 바이스를 처음 본 1학년들이 엄청난 것이라도 본 듯한 표정으로 귓속말을 속닥였다. 1학년을 대표하듯이 샤를로테가 입을 열었다.

"언니, 이 아이들이 슈바르츠와 바이스예요? 얘기로는 들었지만, 제 상상보다 훨씬 귀여워요."

슈바르츠와 바이스의 움직임을 좇으며 남색 눈동자를 반짝이는 샤를로테의 말에 리젤레타가 연신 고개를 끄덕인다. 슈바르츠와 바이스를 넋 나간 눈빛으로 보는 리젤레타를 시야 끝으로 포착하면서 나는 조그맣게 웃었다.

"맞아요. 귀엽죠? 하지만 샤를로테도 그렇고, 모두 만지면 안 돼요. 도둑맞을 위험을 방지하는 차원에서 여러 마법진으로 슈바르츠와 바이스를 보호하고 있거든요. 살짝 건드리는 정도라면 찌릿하고 말겠지만, 여러 번 만지려고 하면 큰일 난대요."

슈바르츠와 바이스는 사서 업무로 도서관 내를 어슬렁거리므로 살짝 부딪치는 정도는 흔하리라. 아주 살짝 닿았을 때는 찌릿한 정전기가 일어난 듯한 가벼운 통증으로 경고한다. 하지만 여러 번 이어지면 온몸이 찢기는 듯한 충격이 일고, 장시간 이어지면 정전기가 아니라 화상, 혹은 피부가 짓무르는 등 반격이 세진다고 한다.

"알아요. 저도 함께 마법진을 새겼는걸요. 그리고 아무리 귀여워도 슈바르츠와 바이스는 왕족의 유물이에요. 멋대로 만지는 짓은 안 해요. 그 정도 분별력은 있어요."

당당한 샤를로테의 말에 왕족의 유물이라는 사실을 처음 안 1학년들이 살짝 놀란 표정으로 슈바르츠와 바이스를 보았다. 그들의 얼굴에는 황공스러운 표정이 뚜렷이 드러났다.

"에렌페스트 학생은 이미 로제마인 님께 주의를 들었을 테니 슈바르츠와 바이스에 관해 제가 딱히 말씀드릴 건 없겠군요."

솔랑쥬가 손으로 입을 가리고 품위 있게 웃으며 나와 슈바르츠와 바이스를 번갈아 보았다.

"로제마인 님. 제가 1학년들을 등록하는 동안 슈바르츠와 바이스에게 마력 공급을 부탁드려도 되겠습니까? 이 둘은 로제마인 님께서 오신다고 하니까 정말 좋아했거든요."

"물론이죠. 방해되지 않게 열람실에서 할게요."

"……2층이라면 지금 아무도 없으니까 시선을 피하고 싶으시다면 그곳을 쓰세요."

열람실에 가게 해 달라는 요구가 어지간히 얼굴에 드러났나 보다. 솔랑쥬가 쓴웃음을 지으며 2층으로 가라고 안내했다. 아마 단켈페르거가 시비를 걸었던 때를 떠올린 것이리라. 괜한 소동에 휘말리지 않으려면 주변 시선을 피하는 편이 좋다. 나는 솔랑쥬의 말대로 2층 열람실로 가기로 했다.

"1학년 등록에는 로제마인 님께서 할 일은 아예 없었군요."

"마력 공급을 하잖아요."

어이없어하는 코르넬리우스의 목소리를 등 뒤로 들으면서 나는 슈바르츠와 바이스를 데리고 재깍 열람실로 들어갔다. 문을 열고, 왼편에 있는 계단을 올라가서 2층에 정말 사람이 없음을 확인했다.

"코르넬리우스는 계단 앞에서 누가 오지 않나 경계하세요. 레오노레와 유디트는 슈바르츠와 바이스를 보고 싶어 하니까 코르넬리우스 혼자서도 괜찮죠?"

사실은 두 사람이 한 조로 경계하는 편이 좋다. 하지만 여자는 대체로 슈바르츠와 바이스를 좋아하고, 의상에 들어가는 자수도 도와줬다. 그런데 계단 앞에서 경비를 시키면 불쌍하지 않은가. 그런 나의 주장에 레오노레가 키득거렸다.

"그런 걱정 마십시오. 저도 계단 앞에서 경계하겠습니다."

"레오노레, 그래도 괜찮겠어요?"

"네. 오늘은 여기서 주변을 경계할 테니 다음번에 곁에 있게 해주십시오."

장난기 섞인 남색 눈동자에 웃으며 고개를 끄덕인 나는 계단 앞에 코르넬리우스와 레오노레를 남겨놓고 안쪽으로 이동했다.

"여기라면 누가 계단을 올라와도 쉽게 눈에 띄지 않겠네요."

리카르다의 말에 고개를 끄덕인 나는 슈바르츠와 바이스의 이마에 박힌 금색 마석으로 손을 뻗었다. 그리고 마석을 천천히 쓰다듬으며 마력을 주입했다. 솔랑쥬가 내가 준 마석으로 마력 공급을 하고 있었는지, 마력은 크게 줄지 않은 듯했다. 다만, 쓰다듬으면 기분 좋게 금색 눈동자를 감고 있는 둘에게 마력 공급보다 칭찬을 많이 해 주기로 했다.

"슈바르츠, 바이스. 봄부터 오늘까지 열심히 일해 줘서 고마워요."

"일 열심히 했다."

"솔랑쥬, 기뻐했다."

"겨울에 학생이 많아지면 지금보다 일이 더 늘어날 거예요. 그리고 나와 함께 도서위원을 할 친구도 생겼으니까 조만간 소개할게요."

마력을 주입하던 손을 떼자, 슈바르츠와 바이스가 금색 눈을 뜨고 재차 깜박이더니 더 안쪽으로 걸어가기 시작했다.

"공주님, 공주님."

"여기도 쓰다듬어 줘."

"……여기?"

영문도 모른 채 나는 책장과 책장 사이에 있는 석상 앞으로 끌려갔다. 구르트리스하이트를 품에 안은 지혜의 여신 메스티오노라 석상이다. 신전에 있는 진짜 신구를 품에 안은 신상(神像)처럼 이 새하얀 메스티오노라 석상도 노란 가죽으로 덮인 화려하고 커다란 책을 안고 있다. 색깔이 다양한 여러 마석이 박혀 있는 것을 보니 책도 마술구임을 알 수 있다.

그러고 보니 작년에 솔랑쥬가 도서관에는 지혜의 여신 메스티오노라의 가호가 있어서 학생들이 만든 사본이 모인다고 했었다.

"공주님, 여기 쓰다듬는다."

"기도한다. 공주님의 일."

슈바르츠와 바이스가 가리킨 것은 메스티오노라가 안고 있는 구르트리스하이트였다. 나는 시키는 대로 구르트리스하이트를 손으로 만지며 기도했다.

'부디 도서관에 책이 많이 늘어나기를.'

기도하면서 구르트리스하이트에 박혀 있는 마석을 어루만졌다. 그러자 마력이 쑥 빨려 나갔다. 슈바르츠와 바이스에 주입하는 마력과는 비교도 안 될 정도로 대량의 마력이 단숨에 빠져나갔다. 나는 황급히 팔을 거둬들였다.

"로제마인 공주님, 왜 그러세요?"

갑자기 팔을 움츠리는 행동이 이상하게 보였는지 리카르다가 미간을 찌푸렸다. 나는 내 손과 구르트리스하이트를 번갈아 보고, 이상한 사태가 일어나지 않을까 주의하며 주변을 살폈다. 이런 식으로 마력이 멋대로 빨려 나갈 때는 항상 뭔가가 일어났었다. 아무리 나라도 학습은 한다.

하지만 그 학습은 도움이 되지 않았다. 아무 일도 없었다. 메스티오노라의 상이 움직인다든지, 왕족의 비밀 서고에 들어가는 문이 나타난다든지, 뭐라도 일어나지 않을까 내심 기대했건만, 아무런 변화도 없다. 이상하다.

"……아무 일도 안 일어나네요."

"로제마인 님. 무슨 일 있었습니까?"

슈바르츠와 바이스가 측근들의 물음에 대답했다.

"공주님 일하는 중."

"할버님, 좋아한다."

"……슈바르츠, 바이스. 할버님이 누구예요?"

슈바르츠와 바이스는 주인인 사서를 통틀어 '공주님'이라고 부른다. 지금까지 '할버님'이라는 존재를 들어본 적도 없다. 고개를 갸우뚱하는 내게 돌아온 대답은 나를 더욱더 의아하게 만들었다.

"할버님은 할버님."

"늙고 높다."

"……그 할버님이라는 분은 연세가 있고, 매우 높은 분이시군요."

"맞다."

'으음, 슈바르츠와 바이스는 귀엽긴 하지만, 무슨 말인지 도통 모르겠어.'

아무리 생각해도 알 수 없어서 더는 생각하지 않기로 했다. 나중에 솔랑쥬에게 물어보자. 그게 더 확실하다.

그렇게 생각하는데 "와!" 하는 감탄과 함께 술렁이는 소리가 들려왔다. 아마 등록을 끝낸 1학년들을 데리고 솔랑쥬가 열람실로 들어온 것이리라.

"슈바르츠, 바이스. 1층으로 내려가서 1학년을 안내하세요. 난 솔랑쥬 선생님과 할 얘기가 있어요."

"알았다. 공주님."

"안내한다."

1층으로 내려간 나는 1학년의 안내를 슈바르츠와 바이스에게 맡겼다. 그들은 말이 짧고 어눌하지만, 샤를로테의 상급생 측근이 동행하니까 문제는 없다.

"솔랑쥬 선생님, 잠깐 할 얘기가 있는데요……."

나는 작년과 마찬가지로 수업이 끝날 때까지 도서관 출입이 금지되었으므로 그때까지 페르디난드의 마석을 맡기겠다고 제안했다.

"너무 무리하지는 마세요."

"아니요. 전 하루라도 빨리 수업을 끝내서 올해야말로 도서위원으로 활동하고 싶어요. 작년 막바지에 슈바르츠랑 바이스와 함께한 반납 처리 작업도 너무 즐거웠고요."

"그땐 정말 큰 도움이 되었습니다."

새파랗게 질린 학생들이 잇달아 책을 안고 뛰어 들어오던 모습을 떠올리며 둘이서 웃었다.

"책 반납률이 완벽해서 올해도 페르디난드 님께 재촉 올도난츠를 부탁드리고 싶을 정도랍니다."

"……뭔가 대가가 있어야겠네요. 아니면 페르디난드 님의 목소리를 녹음할 마술구가 있으면 해결될지도 몰라요."

영상을 비추는 마술구도 있었고, 올도난츠처럼 목소리를 전달하는 마술구도 있으니까 녹음기 정도는 있을 줄 알았는데 일반적이지는 않은 모양이다. 솔랑쥬가 잘 모르겠다는 듯이 눈을 깜빡이며 살포시 고개를 갸웃했다.

"목소리를 기록한다는 말씀입니까?"

"맞아요. 혹시 모르세요?"

"그거참 편리하겠네요. 도서관에서는 큰 소리와 잡담이 금물이라

재촉용 말고는 떠오르는 용도가 없지만요."

그러고 보니 페르디난드가 빌려준 검무와 봉납 가무를 촬영한 마술 구도 소리는 없었던 기억이 떠올랐다.

'신관장님이나 힐쉬르 선생님에게 만들 수 있나 상담해 볼까?'

"그것보다 로제마인 님은 괜찮으신가요? 실기 수업 때 마력을 많이 사용하시죠? 슈바르츠와 바이스에게까지 마력을 공급하면 부담스럽지 않으세요?"

실현 가능성이 애매한 마술구보다 마력 공급의 부담이 더 걱정이라며 솔랑쥬가 어두운 표정을 지었다.

"괜찮아요. 한넬로레 님께서 저와 함께 도서위원을 해주시기로 했거든요."

"한넬로레 님이라면…… 단켈페르거의 영주 후보생 아니십니까? 단켈페르거라면 슈바르츠와 바이스의 주인 자리를 놓고 다투던 영지가 아닌가요?"

영문을 알 수 없다는 듯한 표정인 솔랑쥬에게 슈바르츠와 바이스의 쟁탈전 이면에는 레스티라우트의 헛고생이 있었다고 전했다.

"한넬로레 님은 책과 스밀을 좋아하는 얌전하고 상냥한 분이세요. 속성에 문제가 없다면 공동 주인으로 함께 도서위원을 맡을 예정이에요."

"어쩜. 그럼 본격적으로 도서관 이용자가 많아지기 전에 올해도 다과회를 열어야겠군요. 묻고 싶은 얘기가 아주 많답니다. 가능하면 한넬로레 님도 초대해 주십시오."

나는 순간 눈앞이 밝아지는 것을 느꼈다. 도서관에서 솔랑쥬와 한넬로레와 함께 다과회를 한다. 생각만 해도 어깨춤이 절로 난다.

"책벌레가 모이는 다과회군요. 한넬로레 님께도 꼭 말씀드릴게요."

"네, 기대하고 있겠습니다."

그때 도서관 안에 스테인드글라스를 통과한 듯한 형형색색의 빛이 떨어져 내렸다. 오후 수업 전에 퇴실하라는 빛이다. 열람실 안쪽에서 "으악!?"하고 놀라움에 가득찬 소리를 지르는 1학년들의 목소리가 들렸고, "오후 수업."이라는 슈바르츠와 바이스의 목소리가 나왔다.

"공주님도 수업."

"늦는다. 서둘러."

'아. 할버님 얘기를 못 물었어!'

하지만 나의 걸음 속도로는 최대한 서둘러 도서관을 나가야 한다. 다과회 때든 도서관 출입이 가능해졌을 때든 다음에 물을 수밖에.

"또 올게요. 슈바르츠와 바이스는 업무 열심히 하세요."

슈바르츠와 바이스에게 떠밀려 우리는 도서관을 뒤로했다. 견습 시종과 견습 문관은 각자의 전문동으로 가고, 1학년들과 우리와 견습 기사는 중앙동으로 돌아갔다.

"언니, 저희 1학년은 강당에 가야 해서 여기서 실례할게요."

1학년은 모두 강당에서 이론을 듣지만, 2학년은 실기다. 그리고 귀족의 위계마다 교실도 다르다. 필린느가 "로제마인 님, 저도 여기서 실례하겠습니다."라며 모퉁이를 돌았다.

"레오노레, 유디트. 로제마인 님을 소강당에 모셔다드리고 우리도 서두르자."

견습 호위 기사들은 나를 데려다주고 나면 중앙동보다 더 북쪽에 있는 전문동으로 서둘러 가야 한다. 나의 우아한 전속력에 맞춰 걸으면서 코르넬리우스와 레오노레, 유디트가 대화하는 목소리가 들려왔다.

나는 신체강화 마술구에 마력을 흘려서 속도를 높였다. 마술구 없이도 움직일 수 있게 되었지만, 이럴 때를 대비해서 귀족원에서는 항시 들고 다니라는 말을 들었다.

'최대한 빨리, 그러면서도 우아하게!'

"그럼 공주님. 오후 실기는 슈타프 변형입니다. 공주님의 몸을 지킬 무기와 방패 제작법을 확실히 배워 오십시오."

슈타프 변형

소강당에 들어가자 평소에는 새하얗던 바닥에 마법진이 그려진 천이 넓게 깔려 있는 모습이 눈에 들어왔다. 징세관과 페르디난드가 물건을 전이시킬 때 쓰던 마법진 같다. 어디에 쓰는 걸까? 하고 전이 마법진을 보다가 그 앞에서 허리춤에 손을 올리고 장승처럼 서 있는 루펜과 눈이 딱 마주쳤다.

"오, 로제마인 님. 오늘 실기가 정말 기대되는군요."

루펜은 하얀 이를 번쩍이며 상쾌하게 웃었다. 대체 뭐가 기대된다는 말인지 모르겠다. 나는 억지웃음으로 무시하고 한넬로레를 찾았다. 책벌레 다과회에 관한 얘기를 전해야 해서다.

설레는 마음으로 교실을 둘러보는데 빌프리트와 대화를 나누는 한넬로레가 보였다. 다른 사람이었다면 대화에 끼기가 조심스러웠겠지만, 빌프리트라면 괜찮으리라.

"안녕하세요, 빌프리트 오라버니, 한넬로레 님."

"늦었네, 로제마인."

"이래봬도 도서관에서 곧장 온 거랍니다. 저한테는 이게 최선을 다한 거예요."

빌프리트에게 그렇게 대답하자, 한넬로레가 "도서관에 가셨어요?"라며 싱긋 웃었다.

"네. 1학년을 등록하고, 슈바르츠와 바이스에게 마력을 공급해야 했거든요."

"슈바르츠와 바이스는 잘 지내나 보네요. 저도 도서관에 가고 싶어졌어요."

역시 한넬로레는 도서관에 흥미가 있는 모양이다. 기뻐진 나는 단도직입적으로 다과회 얘기를 꺼냈다.

"솔랑쥬 선생님과 얘기를 나눴는데 한넬로레 님도 도서위원으로 활동하실 거죠? 책벌레 다과회에 초대하면 민폐일까요?"

"책벌레 다과회요?"

"네. 사서가 솔랑쥬 선생님 한 분이라 도서관을 나갈 수가 없어서 이용자가 적은 시기에 도서관 집무실에서 다과회를 열거든요. 한넬로레 님은 일정이 어떠세요?"

한넬로레는 "글쎄요……."라고 중얼거리며 고개를 갸웃거리며 생각했다.

"이론은 비교적 빨리 끝날 테니까 열흘 후 오전 중이라면 시간을 낼 수 있을 거예요."

"그럼 제가 다과회를 준비해서 솔랑쥬 선생님과 한넬로레 님을 초대할게요. 장소는 도서관이지만요."

"기대하고 있을게요."

한넬로레가 기쁘게 웃을 때 네 점 반 종이 울렸다. 우리는 수다를 멈추고, 나란히 선 선생들에게로 시선을 돌렸다. 프림베르의 모습도 보이지만, 눈을 반짝이며 신이 난 루펜만 묘하게 눈에 띄었다.

종소리가 멈추자마자 루펜이 학생들을 둘러보며 우렁차게 소리쳤다.

"좋아, 다들 모였지? 오늘은 슈타프 변형을 하겠다. 올해 과제는 무기와 방패를 만드는 것이다."

'으아, 루펜 선생님이 엄청 열정적이셔.'

"귀족은 자신의 몸과 영지를 지키려면 전투력을 가져야 한다. 이는 기사에게만 국한된 것이 아니다!"

루펜은 단켈페르거가 유르겐슈미트에서 짊어진 역할을 설명하고, 전력이 얼마나 중요한지를 역설하기 시작했다.

"영주 일족은 자신의 영지를 지키기 위해 힘을 길러야 한다. 주추의 마술을 지켜내는 자는 결국 영주뿐이다. 또한, 영주 일족을 섬기는 측근 상급 기사라면 전투에 특화한 능력을 갖춰야 한다. 그러나 생활면을 담당하는 시종도 주인을 지킬 수 있어야 하지. 문관도 마찬가지다. 언제 어떠한 위험이 닥칠지 아무도 모른다. 적어도 영주를 피신시킬 시간을 벌 수 없다면 측근이라고도 할 수 없다. 힘이다! 그것이 무엇보다 중요하다!"

주먹을 쥔 루펜의 뜨거운 주장에 남학생들은 눈을 반짝였지만, 여학생은 꼭 그렇지도 않은 듯했다. 온도 차가 확연하다. 물론, 언뜻 봤을 때 열심히 귀를 기울이는 여학생도 몇 명은 있었다. 아마 견습 기사들이리라.

'루펜 선생님이 너무 열렬해서 오히려 깨지만, 맞는 말이야. 전투력과 방어력은 필수야. 비상사태는 정말 갑작스럽게 일어나니까.'

신전에서 다른 영지 귀족이 날뛰고 성 내부에 수상한 자들이 침입하는 등 지금까지 몇 번이나 위험한 사태와 마주쳤다. 마력을 써서 자기 몸과 주변을 지키는 건 마력이 풍부한 귀족의 역할이다. 하지만 견습 문관과 견습 시종은 영 감이 안 오는 얼굴이었다. 어쩌면 정변을 끝으로 신변의 위험을 느낄 기회가 줄었는지도 모르겠다.

그런 가운데, 프림베르가 서글서글한 미소를 지으며 루펜의 앞으로 나왔다. 천천히 여학생들을 둘러보더니 부드러운 목소리로 말하기 시작했다.

"싸움을 기사와 남성에게 맡기면 그만이라고 생각하는 분도 계실 겁니다. 하지만 그건 착각입니다. 여성이야말로 자기 몸을 지킬 힘이 필요합니다. 무례한 남자는 접근조차 못 하도록 해야 하니까요."

여학생들이 깜짝 놀라며 고개를 들었다. 그들의 눈빛은 진지했다. 그 모습을 본 프림베르는 고개를 끄덕이고 루펜보다 한걸음 뒤로 물러서서 발언권을 루펜에게 양보했다.

"모두 할 마음이 생긴 것 같군. 그럼 먼저 방패부터 연습하자!"

무기는 각자의 적성이 다르고, 견습 기사와 문관, 견습 시종에 따라 필요한 무기도 다르다. 하지만 방패만은 똑같다. 모두가 같은 방패를 만드는 단계부터 시작하자고 설명한 뒤 루펜과 프림베르는 마법진에서 방패 몇 가지를 꺼냈다. 금속으로 된 직사각형 방패로, 간단한 바람의 마법진이 새겨져 있다.

"이것은 방패의 형태를 통일하기 위해 금속으로 만든 방패다. 이 방패를 떠올리면서 '게티르트'라고 외치며 슈타프를 변형한다. 이렇게. 게티르트!"

루펜이 슈타프를 변형시켜서 방패를 만들었다. 그러고 보니 작년에 보물 뺏기 디터에서 본 단켈페르거 견습 기사와 에렌페스트의 견습 기사도 똑같은 방패를 들고 있었던 것 같다. 이렇게 수업에서 배운 거구나, 하고 납득하면서 나는 루펜이 든 방패를 보았다.

"방패를 일렬로 나열해서 큰 공격을 막을 때는 크기와 폭을 통일하는 편이 방어 효과가 크다. 게티르트는 마력으로 만든 방패라서 무겁지 않아. 여성이라도 별 탈 없이 만들 수 있을 거다."

기사가 사용할 것을 염두에 두고 정해진 형태지만, 무겁지 않다고 한다. 힘이 약한 내게는 매우 기쁜 일이다. 얼른 만들어 보자고 생각한 그때 루펜이 방패를 높이 들어 방패에 새겨진 간이 마법진을 가리켰다.

  "여기에 마법진이 새겨져 있다. 이렇게 바람의 여신 슈첼리아의 가호를 방패에 입히면 방어력을 높일 수 있다. 이 마법진을 머릿속에 제대로 떠올릴 수 있어야 슈첼리아의 방패가 되는 거다."

  '응? 그 말은 저 간이 마법진보다 신전에 있는 슈첼리아의 신구인 방패를 떠올리면 위력이 더 크다는 말 아냐?'

  신구의 방패에는 훨씬 복잡한 마법진이 그려져 있고 마석도 가득 박혀 있다. 나는 바람의 방패를 만들 때면 항상 빌마가 카루타와 그림책에 그려 넣었던 신구 그림을 떠올렸다.

  '하지만 슈첼리아의 방패를 직사각형으로 만드는 게 어렵네.'

  내게 바람의 여신 슈첼리아의 방패는 원형이다. 오히려 자신과 지키고 싶은 사람들을 동그랗게 감싸는 반구형으로 쓸 때가 많았다. 직사각형으로 만들라고 해도 고정된 이미지를 갑자기 바꾸기란 어렵다. 어설프게 바꾸면 앞으로 바람의 방패를 소환할 때도 영향이 생기지 않을까? 한넬로레와 빌프리트가 게티르트 연습을 시작해도 나는 혼자 어쩌지도 못하고 있었다.

  "로제마인 님, 표정이 매우 복잡해 보이시네요."

  "그렇게 어려운 과제도 아니잖아."

  한넬로레와 빌프리트가 슈타프조차 소환하지 않고 고민에 빠진 나를 들여다본다.

  "어려워요. 제게 슈첼리아의 방패는 원형이거든요. 갑자기 사각형을 떠올리라고 해도 금방 바꿀 수 있는 게 아니에요."

"슈첼리아의 방패가 원형이에요? 로제마인 님은 보신 적 있으세요?"

평소 신전에 출입하지 않는 귀족은 신구의 형태조차 모르는 듯하다. 한넬로레가 어안이 벙벙한 얼굴로 고개를 갸웃거렸다.

"제단에 있는 신구의 방패가 원형이에요. 제게는 그쪽이 더 익숙하거든요."

"루펜 선생한테 원형 방패면 안 되는지 물어 보지 그래?"

"그러네요. 이대로라면 오늘 안에 합격을 못 하겠어요. 질문하고 올게요."

나는 모두가 연습하는 모습을 지켜보는 루펜에게 가서 "원형이면 안 되나요?"라고 물었다.

"신전에서 자란 저에게는 신구 방패가 더 익숙해요."

"하지만 로제마인 님. 견습 기사는 직사각형이 아니면 다른 사람과 함께 연습할 수 없습니다."

곤란한 듯한 루펜의 말에 나는 의아했다. 확실히 다른 사람과 맞추면서 훈련해야 하는 견습 기사는 형태를 맞춰야 하는지도 모른다. 하지만 나는 영주 후보생이고, 누군가와 함께 싸울 예정은 요만큼도 없다.

"루펜 선생님, 전 영주 후보생이라서 다른 사람과 함께 싸우지 않아요. 원형 방패라도 전혀 문제가 없지 않을까요……."

내 말이 이해가 가지 않는다는 듯이 루펜이 팔짱을 끼고 미간을 찌푸렸다.

"페르디난드 님의 애제자인데 기사 코스를 따지 않겠다고요? 어째서입니까?"

"왜냐고 물으셔도…… 관심이 없으니까요."

이번에야말로 턱이 빠질 정도로 루펜의 입이 쩍 벌어졌다. 고개를 세차게 저으며 "설마……. 말도 안 돼……."라고 중얼거리더니 눈을 부릅뜨고 얼굴을 들이댔다.

"로제마인 님, 디터는 어쩌실 겁니까!? 기사 코스를 수강하지 않으면 디터도 참가 못 합니다!"

"왜 루펜 선생님이 이렇게까지 놀라는지 모르겠네요. 전 딱히 디터를 좋아하지 않아요."

"뭐라고요!?"

'잠깐만. 대체 내가 얼마나 디터를 좋아한다고 생각하는 거야?'

루펜이 디터가 얼마나 훌륭한지 열변을 토하기 시작했다. 방패의 형태에 관한 질문에서 점점 산으로 가는 느낌을 받은 나는 도움을 구하며 주변을 둘러보았다.

'누, 누가 좀 도와줘!'

내 시선을 받고 물 흐르는 듯한 우아한 발걸음으로 나서 준 사람은 프림베르였다. 뺨을 괴고 미소를 지으며 "그럼 곤란해요."라며 중얼거렸다.

"이 수업은 디터를 가르치는 수업이 아니잖아요, 루펜."

"하지만 프림베르. 로제마인 님이……."

프림베르가 살짝 손을 들어 루펜의 말을 끊고, "로제마인 님의 방패를 보여주십시오."라며 우아하게 웃었다. 부드러운 말씨에도 매우 믿음직스러운 프림베르를 향해 고개를 끄덕인 나는 슈타프에 마력을 담았다. 가볍게 눈을 감고 머릿속에 슈첼리아의 방패를 똑똑히 떠올렸다. 오늘은 지킬 대상도 없다. 커다란 냄비 뚜껑만 한 크기면 적당하리라.

"게티르트!"

몇 번이나 기도로 만들었던 슈첼리아의 방패가 내 손에 나타났다. 귀색인 노란색 반투명. 그 표면에는 복잡한 문양으로 보이는 마법진이 그려져 있다. 이미지 그대로다.

"······신구다."

깜짝 놀란 루펜이 내 방패를 뚫어지게 쳐다보았다. 주변 학생들에게서도 술렁이는 소리가 터져 나왔다. 모두가 사각형 방패를 연습하는 가운데 혼자만 동그란 방패를 만들었으니 튀는 게 당연하다.

'중요한 건 합격인걸.'

나는 방패를 든 채 합격 여부를 묻는 시선을 선생에게 보냈다. 슈첼리아의 방패를 본 프림베르는 미소로 고개를 끄덕이며 "그럼 시험해 봅시다."라고 했다.

"좋아. 방패를 들어!"

루펜이 의욕에 찬 얼굴로 자신의 가죽 주머니에서 엄지손가락 한마디만 한 마석을 꺼냈다. 그것을 엄지손가락과 집게손가락으로 집어 그 크기를 보여준 후, 팔을 치켜들어 내 방패를 향해 냅다 던졌다.

"꺅!"

방패로 막으면 되는 줄 알면서도 돌이 무시무시한 속도로 날아오면 무섭다. 나는 무심코 방패에 마력을 흘려보냈다.

마석은 방패에 닿은 순간, 펑! 하고 요란한 소리를 내며 산산조각이 나면서 튀었고, 방패에서 불어 나간 바람이 루펜을 날려 버렸다. 동시에 내 몸에 차고 있던 방어구 하나가 발동했다. 마석을 던진 루펜을 공격하는 적으로 간주한 듯하다. 방패를 든 손목에서 팔찌가 빛을 발했다.

"루펜 선생님, 방어하세요! 반격이 나가요!"

"게티르트!"

전투에 익숙한 덕이리라. 손목 방어구가 빛을 발한 순간, 새파랗게 질린 루펜이 벌떡 일어나 나의 충고와 거의 동시에 방패를 소환했다. 손목 방어구에서 튀어 나간 공격 마력이 루펜을 향해 화살처럼 일직선으로 날아갔다. 미리 대비한 방패로 루펜이 방어구의 반격을 막는 것을 보고, 나는 안도의 한숨을 쉬었다.

"로제마인 님, 지금 건 대체 뭡니까?"

"무슨 일이 생겼을 때 몸을 지킬 수 있게 페르디난드 님께서 주신 방어구예요. 마석을 던진 게 전부라서 반격이 크지 않아 천만다행이에요."

"방금 그게 크지 않은 반격이라고요!?"

루펜이 경악하며 눈을 부릅떴지만, 방금 발동한 건 페르디난드가 내게 채운 무시무시한 방어구 중에서 가장 위력이 약한 반격이었다. 방패 없이 맞더라도 죽지는 않는다. 고통은 크겠지만, 괜찮다고 한다. 참고로 가장 잔인한 건 죽이지 않는 반격이라고 페르디난드가 입꼬리를 올리며 말했었다.

"자세한 건 비밀이에요. ……그것보다 합격인가요?"

"로제마인 님은 신구 그 자체를 완벽하게 표현하실 수 있는걸요. 방패는 합격입니다."

나는 합격을 준 프림베르에게 웃으며 고맙다고 하고, "류켄."으로 변형을 해제했다. 그리고 빌프리트 쪽으로 돌아가려고 방향을 틀었다.

그 순간, 모두가 나를 피하며 길을 터 주었다. 그 표정에 두려움이 서려 있는 건 분명 페르디난드의 방어구 때문이다. 나는 모처럼 터 준 길이니 쭉 걸어서 빌프리트가 있는 곳으로 돌아갔다.

"방패는 합격했어요, 빌프리트 오라버니. 견습 기사는 방패 모양을 맞춰야 하는데 전 영주 후보생이라서 원형이라도 상관없대요."

"로제마인, 너 이 상황에서 할 말이 그게 다냐?"

머리를 싸맨 빌프리트의 말에 나는 달리 할 말을 찾았다.

"그 외에 뭐가…… 아, 그렇지. 신구의 방패가 더 복잡한 마법진이 사용된 만큼 방어력이 더 커요. 빌프리트 오라버니도 기사 코스를 수료할 건 아니니까 신구 방패를 만드는 편이 좋을 거예요."

"그게 아니라 엄청 위험천만한 방어구를 차고 있잖아. 적어도 실기 시간에는 빼 두지 그래? 다른 사람이 위험하잖아."

빌프리트가 미간을 찌푸린 복잡한 얼굴로 고개를 절레절레 흔들었다. 그 말대로 위험할 수도 있지만, 나를 공격하지만 않으면 발동하지 않는다. 무엇보다 페르디난드가 필요성을 느끼고 몸에 차라고 준 방어구다. 멋대로 뺄 순 없다.

"저도 주변을 위험하게 만들 생각은 없어요. 빌프리트 오라버니가 페르디난드 님께 허락을 받아내 준다면 뺄게요. 저 대신 부탁해 줄 거죠?"

내가 묻자, 빌프리트는 귀족다운 억지웃음을 지으며 고개를 저었다.

"방패 연습 시간은 끝났다. 각자 연습해 오도록."

루펜의 말에 한넬로레가 깊은숨을 내쉬었다. 게티르트로 방패의 형태는 금방 만들었지만, 거기에 마법진을 입히는 단계가 어려운 모양이다. 빌프리트는 모두와 같은 직사각형 방패로 할까, 위력을 중시한 신구 방패로 할까 심각하게 고민하고 있다. 이미지가 명확하지 않으면 변형이 되지 않으니까 빨리 정하려고 마음만 조급해진 듯하다. 카루타와 성전으로 슈첼리아의 방패를 아는 만큼 두 가지 모두 가능해서 더 고민되는 모양이다.

"큭. 오늘은 고민만 하다가 끝났네."

"빌프리트 오라버니는 도서관에 가야 하는 것도 아니니까 천천히 고민하세요. 작년에도 그렇게 해서 문장이 들어간 슈타프를 생각해내셨잖아요."

슈타프를 만드는 데도 어마어마한 시간을 투자했으니 어쩌면 방패도 멋들어지게 만들어낼지도 모른다.

그런 대화를 나누는 동안, 루펜과 프림베르가 전이 마법진에서 잇달아 무기를 꺼내기 시작했다. 검과 창, 낫, 도끼 등이 일렬로 늘어섰다. 하나같이 근접 무기뿐이다.

"……활은 없네요. 페르디난드 님은 사용하시던데."

내 중얼거림에 대답한 사람은 한넬로레였다.

"활은 조준 훈련이 따로 필요하고 어려워서 이렇게 다 함께 배우는 기본 수업에서는 다루지 않는다고 들었어요. 기사 코스에서 다룬대요."

"한넬로레 님, 잘 아시네요."

"단켈페르거는 다른 영지보다 기사 비율이 높다 보니까 기숙사 안에서는 견습 기사들이 대화의 중심이 되기 마련이거든요."

부끄럽다는 듯이 한넬로레가 그렇게 말하며 고개를 숙였다. 듣자 하니 단켈페르거 기숙사는 체육부 같은 분위기인 듯하다. 혹시나 책을 좋아하고 얌전한 한넬로레가 단켈페르거에서 겉도는 건 아닐까?

"다음은 무기다. 견습 문관이나 견습 시종이라면 가까이서 본 적이 없는 사람도 있겠지. 자신에게 맞는 무기를 골라서 슈타프를 변형하도록. 견습 기사는 검과 또 다른 무기 하나를 익히도록 한다. 알겠나?"

루펜의 말을 듣고, 모두 무기가 진열된 곳으로 우르르 이동했다. 빌프리트도 관심이 있는지 부리나케 가 버렸다.

"검은 슈베르트, 창은 란체, 낫은 리지헬, 도끼는 악스트……."

변형 주문을 설명하는 루펜의 목소리를 들으면서 나는 생각했다. 변형해서 무기로만 쓴다면 창이 제일 간단하다. 쥐어 본 적도 있고, 일상적으로 보는 라이덴샤프트의 창이라면 바로 이미지를 떠올릴 수 있다.

'다룰 수 있냐 아니냐는 다른 문제지만.'

"로제마인 님은 무기를 보러 안 가세요?"

"네. 바로 소환할 수 있을 것 같아서요."

"바로 소환하신다고요? 설마 무기도 신구인가요?"

한넬로레가 빨간 눈동자를 반짝이며 나를 빤히 쳐다보았다. 누가 봐도 기대하는 눈빛이다. 친구가 기대하는데 어찌 응하지 않을 수 있으랴.

"한넬로레 님. 라이덴샤프트의 창을 보여드릴까요?"

"그래도 되나요?"

나는 슈타프를 소환하고, 살포시 눈을 감았다. 머릿속에 라이덴샤프트의 창을 떠올린다. 슈네티름을 퇴치할 때 쥐었던 창이다. 크기와 마석의 수까지 기억날 정도로 정확하게 뇌리에 박혀 있다. 두꺼운 회색 구름 아래에서 새하얀 눈보라를 일으키던 슈네티름. 그것을 토벌하고자 고군분투하던 황금색 망토. 그리고 내 손에서 마력을 한계까지 끌어모아 파랗게 빛나던 라이덴샤프트의 창. 그 마법진.

"란체."

내 손에 머릿속에 떠올린 창이 쥐어졌다. 슈네티름과 싸울 때의 모양을 떠올려서일까, 손안에 나타날 때부터 마력을 가득 머금어 새파랗게 빛나는 모습이 살벌하다.

"……이것이 라이덴샤프트의 창이에요? 너무 아름다워라."

한넬로레의 놀라움에 찬 중얼거림에 기분이 좋아졌다. 그때 파랗게 빛나는 창의 등장에 루펜이 창백한 낯빛으로 달려왔다.

"로제마인 님, 그건 뭡니까!?"

"라이덴샤프트의 창이에요. 저한테는 이게 가장 익숙하거든요. 아시다시피 신전 출신이라."

신구에 대한 자세한 설명을 '신전 출신이라서'로 밀어붙인 나는 창을 쥔 채 고개를 갸웃거렸다.

"루펜 선생님, 무기도 시험을 쳐야 하나요?"

"……그 마력을 맞았다간 몸이 남아나지 않을 것 같군요. 합격으로 칠 테니 그만 변형을 해제하세요."

여기가 기사 전문동이었다면 이 눈으로 위력을 확인했을 텐데, 하고 굉장히 아쉬운 듯 중얼거리면서 루펜이 합격시켜 주었다. 나는 "류켄." 하고 변형을 해제했다.

"로제마인 님, 훌륭한 무기를 보여주셔서 감사하게 생각합니다."

라이덴샤프트의 창을 내 무기로 쓰기에는 불편하지만, 합격도 받았고 한넬로레도 기뻐하니 이 정도로 만족하자.

"한넬로레 님은 무기를 보지 않으셔도 돼요?"

"무기 자체는 늘 봐서 익숙한데, 무엇으로 변형할지 못 정하겠어요. 특출나게 잘 쓰는 무기가 없다 보나 제 몸을 무슨 무기로 지켜야 할지 조금 고민되네요."

"……하긴 저도 창을 잘 다루지는 못해요. 내 몸을 지킬 무기가 뭔지 고민해 봐야겠네요."

고민하는 한넬로레의 옆에서 나도 함께 고민했다. 검을 휘두르는 것도 안 될 것 같고, 창도 결코 내게 맞는 무기가 아니다. 더 가볍고 간편한 무기가 없을까?

'활이라면 석궁처럼 힘이 약해도 쏠 수 있는 것이 좋은데. 신관장님이 쓰던 활처럼 쏜 화살이 분열해서 빗발치듯 떨어지는 무기로 할 수 있다면 다소 명중률이 낮아도 보완될 것 같아.'

음, 하고 신음하면서 고민했다. 아무리 생각해도 접근전에 약한 내게는 장거리 공격이 바람직하다. 신변을 지키면서 공격한다. 비겁하면 어떠냐. 안전이 제일이다. 나는 내 몸이 제일 소중하다.

'내가 쉽게 사용할 수 있고, 레서버스 안에서 공격이 가능한 것이 최고겠어.'

하지만 우라노 시절을 떠올려도 무기다운 무기를 사용한 기억이 없다.

'식칼도 주머니칼도 조각칼도 커터도 가위도 무기는 되겠지만 별로 쓰고 싶지 않고, 마수한테 습격당할 때 큰 도움이 안 될 것 같아. 난 평화주의자라서 공격도 하지 않고. 아, 공격받은 적은 있었네.'

어릴 때 슈가 삐용삐용 전자음이 나면서 번쩍이는 장난감 총을 내게 겨눴던 기억이 떠올랐다. 쓰러지라고 강요해서 나는 드러누운 채

책을 읽기도 했고, 여름이 되면 책을 읽는 내 등을 향해 자주 쏘곤 했었다.

"……'물총'?"

슈타프를 쥔 채 그렇게 중얼거리자, 내 손에 어린아이가 쥐기에 딱 맞는 반투명한 싸구려 물총이 나타났다.

'으아! 보기에도 약해 빠지게 생겼어!'

무기 강화

아무리 그래도 물총을 무기로 어찌 쓰랴. 물을 찍찍 내뿜기만 하는 장난감은 무기가 될 수 없다.

'내게 필요한 건 내 몸을 지킬 무기라고!'

"로제마인 님, 손에 뭘 쥐고 계시나요? 무기인가요?"

한넬로레의 목소리에 제일 먼저 반응한 사람은 루펜이었다. 계속 우리 대화를 엿듣고 있었던 사람처럼 바람같이 날아와서는 내 손에 있는 물총을 눈여겨보았다.

"로제마인 님의 새로운 무기라고!?"

"아니에요! 그렇게 대단한 게 아니라 어린애 장난감이에요."

"어린애 장난감이라고 해놓고 실은 엄청난 무기 아닙니까……? 실로 위력을 시험해 보고 싶군요."

루펜의 우렁찬 목소리 때문에 주변 관심이 내게 집중되었다. 참 도움이 안 되는 사람이다. '이번엔 무슨 짓을 하려고?'라고 말하고 싶은 듯한 시선들이 따갑다.

'다들 방어구 말고도 무시무시한 게 또 있냐는 표정이야! 무시무시한 게 아닌데! 그냥 장난감인데!'

귓속말을 속닥이며 주고받는 그들의 대화는 분명 호의적인 것이 아니리라. 이미 슈타프 변형은 합격을 받았으니 얼른 도망쳐서 도서관에 몸을 숨기고 싶다.

"자, 로제마인 님. 저 적을 향해 공격하십시오!"

대체 언제 준비했는지 천으로 돌돌 만 여러 물체를 루펜이 가리켰다. 변형한 무기의 성능을 시험할 때 쓰는 표적이리라. 견습 기사로 보이는 남학생이 검으로 베고 있는 모습이 보인다.

　'하필이면 저렇게 굉장히 멋지고 강해 보이는 남학생 옆에 서서 물총을 찍찍 쏘라고? 엄청 민망하고 쪽팔리잖아!'

　너무나도 한심할 자신의 모습을 떠올리고, 무심코 고개를 세차게 저었다.

　"그러니까 그냥 장난감이라니까요. 무기로 사용하는 물건이 아니에요."

　"흠. 새로운 무기를 혼자 몰래 소지할 생각입니까? 역시 페르디난드 님의 애제자로군요."

　"보일 필요가 없으니까 이러는 거예요. 숨길 생각은 없다고요."

　"저는 꼭 보고 싶습니다."

　루펜이 눈을 반짝이며 주먹을 불끈 쥐었다. '좋았어!'라고 말하고 싶은 얼굴을 보면 물총에 과하게 기대하고 있음이 한눈에 보였다. 이렇게 되면 보여줄 수밖에. 물총이 얼마나 무기로 쓰기에 형편없는 장난감인지를.

　'그 기대에 찬 얼굴을 실망으로 물들여 주마!'

　멀찍이 둘러싸고 이쪽을 구경하는 학생들 앞에서 나는 천을 감은 시험 대상 앞에 섰다. 침을 삼키는 소리마저 들릴 법한 적막이 퍼지고, 따가운 시선이 나와 물총에 쏟아진다.

　"그럼 갑니다."

　나는 대상물을 향해 물총을 겨냥했다. 폼만큼은 완벽하다. 그리고 작은 방아쇠에 손가락을 걸고, 꾹 눌렀다.

찍찍!

기세 좋게 날아간 물은 표적에 아슬아슬하게 닿지 못하고 찰싹 소리를 내며 바닥으로 떨어졌다. 그리고는 옅은 빛을 발하고 사라졌다. 물총 속에 차 있는 것이 물이 아니라 나의 마력이었던 모양이다. 바로 사라지다니, 청소도 필요 없으니 정말 최고다.

물총에 감탄하는 나와 반대로 주변에는 얼빠진 얼굴들이 쭉 이어졌다. 루펜도 멍한 얼굴로 영문을 모르겠다는 듯이 머리를 흔들었다.

"저기, 로제마인 님, 그건 대체 뭡니까……? 무기로 쓸 수나 있는 겁니까……."

"그러니까 어린애 장난감이라고 했잖아요."

"……죄송합니다만, 용도가 뭡니까?"

"글쎄요. 사람을 놀라게 하는 데 쓴다고 할까요?"

"오호라. 정말 놀라긴 했습니다."

상당히 맥 빠진 얼굴로 루펜이 어깨를 떨구었다. 실망의 바다에 빠진 루펜을 보고, 이제 디터를 하자고 조르지 않길 바라며 나는 "류켄." 하고 슈타프의 변형을 해제했다.

손안의 물총이 사라지자, 이쪽을 주시하던 모두가 흥미를 잃고 제각각 연습에 돌입했다. 시선이 흩어지자 안도의 한숨을 내뱉은 나는 한넬로레가 있는 곳으로 돌아갔다. 그곳에서는 한넬로레가 창백하고 당혹스러운 표정을 짓고 있었다.

"정말 죄송합니다, 로제마인 님. 제가 새로운 무기냐고 물은 것 때문에 루펜 선생님이……. 로제마인 님은 처음부터 장난감이라고 하셨는데 괜히……."

안절부절못하는 한넬로레를 빌프리트가 "한넬로레 님의 책임이 아닙니다."라며 달랬다. 나도 함께 위로했다.

"신경 쓰지 마세요. 루펜 선생님이 혼자 지레짐작했을 뿐인데요. 한 넬로레 님은 아무 잘못 없어요."

"하지만……."

"한넬로레 님의 말을 루펜 선생님이 엿들었을 뿐이에요. 그저 운이 나빴던 거죠."

"그, 그렇군요……."

한넬로레 때문이 아니라고 내가 열심히 호소하자 한넬로레는 살짝 미소를 지으며 고개를 끄덕였지만, 어째서인지 더더욱 풀이 죽은 듯했다.

금세 여섯 점 종이 울렸고, 슈타프 변형 수업은 그렇게 끝이 났다.

저녁을 먹은 후, 빌프리트는 나와 나의 측근을 불러 오늘 실기에서 내가 저지른 일을 보고했다. 슈타프 변형 실기에서 슈첼리아의 방패와 라이덴샤프트의 창으로 변화시켜서 주변을 깜짝 놀라게 한 것, 페르디난드의 방어구가 방패 시험 감독이었던 루펜에게 반격한 것, 물총을 만든 것 등을 죄다 털어놨다.

"슈첼리아의 방패에 라이덴샤프트의 창이라고요!?"

"시험 중에 반격이라니……. 루펜 선생이 감독관이어서 천만다행이었군요. 만약 프라우렘 선생님이었다면 난리가 났을 겁니다."

모두가 경악하며 눈을 크게 뜨고, 제각각 감상을 늘어놓기 시작했다. 나 역시 페르디난드가 준 방어구가 발동해서 깜짝 놀랐다. 상대가 나를 눈엣가시로 생각하는 프라우렘이 아니어서 다행이라고 새삼 느꼈다.

"……에렌페스트에 보고서를 제출해야 하는 네 측근과 내 입장도 좀 생각해 줘."

빌프리트가 한숨을 쉬면서 나를 째려본다. 그 말을 듣자 작년에 빌프리트의 서툰 보고서에 보호자들이 머리를 싸맸던 기억이 떠올랐다. 과연 빌프리트와 견습 문관은 보고서 작성 실력이 늘었을까?

"그럼 빌프리트 오라버니 대신 제가 쓸까요?"

"불리한 얘기는 쏙 빼려고 그러는 거지?"

"그런 짓 안 해요. 사실만 간결하고 명확하게 쓸 거예요."

무슨 말씀을, 하고 내가 빌프리트를 노려보자 코르넬리우스가 땅이 꺼지게 한숨을 뱉었다.

"사실만 간결하고 명확하게 보고하면 '오늘 실기도 합격했습니다'로 끝날 겁니다. 빌프리트 님께서 로제마인 님과 같은 학년이셔서 정말 진심으로 다행입니다. 로제마인 님의 보고는 지나치게 간결하거든요."

코르넬리우스가 그렇게 말하며 나를 힐끗 보았다. 그런 눈으로 쳐다봐도 곤란하다. 나는 방패와 무기로 슈타프를 변형하는 실기에서 방패와 무기로 변형시켰을 뿐이다. '오늘 실기도 합격했습니다' 외에 무슨 보고가 필요한가. 신전 출신인 내가 슈첼리아의 방패밖에 못 만드는 건 보호자들도 알 테고, 물총은 루펜이 실망할 정도로 아무 도움도 안 되는 장난감이었다. 페르디난드의 방어구가 어떤 반응을 했는지는 연구를 위해서라도 보고해야겠지만, 그것 외에는 특필할 일도 아니다.

"내 보고가 불만이라면 보고하고 싶은 분이 보고하면 되잖아요. 전 보고하면 곤란한 일은 하지 않았어요."

"아니야, 로제마인. 애초에 보고해야 할 사태를 만들지 말라는 말이야."

빌프리트의 말에 리카르다가 깊이 고개를 끄덕였다. 하지만 하르트무트는 오히려 기쁜 듯이 눈을 반짝이면서 더 자세히 말해 보라며 관심을 보였다.

"훌륭하십니다, 로제마인 님. 슈첼리아의 방패에 라이덴샤프트의 창, 에렌페스트의 성녀에게 너무나도 잘 어울립니다."

"감동할 건 없어요. 창은 사용하기 불편해서 무기로 못 써요. 표적을 향해 던질 힘도 없는걸요."

슈네티름을 쓰러뜨렸을 때는 페르디난드의 도움이 있었기에 가능했었다. 그 일을 혼자서 하라고 하면 절대 못 할 거라고 당당하게 말할 수 있다.

"그러라고 신체 강화가 있는 겁니다."

"……하르트무트, 내 신체 강화는 일상생활을 보내기 위해 있어요."

보조 마술구 없이도 느릿하게 걸을 수는 있게 됐지만, 나는 가뜩이나 몸집이 작다 보니 뭔가 할 때마다 남보다 뒤처지기 일쑤다. 모두와 똑같은 속도로 움직이려면 신체 강화는 필수다.

"하지만 만일을 대비해서 무기는 있어야 합니다. 창을 사용하기 불편하시다면 더욱 다른 무기를 쓰셔야지요. 어떻게 하시겠습니까?"

"나도 무기가 필요하다는 건 알아요. 가능하면 멀리서 기수에 탄 상태로 창문에 한쪽 팔만 내밀어 공격할 수 있는 무기가 바람직한데 말이죠."

내가 원하는 무기의 조건을 내걸자 견습 기사들이 설명하기 어려운 표정으로 서로 얼굴을 마주 보았다.

"로제마인 님께서 한 손으로? 단검도 양손으로 드시지 않습니까."

"페르디난드 님의 방어구가 로제마인 님을 위한 무기가 아닐까요?"

견습 호위 기사들의 말도 틀린 말이 아니다. 나의 전투 능력을 전혀 기대하지 않으니까 페르디난드도 내게 방어구가 필요하다고 판단한 것이다.

"하아. 거기까지만 하자. 시험에 합격했으니까 로제마인의 무기는 숙부님이 주신 방어구라고 치자구. 이야기는 끝났어. 보고서는 내가 써 두지."

그것이 보고회를 끝맺는 말이 되었다.

나는 방으로 돌아가서 침대에 벌러덩 누워 생각하지 말라고 한 자신의 무기에 관해 생각하기 시작했다. 페르디난드의 방어구는 강력하지만, 자력으로 싸울 수는 있어야 한다. 적이 많은 상황에서 방어구가 사라지는 경우도 생각해야 하지 않을까? 내게는 라이덴샤프트의 창도 아니고, 장난감도 아닌 무기가 필요하다.

"장난감 '물총'이 아니라 '총'이면 도움이 될 것 같은데……."

깊은 고민에 빠져서 중얼거리던 순간, 뭔가가 번뜩 떠올랐다.

'잠깐만? 나 그때 물총이라고만 했지, 주문을 왼 게 아니었잖아?'

검이나 창을 만들 때도 주문을 외어야 한다. 형태만 흉내 내는 것이라면 슈타프를 소환할 때도 가능했다. 하지만 검이나 창의 기능을 갖추려면 주문이 필요하다. 나는 의아하게 생각하면서 슈타프를 손에 들고 다시 "물총." 하고 중얼거려 보았다. 하지만 슈타프는 변형되지 않았다.

"어째서? 아, 이미지를 떠올리지 않아서 그런가?"

살짝 눈을 감고, 머릿속에 물총 형태를 떠올리면서 외었다. 이번에는 수업 때와 마찬가지로 물총이 되었다. 즉, 이미지만 똑바로 떠올리면 일본어로 '검'이라고 외우더라도 검이 되는 것 아닐까? 그 가설을 얼른 검증하려고, 나는 슈타프를 든 채 검을 떠올리고, 일본어로 "검." 하고 말해 보았다. 하지만 슈타프는 전혀 바뀌지 않았다.

"어? 왜 안 되지?"

검, 창, 방패도 마찬가지로 신구를 떠올리며 주문을 외면 변하는데 일본어로는 변하지 않는다. 무슨 법칙성인지 모르겠다. 일단 '인쇄기' '복사기' '가위' 등 몇 가지 시도한 결과, 일본어 주문이 통한 것은 이 싸구려 장난감 물총뿐이었다. 어쩌면 다른 것도 있을 수 있겠지만, 모르겠다.

마지막으로 소환한 반투명 물총을 들고 이불 위에서 뒹굴뒹굴하면서 몇 번 발사해 봤지만, 진짜 물이 아니었다. 무언가에 닿으면 그 순간 사라졌다. 이불 위에서 쏴도 이불이 젖지 않는다. 더 신기한 건 아무리 쏴도 물총 속 액체가 줄지 않는 점이었다. 아무래도 내 마력이 바닥나지 않는 한 쓸 수 있나 보다.

"……이 '물총'을 어떻게 강화할 수 없을까?"

가벼워서 한 손으로 들 수 있고, 방아쇠만 당기면 공격이 나간다. 레서버스의 핸들을 잡고 있어도 공격할 수 있다. 내용물은 물이 아닌 마력이라서 보충할 필요도 없다. 사정거리와 위력만 해결된다면 내게 특화된 무기가 될지도 모른다.

"물과 무기라고 하면 워터젯? 하지만 살상력이 있으려면 수압이 얼마나 되어야 하더라? 은근히 감이 잘 안 잡히네. 차라리 소방차 호스처럼 대량의 물로 공격하는 건? 아니지, 그거라면 굳이 물총을 개조하지 않아도 바셴으로 해결되잖아."

생각나는 것들을 스스로 반론하면서 손안에 있는 물총을 흔들었다. 반투명 물총 속에서 어딜 보아도 물로 보이는 마력이 찰랑거린다.

"물이 아닌 마력이 채워져 있으니까 신관장님이 쓰던 활처럼 쓸 수 없을까? 토론베를 퇴치할 때처럼 이렇게 피슝 하고 쏘면 화살로……."

피슝! 파파파파파팍!

발사하면 화살이 되어 날아가면 멋지겠다고 생각하면서 쐈더니 정말 화살이 되었다. 심지어 토론베 퇴치 때의 페르디난드를 떠올렸더니 화살이 분열하여 침대를 둘러싼 캐노피에 꽂혔다. 마력으로 된 화살은 꽂힌 순간 쓱 하고 사라졌지만, 캐노피에 뚫린 구멍은 그대로였다.

'화살이, 되어 버렸어.'

깜짝 놀라 캐노피를 올려다보는데 새하얗게 질린 리카르다가 캐노피를 젖히며 뛰어 들어왔다.

"공주님, 무슨 일입니까!?"

"네? 그게……."

리카르다는 물총을 쥔 내 모습과 화살은 사라졌지만 구멍이 뚫린 채로 남은 캐노피만 봐서는 무슨 일이 벌어졌는지 곧바로 이해하지 못한 눈치였다. 하지만 금세 리카르다의 눈꼬리가 치솟더니 눈을 부릅 뜨고 눈빛이 매서워졌다. 그 순간, 불호령이 떨어졌다.

"공주님! 침대 위에서 슈타프를 쓰다니 무슨 짓이에요!? 천을 벌집으로 만드는 그 위험한 무기는 얼른 해제하고, 쉬세요!"

"미안해요! 바로 잘게요! 류켄."

변형을 해제하고, 나는 얼른 이불에 쏙 들어갔다.

'미안해요, 미안해요! 정말 화살이 될 줄 몰랐단 말이에요!'

다음 날, 아침을 먹으러 식당으로 향하다 모인 측근들 앞에서 리카르다가 한숨을 내쉬며 입을 열었다.

"어젯밤에 공주님이 침대에서 슈타프 변형을 시도하다 '물총'이라는 무기로 캐노피를 너덜너덜하게 만들어 놨지 뭡니까. 하르트무트. 성에 보낼 보고서에 이 일을 추가하세요."

"……로제마인 님. 침대에서 무기를 사용하시면 위험해요."

어이없어하며 눈을 깜박거리는 필린느의 말에 나는 시선을 쓱 피했다. 어제의 실기면 몰라도 침대에서 무기를 쓴 행동은 틀림없이 설교를 듣게 될 판이다.

"어제 '물총'은 그냥 장난감이지 무기가 아니라고 하지 않으셨습니까?"

코르넬리우스가 어이없다는 듯한 표정을 드러내며 나를 보았다.

"원래는 정말 장난감이에요. 하지만 내용물이 마력이면 페르디난드 님의 활처럼 쏜 순간 화살이 되지 않을까, 그 화살이 분열하면 강한 무기가 되지 않을까, 그런 생각을 곰곰이 하면서 쐈는데…… 캐노피가 희생됐네요."

"로제마인 님, 그 '물총'이라는 무기를 부디 보여주십시오."

"저도 보고 싶습니다. 한 손으로 쓸 수 있고, 마력이 화살이 되어 날아가는 무기이지요? 저도 쓸 수 있을까요?"

하르트무트가 솔깃해하고 유디트도 보라색 눈을 반짝이며 흥분조로 묻자 다른 측근들도 동조했다. 아무래도 나의 소행이 어이없으면서도 새로운 무기는 궁금한 모양이다.

"오전 수업 전에 채집터에 가면 어떨까요? 기숙사 안에서는 너무 위험합니다."

새로운 무기를 선보이는 사람이 내가 아니라면 눈이 내리는 가운데 무기를 선보여도 상관없지만, 나를 눈밭에서 움직이게 하기엔 내 건강이 걱정된다, 라고 레오노레가 덧붙였다. 모두가 수락했고, 에렌페스트의 채집터에서 측근들에게 개량 물총을 선보이게 되었다.

아침을 먹은 뒤 우리는 곧장 채집터로 향하게 되었다. 다목적 홀에서 공부하던 다른 학생들이 어딜 가냐고 물었지만, 하르트무트가 대충 둘러댔다.

기수를 타고 하늘을 달리자 금방 노랗게 빛나는 장소가 보이기 시작했다. 일부분에만 눈이 없는 광경은 언제 봐도 신비한 느낌이다. 다만, 채집터에는 마수가 몰리므로 그곳에 진입하면 기사들은 매우 바빠진다.

"안으로 진입하면서 마수가 있든 없든 공격해 볼게요. 호위 기사는 내 옆에 붙어서 절대 제 앞으로 나오지 마세요. 그럼 갈게요. '물총'!"

나는 집중해서 슈타프를 물총으로 변형했다. 그리고 왼손으로 핸들을 잡은 채로 물총을 쥔 오른손을 쭉 뻗으면서 채집터로 돌진했다.

"우와!"

마치 매직미러의 결계를 뚫듯이 순식간에 경치가 바뀌었다. 그 순간, 전방에 마수 여러 마리가 눈에 들어왔다. 나는 마수를 응시하고, 토론베를 퇴치하던 페르디난드를 떠올리며 방아쇠를 당겼다. 피슝, 하고 물총에서 튀어 나간 액체는 빛나는 화살이 되어 분열하며 뻗어 나갔다. 화살 몇 개가 마수를 관통했다.

"잡았다!"

"오오!"

다만, 관통만 했을 뿐 상처만 입히고 끝났다. 한 발에 죽이지는 못하는 모양이다. 쏟아진 활들에 잠깐 기가 죽었던 마수들은 금세 나를 향해 이빨을 드러냈다.

"갑니다!"

속도를 올린 코르넬리우스의 기수가 마수를 향해 돌진했다. 손에는 이미 검이 쥐어져 있었고, 순식간에 마수를 사냥했다.

"물총의 위력을 확인했으니 당장 이곳을 이탈합시다."

레오노레가 외치자 우리는 모두 방향을 틀어 기숙사로 돌아갔다. 여차해서 마수가 늘어난다면 견습 호위 기사 세 사람으로는 대응하지 못하기 때문이다.

"……무기를 써도 마수를 쓰러뜨리진 못했네요."

멋지게 한 방에 몇 마리나 해치우기를 기대했는데 현실은 만만치 않았다.

"아뇨, 충분합니다. 생각보다 타격이 커서 놀랐습니다."

코르넬리우스가 "약한 마수였다면 잡았을 겁니다."라며 위로해 주었다. 아무래도 오늘 마수는 제법 셌던 모양이다.

"굉장한 무기네요. 하지만 저는 저렇게 많은 활을 쏠 만큼 마력이 많지 않아서 못 쓰겠네요."

유디트가 아쉬운 눈빛으로 물총을 보았다. 작고 가벼워서 한 손으로도 다룰 수 있지만, 공격력이 마력의 양에 크게 좌우된다. 그야말로 내게 특화된 무기다.

'화살이 날아가는 시점에서 이미 물총이 아니지만.'

예상외로 물총의 위력이 대단하고 편리해서 나는 앞으로 물총을 무기로 조금씩 개선하기로 했다.

'이왕 이렇게 된 거 물총이 아니라 더 멋진 권총으로 하고 싶은데. 하드보일드하게!'

기숙사에 돌아와서 모두가 다목적 홀에서 공부할 때 나는 혼자서 물총의 모양을 바꾸려고 고군분투했다. 싸구려 물총이 아닌 멋진 검은색 권총이 갖고 싶다.

"에고, 또 실패야……."

하지만 아쉽게도 시꺼멓고 근사한 권총은 장난감으로도 만져본 적이 없어서 정확한 이미지가 떠오르지 않았다. 아무리 시도해 봐도 머릿속에 또렷하게 떠오르지 않은 탓에 형태가 나오지 않았다. 지금 내가 바꿀 수 있는 외형은 물총을 까맣게 하는 것이 한계였다. 미묘하게 반투명해서 촌스럽다.

'Nooooo! 이대로는 하드보일드(※계란 완숙이라는 뜻도 있다)의 완숙이 아니라 부들부들 말캉말캉한 온천 달걀이잖아!'

"자, 자, 공주님. 못마땅한 얼굴 하지 마시고, 강당으로 갑시다. 모두 첫날 합격을 이뤄내느냐 아니냐가 걸린 중요한 날이잖아요. 슈타프가 아니라 이론에 집중하시죠."

리카르다에게 등을 떠밀린 나는 슈타프의 변형을 해제했다. 오늘은 이론을 끝낼 예정이다. 물총 개량은 그 이후에도 할 수 있다. 우선은 전원 이론 합격이다.

'언젠가 반드시 근사한 권총을 든 하드보일드가 될 테야!'

첫날 전원 합격

오늘로 이론은 전부 끝이다. 전부 끝낼 거다. 그리고 여유가 생긴 오전에는 내년 예습을 하거나 물총을 개조해서 강하고 멋진 내가 되어야지.

"오라버니, 언니, 2학년의 건투를 빌게요. ……작년에도 모두 첫날 합격했으니까 제가 걱정하지 않아도 되겠지만요."

샤를로테가 뺨을 괴고 살짝 숨을 내뱉으면서 말했다. 샤를로테가 이끄는 1학년은 어제 오후에 있었던 역사와 지리 수업에서 하급 귀족 세 명이 불합격을 받아서 이미 전원 첫날 합격은 물건너갔다. 어제 저녁 식사 후에 우리 2학년이 실기 보고회를 여는 동안 샤를로테는 1학년끼리 대책 회의를 열었다고 한다.

"사전에 예습하고 참고서를 받았지만 하급 귀족을 합격시키지 못했어요. 대체 어떻게 사전 준비도 없이 하급 귀족을 전부 합격으로 이끄셨는지 정말 모르겠네요……."

샤를로테가 매우 의아한 얼굴로 나를 보았다. 수년간 어린이 방을 지휘했던 샤를로테니까 1학년만 이끄는 것은 크게 어렵지 않을 줄 알았다. 하지만 실제로 해 보니 열흘간의 주입식 교육으로는 합격선에 들지 못했다고 한다.

"샤를로테, 그건 일반인이 따라 할 수 있는 일이 아니야. 로제마인은 합격 기준에 미치지 않는 학생을 가르치면서 그 사람의 부족한 부분을 파악하고, 그것을 철저하게 메꾸는 복습 문제를 만들었어. 자기가 잘 시간까지 줄이면서 말이야. 심지어 개인 공부를 하면서도 하급 귀족들 옆에 찰싹 붙어서 끊임없이 공부시키고 압력을 넣었지……. 그때 하급 귀족들은 정말 불쌍했어."

사뭇 진지한 얼굴로 작년 이맘때를 떠올리는 빌프리트의 말에 나는 입술을 삐죽거렸다. 그렇게 말하면 내가 꼭 스파르타식으로 가르치는 페르디난드 같지 않은가.

'뭐, 조금 참고하기는 했지만.'

"애초에 빌프리트 오라버니가 원인이잖아요. 1학년 모두가 이론에 합격할 때까지 도서관에 못 가게 하겠다고 하지만 않았다면 그렇게까지 독하게 시키지 않았을 거예요."

"아, 그래. 그땐 내 생각이 짧았지. 그 일을 계기로 난 너에게 책과 관련된 조건을 붙일 때는 반드시 다른 사람을 엮으면 안 된다는 걸 배웠어. 샤를로테, 너도 로제마인을 써먹으려면 충분히 조심해라. 로제마인은 자기를 기준으로 남들에게도 똑같은 결과를 요구하거든. 죽기 직전까지 노력하게 만들지."

빌프리트의 충고에 샤를로테가 온순한 표정으로 고개를 끄덕이며 "언니와 같은 결과를 내야 하면 정말 괴롭죠."라며 묘하게 실감이 깃든 목소리로 중얼거렸다.

"올해 1학년이 1등으로 합격하지 못해서 아쉽겠지. 하지만 영주 후보생에게 몇 날 며칠 압력을 받으며 밥맛이 떨어질 정도로 공부에 쫓기는 것보다 느긋하게 공부하는 편이 훨 나아."

몸에 사무치듯 말하는 빌프리트의 말에 1학년들이 매우 딱한 표정으로 2학년 하급 귀족들을 보았다. 그 얼굴에는 똑똑히 '우리가 아니라서 천만다행이다'라고 쓰여 있다.

"오라버니의 말이 맞아요. 올해는 철저하게 공부해서 고득점을 노리자고 어젯밤에 1학년들끼리 정했어요. 상급생에 비하면 학습 범위가 좁으니까 고득점이라면 승산이 있잖아요. 첫날 전원 합격은 내년에 노리기로 했어요. 1년간 준비하면 저희도 이길 기회가 있겠죠. 그죠?"

샤를로테의 말에 1학년들이 고개를 크게 끄덕였다. 그 표정에는 굳건한 신뢰감이 엿보였다. 세례를 받고 3년간 어린이 방을 통솔해 왔던 샤를로테는 1학년을 단결시킨 듯하다. 한 방 합격을 놓친 1학년들을 격려하고 다음 목표를 세워서 이끌었다.

"학습 범위가 좁은 만큼 1학년이 유리하겠지만, 상급생은 준비가 완벽하니까 올해는 작년보다 성적 우수자가 많을 거예요. 방심은 금물이에요."

"언니도 참. 너무 그렇게 부담 주지 마세요."

샤를로테의 눈총을 받으며 우리는 중앙동으로 가서 2학년은 강당, 1학년은 각자의 교실로 향한다.

"오늘 1학년은 기수 제작 수업이죠? 모두 열심히 하세요."

"네. 저도 언니처럼 탑승형 기수로 하려고요. 언니의 기수를 가까이서 봐 왔으니까 조금은 유리하겠죠."

샤를로테는 웃으면서 손을 흔들고는 발길을 돌렸다. 다른 1학년들도 그 뒤를 따랐다. 우리는 강당에서 마지막 이론 수업이다.

"우리 2학년은 전원 한 방 합격을 따냅시다."

"1년에 걸쳐서 배웠어. 합격은 떼놓은 당상이야. 중요한 건 얼마나 높은 점수를 따느냐지."

빌프리트가 자신만만한 얼굴로 모두를 둘러보며 말했다. 작년에 이론에 합격하자마자 2학년 참고서와 비교하며 새로운 참고서를 만들었다. 완성한 참고서를 모두와 공유하고, 각자 베껴서 1년에 걸쳐 공부했다. 그 자신감이 모두의 얼굴에 드러나고 있다.

"올해는 자신 있습니다."

작년에는 역사와 지리에서 고전했던 필린느와 로데리히가 당당하게 말했다. 우리는 문제없다. 그렇게 말할 수 있는 자신감은 내게도 있었다.

강당의 10번 자리에 나란히 앉아 마술구 펜을 집어 들었다. 오늘은 작년에 이어 에렌페스트 2학년의 이론 첫날 전원 합격 여부가 걸린 날이다. 주변 학생들도 주목하는 것이 느껴졌다.

"빌프리트. 오늘 수업만 합격하면 정말 전원 첫날 합격을 이루는구나. 놀랐어. 우린 이미 하급 귀족에서 불합격자가 몇이나 나왔거든."

3번 자리로 가다가 걸음을 멈춘 오르트빈이 말했다. 빌프리트는 줄지은 드레반헬 학생들을 보며 씁쓸하게 웃었다.

"전원이 여덟 명뿐인 우리 영지와 달리 너희는 2학년이 서른 명이나 되잖아. 전원 합격 난이도가 아예 다르지."

"그건 그렇지만, 소수라도 에렌페스트의 성적이 비약적으로 뛴 건 사실이잖아. 실은 나도 너희가 전원 합격하길 기대하고 있어. 고득점은 우리 차지겠지만."

오르트빈이 피식 웃으며 자기 자리로 갔다. 드레반헬의 격려에 빌프리트는 기쁜 듯이 웃으며 자신들이 만든 참고서를 다시 훑어보기 시작했다. 진녹색 눈동자가 라이벌을 앞에 두고 불타고 있다.

"드레반헬에도 질 수 없죠."

"응. 영지 관계없이 내 성적으로 오르트빈을 이기고 싶어."

'이런 친구 관계, 부럽네.'

작년 귀족원에서 빌프리트가 구축한 관계를 살짝 부러워하면서 나도 마지막 검토를 했다. 시를 배우는 문학과 경제나 윤리를 배우는 사회학이 오늘 과목이다. 모두 간단한 기초라서 그렇게 어렵지는 않다.

곧 종이 울렸고, 선생들이 들어왔다. 평소라면 바로 시험을 시작할 텐데 오늘은 사무적인 연락사항부터 시작했다. 내일 열매의 날은 1학년이 '신의 뜻'을 취득하는 날이라서 1학년 이론을 오전에 하겠다고 한다. 교실 관계상 2학년의 오전과 오후 수업이 바뀌게 되었다.

설명이 끝나자 문학 시험이 시작되었다.

"드레반헬, 에렌페스트, 전원 합격입니다."

문학 시험은 전원 합격이었다. 빌프리트가 에렌페스트 학생들을 쭉 둘러보며 고개를 끄덕이자, 모두가 곧바로 다음 사회학 공부에 돌입했다.

사회학은 정변 전후로 선생이 바뀌면서 수업 내용이 크게 달라진 과목 중 하나다. 페르디난드의 참고서 내용과 새로 바뀐 수업 내용이 전혀 달라서 참고서를 정리하는 데 고생했다. 심지어 내용으로 따지면 과거의 내용이 더 어렵고, 훗날 도움이 될 것 같았다.

"그럼 사회학 시험을 시작하겠습니다."

교단에 선 사회학 선생은 프라우렘이다. 프라우렘은 모두에게 시험지가 돌아간 것을 확인하자 씩 웃었다. 그리고 소리 내어 문제를 읽기 시작했다.

"어? 문제가 왜 이래……."

"그런 내용은 없었는데."

도중에 학생들이 술렁이기 시작했다. 드레반헬과 주변 상급 귀족,

정확하게 말하면 꼼꼼히 예습해 온 영지의 목소리가 대부분이었다. 강당에 퍼지는 동요의 목소리에 프라우렘이 학생들을 날카롭게 노려보았다.

"정숙하세요! 시험 문제는 딱 세 번만 읽습니다! 질문은 문제 낭독이 끝난 후에 하세요. 다른 학생들에게 방해됩니다!"

프라우렘의 쩌렁쩌렁한 고음이 마술구를 통해 강당 안에 울려 퍼졌다. 무심코 귀를 틀어막고 싶어지는 목소리다. 하지만 술렁거림이 채 가시기도 전에 프라우렘이 다시 문제를 읽기 시작했다. 놓치면 끝장이라며 모두가 일제히 펜을 들고 메모했다. 순식간에 강당의 소음이 사라졌다.

첫 번째 문제를 세 번 반복해서 읽자, "프라우렘 선생님!" 하고 드레반헬에서 누군가가 소리쳤다. 모두가 앉아서 정신없이 필기하는 가운데, 오르트빈이 벌떡 일어났다.

"뭡니까, 드레반헬?"

"시험 문제가 이상합니다. 이런 내용은 작년에 없었습니다."

오르트빈의 말대로다. 방금 나온 문제는 페르디난드가 다니던 시절의 수업 내용이다. 정변 뒤, 정확하게는 프라우렘이 담당하게 된 이후로 수업 내용이 바뀌었다. 담당 선생이 바뀔 때 수업 내용도 바뀌는 건 흔히 있는 일이지만, 같은 선생이 담당하는 동안에 바뀌는 경우는 전례가 없었다. 다른 학생들 사이에서도 같은 지적이 나왔다. 잠시 항의를 듣던 프라우렘이 입꼬리를 씩 올렸다.

"작년과 내용이 다르다? 그야 그렇죠. 올해부터 배우게 된 내용이니까요. 수업 내용이 반드시 작년과 같아야 한다는 법은 없습니다. 방금 말한 문제는 예전 학생들이 배운 내용이에요. 과거의 수업 내용부터 배우는 편이 좋다는 판단하에 넣은 겁니다."

그 말만 들으면 교육에 열정적인 선생인 줄 알리라. 과거의 수업 내용을 연구하여 학생들이 반드시 배울 필요가 있겠다고 판단한 내용을 자신의 수업에 도입한 것이니까.

'초임이었다면 감동했을 테고, 저 미소만 아니었다면 노력파 선생이라고 생각했겠지.'

수업 내용을 바꾼 이유를 설명하며 비열하게 웃는 프라우렘의 시선은 일어서서 질문하는 오르트빈이 아닌, 에렌페스트 쪽을 향해 있었다. 수업 첫날에 전원 합격하려는 우리를 저지하기 위한 시험임을 단번에 알 수 있는 미소다.

"질문이 끝났으면 앉으세요, 드레반헬."

"……알겠습니다."

오르트빈도 프라우렘의 시선에서 의도를 읽었는지 살짝 뒤돌아보고 앉으며 우리에게 걱정스러운 시선을 보냈다. 주변에서도 동정 어린 시선이 날아오는 것이 느껴졌다. 하지만 처음 항의한 대영지 드레반헬이 반론도 못하고 앉자, 주변도 더는 항의하지 못했다.

"우리는 할 수 있는 만큼 하면 돼."

빌프리트의 중얼거림에 나는 고개를 끄덕였다. 로데리히와 필린느도 프라우렘을 보면서 천천히 고개를 끄덕인다.

"그럼 계속하겠습니다."

조용해진 강당에 문제를 읽는 프라우렘의 목소리가 울리고, 사이사이에 펜을 움직이는 소리가 들리기 시작했다. 다시 시험 시작이다.

"……다들 끝났어?"

에렌페스트가 시험을 끝냈을 때는 대부분 영지가 제출을 끝낸 후였다. 최근 10년간 수업에서 전혀 다루지 않았던 내용이 절반이나 차지한 문제를 누가 풀어냈겠는가. 대부분 일찌감치 포기하고, 절반 가량 빈 시험지를 제출해서다.

시험이 끝났는데도 모든 영지가 자리에 남아 있는 이유는 에렌페스트의 성적이 궁금하기 때문임이 틀림없다.

"로데리히, 이제 제출하고 와."

빌프리트의 말에 고개를 끄덕이고, 시험지를 모은 로데리히가 프라우렘에게로 향했다. 에렌페스트의 제출을 벼르고 있던 프라우렘이 히죽히죽 웃으며 시험지를 건네받았다.

"그럼 바로 에렌페스트의 시험지를 채점하겠습니다."

그렇게 말하며 채점을 시작한 순간, 프라우렘의 동공이 점점 커지며 채점하던 손을 파들파들 떨기 시작했다.

"호오. 훌륭한 해답이군요."

"이제 만족했나요? 프라우렘 선생. 에렌페스트는 부정행위를 하지 않았습니다. 오히려 전혀 가르치지도 않은 내용인데도 전원 합격이네요."

함께 채점하던 다른 선생들이 흥미로워하며 시험지와 프라우렘을 번갈아 보았다.

"큭……. 에렌페스트, 전원 합격입니다."

분함마저 느껴지는 프라우렘의 목소리가 울리자 강당에 놀라움이 감돌았다. 아직 시험 중인 학생도 깜짝 놀라 고개를 들고 에렌페스트를 쳐다보았다.

"전원 합격!?"

"어째서!?"

빌프리트가 의기양양한 미소를 지으며 놀라움을 금치 못하는 주변 학생들을 둘러본다. 필린느와 로데리히가 조그맣게 웃는 모습도 보였다. 분명 나도 '어떠냐?'라는 회심의 미소를 짓고 있을 터이다.

먼저 시험을 끝낸 드레반헬이 우르르 일어나 에메랄드그린 망토를 휘날리며 우리를 향해 다가왔다.

"빌프리트, 전원 합격 축하해. 그런데 어떻게 해낸 거야? 수업 내용과 다른 문제였잖아."

오르트빈의 질문에 빌프리트가 어깨를 으쓱했다.

"간단해. 프라우렘 선생님이 말했잖아. 과거의 수업 내용이라고. 우리는 그 내용까지 공부 범위에 넣었거든."

공부한 내용이 과거와 다르면 훗날 업무를 시작했을 때 상사나 선배와 지식의 차이가 생긴다. 과거 수준이 더욱 높았으니 필요한 건 전부 배우는 편이 낫다. 페르디난드도 "견습 기사만 교육 수준이 떨어졌다고 생각하지 말도록." 이라고 했었다. 에렌페스트에서는 견습 기사와 신입 기사에게 과거의 교육 수준을 기준으로 다시 훈련시키고 신입 문관의 교육도 재검토하는 상황인데 귀족원 학생을 그대로 놔둘 턱이 없다.

"에렌페스트의 공부법을 재검토할 때 과거의 수업 내용과 현재의 내용을 비교하면서 새로운 교과서를 제작했는데 그것이 이번 시험에서 우연히 도움이 됐을 뿐이야, 오르트빈."

2학년생만이 아니다. 우리가 성년이 되었을 때 교육 부족이라는 말을 듣지 않게 모든 코스의 참고서를 비교하여 과거와 현재를 망라하는 새로운 참고서로 재편했다. 어느 학년, 어느 코스에서든 이번과 같은 일이 일어나도 전혀 문제가 없도록 말이다.

"······놀랍네. 우리 영지에서도 참고해야겠어."

오르트빈이 옅은 갈색 눈동자를 깜빡거리더니 씩 웃었다. 내년의 드레반헬은 더욱 만만치 않은 상대가 될 것 같다. 서른 명이라도 전부 합격할 것 같다. 빌프리트는 "서로 힘내자."라며 웃었다. 아마 그는 온 힘을 다해 누군가와 겨루고 싶어 하는 타입이리라. 하지만 나는 솔직히 말하면 최대한 편하게 이기고 싶은 타입이다.

'성전 그림책은 조금 더 비밀에 부쳐야겠어.'

"아, 그렇지. 로제마인 님."

갑자기 내 이름을 부르는 오르트빈의 목소리에 나는 눈을 깜빡거렸다. 오르트빈이 빌프리트가 아닌 내게 말을 걸 일은 이번이 처음 아닐까? 최대한 우아하게 보이도록 살짝 고개를 갸웃거리는 내게 오르트빈이 "아돌피네 누님이 전해달랍니다."라고 말했다. 순간 머릿속에 친목회에서 와인레드 머리카락을 쓸며 보란 듯이 윤기를 강조하던 아돌피네의 모습이 떠올라 나도 모르게 경계했다.

"오늘 이론을 통과하면 봉납식을 치르러 에렌페스트로 귀환하시기 전까지 오전 시간이 빌 테니 꼭 다과회에 초대하고 싶다고 합니다. 작년에 클라센부르크의 에그란티느 님과 사교 시즌 전에 다과회를 즐기셨다는 얘기를 듣고 누님이 아쉬워했거든요."

'오, 오오오, 다과회 초대를 받아 버렸어! 으아, 안 가고 싶어. 무슨 질문이 나올지 몰라서 무섭단 말이야.'

린샴을 빠르게 모방한 드레반헬의 초대다. '히이이이익!' 하고 두려워하는 속마음이 얼굴에 나올세라 나는 일부러 더욱 활짝 웃었다. 아무리 무서워도 드레반헬의 초대를 거절할 수 없다. 에렌페스트에는 옷으면서 초대에 응하는 선택지뿐이다.

"어머나, 아돌피네 님께서 절 초대하신다고요? 너무 기쁩니다. 저도 기대하고 있겠다고 전해 주세요."

'아아, 도서관에 갈 시간이 줄잖아.'

"공주님, 모두 합격한 것 치고는 안색이 안 좋으시네요."

기숙사로 돌아가자, 리카르다가 걱정스럽게 얼굴을 들여다보았다. 나는 슬쩍 한숨을 내쉬었다.

"드레반헬의 아돌피네 님께서 날 다과회에 초대하실 것 같아요. 조만간 초대장이 오면 여러분이 대응해 주세요."

마음이 무거운 나와 달리 견습 시종인 브륀힐데는 황색 눈에 의욕이 넘치는 강렬한 빛을 띠며 주먹을 불끈 쥐었다.

"로제마인 님의 빠른 사교에 따라갈 수 있게 1년간 공부해 왔어요. 완벽하게 대응하겠습니다."

"봉납식을 하러 귀환하기도 전에 벌써 약속을 많이 잡으셨네요. 음악 선생님의 다과회, 도서관 다과회, 단켈페르거의 한넬로레 님, 드레반헬의 아돌피네 님과 다과회. 정말 화려한 면면이군요. 로제마인 님께서 교류하시는 모습을 지켜보면 정말 깜짝깜짝 놀랍니다."

리젤레타가 다과회를 잡은 멤버들을 열거하며 곤란하다는 듯이 웃었다. 과거의 에렌페스트와 교류 범위가 확연히 달라서 준비에도 신경 쓸 일이 많다고 한다.

"어머, 리젤레타. 이럴 때는 좀이 쑤신다고 해야죠. 시기가 좀 앞당겨졌지만, 전 기대돼요. 보람찰 것 같아요."

브륀힐데는 의욕을 불태우고 있지만, 본래의 사교 시즌을 생각하면 다른 사람에게는 너무 이른 시기에 사교가 잔뜩 들어온 건 사실이다.

"수업이 2학년만 끝나서 측근에게 부담이 크다며 드레반헬의 초대를 거절하면 안 되겠죠?"

"전부 거절하면 몰라도 드레반헬만 거절할 순 없습니다."

알고는 있었지만, 역시 안 되는 모양이다. 가볍게 한숨을 내쉴 때 1학년들도 점심을 먹으러 돌아왔다. 기숙사로 돌아오기 전까지만 해도 생글생글 웃고 있던 샤를로테가 나와 눈이 마주친 순간 부리나케 달려왔다. 안색은 파랗게 질려 있었고, 어찌할 바를 모르는 듯했다.

"샤를로테, 왜 그래요?"

"언니. 저 오늘 실기 시간 때 드레반헬에 다과회 초대를 받았어요. 첫 다과회라 긴장될 테니까 언니와 꼭 오라고요."

'으아아아. 완전 포위망에 걸린 기분이야.'

린샴 제작법은 쉽게 간파되었다. 실을 짜서 만든 머리 장식도 간파당하는 건 시간문제. 엄마는 아주 작은 꽃 장식을 손바닥 위에 굴려만 보고도 짜는 방법을 간파했다. 숙련된 장인이라면 머리 장식을 하나만 손에 넣어도 구조가 복잡한 머리 장식을 1년 안에 재현하리라. 식물지 제작법은 그렇게 쉽지 않겠지만, 섬유를 조사한다면 소재가 식물임을 금방 알아내리라. 질문에 어떻게 대답하든 연구할 듯하다. 슬금슬금 뒷걸음질을 치고 싶은 기분이 점점 커진다. 차라리 아파서 드러눕고 싶은 심정이다. 도망치고 싶은 마음이 내 가슴을 가득 채운다.

"드레반헬과 다과회라니요. 어떡하죠, 언니……."

'잠깐! 샤를로테도 초대받았는데 내가 앓아누우면 이렇게 불안해하는 샤를로테를 혼자 보내야 하잖아! 그건 안 돼!'

나조차도 우울해지는 다과회에 샤를로테를 혼자 보낼 수는 없다.

첫 다과회에 불안해하는 샤를로테를 내가 인도해야 한다. 그래. 언니로서.

"걱정 말아요, 샤를로테. 내가 있잖아요. 마음 강하게 먹고, 함께 드레반헬에 맞섭시다."

샤를로테가 남색 눈을 깜빡이며 나를 빤히 보았다. 나는 샤를로테에게 힘을 실어 주려고 웃어 보였다.

'날 의지해도 돼. 왜냐면 난 네 언니니까.'

내 마음이 통했는지 샤를로테는 불안해하면서도 다부진 미소를 띠었다.

"네. 저도 최대한 노력할게요."

조합·회복약

"공주님, 오후는 조합 수업이니까 서둘러 조합복으로 갈아입읍시다."

기수를 탈 때 치마를 입지 못하니까 기수복으로 갈아입듯이, 조합 작업을 할 때는 소매가 거치적거리지 않는 조합복으로 갈아입는다. 신전에서 조합할 때는 평소의 신관복 차림이었기 때문에 조합복을 입는 건 이번이 처음이다. 조합복은 문관의 유니폼과 조금 비슷하다. 소매가 펄럭이지 않고 작업에 방해되는 레이스나 주름 장식을 최대한 뺀 디자인이다. 조합복의 가장 큰 특색은 망토가 없다. 대신에 망토와 색깔이 같은 천을 스카프처럼 둘러 브로치로 고정한다.

리카르다의 도움으로 옷을 갈아입고 잊은 준비물이 없나 확인한 뒤, 나는 조합 수업을 함께 듣는 필린느에게 말을 걸었다.

"필린느, 준비 끝났어요?"

"네, 로제마인 님."

필린느는 조합복 치맛자락을 살짝 들며 살며시 웃었다. 필린느의 조합복은 누군가가 입었던 헌옷을 리카르다와 오틸리에가 얻어와 준 것이다. 수선하고 자수 장식을 새로 넣자 물려받은 옷처럼 보이지는 않았다.

"필린느는 뭐든지 열심히 하네요."

"공주님도 필린느처럼 자수 연습 좀 하세요."

"네. 시간의 여신 드레팡아의 실이 겹칠 때는 꼭……."

노력할 기회가 생긴다면 하겠다고 리카르다의 말을 받아넘긴 뒤, 나는 계단을 내려갔다. 내게는 자수보다도 사본, 사본보다도 독서가 중요하다.

"다들 기다렸죠? 소강당으로 갑시다."

처음 듣는 조합 수업이지만, 회복약을 이미 몇 개나 만들어 본 내게는 신선미가 전혀 없다. "첫 조합이라서 왠지 설레네." 라는 빌프리트의 모습이 귀여워 보인다.

신전에서 회복약을 만들 때는 오로지 페르디난드가 시키는 대로 재료를 준비하고, 무게를 재고, 썰어서 냄비에 넣고 마력으로 섞기만 하면 되었다. 아직 오리지널 회복약만 만들지 못하는 내게 이번 회복약 제조는 그저 실습에 불과하다. 완성된 회복약은 전부 에크하르트나 안게리카에게 팔고 있다. 완전히 단순 작업이 되었기에 기대감도 들지 않았다.

"전 페르디난드 님께 배워서 설레지도 않네요. 이왕이면 회복약 말고 다른 약을 만들고 싶어요."

내가 페르디난드에게 배웠다는 사실을 아는 측근들은 "그러네요." 라며 동의했지만, 로데리히는 눈을 동그랗게 뜨고 놀라며 소리쳤다.

"로제마인 님은 이미 조합까지 배우셨습니까!?"

"자기가 먹을 회복약도 스스로 못 만들면 어쩌냐면서 페르디난드 님이 가르치셨어요. 지금은 네 가지 회복약을 만들 수 있답니다."

내가 그렇게 말한 순간, 견습 기사들이 깜짝 놀라며 나를 보았다.

"잠깐만요, 로제마인 님. 회복약이 네 가지나 있습니까!?"

귀족원에서는 하급부터 중급이 사용하는 기초 회복약과 품질이 뛰어난 재료를 쓴 상급용 회복약, 두 종류만 가르친다고 한다. 페르디난드처럼 연구에 미치지 않은 사람들 대부분은 두 가지 회복약만 만들 줄 안다고 했다. 어쩐지 조금 어려운 회복약을 만들 때면 안게리카와 에크하르트가 호위를 자청해서 기다리다 그 자리에서 냉큼 사더라니.

"제가 만들 수 있는 건 마력과 체력을 조금 회복하는 약, 마력과 체력을 조금 더 많이 회복하는 약, 체력은 거의 회복되지 않지만 마력을 최대치로 회복하는 약, 마력은 거의 회복되지 않지만 체력을 최대치로 회복하는 약, 이렇게 네 가지예요."

'여기에 페르디난드 님은 양쪽 모두 최대치로 회복하지만 맛을 희생한 지옥을 맛보는 약, 약간 배려한 개량판 약, 하르덴첼에서 얻은 블렌루스를 넣어 맛을 대폭 개량한 완벽판 약, 전부 일곱 가지를 만들 수 있지만.'

술술 불어도 되는지 어떤지 몰라서 나는 마음속으로만 중얼거렸다.

"숙부님이 계시면 귀족원에 올 필요도 없겠네."

"수업으로만 따지면 그렇지만, 슈타프를 취득해서 귀족으로 인정받으려면 귀족원 과정이 필수잖아요."

"귀족원이 아니면 다른 영지와 교류를 할 수가 없는걸요. 책임이 무거워서 부담스럽지만요."

이론을 들으러 강당으로 향하는 길에 샤를로테가 그렇게 말하며 가벼운 한숨을 내뱉었다. 앞으로 헤쳐 나가야 하는 교류를 생각하면 벌써 에렌페스트로 돌아가고 싶어지는 모양이다. 사교를 하기 싫은 기분은 충분히 이해한다.

"다른 영지와 교류하면서 친구를 만들면 재미있어. 그렇게 싫지만은 않을 거야."

사교의 즐거운 면을 강조하는 빌프리트의 말에 샤를로테의 얼굴에 미소가 돌아왔다. 언니로서 빌프리트에게 질 수 없다. 나도 샤를로테의 가라앉은 기분을 끌어올려 주고 싶다.

"빌프리트 오라버니의 말이 맞아요. 귀족원에 오지 않으면 책벌레 친구도 못 사귀고, 귀족원 도서관의 책도 못 읽잖아요. 인생에서 손해 보는 부분이 얼마나 많은데요."

"로제마인, 넌 도서관과 책 외에도 눈을 좀 돌리지 그래."

빌프리트의 한숨 섞인 말에 샤를로테도 전적으로 동의했지만, 그런 지독한 말이 어디 있나. 도서관과 책 외에 대체 어디로 눈을 돌리란 말인가?

"양아버님이 올해는 귀족원에서 최대한 평온하게 지내라고 하셨어요. 제가 사교에 주력하면 오히려 곤란하대요."

작년에 왕족이나 상위 영지와 인연을 너무 많이 만들어서 모두를 쩔쩔매게 했다. 올해는 관계 유지를 고려해서 무난하게 사교하고, 도서위원 활동에 힘쓰는 편이 좋으리라.

"그럼 언니가 독서를 즐길 수 있게 저도 최대한 도울게요."

"샤를로테, 어쩜 그렇게 갸륵하고 귀여운 말을! 하지만 안심하세요. 난 샤를로테의 언니로서 최대한 사교도 힘낼 테니까."

"네? 아, 언니……. 왜요? 그냥 도서관에 가도 괜찮아요."

놀란 듯 눈이 휘둥그레진 샤를로테의 팔을 가볍게 때리면서 나는 재차 고개를 끄덕였다.

"걱정 말아요, 샤를로테. 나도 영주의 자식, 당신의 언니잖아요. 맡은 바 책임은 다할게요."

이런 갸륵한 여동생에게 귀찮은 일을 전부 떠넘기고 어찌 도서관에만 박혀 있으랴. 사교도 최대한 해내자. 방금 결심했다.

소강당에 들어서자, 조합 수업을 할 수 있게 평소와 다른 준비가 되어 있었다. 제일 앞쪽 벽에는 하얀 천이 널찍하게 걸려 있고, 그 앞에 받침대가 놓여 있다. 그 위에는 아무것도 없다. 또 테이블이 여러 개 있는데, 제일 앞 테이블에만 작은 조합 냄비 여섯 개가 띄엄띄엄 놓여 있다. 약초를 섞는 과정은 선생이 잘 볼 수 있는 자리에서 하는 듯하다. 사람 수만큼 냄비가 준비되지 않은 것으로 보아 재료를 빨리 손질한 사람이 먼저다. 다른 테이블 위에는 학생 수만큼 판자가 놓여 있다. 또 테이블 중앙에 천평칭 같은 저울이 있었다.

회복약 제조법은 섞을 약초의 무게를 재고 도마 같은 판자 위에서 여러 종류의 약초를 다져서 냄비에 넣은 뒤 휘휘 젓기만 하면 끝이다. 하나도 어렵지 않으니까 모두 금방 합격하리라.

"조합을 시작합니다."

힐쉬르가 도구를 다루는 방법과 씻는 법, 주의 사항을 설명하기 시작했다. 전부 페르디난드에게 지겹도록 들은 얘기다. 고개를 끄덕이며 듣는 내 눈은 오히려 힐쉬르가 가져온 마술구에 못박혔다. 페르디난드가 수리한 마술구다. 힐쉬르가 마술구를 건드리자 넓게 펼친 천에 약초의 양과 순서가 떠올랐다. "우와." 하고 놀라는 모두의 반응을 보면 흔한 마술구가 아닌 모양이다.

"이 마술구를 사용하는 건 이번 첫 수업뿐입니다. 반드시 약초명과 양, 순서를 각자 기록하세요. 메모가 끝나면 약초의 양을 재십시오. 그리고 슈타프를 나이프로 변형해서 재료를 써세요."

힐쉬르의 목소리에 모두가 일제히 메모하기 시작했다. 이미 참고서에 나와 있는 내용이라서 나와 빌프리트는 굳이 적지 않았다. 특히 나는 약초명과 분량을 보고, 제일 간단한 회복약 제조법이라는 점만 확인하면 충분했다. "빌프리트 오라버니부터 먼저 하세요." 하고 저울로 손을 뻗었다. 빌프리트가 긴장한 표정으로 약초의 양을 재고 슈타프를 나이프로 변형했다. 나는 내 약초를 재면서 빌프리트 쪽을 흘끗 보다가 눈을 부릅떴다.

"빌프리트 오라버니, 그러다가 손가락 자르겠어요."

약초가 아닌 손가락을 썰기라도 할 듯 나이프를 잡은 자세를 본 나는 기겁했다. 우라노 때 처음 조리 실습을 해보는 남학생보다도 상태가 심각했다. 내 지적에 빌프리트는 눈을 다시 깜빡거리더니 피식 웃었다.

"음? 이 나이프는 슈타프라서 괜찮아."

슈타프는 자신의 마력으로 만든다. 그래서 슈타프를 변형한 나이프라면 살짝 삐끗해도 자해 의도가 없는 한, 자기 손가락에 상처를 입히지 않는다. 굳이 슈타프를 변형하지 않아도 조합은 할 수 있고, 마력을 담은 나이프를 쓰면 슈타프를 변형한 나이프보다 훨씬 마력이 절약되는데도 왜 굳이 슈타프를 쓰는지 의문이었는데, 빌프리트의 말을 듣고, 그제야 이해되었다.

생각해 보면 당연하다. 영주 후보생과 상급 귀족만 모인 반은 칼질한 번 해본 적 없는 아가씨와 도련님의 집합소다. 분명 약초를 써는 단계에서 좌절하는 아이가 수두룩하게 나오리라.

"손가락이 잘리지 않는 줄은 알아도 보고 있으면 심장이 떨려요."

"그럼 네가 먼저 시범을 보여 봐. 회복약 조합은 네 특기잖아."

빌프리트가 입술을 삐죽이며 그렇게 말한 순간, 선생들의 시선이 나에게 쏠렸다. 또 이상한 주목을 받게 되었지만, 하는 수 없다. 약초

써는 방법 정도는 가르치는 편이 낫겠지.

"딱히 특기는 아니에요. 익숙할 뿐이죠."

특기라는 말은 페르디난드 같은 사람에게 쓰는 말이다. 나는 약초를 잰 저울을 테이블 가운데로 밀고 슈타프를 꺼내어 "메서." 하고 외웠다.

"빌프리트 오라버니, 나이프는 이렇게 쥐고, 약초를 누르는 손은 이렇게 하면 손가락을 잘릴 위험이 없답니다."

나는 손가락을 고양이 손처럼 오므리라고 빌프리트에게 설명하면서 재빠르게 약초를 썰었다. 주위에서 "오오." 나 "빠르다." 라는 감탄의 소리가 터져 나왔지만, 이건 전혀 대단한 일도 아니다. 일상적으로 요리하는 평민이라면 누구나 할 줄 아는 일이다.

"최대한 균등하게 자르면 마력이 잘 녹아요."

전부 썰면 '류켄'으로 슈타프의 변형을 해제하고, 썬 약초를 판자 채로 조합 냄비가 있는 곳으로 가져간다. 어떻게 조합할까 궁금한지 빌프리트를 비롯한 같은 테이블을 쓰던 학생들이 졸졸 뒤따라왔다.

"힐쉬르 선생님, 조합 냄비를 써도 될까요?"

"너무 빨라서 놀랍긴 하지만, 물론입니다. 로제마인 님은 세척 방법도 알고 계시죠?"

"네."

"일일이 설명할 수고를 덜었군요. ……로제마인 님께서 시범을 보일 겁니다! 조합을 본 적이 없는 분, 메모한 순서만으로 불안한 분은 앞에 와서 보세요!"

힐쉬르가 다른 학생들을 소리쳐 불렀다. '선생이 설명을 귀찮아하면 어떡하냐!' 라는 지적을 꾹 참았다. 이 얼마나 눈치 빠른 착한 학생인가.

주위에 구경꾼이 모여서 상당히 부담스러운 분위기가 되었다. 하지만 해야 한다. 나는 테이블에 판자를 놓고, 슈타프를 꺼내어 "바셴." 하고 외어 조합 냄비를 씻었다. 주변이 물보라를 맞는 실수는 이제 없다. 마력 조절은 완벽하다.

"완벽한 세척이군요. 그럼 조합을 시작하세요."

나는 판자 위의 약초를 전부 냄비에 넣었다. 다시 한번 슈타프를 소환해서 "스틸로." 하고 외워 마력의 펜으로 변화시킨 후 조합 냄비의 테두리를 따라 원을 그리고 몇 가지 기호를 써넣었다.

"로제마인, 그 마법진은 뭐야?"

"시간 단축에 필요해요."

빌프리트에게 설명하면서 다시 변형을 해제하고, "바이멘."으로 막대기로 바꿨다. 냄비 크기에 맞춘 막대기 변형도 이미 배운 내용이라서 길이가 아주 적절한 막대기가 나왔다. 이제는 표면이 살짝 빛날 때까지 휘휘 저어 주면 회복약 완성이다.

"로제마인 님, 시간 단축 마법진은 수업에서 가르치지 않았을 텐데요."

"아차, 실례했네요. 버릇처럼 그만……."

오래 저으면 팔이 뻐근해진다. 그래서 페르디난드에게 꼼수로 시간 단축을 배운 이후부터는 항상 사용했다. 그러고 보니 오늘 수업에 마법진을 그리는 과정은 없었다. 힐쉬르의 지적이 날아왔지만, 이미 그린 마법진을 지울 수도 없는 노릇이다.

"로제마인 님이 사용하신 마법진은 시간을 단축하도록 젓는 횟수를 두 배 이상으로 늘리는 것이지만, 조합에 익숙하지 않은 사람이 사용하면 실패합니다. 여러분은 천천히 마력을 주입하도록 하세요."

학생들에게 주의한 후, 힐쉬르는 "못 말려." 하고 중얼거리며 한숨을 내뱉었다.

"마법진까지 써서 빨리 끝낼 줄도 아시다니, 로제마인 님은 너무 능숙하시군요. 첫 조합 실기에서 나올 실력이 아닙니다."

"자기가 먹을 약은 스스로 만들 줄 알라면서 페르디난드 님께서 가르치셨거든요. 하지만 아직 그만한 솜씨는 없어요."

"여전히 페르디난드 님은 엄격한지 무른 건지 모를 사람이군요."

힐쉬르가 "보통 자신의 약 제조법은 남에게 가르치지 않아요." 라고 말하면서 내가 만든 회복약을 어떤 마술구에 몇 방울 떨어뜨렸다. 완성한 조합물의 품질을 측정하는 마술구다. 페르디난드도 같은 물건을 갖고 있는 것을 본 적이 있다.

"품질과 효과, 전부 합격입니다."

'좋았어!'

그 뒤로는 벌벌 떨면서 칼질하는 학생들의 모습이 눈에 들어올 때마다 심장을 벌렁거리며 빌프리트에게 조합 요령을 가르치면서 시간을 보냈다.

"로제마인, 마력을 균등하게 맞추는 요령이 있어?"

"흘려보내는 마력의 양이 일정해야 해요. 지치면 흘러나가는 마력의 양이 자연스럽게 줄어드니까 처음부터 적게 내보내든가 저처럼 시간 단축 마술구를 써야 해요. 단, 시간을 단축하는 마술구는 완성할 때까지 마력이 단숨에 빠져나가기 때문에 초보자에게는 추천하고 싶지 않아요."

주변 학생들이 내 말에 귀를 쫑긋 세우고 있는 줄은 알지만, 굳이 묻지도 않는데 내 쪽에서 가르쳐주러 가면 괜한 오지랖이 아닐까? 그런 생각을 하는 사이에 수업의 끝을 알리는 종이 울렸다. 나 말고 다른 합격자는 나오지 않았다. 마법을 균등하게 섞는 과정이 꽤 어려운지, 다들 합격 기준에 미치는 품질의 회복약을 만들지 못했다.

저녁 식사 후에는 영주 후보생과 측근이 머리를 맞대어 드레반헬 대책을 비롯한 사교의 전반적인 질문서를 작성했다. 빌프리트는 질베스타에게, 나는 페르디난드와 엘비라에게, 샤를로테는 플로렌치아에게. 거의 같은 내용이지만, 샤를로테가 각자의 해답을 듣고 싶다고 해서 분담해 보았다. 이 질문서를 전이의 방에 있는 기사에게 부탁해서 에렌페스트로 보내면 된다. 견습 문관들에게 질문서를 건네자, 피로가 한숨이 되어 나왔다.

"수고하셨어요, 언니. 몸은 괜찮으세요?"

"나보다 샤를로테가 더 걱정이에요. 내일 중요한 날이죠? 피로가 남으면 도중에 쓰러질 거예요."

내일은 1학년이 '신의 뜻'을 취득하러 심층의 방에 가는 날이다. 그래서 내일만큼은 1학년이 오전에 이론이고 2학년이 실기다. 끝이 보이지 않는 동굴 속을 걸어야 했던 기억을 떠올리며 내가 주의를 주자, 샤를로테가 키득거렸다.

"조금 피곤하다고 정신을 잃고 쓰러지지는 않아요."

"정신을 잃지는 않아도 영주 후보생은 하급 귀족보다 더 깊이 걸어 들어가야 해. 어서 쉬는 편이 좋아, 샤를로테."

내게는 큰소리치던 샤를로테가 빌프리트의 말은 고분고분하게 듣는다.

'왠지 언니의 위엄이 없어진 듯한 이 기분은 뭐지. 이거 중대 사태 아냐?'

언니로서의 위엄을 되찾으려면 어떻게 해야 할까? 곰곰이 생각하는데 샤를로테가 내 얼굴을 들여다보았다.

"언니, 언니. 역시 몸이 안 좋은 것 아니에요?"

"아직 괜찮아요. 그것보다 난 언니로서 샤를로테를 위해……."

"저를 위하신다면 얼른 쉬세요. 얼른요."

걱정스럽게 흔들리는 남색 눈동자로 "언니가 걱정되어요."라고 하는 샤를로테와 "동생에게 걱정을 끼치면 안 되지요."라는 리카르다의 협공으로 갈팡질팡하는 사이 침대로 내동댕이쳐졌다. 덧붙여 말하자면 수업을 듣는 동안 캐노피 구멍이 꿰매어져 있었다. 어디에도 구멍이 없다.

언니로서의 위엄을 되찾기 위해 할 수 있는 일을 고민하는 사이에 잠들었는지 정신이 들었을 때는 아침이었다.

오늘은 오전이 실기다. 마석으로 보호구를 만드는 시간이다. 전신을 완벽하게 보호하는 전신 갑옷은 기사가 착용하는 것이지만, 모두가 간이 방탄조끼에 가까운 보호구를 만들지 못하면 위험한 시기나 장소에서는 목숨이 위태롭다고 한다.

"로제마인, 멋진 슈타프처럼 갑옷도 멋져야 하지 않을까?"

"……빌프리트 오라버니, 오늘 만드는 건 평상복 안에 입는 보호구니까 멋져 봤자 아무한테도 못 보여주지 않을까요?"

"그, 그런가. ……그러네."

실망한 기색이 역력하다. 달래야 할 정도로 어깨가 처져 있다. 그렇게 멋진 갑옷을 만들고 싶었던 걸까? 멋에 왜 그렇게 집착하는지 이해되지 않지만, 풀이 죽은 상태가 계속되면 내 마음도 불편하다.

"저기, 하지만 보이지 않는 부분이라고 대충 하지 않는 것이 멋이라고도 하니까 멋을 추구해도 좋다고 봐요."

"보이지 않는 부분도 대충 하지 않는 것이 멋이라. 음, 마음에 들었어."

쉽게 기분이 풀린 빌프리트는 멋진 갑옷에 관해 설명하기 시작했다. 이미 머릿속에 구상한 것이 있나 보다. 아쉽게도 빌프리트가 생각한 갑옷은 평상복 안에 입을 수 있는 디자인이 아니라서 처음부터 다시 생각하게 되었지만.

이 실기를 제일 먼저 끝낸 사람은 내가 아닌 한넬로레였다. 단켈페르거에서는 항시 착용하는 것이라 익숙한 듯하다. 한넬로레를 선두로 단켈페르거의 상급 기사가 잇달아 합격했다.

기수의 마석을 만들 때처럼 체형에 맞춰 튼튼하게 만드는 과정이 그렇게 어렵지 않았고, 멋을 고집하지 않았던 나는 쉽게 합격을 받아냈다. 빌프리트는 계속 멋진 갑옷을 생각하려는 듯했다. 직성이 풀릴 때까지 열심히 하길 바랐다.

로데리히의 청

 오후는 이론을 전부 통과해서 여유가 있다. 심층의 방으로 가는 1학년들을 배웅한 뒤, 나는 필린느와 로데리히와 셋이서 3학년생 참고서를 토대로 다목적 홀에서 문관 코스를 예습했다. 오늘은 이론을 끝낸 유디트가 호위를 맡았다. 다른 2학년도 각자 예습하거나 빌프리트와 함께 실기 훈련을 하며 지내는 듯했다.

 "2학년 수업이 끝나면 두 사람은 뭘 할 거예요?"

 예습이 어느 정도 일단락됐을 때 나는 두 사람에게 말을 걸었다.

 "로제마인 님처럼 금방 실기에 합격하지는 못하겠지만, 2학년 수업이 끝나면 저는 다른 영지 학생들에게 이야기를 모으려고 합니다."

 필린느가 "올해는 더 많이 모을 수 있을 거예요."라며 새잎 같은 눈동자를 반짝거렸다. 작년과 달리 이야기를 끌어내는 방법을 파악했고, 성과 신전에서 다양한 사람과 부딪히면서 모르는 사람과의 대화에도 주눅 들지 않게 된 듯하다.

 "그거참 든든하네요. 기대하고 있을게요. 로데리히는 어떻게 지낼 건가요?"

 내가 질문을 던지자, 로데리히는 주황색에 가까운 갈색 머리를 천천히 들었다. 손에 쥐고 있던 펜을 놓더니 테이블 위에 올린 깍지 낀 손가락에 힘을 준다.

 "로제마인 님께 드릴 말씀이 있습니다. 언제라도 상관없습니다. 시간을 내주실 수 있으십니까?"

결의를 숨기고 긴장한 짙은 갈색 눈동자가 나를 지그시 바라본다. 이름을 바치겠다고 했을 때 긴장하던 로데리히의 표정과 흡사해 보여서 나까지 덩달아 긴장하고 말았다. 한 번은 측근으로 삼으려고 한 적이 있는 로데리히의 이름을 받을 각오가 되어 있느냐 아니냐는 앞으로의 일에 큰 영향을 끼친다. 침을 꼴깍 삼켰다.

"공주님, 마음 준비를 단단히 하신 후에 들으셔야 합니다."

리카르다의 나직한 목소리가 들렸다. 뒤돌아보니 리카르다가 부드럽게 미소를 짓고 있었다.

"이름을 바치는 건 대단히 중대한 일입니다. 그것은 바치는 분에게도, 받는 분에게도 마찬가지죠. 공주님도 마음의 준비를 하셔야 합니다."

결의를 감춘 로데리히의 얼굴을 보고 리카르다도 나와 같은 생각을 한 것이리라. 연장자의 의견에 내가 동의하자, 로데리히가 천천히 고개를 가로저었다.

"이름을 바치려는 것이 아닙니다. 로제마인 님과 이야기를 하고 싶어서 그럽니다."

"대체 무슨 이야기인데 그래요?"

이름을 바치는 것이 아니라면 대체 뭘까? 전혀 모르겠다. 고개를 갸웃거리는 나를 보고, 로데리히가 잠시 생각을 가다듬는지 시선이 허공을 헤맸다.

"……제가 이름을 바치고 싶다고 생각한 경위와 지금까지 고민한 제 생각을 말씀드리고 싶습니다. 그렇지 않으면 이름을 받아 주실지 어떨지 판단을 내리지 못하실 거라고 로제마인 님의 측근이 말해 주었습니다."

나는 무심코 유디트와 필린느를 쳐다보았다. 그러자 유디트가 잠깐 고민하더니 "하르트무트예요."라고 중얼거렸다. 아무래도 하르트무트가 은밀히 움직였던 모양이다. 하지만 로데리히의 이야기를 들을 기회는 필요했다.

"리카르다, 방을 잡아 주세요."

"알겠습니다."

"원래라면 둘이서 얘기해야 마땅하겠지만, 호위 기사와 시종이 동석할 거예요. 이해해 주세요."

"다른 파벌인 제가 경계 대상인 건 이해하고 있습니다."

리카르다가 대화할 방을 잡는 동안, 나는 살짝 시선을 떨구어 공부하던 종이를 정리했다. 필린느에게도 긴장감이 옮았는지, 로데리히와 나를 번갈아 보면서 필기구를 정리하기 시작했다.

호위 기사인 유디트와 필린느를 거느리고 우리는 리카르다가 준비한 방으로 이동했다. 작은 방에서 로데리히에게도 자리에 앉기를 권하고, 우리는 마주 앉았다.

"하고 싶은 얘기가 뭐죠?"

시선을 떨구던 로데리히가 고개를 들어 필린느를 보고, 유디트를 보고, 리카르다를 보고, 마지막으로 나를 보았다.

"마티아스 님은 잘 생각하라고 하셨지만, 전 로제마인 님께 이름을 바치고 싶습니다. 물론 로제마인 님께서 받아 주신다면 말입니다. 로제마인 님은 이름을 받고 싶어하지 않으신다. 네가 이름을 바치면 부담될 뿐이다. 그렇게 들었으니까요."

그 말을 한 사람도 하르트무트겠거니 예상하면서 나는 고개를 끄덕였다.

"그러면서 로제마인 님께서 알아 주시도록 끝까지 설득하라고 했습니다. 그 기회는 귀족원에 계실 때밖에 없다면서요. ……그래서 잠깐 대화를 나누고 싶었습니다."

'처음 봤을 땐 개구쟁이 같았었는데.'

로데리히는 빌프리트의 친구라는 인상이 강하고, 첫해는 함께 까불며 뛰어다녔었다. 내게 눈덩이를 던진 아이 중 한 명이었고, 교재도 그림책이 아닌 카루타와 트럼프를 빌리고 싶어 했다. 하지만 하얀 탑 사건 이후 로데리히에게 큰 변화가 생겼다.

"처음에는 어린이 방이 너무 즐거웠습니다."

로데리히의 이야기는 그런 말로 시작했다. 처음 본 수많은 장난감, 게임에서 이기면 신분과 관계없이 받을 수 있는 맛있는 과자, 주변 수준을 비교하며 분발할 수 있는 공부 환경, 그리고 돈이 아닌, 내가 모르는 이야기와 맞바꾸면 빌려주는 교재.

"처음에는 카루타를 원했습니다. 맛있는 과자를 먹으려면 카루타나 트럼프에서 이겨야만 했죠. 조금이라도 승률이 높은 카루타를 연습하고 싶어서 로제마인 님께 이야기를 들려드렸습니다. 그런데 도중에 흐름이 뒤죽박죽되고 말았습니다. 어떻게든 이야기를 끝내려고 즉흥적으로 뒷얘기를 만들었습니다."

"네. 어린이다운 발상이어서 정말 흥미로웠었어요."

카루타를 위해 눈동자를 굴리며 필사적으로 이야기를 이어가던 로데리히의 모습을 떠올리고, 나는 피식 웃었다.

"재미있게 들어 주시는 로제마인 님의 반응에 신이 나서 또 다른 이야기를 만들었고, 트럼프도 빌릴 수 있었습니다. 그다음 해에도 빌릴 수 있게 이야기를 모으려고 봄에 부모님에게 몇 가지 이야기를 캐물었을 정도로 정말 어린이 방을 기대하고 있었습니다."

로데리히는 겨울 어린이 방에 가기 전 가을 사냥대회에서 귀족가에 있는 친구들과 만날 날을 손꼽아 기다렸다고 한다. 사냥대회에서는 아이들만 모여 게임을 하며 놀았고, 어른들의 꼬임에 넘어가 하얀 탑을 목표로 탐색을 시작했다.

"나무에 표식이 있으니까 헤맬 일도 없고, 하얀 탑은 영주 일족만 출입할 수 있다고 아버님께서 그러셨습니다. 그 잠깐의 모험이 이런 결과가 될 줄은 꿈에도 생각하지 못한 채 저는 평소에는 허가 없이 들어가지 못하는 숲을 탐색하며 즐겼습니다."

그렇게 하얀 탑에 들어간 빌프리트는 벌을 받았고, 부추긴 귀족들도 처벌을 받았다. 빌프리트가 비교적 가벼운 벌로 끝난 덕분에 귀족들 역시 가벼운 처벌에 그쳤지만, 그 뒤로 로데리히를 둘러싼 주변 상황이 일변하고 말았다.

"제 어머님이 둘째 부인이라서 자식인 저는 옛날부터 천대를 받았었습니다. 하지만 빌프리트 님과 같은 학년이고, 동성이라서 접근할 기회가 많았지요. 아무래도 그 부분만큼은 아버님도 좋게 평가하셨던 거겠죠. 빌프리트 님과 사이좋게 놀 때는 제게 다정하게 많이 웃어 주셨지만, 배척되자마자 아버님은 제게 웃어 주지 않게 되셨습니다. 언제 그랬냐는 듯이 제 실수를 탓하셨고, 저는 망연자실했습니다. 탐색을 부추긴 건 아버님이신데 말입니다."

박쥐처럼 어느 파벌에도 붙을 수 있도록 하고 싶었는데, 로데리히의 실수로 다시는 영주 일족에게 얼씬도 못하게 되었다며 부친은 로데리히를 달달 볶기 시작했다. 내가 마력 압축 방법을 우리 파벌에만 가르치게 된 이후로 괴롭힘은 더욱 심해졌다고 한다.

"집에서도 기댈 곳을 잃고, 그렇게나 기다렸던 어린이 방에서도 모두와 함께 놀지 못하게 되어 침울하게 지냈습니다. 책이라도 읽으며 시간을 보내는 편이 주변 눈치를 보며 게임하는 것보다 훨씬 마음이 편했습니다."

내가 잠든 뒤의 어린이 방 상황은 빌프리트와 샤를로테의 입으로밖에 듣지 못했지만, 구 베로니카 파 아이들에게는 상당히 주눅 들어 지내는 곳이 되었다고 한다.

"그때 로제마인 님의 호위 기사가 올해 어린이 방을 위해 새로 만들었다며 제게 책을 보여주었습니다. 습격으로 잠들지 않으셨다면 로제마인 님께서 보여주셨을 거라면서. ……그 책 속에 제가 말씀드렸던 이야기가 있었습니다."

로데리히는 먼 곳을 바라보듯이 눈물을 글썽이며 "정말 기뻤습니다." 하고 주먹을 불끈 쥐었다. 그 책은 자신이 있을 곳이 사라진 어린이 방에서 발견한, 로데리히의 유일한 안식처였다고 한다.

"몇 번이나 반복해서 읽는 사이에 제가 로제마인 님께 말씀드렸던 엉성한 문장이 문법에 맞춰 수정되고, 제대로 된 하나의 이야기가 되어 있는 것을 깨달았습니다. 그 이후로 저는 책에 실린 문장을 주의 깊게 읽게 되었습니다. 어떻게 써야 하는지 고민하면서 문장을 만들게 되었고요. 아직은 한참 서툴지만……."

어린이 방에서 게임에 몰두하는 대신 로데리히는 성전 그림책과 기사 소설을 여러 번 읽고, 필린느가 수집한 전설이나 민화를 토대로 새로운 이야기를 만들거나 스스로 모은 이야기를 소설로 읽을 수 있는 문장으로 고쳤다고 한다. 수중에 책이 거의 없는 로데리히에게는 고된 작업이었으리라.

"노력이 잘 반영됐네요. 작년에 귀족원에서 로데리히가 가져온 이야기는 완성도가 정말 높았거든요."

"로제마인 님은 이렇게 파벌에 관계없이 모든 학생의 능력을 평가해 주십니다. 작년에도 제가 쓴 이야기를 사 주셨지요. 저는 그때 로제마인 님을 섬기겠노라고 결심했습니다. 하지만 아직도 저는 경계 대상입니다. 구 베로니카 파이고, 로제마인 님의 혼약자이신 빌프리트 님께 지울 수 없는 실례를 범했습니다. 성인이 되어 파벌을 나와도 그리 간단히 신용을 되돌리지 못할 겁니다. 측근이 되는 건 제 덧없는 꿈이겠지요."

우리에게서 눈을 돌려 깍지 낀 손으로 시선을 떨군 로데리히는 머뭇거리며 뒷말을 이었다.

"저는 측근이 될 수 없는데, 저와 똑같이 이야기를 모으던 필린느는 하급 귀족인데도 측근이 되어 로제마인 님을 모시게 되었습니다. 그것이 너무 부럽고, 파벌이 다른 제 처지가 원망스러웠습니다."

로데리히의 말에 필린느가 미안한 표정을 지으며 살짝 고개를 돌렸다.

"제가 로제마인 님의 측근이 될 기회는 절대 없다고 생각했었습니다. 그런데 이름을 바치면 신용을 얻을 수 있다고 아우브 에렌페스트께서 길을 보여주셨습니다."

로데리히가 고개를 확 들어 나를 보았다.

"이름을 바쳐서 신용을 얻을 수 있다면 저는 그러고 싶습니다. 필린느가 온갖 이야기를 모아 로제마인 님께 바치겠다고 맹세했다면 저는 로제마인 님을 위해 이야기를 만들어 바칠 것을 맹세하겠습니다."

깍지 낀 손가락에 힘을 준다. 얼마나 힘이 들어갔는지 손끝이 하얘

질 정도다. 강한 빛을 머금은 로데리히의 짙은 갈색 눈동자가 나를 빤히 바라본다.

"부탁입니다. ……로제마인 님께서 저를 측근으로 들여도 좋다고 생각하실 만한 이야기를 만들어낸다면 그때는 제 이름을 받아 주실 수 있겠습니까?"

이름을 받아 달라며 청하는 로데리히는 측근은 아니어도 이미 나의 신하다. 나는 이미 로데리히가 가져오는 이야기를 재미있게 읽고 있다. 측근으로 삼고 싶다고 주변에 부탁했지만 퇴짜를 맞았었다. 주변이 로데리히의 이름을 받는 것을 납득한다면 측근으로 들여도 되지 않을까?

'이름을 바치면 신용해도 좋다고 양아버님이 그러셨지?'

"로데리히의 이름을 받고 싶어요."

"네!?"

믿을 수 없다는 듯이 로데리히가 눈을 동그랗게 뜨고, 나를 보았다.

"당신은 내가 가장 원하는 것을 주는걸요. 이야기와 함께 이름도 받을게요."

"공주님에게 이름은 어디까지나 덤인 거죠?"

리카르다가 어이없어하며 말했지만, 정말 덤이다. 이름을 바치지 않아도 로데리히를 믿으니까.

"다만, 우리도 당신을 받아들일 준비가 되어야 해요. 우선은 본인의 가족과 잘 얘기하세요."

"그럴 필요 없습니다. 가족에게 저는 있으나마나한 존재입니다."

그 표정이 괴로워 보여서 나는 로데리히의 얼굴을 들여다보았다.

"내 쪽에 붙으면 가족 쪽에서 다가오지 않을까요? 그걸 기회로 가

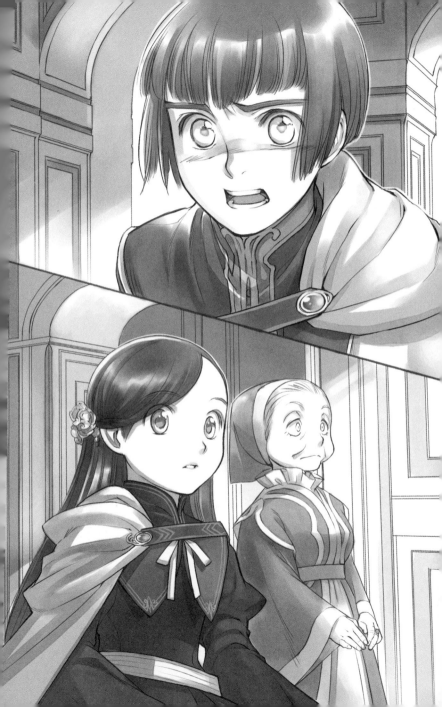

족과 관계를 회복하면……."

그런 내 말을 로데리히가 눈을 질끈 감으며 거부했다.

"아버님의 꼬임에 저는 빌프리트 님께 신용을 잃고, 어린이 방의 즐거운 시간을 잃고, 로제마인 님 곁에 다가가지 못하는 입장으로 내몰렸습니다. 제가 이름을 바치려는 이유는 저 자신의 신뢰를 얻기 위해서지, 가족을 위해서가 아닙니다. 만약 앞으로 아버님의 말과 행동이 로제마인 님께 불이익을 준다면 저는 두 번 다시 아버님을 용서하지 않을 겁니다. 이름을 바침과 동시에 가족과 연을 끊음을 허락해 주십시오."

가족과 연을 끊고 싶어 하는 로데리히의 모습은 과거의 루츠를 떠올리게 했다. 그때 페르디난드는 모든 것을 가족에게 소상하게 밝혀야 한다고 했다. 서로를 생각하는 마음은 똑같은데 말과 마음이 엇갈릴 가능성도 있다. 로데리히가 부친의 언행에 상처받고 고생한 것은 사실이지만, 그것만으로 판단해서는 안 되었다.

"필린느처럼 가족과 떨어지는 편이 좋은지, 함께 지내는 편이 좋은지 판단할 정보가 부족해요. 겨울 사교계에서 정보를 얻은 후에 판단할게요."

로데리히가 안도하듯 어깨에 힘을 뺀다. 천천히 고개를 끄덕인 후, 강렬한 눈동자 앞을 바라보며 기쁜 듯 웃었다.

"로제마인 님께서 저를 받아들일 준비를 하시는 동안 저도 이름을 바칠 준비를 하겠습니다. 먼저 이름을 새길 마석 제작 방법부터 공부하겠습니다."

우리가 대화를 끝냈을 무렵 1학년들이 서로 부딪치지 않게 간격을 띄워 순서대로 돌아왔다. 다들 보이지 않는 물건을 소중하게 품에 안고 있다.

"곧바로 방으로 돌아가세요. 절대로 다른 사람과 부딪치지 않게 조심하면서요."

리카르다가 1학년들에게 말했다. 샤를로테가 자랑스러운 미소로 고개를 끄덕이며 계단을 올라간다. 이제 1학년들은 '신의 뜻'이 자신의 마력으로 물들 때까지 방에서 틀어박혀 지내게 된다. 작년의 내가 생각나서 그리워졌다.

1학년이 없어 조용한 식당에서 저녁을 먹고, 휴일인 내일을 어떻게 보낼지 측근들과 대화를 나눴다. 내 동향에 따라 측근들의 일정이 달라져서다.

"난 가능하면 도서관에 가고 싶어요."

"로제마인 님. 저와 리젤레타는 다과회 등 사교 회의가 있어 외출하려고 합니다."

브륀힐데와 리젤레타는 일찍부터 시작되는 사교의 사전 준비에 들어가고 싶다고 했고, 코르넬리우스와 레오노레는 마수를 사냥하러 가고 싶다고 했다.

"상급 문관 코스가 수업에서 쓰는 소재를 공동으로 준비하려고요."

견습 기사의 숫자가 적고 자기들만으로 준비하기 어려운 영지들만 모여서 협력하며 사냥을 한다고 한다.

"로제마인 님의 호위로 유디트가 남을 겁니다."

각자 일정이 있으니까 기숙사에서 얌전히 있어 주면 고맙겠다는 측근들의 진심이 엿보인다. 그래도 내가 도서관을 끝까지 포기하지 않자, 하르트무트가 씩 웃었다.

"로제마인 님, 페르디난드 님께서 주신 책을 읽으시면 어떻습니까? 방에서 읽으면서 공부하면 좋을 것 같습니다. 필린느도 함께요."

'신관장님의 새로운 책!?'

내가 확 돌아보자, 하르트무트가 오렌지색 눈동자로 눈웃음을 치며 "결정되었지요?"라고 물었다. 하르트무트의 뜻대로 움직이자니 약간 분하지만, 새로운 책의 유혹을 뿌리칠 수 없었다. 내일은 방에서 페르디난드의 책을 읽기로 했다.

다음 날, 아침을 먹자마자 나의 측근들은 제꺽 움직이기 시작했다. 리젤레타와 브륀힐데는 채비를 끝내고 시종들의 모임에 나갔다.

"로제마인 님, 리젤레타와 저는 사교를 하러 가겠습니다."

"네, 부탁해요."

"저와 레오노레는 마수를 사냥해서 소재를 채집하고 오겠습니다. 유디트, 뒷일을 부탁한다."

코르넬리우스와 레오노레뿐만 아니라 다른 견습 기사들도 준비했다. 빌프리트와 샤를로테의 호위 기사도 몇 명만 기숙사에 남는가 보다.

시종과 견습 기사들을 내보내자 하르트무트가 내 방으로 돌아가자고 했다.

"리카르다에게 책을 전달하겠습니다. 로제마인 님은 방에 돌아가서 기다리십시오."

그렇게 방에서 기다리자 리카르다가 하르트무트에게 받은 페르디난드의 책을 가지고 왔다. 나는 책상 위에 펼친 책을 필린느와 둘이서 들여다보았다.

"얇네요. 단켈페르거의 책만 한 두께일 줄 알았어요."

지금까지 사본 작업을 해온 필린느가 페르디난드의 책을 보고 말했다. 확실히 단켈페르거의 책과 비교하면 얇지만, 하루에 완독하기엔 버거운 분량이다.

"이건 마법진이네요. ……마술구 제작법이 아닐까요?"

페르디난드가 빌려준 책은 마술구 제작 방법과 관련된 책이었다. 마술구를 만드는 데 필요한 소재와 품질 등이 자세히 적혀 있고, 마법진이 실려 있다.

"페르디난드 님의 필체인 것으로 보아 연구 성과를 정리한 책인가 봐요."

신전에서 업무를 돕는 필린느는 페르디난드의 필체를 자주 본다. 나는 "그러네요."라고 가볍게 동의하면서 책장을 한 장씩 넘겼다. 귀족원 도서관의 2층에서 읽은 적이 있는 교사들의 연구 성과 중 일부에 관한 내용이 있었다. 틀림없이 페르디난드 본인이 보려고 정리한 책이다.

"……로제마인 님, 책 사이에 종이가 끼어 있어요."

필린느가 가리키는 부분을 보니, 마치 포스트잇처럼 식물지가 끼어 있었다. 양피지와 색깔이 달라서 쉽게 알아봤다. 페르디난드의 메모다. 놀랍게도 내가 열변했던 꿈의 도서관에 필요한 마술구를 만드는 데 도움이 되는 정보가 쓰여 있었다.

"'이 마술구는 게으른 선생을 위해 만든 마법진이다. 잃으면 안 되는 물건이 자신에게로 돌아오게 하지. 이 마법진에 기한을 추가할 수 있다면 반납 기한이 지나는 경우 자동으로 돌아오는 책을 만들 수 있을지도 모른다. 착실히 공부해서 하나의 마법진에 첨가해 보아라'……

라네요. 페르디난드 님은 대단하시네요."

내 꿈의 도서관은 현실성이 없다며 퇴짜를 놔놓고도 실현 가능한 부분을 이렇게 조사하고 있었던 모양이다. 정답을 알고 있으면서도 순순히 알려주지 않는 구석이 매우 그다웠다.

"해 봅시다."

필린느와 함께 이렇네, 저렇네 하며 책을 몇 번이나 검토하며 마법진을 만들어 보았다.

"이동 기능이 있어야 하니까 여기에 바람이 들어가겠죠?"

"필린느, 잘 봐요. 바람을 넣으면 여기에 생명이 들어가니까 기동하지 않아요. 하지만 여기에 흙을 넣으면 움직임이 바뀌어 버리고요. 어떡하면 좋을까?"

두 마법진의 기능을 합쳐서 새로운 마법진을 만들기란 여간 어려운 일이 아니다. 2학년생인 우리가 감당할 수준이 아니었다.

"유디트, 알 것 같아요?"

"3학년은 어려운 마법진을 배우지 않아서 제 지식도 로제마인 님과 필린느와 별다르지 않습니다."

고개를 가로저으며 사양하는 유디트의 모습이 왠지 모르게 안게리카를 연상케 했다. 유디트도 안게리카처럼 되면 큰일이다.

"유디트도 되도록 머리를 써야죠. 함께 고민합시다. 자동으로 목적지로 움직이는 마법진을 완성하면 유디트에게도 도움이 될 거예요."

"……그건 기사의 업무가 아닌 것 같습니다만."

세 사람이 모이면 훌륭한 지혜가 나온다는 말도 있지 않은가. 나는 망설이는 유디트도 끌어들여서 함께 고민하기 시작했다. 하지만 역시나 생각처럼 잘 풀리지 않았다.

"하르트무트의 의견도 듣고 싶네요."

상급 견습 문관이며 우수자로 선발된 하르트무트라면 조금은 알지도 모른다. 리카르다에게 방을 잡도록 하고 하르트무트를 불러오게 했다.

"공주님, 하르트무트는 없었습니다."

"……하르트무트는 외출 일정이 없었지 않았나?"

내 중얼거림에 필린느가 고개를 끄덕였고, 유디트가 신난 듯이 보라색 눈동자를 반짝였다.

"어쩌면 누군가를 만나러 갔을지도 모르죠. 다른 영지 분이라면 약 1년 만의 재회일 테고요……."

'뭣이라고!?'

"그러니까 페르디난드 님의 책을 미끼로 나를 방에 가둬두고 자기는 애인을 만나러 갔다는 말이에요?"

"아뇨, 제 생각이 그렇다는 거지, 사실인지 모릅니다. 다만, 그랬으면 재미있겠다고 생각했을 뿐이에요."

유디트가 허둥대며 내 눈앞에서 손을 저었다.

"생각해 보니 하르트무트의 상대가 누군지 대답을 못 들었던 것 같아요. 유디트는 누군지 알아요?"

"아쉽게도 모릅니다. 하르트무트는 붙임성이 좋아 지인도 많고, 정보를 얻으려고 다른 영지 사람과도 자주 대화하니까 어쩌면 다른 영지 사람이 상대일지도 모르겠다고 생각한 적은 있습니다."

'오늘도 몰래 데이트하는 걸까?'

이 기회에 반드시 붙게 하겠다며 내가 현관홀에서 벼르고 있자, 채집에서 돌아온 견습 기사들이 화들짝 놀라며 나를 보았다.

"로제마인 님, 무슨 일 있으십니까?"

레오노레의 말에 나는 현관문을 빤히 쳐다보며 대답했다.

"하르트무트가 몰래 외출했어요. 연인을 만나러 갔을지도 몰라요. 누군지 캐물으려고 여기서 계속 기다리는 중이에요."

"그런 일로 추운 현관홀에 서 계시면 감기 걸립니다. 적어도 다목적홀에 들어가 계세요."

코르넬리우스가 어이없다는 표정으로 나를 내려다보더니 다목적홀을 가리켰다.

"여기서 기다려서 하르트무트를 깜짝 놀라게 할 거예요."

"……그러십니까. 그럼 저는 옷을 갈아입고 오겠습니다."

알아서 해라, 하고 코르넬리우스는 계단으로 향했다. 레오노레는 내가 걱정되는지 몇 번이나 뒤돌아보면서 계단을 올라갔다.

'반드시 캐내고 말겠어.'

장승처럼 우뚝 서서 기다리는데, 하르트무트가 돌아왔다. 하르트무트는 나를 보고, 연기하듯이 눈을 깜빡이더니 고개를 갸웃거렸다.

"로제마인 님, 이런 데서 뭐 하십니까? 페르디난드 님의 책은 다 읽으셨습니까?"

"내게 책을 쥐여 주고 자기는 몰래 연인을 만나요? 누구예요? 내게 소개하지 못하는 분이에요?"

"……꼭 질투하는 연인 같은 대사네요."

재미있다는 듯이 쿡쿡 웃으며 하르트무트가 종이 뭉치를 꺼냈다. 양피지와 잉크 냄새에 홀라당 넘어간 나는 그만 종이 뭉치를 눈으로 좇았다. 하르트무트가 오른쪽으로 움직이면 오른쪽으로, 왼쪽으로 움직이면 왼쪽으로 시선뿐만 아니라 몸까지 따라 움직인다.

"다른 영지의 문관을 만나고 오는 길입니다. 사본을 건네받을 약속이 있었거든요. 제가 경애하는 분을 위해서 모은 기사 이야기인데, 이제 기분은 좀 풀리셨습니까?"

'나를 위해 모은 기사 이야기!? 역시 하르트무트는 충신이었어!'

"풀렸으니까 보여주세요!"

어서, 어서, 하고 재촉하자, 하르트무트가 필린느에게 종이 뭉치를 건넸다.

"여기서 계속 기다리셨다면 몸이 차가워졌겠습니다. 방으로 돌아가서 읽으십시오."

"알겠어요. 바로 돌아가죠. 유디트, 필린느."

들뜬 마음으로 방으로 돌아가는 도중에 옷을 갈아입고 계단을 내려오는 코르넬리우스와 마주쳤다.

"난 지금부터 방에서 기사 소설을 읽으려고요."

"몸을 데우면서 읽어. 알았어?"

코르넬리우스가 계단을 내려가면서 하르트무트를 부르는 소리가 들렸다. 뭐지 싶어서 슬쩍 계단을 보니 하르트무트가 코르넬리우스에게 마석인지 뭔지를 던지는 모습이 언뜻 보였다.

다른 영지의 기사 이야기를 읽기 시작한 나는 하르트무트의 연인에 관해 물으려고 했다는 것조차 까맣게 잊고 말았다.

봉납 가무와 올도난츠 조합

"다녀왔습니다, 로제마인 님."

하르트무트가 입수한 기사 이야기를 읽는 사이에 브륀힐데와 리젤 레타가 시종 모임을 끝내고 돌아왔다. 시종 모임은 봄에서 가을 사이에 일어난 정보를 교환하고 올해 주인들의 동향을 공유하는 중요한 모임이라고 했다.

"이것을 로제마인 님께. 음악 선생님의 초대장입니다."

음악 선생의 시종도 모임에 참가했는지 브륀힐데가 초대장을 전달해 주었다. 다과회는 사흘 후라고 한다. 내게 묻지도 않고 정한 일정에 내가 의아해하자, 브륀힐데가 곤란한 듯 미소를 지었다.

"에렌페스트 2학년이 전원 합격했다는 소식이 선생님들 사이에서 퍼졌는지 지금이라면 로제마인 님도 일정이 없으리라고 생각하셨나 봐요. 저희의 성적과 학습 진도까지 파악하고 계신 듯했습니다. 상대가 선생님이라도 거절할 수 있게 저도 더욱 정진해야겠어요."

브륀힐데가 그렇게 말하며 분하다는 듯이 입술을 삐죽인다. 작년에 처음으로 선생에게 초대받게 된 에렌페스트로서는 선생의 초대를 거절하기 어려운 입장이다. 더 잘 처신하고 싶다며 정열을 불태우는 브륀힐데에게 맡겨두면 문제는 없어 보인다.

"로제마인 님, 2학년 사회학 수업에서 에렌페스트 외에 합격자가 나오지 않은 사실이 선생들과 다른 영지에 파다하게 퍼졌습니다."

리젤레타가 그렇게 말하며 가볍게 웃었다.

"여러 가지 의미로 에렌페스트가 주목을 받고 있어요. 2학년생 전원이 이론을 통과한 소문을 모르는 사람이 없으니 로제마인 님의 사교도 늘어날 겁니다."

리젤레타의 예상에 브륀힐데가 뺨을 괬다.

"오히려 샤를로테 님의 사교가 늘어나지 않을까요? 로제마인 님이 봉납식으로 자리를 비우시는 무렵부터 사교 시즌에 들어가니까 그때부터 다과회 초대가 들어오기 시작하는걸요."

"……샤를로테를 위해서도 귀족원에 있는 동안에 언니로서 내가 최대한 열심히 사교해야겠네요."

사교 시즌에는 자리를 비우니까 그전까지 열심히 해줘야겠다. 의욕에 불타는 나를 보면서 리젤레타가 키득거렸다.

"로제마인 님, 언니가 자신을 의지하면 여동생은 성장을 인정받은 것처럼 기쁜 법입니다. 그러니 샤를로테 님께 어느 정도 사교를 맡기세요."

그러고 보니 나도 투리에게 칭찬을 받거나 '코린나 님을 만나고 싶다'는 부탁을 들으면 힘이 났었다.

"칭찬하고 때로는 의지해서 성장을 돕는 것도 언니의 역할이라는 거죠? ……훌륭한 언니가 되는 길은 험난하네요. 믿음직스러운 언니가 되고 싶은데."

"그러시군요. 다른 분이셨다면 초대받지 못했을 선생님의 다과회와 책을 교환하는 단켈페르거의 다과회만 확실히 끝내셔도 믿음직스러운 언니일 겁니다. 지금까지 에렌페스트는 선생과 상위 영지의 다과회에 초대받은 적이 거의 없었으니까요."

샤를로테를 위해 선생과 상위 영지의 다과회에 전력을 다하기로 한 나는 시종과 전속 악사인 로지나를 포함하여 음악 다과회에 관해 상의하기 시작했다. 선물과 준비할 신곡에 관해 의논하는 사이에 여섯 점 종이 울렸다.

저녁 자리에서 본 1학년 하급 귀족 한 명을 제외하면 나머지 1학년들은 아직도 방에서 나오지 못하는 듯했다.

"빌프리트 님, 로제마인 님. 에렌페스트에서 답장이 왔습니다."

저녁 식사 후, 빌프리트의 견습 문관인 이그나츠가 전이의 방에 있는 기사에게 전달받은 편지를 들고 왔다. 편지를 건네받은 하르트무트가 대충 훑어보고 내 앞으로 온 것과 자신이 읽을 몫으로 나눴다.

"이것이 로제마인 님 앞으로 온 것이군요. 이것은 코르넬리우스. 당신의 어머님에게서입니다."

코르넬리우스가 인상을 팍 찡그리며 편지를 건네받았다. 내용을 읽자마자 천장을 보며 머리를 싸맸다. 아무래도 골치 아픈 일이 생긴 듯하다. 그 표정으로 살펴보건대 에스코트 상대를 밝히라는 재촉이거나, 숨겨왔던 상대의 존재가 노출됐다거나 둘 중 하나이리라. 코르넬리우스의 모습을 곁눈질로 본 나는 내 앞으로 온 편지를 읽었다.

페르디난드가 보낸 답장이었다. 빌프리트와 하르트무트의 보고에 화내기는커녕 '그대는 평온이라는 단어의 의미부터 설명해야겠군.'이라는 포기한 듯한 내용이 전부였다. 그 외에는 '**물총**'이라고 하는 새로운 무기는 내가 확인할 때까지 절대 공개하지 마라' 라든지 '꼭 나가야하는 사교 외에는 샤를로테에게 맡겨라' 등 몇몇 사사로운 지시만 있을 뿐이다.

'어? 왜 혼내는 내용이 없지?'

나는 몇 번이나 다시 읽으며 다른 내용이 없나 확인했다. 예전 같으면 꾸짖는 내용만으로 몇 장을 채웠을 텐데 고작 한 줄로 끝난 이 현상이 오히려 더 무섭다.

"하르트무트, 정말 보고한 거 맞아요? 내가 침대에서 물총을 쏴서 캐노피에 구멍을 낸 사건이요……."

"페르디난드 님께서 혼내시는 내용이 있습니까?"

"조, 조금이요……."

나는 하르트무트가 읽지 못하게 편지를 품에 안았다. 왠지 점점 불안해졌다.

'설마 혼낼 가치도 없는 아이라고 생각하게 된 거 아냐?'

페르디난드는 포기한 상대에게는 자신을 방해하지 않는 한 거들떠보지도 않는 타입이다. 그리고 방해가 되면 인정사정없이 배제한다.

'어, 어어어, 어쩌지!? 화를 안 내니까 더 불안해. 아아아아…….'

"그렇게 심한 말이 적혀 있습니까? 안색이 너무 나쁘십니다."

"괜찮아요. 난 페르디난드 님이 시키는 대로 할 거예요!"

'착한 아이로 지낼 테니까 꼭 혼내 주세요, 신관장님!'

꿈속에서 페르디난드에게 잔뜩 혼나고 아주 살짝 안심하며 눈을 뜬 아침. '신의 뜻'을 끝까지 물들인 1학년이 아침을 먹으러 하나둘 식당으로 들어왔다. 하급 귀족보다 상급 귀족이 더 시간이 걸리는지 샤를로테는 여전히 방에서 나오지 않았다.

"나도 땅의 날까지 끝나지 않아서 물의 날에 해가 중천에 뜰 때까지 시간이 걸렸으니까 샤를로테도 점심은 먹으러 오겠지."

빌프리트의 말에 가볍게 고개를 끄덕이며 나는 샤를로테의 방이 있는 위층을 올려다보았다.

"오후부터 봉납 가무 수업인데 괜찮을까요?"

"1학년은 상급생의 연습을 지켜보는 게 제일 중요했었잖아. 그렇게 걱정하지 않아도 연습 시간은 길지 않아."

그 말에 나는 봉납 가무 수업 때 에그란티느의 춤을 빤히 보았던 작년의 기억을 떠올렸다. 확실히 상급생이 우선이라 1학년의 연습 시간은 길지 않다. 올해 졸업생 중에는 에그란티느와 춤 실력이 필적하는 사람이 있을까? 내심 기대감이 일었다.

봉납 가무는 모든 학년의 영주 후보생이 모여서 연습한다. 영주 후보생 외에는 검무나 음악 등 각자 정해진 예술을 배운다.

무사히 '신의 뜻'을 흡수하고 점심을 먹은 샤를로테 및 빌프리트와 함께 소강당으로 가니 이미 몇 명의 영주 후보생이 있었다. 익숙하게 학년별로 나뉘어 연습을 시작하는 모습이 보였다.

"그럼 상급생이 시범을 보일 테니 1학년과 2학년은 똑똑히 지켜보세요."

선생의 말에 최상급생과 5학년생이 시범을 보였지만, 올해 최고학년에는 에그란티느만큼 눈길을 끄는 사람이 없었다. 금방 알아본 영주 상급생은 드레반헬의 아돌피네와 프뢰벨타크의 뤼디거뿐이다.

아돌피네는 바람의 여신을 맡아 춤추고 있었다. 드레반헬의 영주 후보생에게 딱 맞는 역할이다. 다만, 올해 빛의 여신은 바람의 여신보다도 실력이 떨어져 보인다. 솔직히 아돌피네가 빛의 여신을 맡는 편이 낫지 않을까?

뤼디거는 생명의 신을 춤추고 있었다. 뭐라고 할까, 이미지가 너무 달라서 느낌이 묘하지만 영지의 순위를 무시하면서까지 어둠의 신이

나 불의 신을 맡길 실력은 아니라는 의미일까?

최상급생의 무리에서 조금 떨어진 곳에서는 5학년생이 춤을 추고 있다. 5학년 때 역할이 정해지는지 모두의 표정이 사뭇 진지하다. 그 속에 단켈페르거의 레스티라우트와 아렌스바흐의 디트린데가 춤추는 모습이 보였다. 역시 대영지의 영주 후보생이니까 어둠의 신과 빛의 여신을 노리고 있는 걸까?

'의외로 레스티라우트 님이 춤을 잘 추네. 중심이 잘 잡혀 있어서 안정감이 있어. 단켈페르거에서 철저하게 배웠나? 디트린데 님은…… 음, 평범해. 에그란티느 님과는 비교도 안 돼.'

상급생의 춤을 보고 나면 3학년과 4학년도 연습을 시작한다. 2학년 과 1학년은 작년과 마찬가지로 자리가 빌 때까지 다른 학년의 연습을 보면서 대기한다.

"로제마인 님, 샤를로테 님. 안녕하세요."

"안녕하세요, 아돌피네 님."

휴식 시간이 되자 아돌피네가 생글거리며 다가왔다. 대영지 드레반헬의 최상급생이 10위인 에렌페스트의 하급생에게 제일 먼저 다가가자, 주변의 주목이 우리 쪽으로 집중되었다. 내심 겁먹은 나와 달리 샤를로테는 방긋 웃으며 한 발짝 앞으로 나왔다.

"역시 상급생은 실력이 다르네요. 그만 넋을 잃고 봤어요."

"어머나. 샤를로테 님도 계속 연습하시면 마지막 해에 이 정도쯤은 출 수 있으실 거예요. 연습이 중요하죠."

아돌피네는 생글생글 웃으며 호박색 눈동자로 샤를로테를 바라보았다. 친목회에서 그녀가 샤를로테를 표적으로 찍었던 기억이 떠오른 나는 서둘러 샤를로테를 가리듯 앞으로 나섰다. 언니로서 여동생을 지켜야 한다.

"아돌피네 님은 바람의 여신이시군요. 드레반헬의 영주 후보생에게 아주 잘 어울리는 역할이네요. ……다만, 역량을 따져 보면 아돌피네 님이 빛의 여신을 하셔도 될 것 같은데 말이죠."

"말씀은 고맙지만, 제게 있어서 빛의 여신은 에그란티느 님이십니다. 제가 맡을 역할이 아니라고 생각해요."

그 의견에는 동의한다. 역시 빛의 여신은 에그란티느가 제일 잘 어울린다. 내가 동의하자, 아돌피네가 키득키득 웃으며 다과회 화제를 꺼냈다.

"로제마인 님은 다과회 일정이 어떻게 되죠? 우수한 에렌페스트니까 일찍부터 사교를 시작하시겠죠?"

"이론은 빨리 끝나도 실기를 통과하려면 아직 시간이 걸리고, 또 샤를로테도 초대해 주셨기 때문에 조금 기다리셔야 할 것 같아요."

1학년은 우수한 성적을 거두기 위해 시간을 조금 더 들이기로 했다. 샤를로테는 1학년 최우수를 노리고 있어서 약간의 실수도 하지 않으려고 노력 중이다.

"아무래도 실기는 시간이 걸리죠. 저도 최대한 빨리 끝내려고 하는데 하급생과 똑같은 속도로 끝내기는 어려울 거예요."

상급생은 수업내용이 더 어렵고 과제도 많아서 사교에 들어가는 시기가 늦어진다. "물론, 로제마인 님께서 에렌페스트에 돌아가시기 전에는 다과회를 열겠지만요."라고 아돌피네가 말했다.

"하고 싶은 말이 많답니다. 기대하고 있을게요."

상냥하게 웃으며 아돌피네가 자리를 뜨자, 기다렸다는 듯이 디트린데가 빌프리트와 뤼디거를 데리고 다가왔다.

"안녕하세요. 올해도 사촌끼리 다과회를 하고 싶은데 어때요? 샤를 로테 님의 환영식도 포함해서요."

아주 상냥한 미소로 디트린데가 제안했다. 샤를로테도 생글거리며 이에 응했다.

"지금까지 친척을 만날 기회가 없었는데 초대해 주셔서 대단히 기쁩니다."

디트린데는 샤를로테의 미소에 고개를 끄덕이며 사촌끼리의 다과 회 일정을 짜기 시작했다. 작년과 마찬가지로 사교 시즌이 시작된 이 후의 일정이라서 올해도 나는 참가할 수 있을 것 같지가 않다.

"디트린데 님, 죄송합니다. 전 그 시기에 귀족원을 벗어나 있을 때 라……."

일정을 조금 변경해 줬으면 좋겠다고 부탁하려고 했더니 디트린데 가 애석한 듯 슬픈 표정으로 한숨을 내쉬었다.

"어머, 이번에도 참가를 못하세요? 아쉽지만, 중요한 업무니까 어 쩔 수 없지요. 제가 고집부린다고 되는 일도 아닌걸요. 샤를로테 님은 참여하실 수 있지요?"

"아, 그게……."

샤를로테가 염려하는 듯한 시선을 내게 보냈다. 나는 신전 업무가 있어서 사교 시즌에는 이곳에 없다. 그것은 다 아는 사실이므로 디트 린데가 일정을 바꿀 생각이 없다면 어쩔 방법이 없다. 디트린데는 때 때로 성가시고 비열하게 구는 사람이라서 걱정이지만, 베로니카와 마 찬가지로 친족에는 무른 타입인 듯하다. 샤를로테를 친족으로 인정하 는 듯하고, 빌프리트도 있으니 괜찮으리라.

"저기, 로제마인 님……."

"자, 휴식은 끝났습니다! 상급생은 이쪽, 하급생은 저쪽입니다."

한넬로레의 목소리가 들린 순간, 선생이 소리쳤다. 한넬로레가 조그맣게 "아." 하고 신음하는 소리가 들렸지만, 끝나 버린 건 어쩔 수가 없다. 가볍게 손을 흔들어 미소만 교환하고 한넬로레와의 교류는 끝이 났다.

'디트린데 님보다 한넬로레 님과 도서위원 얘기를 하고 싶었어.'

휴식이 끝나면 하급생의 봉납 가무 연습 차례다. 내게 이 연습에서 중요한 건 신에게 진지하게 기도하지 않는 것이다. 신전에 있는 동안 계속 연습한 덕분에 이상한 축복이 튀어 나가는 일 없이 무사히 합격을 받아냈다. "연습을 많이 하셨군요."라고 선생에게 칭찬을 들었지만, 이것은 춤 연습을 일상에 도입한 페르디난드와 로지나의 성과다.

다음 날 오전은 내년을 대비한 자습과 하르트무트에게 힌트를 받은 마법진 제작으로 시간을 보내고, 오후는 조합복으로 갈아입고 조합 실기를 하러 갔다.

"오늘은 올도난츠 조합을 가르치겠습니다. 어느 계급이든 가장 사용 빈도가 높은 마술구니까 여러 개를 준비하는 편이 좋지요."

그렇게 말하면서 힐쉬르는 벽에 걸린 하얀 천에 올도난츠 조합 순서를 비췄다. 회복약 때도 썼던 마술구라서 이제는 아무도 놀라지 않았다. 모두가 담담히 필기한다. 올도난츠 조합을 한 적은 없지만, 순서 자체는 페르디난드의 참고서에도 있었다. 참고서를 정리할 때 베꼈기 때문에 굳이 또 적을 필요는 없다. 나와 빌프리트는 곧바로 조합 준비에 들어갔다.

"로제마인 님, 시범을 보여 주시지요."

"……힐쉬르 선생님, 올도난츠는 조합해 본 적이 없어요."

"괜찮습니다, 로제마인 님이시라면."

완전 무책임한 답변을 하면서 힐쉬르가 이번 조합에 쓰려고 가져온 내 소재를 품에 안고 교실 앞으로 가져갔다. 재료가 없으면 조합을 못한다. 나는 포기하고 앞으로 나갔다.

"그럼 순서대로 시작하세요."

나는 수많은 학생이 지켜보는 가운데, 앞쪽에 나와 있는 순서대로 조합을 했다. 먼저 양피지에 그려져 있는 대로 마법진을 스틸로로 덧그리고, 마법진이 틀리지 않았는지 힐쉬르에게 확인을 받는다. 다음에는 바셴으로 냄비를 세척한다. 그리고 조합 냄비에 바람의 속성인 새에서 얻은 마석을 넣고 바이멘으로 휘휘 저었다.

"아, 녹는다."

내 조합 냄비를 들여다보던 학생들이 소리쳤다. 마석의 형태가 무너지며 걸쭉한 노란색 젤리처럼 되었다.

"완전히 녹으면 이 마법진을 넣습니다."

힐쉬르의 목소리에 맞춰 나는 모두에게 보이도록 양피지를 들어 보였다가 조합 냄비에 넣었다. 양피지가 순식간에 녹으며 노란색 젤리에 마법진이 새겨졌다. 그리고 다시 휘휘 젓는다. 팔이 뻐근해져도 마력을 계속 흘려보내는 것이 중요하다.

그러자 이번에는 내용물이 점점 굳기 시작했다. 냄비에 질퍽하게 들러붙던 젤리가 점차 뭉치더니 마지막에는 따랑따랑 소리를 내며 냄비 속을 구르듯이 딱딱해진다. 그러다가 일순 강한 빛을 내뿜으면 완성이다. 주위에서 "우와!" 하는 환호성이 일었다.

"보시겠어요?"

노란색 마석으로 변한 올도난츠를 냄비에서 꺼내 근처에 있는 학생들에게 잘 보이게 놓았다. 학생들이 흥미진진하게 얼굴을 들이미는 광경이 조금 재미있다.

"주의할 점은 마법진이 완벽해야 하는 점, 마석이 완전히 녹은 뒤에 마법진을 넣을 것, 완성할 때까지 마력을 끊지 않고 끝까지 정성껏 흘려보내는 것입니다."

내가 슈타프의 변형을 해제하고 냄비를 세척해서 얼른 정리하는 동안 힐쉬르는 선생답게 조합할 때의 주의사항을 설명했다. 진지하게 듣고 있던 학생들이 자신도 조합을 시작하려고 자리로 돌아가는 모습을 보고 힐쉬르는 내게 슈타프를 소환하라고 했다.

"제대로 작동하는지 시험해 봅시다. 로제마인 님, 제게 올도난츠를 보내 보세요."

나는 슈타프로 올도난츠를 톡톡 두드려서 "완성했습니다."라는 목소리를 녹음한 후 힐쉬르를 향해 날려 보냈다. 문제없이 만들어졌는지 노란 마석이 하얀 새로 변하여 힐쉬르에게 날아간 올도난츠는 "완성했습니다."라고 세 번 반복하고 다시 마석으로 돌아갔다.

"아주 훌륭합니다."

"힐쉬르 선생님, 전 선생님 조수가 아니에요. 시범을 보이다가 실패라도 하면 어쩔 셈이었어요?"

이번에는 성공해서 다행이지만, 회복약과 달리 올도난츠는 첫 조합이었다. 시범을 보이다가 실패하면 창피만 당한다. "선생님이 시범을 보이면 되잖아요."라고 내가 불만을 토하자 힐쉬르가 의외라는 얼굴로 눈썹을 씰룩거렸다.

"이렇게나 안정적으로 마력을 흘려보내면서 이런 초보적인 조합에 실패할 리가 없지 않습니까. 그리고 페르디난드 님의 제자면 제 제자나 마찬가지잖아요?"

"네? 아닌데요."

멋대로 힐쉬르의 제자라고 하면 곤란하다. 내게는 페르디난드처럼 밤새워 마술구 담화를 나눌 만한 체력도, 할 마음도 없다.

"그리고 시범을 보일 때마다 제 올도난츠가 늘어나면 쓸데도 없습니다. 우수한 제자가 시범을 보이는 것이 가장 합리적이지 않겠습니까?"

"그러니까 저는 제자가 아니라고……."

내 반론이 끝나기도 전에 힐쉬르가 씩 웃었다.

"제 연구 성과를 정리한 새 책을 도서관에 기증할까 했는데……."

'뭐? 새 책이라고!?'

그만 반론하던 입을 닫아 버린 나를 보고, 힐쉬르가 빨간 입술 끝을 끌어올렸다. 선생에게 볼 수 없는 비겁한 미소다.

"저는 무조건 제자부터 읽게 하거든요."

'악마의 유혹이다! 안 돼! 잘 생각해! 그야 당연히 첫 번째로 읽고 싶지. 읽고 싶지만, 굳이 첫 번째가 아니어도 되잖아. 읽고 싶지만 괜찮아. 참을 수 있어. 힐쉬르 선생님의 제자라는 타이틀이 붙으면 나중에 더 힘들어져. 참자, 참아.'

"윽……. 저, 전 제자가 아니에요."

비통한 심정으로 나는 힐쉬르의 말을 거절했다.

'해냈어. 나, 악마의 유혹을 뿌리쳤어. 누가 좀 칭찬해 줘!'

하지만 악마는 포기할 줄 몰랐다. 거절한 나를 의외라는 듯한 눈으로 내려다보며 뺨을 괴고 고개를 갸웃거린다.

"······로제마인 님, 남은 시간에 마법진 확인 작업을 도와주신다면 특별히 제일 먼저 빌려 드리지요."

그런 조수가 필요하면 처음부터 데리고 왔어야지! 라고 대답할 생각이었는데 내 입에서는 어째서인지 정반대의 말이 나왔다.

"이 시간만이라면 조수를 맡을게요. ······하지만 제자는 절대 아니에요."

나는 남은 수업 시간을 힐쉬르와 나란히 서서 마법진을 체크하며 시간을 보내게 되었다. 이상하다. 그럴 생각은 없었는데 입이 멋대로 조수를 선언해 버렸다.

"로제마인. 너 힐쉬르 선생님의 조수가 됐어?"

"오늘만이에요."

입술을 삐죽거리며 나는 빌프리트가 그린 마법진을 훑어보았다.

"······빌프리트 오라버니, 여기 기호가 반대예요. 다시 그리세요."

음악 다과회와 수업 종료

　오늘은 음악 선생의 다과회가 있는 날이다. 이 시기에 수업을 통과한 학생이 상당히 적은 데다가 작년에는 에그란티느와 아나스타지우스가 동석한 탓에 여러 해프닝이 있었다. 그래서 이번 참가 학생은 나혼자다. 일단 '다른 다과회에서 공개되기 전에 신곡을 듣고 싶을 뿐이니 로제마인 님의 부담이 적은 편이 좋겠다'는 선생의 배려다. 작년의 일을 고려하면 선생의 배려가 고마웠다. 로지나가 편곡한 신곡을 선보이는 자리라서 작년과 똑같이 카트르 카르를 디저트로 가져간다.

　샤를로테에게는 다과회에서 화제를 어떻게 던지는지 배웠다. "우리 중에 선생님께 정보를 얻을 수 있는 사람이 언니밖에 없어요. 믿고 있을게요."라는 말을 들어 버렸다. 전력을 다해 힘내리라.

　'난 믿음직스러운 언니니까.'

　"잘 오셨습니다, 로제마인 님."

　나를 맞이한 파울리네와 인사를 나누는 동안 시종들은 선물을 늘어놓고, 로지나는 페슈필 연주 준비를 한다. 인사를 끝낸 파울리네가 나를 자리로 안내하고, 차를 마시고, 과자를 한입 먹어 보였다. 나는 내가 가져온 카트르 카르를 한입 먹어서 서로의 간식에 독이 없는지 확인을 끝내면 다과회가 시작된다.

　나는 로지나에게 연주를 하도록 눈짓으로 지시하고, 신곡을 소개했다.

"이번 곡은 물의 여신에게 바치는 곡입니다."

"로제마인 님께서 만드신 곡은 전부 신에게 바치는 곡이네요. 다른 곡은 안 만드세요?"

파울리네가 느긋한 어조로 물었다. 나는 씩 웃으며 대답했다.

"신전 출신인 제게는 신이 가장 가까운 소재거든요."

정확하게는 작사와 편곡을 담당하는 로지나가 신전 출신이라 가사를 고칠 때도 신화를 토대로 하는 것이 무난해서다.

내 시선을 느낀 로지나가 페슈필을 들고 연주하기 시작했다. 물의 여신에게 바치는 곡은 힐링 효과가 있을 것 같은 느긋한 곡이다. 클래식이 원조다.

"로제마인 님도 몇 년만 더 지나면 신에게 바치는 곡이 아닌 사랑 노래를 만드시게 되겠네요. 봄에 빌프리트 님과 혼약하셨지요?"

"혼약은 정해졌는데 그것이 사랑 노래와 무슨 상관인가요? 저로서는 앞일을 상상하기가 조금 어려워요."

키득거리는 선생의 말을 나는 웃으면서 흘려 넘겼다. 만약 로지나가 사랑을 하게 된다면 사랑 노래로 바뀔 가능성은 있다. 하지만 악기 하나만 파면서 나와 함께 신전과 성을 오가는 현재로서는 변변한 만남도 가지지 못한 채 적령기를 넘길 판이다.

'사랑 노래를 내가 만들 수도 없는 노릇이고.'

로지나라면 몰라도 나는 사랑 노래를 짓지 않는 편이 좋을 것이다. 로맨스 소설조차 페르디난드에게 파렴치하단 소리를 들었는데 이곳의 사랑 노래를 이해하지 못한 채 작사했다가 다른 사람에게 또 그런 평가를 받으면 끝장이다. 나뿐만 아니라 에렌페스트마저 그런 평가가 붙으리라.

"그나저나 에렌페스트의 성적이 정말 많이 올랐네요. 작년 성적에도 놀랐지만, 올해도 2학년은 수업 첫날부터 전원 합격했죠?"

"사회학은 에렌페스트에서만 합격자가 나왔다고 들었어요."

"음악 수업에서도 저학년 하급 귀족의 노력이 눈에 띄더군요."

특히나 음악은 개인 선생과 악기의 소유 여부로 수준이 벌어지기 때문에 하급 귀족은 그저 그렇다는 평가가 많았다. 하지만 에렌페스트의 저학년은 전체적으로 수준이 높아졌다고 한다.

"에렌페스트 하급 귀족들이 입을 모아 로제마인 님 덕분이라고 하더군요. 어떻게 하신 겁니까?"

흥미진진하게 묻는 말에 나는 피식 웃었다.

"최저 수준을 끌어올리자고 제안했을 뿐이에요. 영주 일족의 전속 악사가 어린이 방이나 기숙사에서 지도하는 거죠. 도입을 결정한 사람은 아우브 에렌페스트이시고, 제가 유레베에서 잠자는 동안 실행한 사람은 빌프리트 오라버니와 샤를로테니까 절대 제 공적이 아니에요."

자세한 추궁을 피하려고 나는 중앙의 최근 정세에 관한 화제를 던졌다. 샤를로테가 제안한 대로 '내가 만든 곡이 중앙에 유행되고 있는가 어떤가'를 물어보았다.

선생들이 신난 듯이 눈을 반짝이며 중앙의 음악 사정에 관해 알려 주었다.

"그럼요. 로제마인 님께서 작곡하신 곡은 아나스타지우스 왕자와 에그란티느 님이 중심이 되어서일까요, 놀라울 정도로 빠르게 퍼지고 있답니다."

"여러 다과회에서 듣기도 하고, 새로운 곡을 듣고 싶다며 몇몇 다과회에는 저희를 초대하기도 했어요."

"특히 인기가 많은 곡은 빛의 여신에게 바치는 곡이죠. 아나스타지우스 왕자가 에그란티느 님을 사로잡은 곡으로 두 사람의 사랑 이야기와 함께 유행하고 있답니다."

아나스타지우스가 왕위보다도 에그란티느를 원했고, 두 사람이 왕족으로서 지기스발트를 지지하겠다고 공표한 사건은 중앙을 비롯한 상위 영지를 발칵 뒤집어 놓았다.

"아나스타지우스 왕자의 지지자들은 에그란티느 님을 차지해 놓고도 어째서 포기하느냐며 경악하더군요. 지기스발트 왕자가 비워 뒀던 첫째 부인 자리는 아돌피네 님이 차지하게 되셨고요."

지기스발트가 졸업식 때 에스코트한 상대는 중영지의 영주 후보생이었다. 하지만 처음부터 그녀를 둘째 부인으로 들이고 첫째 부인의 자리는 비워 둔 상태였다고 한다. 에그란티느가 아나스타지우스와 혼약하게 되자 지기스발트는 왕좌에 앉기 위해 대영지의 여식을 첫째 부인으로 들여야 했는데, 아돌피네가 그 대상이 되었다.

"지기스발트 왕자와 나이가 비슷한 분은 대부분 결혼하셨거든요."

"아나스타지우스 왕자가 왕좌를 양보해서 놀라는 사람이 많았지만, 그들보다 왕위 분쟁을 피하게 되어 안도하는 사람이 더 많았을 겁니다."

지기스발트와 아나스타지우스는 모두 첫째 부인의 자식이며 나이와 마력의 양도 비슷해서 서열을 가리기 어려웠다. 두 사람 모두 왕위를 원했고, 교체 시기가 오면 또다시 치열한 분쟁이 일어나겠거니 하고 예상했던 모양이다.

"힐데브란트 왕자는 셋째 부인의 자식이고, 나이도 어려서 처음부터 신하가 되기 위한 교육을 받으며 자라셨고요."

"이대로 무사히 교체가 이루어지면 좋겠습니다만……."

걱정스러운 목소리로 말한 파울리네의 말에 다른 선생들도 동의했다. 아나스타지우스가 후보에서 빠지고 힐데브란트가 처음부터 신하 교육을 받았다면 특별히 문제다운 문제는 없지 않은가.

"또 우려할 만한 문제가 남았나요?"

"중앙 신전의 성전원리주의자가 조금……. 하지만 격하게 반대하는 건 신전뿐이니까 큰 문제는 없습니다."

"신전의 주장은 별 의미가 없습니다. 귀족은 귀족의 말에만 귀를 기울이니까요."

파울리네는 근심을 떨치려는 듯이 싱긋 웃고 차를 마셨다.

"훌륭한 성과입니다, 로제마인 님."

다과회를 끝내고 기숙사에 돌아와서 오늘 다과회의 상황을 필린느와 시종들에게 보고하자 하르트무트가 환희에 찬 얼굴로 칭찬했다. 지금까지 유대가 거의 없어 중앙의 정보를 얻기 어려웠던 에렌페스트에서 오늘 얻은 정보는 매우 큰 수확이었던 모양이다.

"파울리네 선생님은 신전에서 자라신 로제마인 님이 성전원리주의자가 아닐까 은근슬쩍 떠본 것 같습니다. 하지만 로제마인 님이 전혀 반응하지 않으니까 안심한 것 같군요."

브륀힐데의 말에 나는 의아했다.

"성전원리주의가 뭐예요? 처음 들어 보는데요……."

그렇게 친숙한 말은 아닌 듯하다. 모두가 고개를 갸웃거리는 가운데 리카르다가 기억을 더듬듯 뺨을 괴고 위를 쳐다본다.

"저도 자세하게는 모릅니다만, 성전에 실린 말이 진리이며 왕도 성전에 따라야 한다고 주장하는 단체인 줄로 압니다."

정변으로 왕족들이 어수선해지자 이때다 싶어 나타나서는 신전의 발언권을 조금이라도 키우려고 발악하는 단체인 듯하다.

"신전에서 자라신 로제마인 님께서 모르신다면 에렌페스트의 신전 과는 관계없는 단체겠지요. 어차피 귀족이 될 수 없는 자들의 주장이 니 귀를 기울일 필요는 없습니다."

그런 말로 성전원리주의에 대한 이야기는 끝났다.

"그럼 오늘 밤에라도 다과회에서 얻은 정보를 정리해서 에렌페스 트에 보고하겠습니다."

"오후 실기만 합격하면 로제마인 님은 도서관에 갈 수 있으시겠 네요?"

"그래요. 반드시 오늘 실기에 합격할 거예요."

오후부터 조합 실기가 있다. 이것으로 도서관에 가느냐 못 가느냐 가 결정된다. 조합복으로 갈아입고 소강당에 들어갔다. 오늘도 힐쉬르 는 마술구를 쓰나 보다. 벽에 흰 천이 걸려 있다.

"그럼 오늘은 구혼에 사용하는 마석 제작 방법을 가르치겠습니다."

힐쉬르는 그렇게 말하며 흰 천에 조합 순서를 비췄다.

"이 마석은 구혼할 때도 구혼을 받을 때도 필요합니다. 누구에게나 훗날 필요해지는 물건이니 정성을 들여 만드십시오."

오늘은 연습용이라서 질을 따지지 않지만, 원래 구혼용 마석은 자 신이 준비할 수 있는 것 중에 가장 마력 용량이 크고 함유한 속성이 많 으며 품질도 좋은, 태어난 계절의 귀색 마석을 준비한다. 다음은 그 마 석을 자신의 마력으로 물들인다. 그리고 자신의 마력으로 물든 마석에 상대방이 가진 속성의 마력을 담는다. 상대방의 속성이 자신과 같다면 넘어가도 되지만, 상대의 속성이 자신에게 없는 경우에는 해당 속성을 내포한 마석을 조합해서 추가해야 한다.

"오늘은 연습이니까 반드시 속성 하나는 추가하십시오."

'난 속성을 전부 갖고 있는데.'

마지막으로 구애하는 글을 넣어서 마석에 글자가 떠오르게 만든다. 우라노 시절에 엄마가 아끼던, 글자가 새겨진 결혼반지 같은 것이라고 보면 되리라.

내 마력으로 여러 번 마석을 물들여 봤던 나는 얼른 마석을 물들이고 조합 냄비가 있는 앞쪽 테이블로 이동했다. 유레베를 만들려고 마석을 물들였던 때에 비하면 수업에 사용하는 저품질 마석을 물들이는 일은 쉬웠다.

"벌써 물들였어요?"

힐쉬르가 놀란 듯이 보라색 눈을 반짝였다. 나는 내 마력으로 물들인 파란 마석을 보여주었다. 힐쉬르가 얼굴을 바짝 붙여 확인하더니 "정말 물들었네요."라고 중얼거렸다.

"크기가 작고 품질도 낮아서 시간이 오래 걸리지 않아요."

"보통은 시간이 걸립니다."

속성을 추가할 노란 마석과 돌에 새길 말을 적은 양피지를 조합 냄비 옆에 늘어놓았다. 나는 모든 속성을 가지고 있지만, 일단 속성을 추가하는 연습을 해야 해서 바람의 속성 마석을 준비했다.

"로제마인 님은 어떤 글을 넣으시려나?"

힐쉬르가 기대하며 글자를 적은 양피지로 손을 뻗었다.

"어떤 글이냐고 해도……."

뻔하다고 할 수 있는 대사가 있다. '나의 어둠의 신에게'라든지 '당신의 빛의 여신이고 싶다' 정도가 무난하다. 양피지에서 '나의 어둠의 신에게'라는 흔하디흔한 문장을 본 힐쉬르가 시시하다는 표정을 지었다.

"로제마인 님, 상대방에게 감동을 주는 말이 아니면 쉽게 합격을 줄 수 없습니다."

"네!? 연습이니까 마석만 완성하면 되잖아요."

"아니요. 시간도 많고 로제마인 님은 이미 혼약자가 계시니 빌프리트 님께 드린다는 생각으로 구애의 말을 생각하십시오."

'뭐야!? 지금부터 프러포즈를 생각하라고?'

"저는 로제마인 님다운 글을 보고 싶습니다. 책을 많이 읽으시는 로제마인 님이라면 그렇게 어렵지 않을 겁니다. 엘비라 님의 책에도 멋진 글귀가 많이 나와 있지 않습니까."

'아아아아아! 신이 우르르 나오는 사랑의 말과 러브신이 이해되지 않아서 그냥 넘겼다는 말은 못 하겠어! 누가 내게 멋진 프러포즈 좀 가르쳐 주세요!'

지금까지 페르디난드에게 배운 그 어떤 조합보다도 어렵다. 나는 조합 실기에서 처음으로 손을 멈추고 고민에 빠지는 처지가 되었다.

'어어어, 어쩌지!? 사랑해, 아니면 정말 좋아해, 정도가 평범한 사랑의 말이긴 한데 신관장님에게 상담하지 않고서는 괜찮은지 모르겠어!'

우라노 시절이라면 전통적이지만, 이곳에서는 어떤 식으로 받아들일지 모른다. 비유 표현이나 귀족다운 우회적인 표현을 좋아하는 줄은 알지만, 그것이 대체 어떤 말인지, 지금 내게는 판단하기가 어렵다.

"정말 어려워하는 표정이군요, 로제마인 님."

"저 같은 어린아이에게 사랑의 말을 생각하라고 하는 것부터가 잘 못됐다고 생각해요."

"일단은 로제마인 님이 상대방에게 들었을 때 어떤 구애의 말이 기쁠지 생각하는 단계부터 시작하면 어떨까요? 조금은 참고가 될지도 모르죠."

힐쉬르가 키득키득 웃으며 말하자 나는 내가 어떤 구애의 말을 들으면 기쁠지 생각하기로 했다.

'음, 아침마다 네가 만든 된장국이 먹고 싶어. 아니면 너를 위해 도서관을 선물할게?'

머릿속에 떠오른 말을 힐쉬르에게 상담해 봤지만, 무슨 뚱딴지같은 소리냐는 얼굴로 단박에 퇴짜를 맞았다.

"로제마인 님, '**된장국**'이 어떤 음식이죠? 에렌페스트에서 새로 만든 요리입니까?"

"그건 아니고, 제가 먹고 싶은 음식이에요."

내 대답에 힐쉬르는 깊은 한숨을 내쉬고 고개를 가로저었다.

"로제마인 님께서 어떤 말을 좋아하는지는 알겠습니다만, 과연 그 말을 빌프리트 님께서도 기뻐하실까요?"

'그야 된장국이 먹고 싶은 사람은 나고, 빌프리트 오라버니가 도서관을 선물로 받았다고 기뻐할 것 같지는 않긴 해.'

"힐쉬르 선생님이 저다운 말을 생각하라면서요."

"로제마인 님다우면서 빌프리트 님도 좋아하실 말 말입니다. 조금 더 상대방을 기쁘게 하려는 노력을 보여주세요."

남자친구 없는 세월이 나이와 동일했던 내게는 너무 어려운 문제다. 내가 이성이 좋아하는 말을 술술 꺼내는 사람이었다면 우라노 시절에도 남자친구가 한 명 정도는 있었을 테고, 슈한테도 무시당하지 않았을 것이다. '상대방에게 어울리는 사람이 되려고 하는 겸허함이 전혀 없다'라든지 '자기 개성이 너무 강하다'는 말을 줄곧 들어 왔다. 차라리 '나의 색깔로 당신을 물들이겠다'가 가장 나다운 구애의 말일지도 모른다.

'겸허함이라.'

"'당신의 색깔로 물들여 주세요'라고 하면 겸허함이 묻어나서 남성이 좋아할까요?"

"어머나 세상에!"

힐쉬르가 굉장히 흥미롭고 재미있는 말을 들은 사람처럼 눈을 반짝였다. 뭐라고 할까, 엘비라가 연애 얘기에 집착할 때의 표정과 흡사하다.

"로제마인 님은 조숙하시네요. 하긴 어른스럽게 보이고 싶은 시기이긴 하죠. 마음은 이해하지만, 그 말을 새긴 마석은 꼭 성인이 된 후에 빌프리트 님께 드리세요. 오늘은 처음에 나온 말을 쓰도록 합시다."

이 글을 본 빌프리트의 반응이 너무 기대되니까 성인이 되어 실제로 구애할 때 이 말을 쓰라고 했다. 힐쉬르의 흥분한 반응과 표정으로 살피건대 남에게 쓰면 안 되는 말인 건 아닐까?

'성인이 된 후에 쓰라는 말이면 설마 파렴치한 표현? 또 신관장님에게 혼나는 패턴?'

"힐쉬르 선생님, 이 글을 페르디난드 님께 보여도 혼나지 않겠죠?"

내가 조심스럽게 물어보자, 힐쉬르는 잠시 고민하더니 입꼬리를 씩 올렸다.

"페르디난드 님께서 보실 일은 없을 겁니다. 구애의 말은 연인에게 바치는 말이잖아요."

'보지 않으면 괜찮다는 말은, 보면 혼날 거라는 말이잖아!?'

"로제마인 님, 시간이 없습니다. 오늘 중에 합격하실 거죠?"

힐쉬르의 말에 정신을 차린 나는 서둘러 조합에 착수했다. 구애의 말을 생각하라고 방해한 사람이 누군데? 라고 말하고 싶었지만, 불평은 꾹 삼키고 슈타프를 꺼냈다.

유레베를 만들 때 속성을 맞추는 조합을 해본 적 있어서 그런지 조합 자체는 별 탈 없이 끝났다. 진한 파란색 유리구슬 같은 마석 속에 금색 글자가 떠 있다.

"로제마인 님, 합격입니다."

'좋았어! 이제 도서관에 갈 수 있다!'

"빌프리트 오라버니, 합격했어요. 이제 도서관에 갈 수 있어요."

"……빠르네. 나는 마력으로 물들이는 단계부터 어려웠는데."

빌프리트가 좀처럼 물들지 않는 마석을 노려보며 그렇게 말했다.

"조합할 때와 달리 최대한 단숨에 마력을 부어 넣는 편이 효과적이에요."

마석을 물들일 때는 쏟아붓는 마력의 양이 중요하다. 마석의 저항을 억지로 뭉개는 기세로 마력을 내리꽂아야 시간도 덜 들고, 최종적으로 마력 소비가 적다. 그래도 마력이 적은 하급 귀족은 시간을 들여야겠지만, 이곳에 있는 상급 귀족이나 영주 후보생이라면 가능하리라.

"……어서 알려줘, 로제마인. 벌써 마력을 꽤 소비했어."

"그럼 오늘은 마석을 물들이는 단계에서 끝내야겠네요. 완전히 물들이지 않으면 마력을 조금씩 밀어내니까 아깝게 마력을 버리고 싶지 않으시다면 끝까지 힘내세요."

"마석이 마력을 밀어낸다고요?"

주변 학생들이 깜짝 놀라며 나를 돌아보았다. 지금까지 마술구를 써서 마석을 물들였고, 손바닥 위에 올리자마자 바사삭 부서지는 저품질 마석밖에 써보지 못한 다른 학생들은 완전히 물들이지 않으면 마력이 밀려 나오는 사실을 몰랐던 모양이다. 사실 나도 다무엘에게 듣기 전까지 몰랐지만.

'왜냐면 나한테는 채집한 그 자리에서 물들이라고 했거든.'

"최대한 단숨에……."

빌프리트가 마석에 집중하여 마력을 흘려보낸다. 빌프리트의 옆에서 마석을 물들이고 있던 한넬로레, 오르트빈도 진지한 표정으로 마석을 고쳐 쥐었다.

"끝났어요!"

제일 먼저 흥겨운 목소리를 낸 사람은 한넬로레였다. 역시 대영지의 영주 후보생이다. 마력의 양이 많은 것이리라. 그녀는 눈동자 색깔과 아주 비슷한 빨간 마석을 내게 보여주었다.

"로제마인 님의 조언 덕분이에요."

"한넬로레 님의 마력이 많고, 잘 다루셔서 그래요."

"솔직히 말하면 전 마력을 잘 다루지 못해요. 로제마인 님의 조언이 없었다면 금방 끝내지 못했을 거예요."

친구가 기쁘면 나도 기쁘다. 나는 조합할 때의 몇 가지 요령을 가르쳐주었다. 빨리 함께 도서위원을 하고 싶으니 전력을 다해 한넬로레의 합격을 돕고 싶다.

조합 시간이 끝날 때까지 한넬로레에게 찰싹 붙어 조언했더니 빌프리트가 "내게 해줄 조언은 없어?"라며 살짝 토라졌다.

"그러네요. 빌프리트 오라버니도 도서위원이 되면 좋겠어요."

"그건 대체 무슨 조언이야!?"

덧붙이자면 '당신의 색깔로 물들여 주세요'라는 말이 어떤 의미냐고 페르디난드에게 질문서를 보냈더니 '친전(親展)'이라는 글자로 엄중히 봉한 상태로 세 장짜리 답장이 도착했다.

'침실로 노골적으로 유혹하는 글이라, 남부끄러운 말이긴 하네. 힐쉬르 선생님은 실전에 쓰라고 했지만, 실전에도 절대 쓰지 말자.'

도서위원 활동을 하고 싶어

'도서관, 도서관, 도서관에 간다~!'

아침부터 한껏 들뜬 나는 "의상에 어울리지 않는 것 같습니다."라고 얼굴을 찌푸리는 브륀힐데의 말을 흘려들으며 도서위원 완장을 차고 식당으로 향했다.

"바로 도서관에 가요."

"송구합니다만, 도서관에 동행할 측근이 부족하니 내일까지 기다려 주십시오."

당장에 코르넬리우스에게 거절당했다. 오늘은 견습 기사들이 전원 참가하는 디터 실기가 있다고 한다.

"로제마인 님은 필린느와 함께 방에서 지내십시오. 오전에는 호위 기사가 한 사람도 없으니 점심시간에 돌아올 때까지 절대 방에서 나가지 마시길. 오후에는 레오노레가 있지만, 도서관에 가기에는 인원이 부족합니다. 그러니 오후에는 기숙사의 다목적 홀까지만 나가십시오. 아시겠지요?"

강압적인 코르넬리우스의 칠흑 같은 눈빛에 나는 얌전히 고개를 끄덕였다. 견습 기사에게 중요한 수업이므로 내 고집이 통하지 않는 건 이해하지만, 단숨에 기분이 가라앉는다.

'기껏 한 방에 합격했는데, 쳇⋯⋯.'

"로제마인 님, 이럴 때를 위해 페르디난드 님께 책을 받지 않습니까. 오늘은 책을 읽거나 마법진과 마술구를 공부하면서 지내심이 어떠십니까? 꿈의 도서관을 세우려면 꼼꼼하게 준비하셔야지요."

"훌륭한 생각이에요, 하르트무트."

도서관에 못 간다면 어쩔 수 없다. 하르트무트가 페르디난드에게 받아온 책을 읽으며 하루를 보내자. 꿈의 도서관을 위해 사전 작업을 하는 건 가슴이 설레는 일이다. 순간 흥분되기 시작했다.

"지난번 페르디난드 님의 과제도 훌륭하게 해내셨으니 로제마인 님이시라면 이번에도 해내실 겁니다."

하르트무트의 말대로 전에 읽은 책에 나와 있던 여러 마법진을 하나의 마법진으로 합치는 과제는 일단 해결했다. 이론상으로는 문제가 없다. 이것이 제대로 작동되면 반납 기한을 넘긴 책이 도서관에 돌아오게 할 수 있다.

'도서관에 되돌아오면서 자동으로 책장에 꽂히게 하려고 내가 얼마나 고생했는데. 70%는 하르트무트에게 배웠지만.'

마법진 하나에 너무 욕심을 부리는 것 아닙니까? 하고 하르트무트는 말했지만, 꿈의 도서관을 위해 욕심을 부리는 것이 뭐가 나쁜가. 하나의 마법진으로 합치는 과제였으니까 넣을 수 있을 만큼 넣은 것인데 말이다.

"여기요, 공주님. 새로운 책입니다."

아침을 먹고 방에서 기다리자 리카르다가 하르트무트에게 빌려온 책을 책상 위에 올려주었다. 받은 책을 필린느와 둘이서 읽는다.

"오늘은 어떤 책일까요? 아, 로제마인 님. 또 종이가 끼어 있어요."

필린느가 빼낸 페르디난드의 과제 메모에는 신전 의식에 쓰이는 목소리를 낮추는 마술구에 사용된 마법진을 약간 개량해서 자수를 놓으면 방음성이 높은 카펫이 된다고 적혀 있었다.

'오늘 과제에는 자수도 들어가는구나.'

점점 어려워지는 페르디난드의 과제에 내가 미간을 찌푸리자, 필린느가 "조용한 환경에서 책을 읽을 수 있게 되는 거니까 힘내죠."라며 격려해 주었다. 작년에 내가 봉납식을 하러 돌아간 동안에도 귀족원에서 이야기 수집과 사본에 힘썼던 필린느는 최종시험이 다가와 이용자가 늘수록 도서관이 시끄러워지는 사태에 매우 놀랐다고 한다.

"도서관에 오는 사람은 하위 영지 학생이 많았는데 참고서나 개인 열람실 경쟁이 심해서 저는 접근하기도 어려웠어요."

하급 귀족인 필린느는 횡포를 부리는 귀족에게 약한 입장이라서 내가 없을 때 도서관이 혼잡해지면 책을 빌려서 기숙사에서 사본 작업을 했다고 한다.

"저는 로제마인 님께 대여 보증금을 받았고, 유디트가 함께 가 줘서 책을 들고 다녀도 위험하지 않았어요. 하지만 책을 빌리지도 못하고 개인 열람실에서 공부할 수밖에 없는 하위 영지의 하급 귀족은 힘들 거예요."

필린느의 얘기는 내가 알고 있는 도서관과 전혀 다른 장소 같았다. 혼잡해진다는 말은 들었지만, 기사의 호위가 필요할 정도로 살벌한 분위기일 줄은 몰랐다.

"무료 원칙이 생기면 개인 열람실 경쟁이 줄긴 하겠는데……."

보증금이 없으면 책을 대여할 수 없어서 개인 열람실 경쟁이 치열해진다. 물론 대여자가 늘면 책이 없어 곤란한 사람도 늘어난다. 인쇄를 퍼트려서 모두가 필요한 책을 손에 넣을 수 있게 되지 않는 한 어려우리라.

'언제부터 인쇄를 퍼트리면 될까? 드레반헬과 중앙의 상황을 보지 않고서는 아직 판단을 못 내리겠어.'

아무리 생각해 봐도 귀족원 도서관에 내가 할 수 있는 일은 거의 없다. 지금으로서는 슈바르츠와 바이스에 마력을 공급하는 정도다.

"로제마인 님, 왜 그러세요?"

"아무것도 아니에요. 책 읽읍시다."

오늘 마법진 제작은 어렵지 않았다. 방음 마법진의 범위만 바꾸면 끝이다. 하르트무트는 건네줄 책 순서를 잘못 정한 것이 틀림없다. 초반부터 어려운 과제를 낼 게 아니라 쉬운 과제부터 내야지, 하고 생각한 그때 오전 수업을 마친 유디트가 "다녀왔습니다, 로제마인 님. 점심시간입니다."라며 부르러 왔다.

'아, 순서가 틀린 게 아니었어. 내가 책을 다 읽을 시간을 계산해서 준 거야. ……이건 분명 하르트무트가 아니라 신관장님의 소행이야.'

반나절 걸리는 책, 하루가 걸리는 책, 며칠이 걸리는 과제로 용도에 따라 나눈 것 같다. 힐쉬르에게 넘기는 자료를 부탁 난이도에 따라 세세하게 나누는 것처럼 말이다.

'나를 힐쉬르 선생님과 똑같이 대하는구나! 왠지 충격이야.'

오후는 페슈필 연습과 내년 예습으로 시간을 보냈고, 다음 날은 완장을 달고 들뜬 기분으로 도서관으로 향했다. 호위 기사는 레오노레와 유디트, 문관은 하르트무트와 필린느, 시종은 리카르다와 리젤레타다.

"공주님, 왔다."

"공주님, 책 읽어?"

뒤뚱거리며 다가오는 슈바르츠와 바이스에게 환영을 받은 나는 둘의 이마에 박힌 마석을 어루만져 마력을 공급했다. 우리의 모습을 발견한 솔랑쥬가 파란 눈을 동그랗게 뜨고 이쪽으로 다가왔다.

"어머나, 굉장히 일찍 오셨네요. 로제마인 님은 정말 매번 사람을 놀라게 하시네요."

"솔랑쥬 선생님, 슈바르츠, 바이스. 2학년 수업을 통과했어요. 앞으로 봉납식 전까지 매일 도서관에 올게요."

작년보다도 빠르지 않습니까? 라는 솔랑쥬의 질문에 나는 고개를 크게 끄덕였다. 작년에는 기수 제작 실기를 한 방에 합격하지 못해서 시간이 걸렸다. 하지만 올해는 실기까지 한 방에 합격해서 빨리 끝났다. 내년에는 문관 코스와 영주 후보생 코스 두 가지를 딸 예정이니까 시간이 더 걸리리라.

"하루라도 빨리 도서관에 오고 싶었거든요. 슈바르츠와 바이스의 의상도 가지고 오고 싶었고요. 옷은 언제 입힐까요?"

영주 회의 때 에렌페스트에서 옷을 만드는 것을 중앙에서 걱정하더라는 말을 들었지만, 페르디난드도 납득할 물건을 만들었으니 문제는 없을 터이다.

"공주님, 대단해."

"새로운 의상."

새 주인에게 새 의상을 받는 건 슈바르츠와 바이스에게 중요한 일인지 왠지 들떠 보인다.

"가능하면 도서관에서 옷을 갈아입힐 수 있게 방을 하나 빌려주세요. 원래는 주인의 방에서 해야 하는 줄은 알지만, 슈바르츠와 바이스를 데리고 나갔다가 작년처럼 소동이 일어나면 곤란하잖아요."

소동의 불씨는 애초에 꺼 두는 것이 상책이다. 내 말에 솔랑쥬가 열람실 안을 휙 둘러보더니 "이용자가 늘어나기 전이라면 집무실 안쪽 방을 빌려드릴게요."라며 미소를 지었다. 작년과 달리 부탁을 들어줄 만큼 솔랑쥬와 친밀해졌음을 깨닫고 조금 기뻤다.

"언제가 좋을까? 리젤레타, 희망하는 날은 있어요?"

"제가 희망하는 날이요?"

"네. 슈바르츠와 바이스의 의상에 제일 열심히 자수를 놓은 사람이 잖아요. 당연히 당신 일정을 고려해야죠."

내 말에 리젤레타가 진지하게 고민하기 시작했다. 짙은 녹색 눈동자를 반짝이며 허공을 노려보는 옆모습은 어떻게 전력을 강화할지 고민하는 안게리카와 매우 닮았다.

"사흘 후의 오후라면 측근들과도 일정이 맞고, 힐쉬르 선생님도 수업이 없을 겁니다."

옷을 갈아입힌다고 하면 또다시 힐쉬르가 수업을 내팽개칠지도 모른다. 그런 점까지 고려해서 수업 일정을 정확하게 파악하는 리젤레타가 대단했다.

"저도 문제없습니다, 로제마인 님. 그날로 하죠."

옷을 입힐 일정을 정한 김에 다과회 날도 정하기로 했다.

"솔랑쥬 선생님, 도서관에서 하기로 한 다과회 일정 말인데요. 한넬로레 님은 다음 주 오전이라면 괜찮다고 하셨어요. 솔랑쥬 선생님의 일정은 어떠세요?'

"저는 빠르면 빠를수록 좋지요. 보시는 바와 같이 지금은 이용자가 적으니까요."

인기척이 없는 열람실을 둘러본 솔랑쥬는 그렇게 말하며 조그맣게 웃었다.

"그럼 다음 주 초에 다과회를 해요. 이왕이면 슈바르츠와 바이스에게 옷을 갈아입힌 뒤에 할까요? 한넬로레 님께도 새로운 의상을 보여 줄 수 있고요. 너무 기대돼요. 한넬로레 님과 함께 도서위원을 하다니. 이거 봐요, 완장도 만들었어요."

내가 팔에 찬 완장을 보이자 솔랑쥬가 의아하게 쳐다보았다.

"도서위원이란 건 분명 도서관 업무를 돕는 사람이라고 하셨죠?"

"네. 작년 말처럼 바빠질 때 솔랑쥬 선생님과 슈바르츠와 바이스를 돕는 거예요."

페르디난드가 독촉 올도난츠를 날려 보낸 뒤로 쏟아져 들어온 반납 도서 때문에 난리가 난 도서관에서 나는 도서위원 활동을 만끽했다. 그걸 또 할 수 있다니. 하지만 기대감에 부푼 나를 보며 솔랑쥬가 매우 곤란하다는 표정을 지었다.

"로제마인 님의 마음은 대단히 감사합니다. 하지만 로제마인 님이 계시는 기간은 이용자가 적어서 도와주지 않으셔도 됩니다."

'이게 무슨 일이야! 도서위원이 필요 없다는 말을 들어 버렸어.'

하긴 도서관이 바빠지는 시기는 내가 봉납식을 하러 에렌페스트로 돌아간 후라고 들었다. 이렇게 텅 빈 도서관에서는 할 일도 없으리라.

"슈바르츠와 바이스의 마력 공급만으로 충분합니다. 그 이상 영주 후보생에게 폐를 끼칠 수 없습니다."

거부하는데 집요하게 늘어지면 권력으로 협박하는 꼴이 된다. 도서위원을 하고 싶지만, 권력으로 위협하고 싶진 않다. 내가 힘없이 어깨를 떨구자, 하르트무트가 살짝 허리를 굽혀 속닥였다.

"로제마인 님, 도서관에서 어떤 마술구를 사용하는지 묻는다고 하지 않으셨습니까? 마술구 개량도 도서관에 도움이 되는 도서위원 활동일지도 모릅니다."

"하르트무트, 고마워요."

그의 조언에 나는 고개를 확 들었다. 솔랑쥬의 방해가 되지 않으면서도 영주 후보생다운 도서위원 활동이 있을 터이다. 마음을 다잡고 솔랑쥬에게 물었다.

"솔랑쥬 선생님. 지금 도서관에서 사용하는 마술구나 앞으로 있었으면 좋겠다 싶은 마술구는 없나요?"

"그걸 왜 물으시나요?"

뺨을 괴며 고개를 갸웃거리는 솔랑쥬에게 나는 당당하게 대답했다.

"전 언젠가 개인 도서관을 세울 계획이거든요. 그래서 귀족원 도서관이 어떻게 운영되는지 알고 싶어서요."

"어머나, 개인 도서관을요? 그거 참으로 장대하고 멋진 꿈이군요."

솔랑쥬가 웃으며 도서관에 사용하는 마술구에 관해 이것저것 알려주었다.

귀족원 도서관에는 퇴실을 재촉하는 빛을 발하는 마술구 외에도 여러 마술구가 있고, 책에 적합한 환경을 유지하는 마법진이 건물 자체에 새겨져 있다고 한다.

'진짜 멋있다!'

우라노 시절에 읽은 책에서는 중세 도서실, 특히 돌로 지은 수도원과 교회가 파피루스의 보존에 적합하지 않아 수년 사이에 곰팡이가 피거나 썩는 탓에, 멀리서 온 서적은 서둘러 양피지에 옮겨 적거나 몇 년마다 새 파피루스에 다시 옮겨 쓰는 보존 방법밖에 없어 매우 힘들었다고 한다. 양피지보다 파피루스가 저렴하지만, 보존할 수가 없었다. 돌벽은 기온에 따라 습기가 심해지기 때문에 책을 두는 장소에는 나무 벽을 둘러야 했다는데 귀족원 도서관은 마법진 하나로 큰 문제를 해결하고 있는 셈이다.

"이 건물에 새겨진 마법진을 보여드리지 못해서 아쉽지만, 왕궁 도서관에는 마법진에 관한 내용이 실린 책도 있습니다. 그리고 중앙의 보물고도 도서관과 마찬가지로 온도와 습도를 유지하는 마법진이 있었다는 기록이 있습니다."

'중앙 마법진이 너무 하이테크야. 에렌페스트도 좀 보고 배웠으면 좋겠다.'

하지만 이 모든 마법진을 유지하는 데 마력이 필요하다면 에렌페스트에서는 어렵다는 것도 잘 알고, 귀족이 줄면 곤란하다는 것도 안다.

"이곳 도서관 관리는 대체로 슈바르츠와 바이스가 있으면 해결됩니다. 대출과 열람실 관리를 전부 두 아이가 하고 있거든요."

모든 일을 사람 손으로 처리하려면 일손이 없어서 힘듭니다, 하고 솔랑쥬가 말했다. 솔랑쥬가 혼자서 처리할 무렵에는 관리가 허술한 부분이 많았다고 한다. 그런 얘기를 들으니 로제마인 도서관을 지었을 때 역시나 슈바르츠와 바이스 같은 마술구가 있어야겠다는 생각이 들었다.

"솔랑쥬 선생님, 사실 저는 기한이 지나면 자동으로 반납되는 마법진을 연구하는 중인데, 이것을 책에 도입할 수 없을까 궁리 중이에요."

"그건 정말 편하겠지만, 한 권마다 마법진을 넣으면 그만큼 마력 소비도 많아지겠네요. 로제마인 님은 마력이 풍부하시니 마술구가 많아도 유지하시겠지만, 제겐 어렵습니다."

그 말대로 내 욕심을 왕창 집어넣은 다기능 마법진은 마력 먹는 하마다. 한 권마다 마법진을 새겨서 실제로 작동하려면 막대한 마력이 필요해진다. 개선이 필요하겠다.

"그럼 따로 새롭게 필요한 마술구는 없나요?"

"필요하다고 생각한 건 페르디난드 님의 목소리를 담은 마술구일까요. 작년에 독촉 효과가 대단했거든요. 페르디난드 님께 매년 도움을 받을 수도 없는 노릇이니 그 목소리를 저장한 마술구가 있었으면 좋겠어요."

마력 소비량이 많은 녹음 마술구는 있지만, 페르디난드에게 목소리를 넣어 달라고 부탁할 기회가 없다고 한다. 아쉬워하는 솔랑쥬의 모습을 보고, 나는 고개를 갸웃거렸다. 간담을 서늘하게 하고, 그 많은 학생을 단숨에 도서관으로 달려오게 만든 페르디난드의 목소리는 위력이 대단하지만, 독촉만이라면 무조건 페르디난드일 필요는 없다.

"귀족원 선생님이면 안 될까요? 루펜 선생님의 목소리도 효과가 있지 않을까요?"

"선생님의 목소리는 학생들의 귀에 익숙하니까 독촉 효과를 내려면 페르디난드 님만 한 목소리는 없을 겁니다."

"하긴 다들 필사적으로 책을 안고 달려왔었죠. 페르디난드 님께 한 번 부탁해 볼게요."

'신관장님이 안 되어도 안게리카에게 부탁하면 슈팅루크로 어떻게든 되겠지.'

그렇게 생각한 나는 녹음 마술구에 페르디난드의 목소리를 넣는 부탁을 받아들였다.

그리고 솔랑쥬의 집무실로 이동해서 페르디난드의 마석을 돌려받았다. 내가 도서관에 출입하게 되었으니 마력을 저장한 마석은 더는 필요가 없어서였다.

"귀중한 물건을 빌려주신 덕분에 정말 큰 도움이 되었습니다. 페르디난드 님께도 감사하다고 전해 주십시오."

"네, 전할게요. ……아참, 솔랑쥬 선생님은 할버님이란 분을 아세요?"

"할버님이요? 아니요, 처음 들어봅니다만."

도서관 일이라서 솔랑쥬에게 물어봤지만, 솔랑쥬도 모른다고 한다.

"2층에 있는 메스티오노라의 상이 들고 있는 구르트리스하이트에 마력을 공급하면 할버님이 기뻐한다고 슈바르츠와 바이스가 그래서 조금 궁금해서요. 마력도 꽤 많이 뺏겼고……."

내가 덧붙여 설명하자, 솔랑쥬가 곰곰이 생각하듯이 시선을 내리떴다.

"……어쩌면 슈바르츠와 바이스보다도 오래된 마술구였을지도요."

"네?"

"지금은 절반도 작동하지 않지만, 이 도서관에는 많은 마술구가 있습니다. 그중에 하나가 할버님일지도 모르지요."

솔랑쥬의 시선이 천천히 집무실 안쪽으로 향했다. 그리고 살짝 한숨을 뱉으며 고개를 저었다.

"유감스럽게도 저는 이 도서관에 관해서 전부 알고 있지는 않습니다. 저는 상급 귀족을 보좌하는 중급 귀족의 입장으로 이 일을 해왔습니다. 그런데 갑자기 상급 귀족들이 통째로 사라지는 바람에 인수인계를 제대로 못 받았어요."

끊긴 정보가 수두룩하다며 솔랑쥬가 분한 듯이 투덜댔다. 상급 귀족과 중급 귀족은 직분의 차이가 있고, 처분이 결정된 후부터 그들이 사라지기까지 기간이 짧아 제대로 된 인수인계도 이뤄지지 못했다고 한다. 상급 귀족 여럿이서 마력 공급을 했던 마술구를 작동시키기에는 중급 귀족 한 사람으로는 마력이 부족해서 현재는 최저한의 마술구밖에 움직이지 못하는 실정이라고 한다.

"중앙 귀족이 옛날처럼 많아지고, 상급 귀족이 파견되어 그들의 방에 들어갈 수 있게 된다면 조금은 알게 되는 정보들이 많아지겠지만요."

솔랑쥬는 슬픈 표정으로 시선을 내리깐 뒤, 나를 보며 미소를 지었다.

"자, 이런 이야기는 여기까지 합시다. 로제마인 님은 느긋하게 독서를 즐기십시오. 그러려고 오셨지요?"

나는 리카르다에게 마석을 맡기고, 솔랑쥬와 함께 열람실로 돌아갔다. 문을 연 순간, 조금 전까지만 해도 인기척이 없었던 열람실에 십여 명의 사람들이 모여 있는 것이 보였다. 보아하니 그들도 막 들어온 참인 듯했다.

놀라서 눈이 휘둥그레진 우리와 마찬가지로 상대편도 눈을 크게 뜨고 우리를 보았다. 중심에 있는 사람은 방에 있어야 할 3왕자 힐데브란트다. 밝은 보라색 눈동자를 깜빡이며 천천히 고개를 갸웃거리자 푸른 기가 도는 은발이 찰랑거린다.

"지금은 학생이 없는 시기라고 해서 왔는데 왜 학생이 여기에 있는 거죠?"

남의 눈에 띄지 않는 시기라서 도서관에 몰래 온 모양이다. 내밀하게 찾아온 곳이 도서관이라는 점을 보아 이 왕자는 매우 멋진 왕자다. 이대로 책벌레로 자랐으면 하는 바람이다.

"수업을 빠져도 되는 겁니까? ……분명 에렌페스트의 영주 후보생이죠?"

'이 왕자, 한 번밖에 만나지 않은 나를 기억하고 있어!? 대단해!'

힐데브란트는 책을 좋아하는 데다가 영리하기까지 하다. 친목회에서 딱 한 번 본 나를 기억하다니 놀랄 노 자다. 덧붙이자면 나는 귀족원 2년 차지만, 아직도 모든 영주 후보생의 얼굴과 이름을 일치시키지 못했다. 같은 학년 영주 후보생도 이제야 전부 외웠다. 봉납식이 끝나면 그중 몇 명은 잊을 자신이 있다.

"전 도서관에서 책을 읽으려고 수업을 통과했기 때문에 앞으로 매일 도서관에 올 거예요. 힐데브란트 왕자님을 방해할 의도는 없으니 전 신경 쓰지 마시고 독서를 즐기십시오."

우연히 마주쳤지만, 나는 어린 왕자의 독서를 방해할 생각은 전혀 없다. 오히려 독서를 장려하고 싶다. 계속 읽어. 더 읽어. 그리고 훗날 책벌레로 자란 힐데브란트를 위해 도서관 예산도 늘어나고, 새로운 책도 많아졌으면 좋겠다.

그럼 안녕히, 하고 인사하고, 나는 얼른 힐데브란트에게 등을 돌렸다.

"슈바르츠, 마법진 개선과 마술구 제작에 관련된 연구 자료는 어디에 있어요? 바이스는 힐데브란트 왕자님을 안내해 드리세요."

"알았다, 공주님. 힐데브란트, 안내한다."

"공주님의 책은 여기다."

앞장서는 슈바르츠와 측근들과 함께 2층으로 올라간 나는 책을 읽기 시작했다. 마술구 관련 자료를 읽어 보니 대부분의 새로운 연구 자료에서 힐쉬르의 이름을 발견할 수 있었다.

'이래저래 문제가 많은 선생이지만, 역시 신관장님의 스승이야. 마술구에 관해 한 번 물어보는 편이 좋겠어.'

힐쉬르 선생의 연구실

점심시간 전까지 몇몇 자료를 읽은 결과, 힐쉬르의 이야기를 들어 보자는 결론에 달했다. 지금의 내게는 내용이 어려워서 이해되지 않는 부분이 많아서였다.

"리젤레타, 힐쉬르 선생님 연구실에는 언제쯤 찾아가면 될까요?"

슈바르츠와 바이스의 옷을 갈아입히기 위해 힐쉬르의 일정을 파악하고 있는 리젤레타에게 묻자, 그녀는 곤란한 표정으로 살짝 난색을 보였다.

"그 연구실에 가시려고요? 어떤 용건이신가요?"

"지금 고민 중인 도서관용 마술구에 관해서 이야기를 듣고 싶어서요."

살짝 고개 숙여 생각하던 리젤레타가 고개를 들었다.

"……마술구 이야기라면 연구실로 가셔야겠군요. 다만, 그 이야기는 슈바르츠와 바이스에게 옷을 갈아입히기 전에 끝내셔야 할 겁니다. 머릿속이 연구로 가득 차면 힐쉬르 선생님은 우리 얘기를 들어 주지도 않을 테니까요."

힐쉬르에게는 연구에 몰두한 나머지 수업을 내팽개친 전례가 있다. 리젤레타의 말에 극히 공감한 나는 "최대한 빨리 면담 예약을 잡아 주세요."라고 부탁했다. 마술구 개량과 마법진에 잘못된 점은 없는지, 이참에 도서관 운영에 편리한 마술구가 있는지도 물어봐야지.

"로제마인, 너 올해도 왕족과 접촉했어!? 대체 뭐 하고 다니는 거야!?"

저녁 식사 자리에서 느닷없이 튀어나온 빌프리트의 말에 마술구 생각으로 가득했던 나는 바로 반응하지 못하고 고개를 갸웃거렸다.

"네? 왕족의 마술구? ……슈바르츠와 바이스 얘기인가요?"

"로제마인 님, 힐데브란트 왕자님 얘기입니다. 아침에 도서관에서 만나셨잖아요."

필린느의 말에 손뼉을 쳤다. "그러고 보니 인사했었네요." 라고 대답하자, 매우 불안한 얼굴로 코르넬리우스가 내 얼굴을 들여다보았다.

"로제마인, 설마 잊고 있었어………?"

"괜찮아요. 끄집어내기 어려운 데로 기억이 굴러떨어져서 그래요."

그 말이 그 말이잖아, 라며 코르넬리우스가 작은 목소리로 꼬집어 지적했지만, 잊었을 리가 있나. 관심이 없어서 인상이 흐릿했을 뿐이다.

"전 인사 말고는 아무것도 하지 않았어요. 몰래 온 왕자에게 방해가 되지 않으려고 했어요. 학생이 없는 시간을 노리고 왔다고 해서 저는 앞으로도 도서관에 매일 올 거라고 선언했으니까 이제 마주치지 않겠죠."

내가 매일 오겠다고 했는데 모습을 감추고 싶은 왕자가 태연하게 도서관에 올 리가 없다. 불가항력의 우연이라고 내가 주장하자, 빌프리트가 미간을 찌푸리며 복잡한 표정을 지었다.

"작년에도 불가항력이라면서 왕족과의 교류를 늘렸던 것 같은데……."

"빌프리트 오라버니, 플류트레네와 룽슈멜의 치유는 다르답니다."

작년은 작년, 올해는 올해. 아나스타지우스와 힐데브란트는 다르다고 딱 잘라 말하는 내게 빌프리트가 피곤한 듯한 한숨을 내쉬었다.

"방에서 나오지 않는다던 왕족과 만났잖아. 앞으로 무슨 일이 생길지 어떻게 알아?"

"생길지도 모르지만, 없을지도 모르죠. 어떻게 될지는 왕족에게 달렸어요."

복잡한 표정을 짓는 빌프리트에게 나는 어깨를 으쓱거렸다. 성가신 일은 피하려고 해도 멋대로 찾아오는 법이다. 일어나지도 않은 일을 걱정해 봤자 무슨 소용이랴.

"그런 것보다 일정 얘기나 해요. 사흘 후 오후에 슈바르츠와 바이스에게 옷을 갈아입히기로 했어요. 이번에는 도서관에서 장소를 제공하겠대요. 자수 작업에 협력한 여학생들을 우선해서 도움을 받을게요."

여학생들을 비롯해 성에서 함께 자수를 놓았던 샤를로테가 남색 눈동자를 반짝거렸다.

"언니, 저도 함께 가도 될까요? 이론은 전부 끝나서 오후라면 시간이 있어요."

"물론이죠, 샤를로테."

인원이 너무 많아도 곤란하다. 그래서 나와 샤를로테의 측근을 중심으로 시간이 비는 여학생끼리 조정하며 멤버를 정하게 되었다.

"샤를로테 님, 저도 자수를 놓았습니다."

"브륀힐데 님. 저도 함께하고 싶습니다."

즐거운 분위기로 누가 동행할지 의논하는 모습을 지켜보는데 리젤레타가 조용히 다가와 힐쉬르와 면담을 잡았다고 보고했다.

"로제마인 님, 내일 오전 중이라면 시간이 있다고 하십니다. 그때 소개하고 싶은 학생도 있다고 하시네요. 힐쉬르 선생님의 제자라고 합니다."

"알겠어요. 내일 오전에 힐쉬르 선생님 연구실에 가요."

"옷 갈아입히는 일정 얘기는 절대 내일 꺼내시면 안 됩니다."

리젤레타의 마음 씀씀이에 나는 고개를 크게 끄덕였다.

다음 날. 나는 문관 전문동에 있는 힐쉬르의 연구실로 향했다. 페르디난드에게 빌린 책과 내 손으로 만든 마법진을 들고 가서 개량 방법을 묻기 위해서다.

자료를 품에 안은 하르트무트와 필린느, 어째서인지 청소 마술구를 든 리젤레타와 간이 다도 세트를 안은 브륀힐데, 호위 역할의 코르넬리우스와 레오노레를 데리고 힐쉬르의 연구실을 찾았다. 연구실 문 앞에 서자 견습 시종인 리젤레타가 입을 열었다.

"힐쉬르 선생님, 에렌페스트의 로제마인 님께서 오셨습니다."

"선생님, 부르시지 않습니까."

"당신이 가까우니까 문은 당신이 여세요."

안에서 남성과 힐쉬르가 옥신각신하는 소리가 들렸다. 잠시 뒤 문이 활짝 열리더니 한 남성이 얼굴을 내밀었다. 손질하지 않은 흑발에 조합복은 먼지투성이였다. 졸려 보이는 피곤한 얼굴을 한 그는 전체적으로 꾀죄죄한 몰골이었다. 나는 무심코 미간을 찌푸렸지만, 힐쉬르 선생의 연구실을 보자 쉬이 납득이 되었다.

벽을 따라 쭉 늘어선 커다란 테이블 위에 기구들이 빽빽하게 놓여 있고, 자료가 쌓여 있다. 바닥에는 아마 쌓여 있던 자료가 쓰러진 것이라 추측되는 종이와 먹다 남은 음식 찌꺼기가 나뒹굴었다. 방 한가운데에 있는 테이블만 깨끗한 건 그곳이 조합하는 자리여서이리라. 쓸데없는 물건이 섞이지 않게 깔끔하게 정리되어 있다.

"어서 들어오세요."

방 안에 있는 힐쉬르의 목소리에 내가 한 걸음 내딛으려던 순간 리젤레타가 말렸다.

"힐쉬르 선생님, 사람을 초대하는 방이 이게 뭡니까? 어제 로제마인 님을 초대할 수 있게 정리하시라고 제가 분명히 말씀드렸지 않습니까."

"여긴 사람을 초대하는 방이 아니라 연구실이거든요."

되레 당당하게 말하는 힐쉬르를 보고, 리젤레타가 "이래서 이곳에 로제마인 님을 모시고 싶지 않았습니다."라며 가볍게 실망의 한숨을 내쉬었다.

"힐쉬르 선생님, 필요한 자료는 테이블 위에 올리십시오. 로제마인 님의 시종으로서 이런 곳에 주인을 모실 수 없습니다."

리젤레타가 달걀형 마술구를 꺼내며 방긋 웃었다. 그 순간, 힐쉬르와 조수가 새파랗게 질려서 바닥 위에 어질러진 자료를 쓸어 모으기 시작했다.

"리젤레타, 그 마술구는 뭐예요?"

내가 묻자, 리젤레타가 싱긋 웃으며 알려주었다. 지정한 범위에 있는 물건을 전부 깨끗하게 삼켜 버리는 마술구라고 했다. 원래는 위에 쌓인 먼지와 쓰레기를 바닥에 떨어뜨리고, 그것들을 한 번에 치울 때 쓴다고 한다. 바닥에 있는 물건은 전부 쓰레기로 간주하는 셈이다.

"오랫동안 봉인했던 방을 정리할 때 제일 먼저 사용하는 마술구입니다."

리젤레타가 마술구를 사용하자 금방 바닥이 말끔해졌다. 테이블 위는 자료가 쌓여서 정신없지만, 그것을 정리하는 건 리젤레타의 일도 아니고, 괜한 고생이므로 방치하려는 모양이다.

"두 분 모두 보기 흉하지 않게 차림새만이라도 단정히 하십시오."

리젤레타가 그렇게 말하며 브륀힐데와 함께 간이 다도 세트로 차와 디저트를 준비했다. 힐쉬르와 제자는 연구만 하느라 식사도 걸렀던 모양이다. 간식을 본 순간 배에서 소리가 났다.

"연구 외에는 마력을 쓰고 싶지 않았는데 어쩔 수 없군요."

힐쉬르가 꼬르륵 소리를 숨기려는 듯이 바셴을 쓰자 몇 초 만에 두 사람은 깔끔한 차림새가 되었다. 회복약으로 손을 뻗으며 힐쉬르가 자리를 권했다.

"힐쉬르 선생님, 웬만하면 소개해 주시면 좋겠는데요."

자리에 앉은 나는 간식에 시선이 못박힌 소년을 쳐다보았다.

"이런, 실례했습니다."

힐쉬르가 피식 웃으며 소개한 사람은 페르디난드에 이은 우수한 제자, 라이문트였다. 작년 조합 실기에서 조금이라도 마력을 아껴 조합하려고 힘쓰는 모습이 힐쉬르의 눈에 띄었다고 한다.

"페르디난드 님은 발상의 천재였습니다. 라이문트는 3학년이지만, 개량에서 천재적인 재능이 있습니다. 로제마인 님께서 마술구를 개량하고 싶을 때 좋은 상담 상대가 될 겁니다."

"생명의 신 에이비리베의 엄격한 선별을 통한 특별한 만남에 축복을 기도함을 허가해 주십시오."

라이문트가 내 앞에 무릎을 꿇고, 첫인사를 올렸다. 내가 "허가합니다."라고 하자, 축복의 빛이 날아갔다.

"아렌스바흐의 중급 견습 문관 라이문트라고 합니다. 앞으로 잘 부탁드리겠습니다."

라이문트가 자기소개를 마치자 측근들의 표정이 싹 바뀌더니 경계 태세를 취했다. 코르넬리우스가 나를 지키듯이 힐쉬르와 나 사이에 끼어들었다.

"……선생님은 아렌스바흐의 학생을 제자로 들이신 겁니까?"

"네. 그래요. 무슨 문제라도?"

"요 몇 년 사이의 아렌스바흐와 에렌페스트의 정세를 모르십니까?"

"알다마다요. 그게 무슨 관계죠?"

힐쉬르는 굳은 표정으로 라이문트를 자기 등으로 가리면서 천천히 고개를 갸웃거렸다. 코르넬리우스가 주먹을 꽉 쥐고, 힐쉬르를 노려본다.

"힐쉬르 선생님, 당신이 진정 에렌페스트의 사감이 맞습니까?"

"전 에렌페스트 출신이라서 에렌페스트의 사감을 맡긴 했지만, 중앙으로 이적한 귀족원의 교사입니다. 모든 교사는 영지와 관계없이 유르겐슈미트를 위해 우수한 학생을 지도하려고 중앙으로 이적하죠. 제 애제자가 어느 영지 출신이든 당신과는 아무런 상관도 없는 얘기예요, 코르넬리우스."

힐쉬르는 보라색 눈동자를 날카롭게 번뜩이며 엄격한 표정으로 그렇게 말했다.

"하지만 로제마인 님은 아렌스바흐에……."

"참나……. 젊은 꼰대든가 아니면 어려서 길게 볼 줄 모르든가 둘 중 하나겠네요. 우수한 소질을 키우는 일은 교사의 소임입니다. 사람의 일생에서 성장할 수 있는 시간은 아주 짧아요. 시대가 그렇다고 기회를 빼앗는다면 재능을 짓밟는 것과 마찬가지입니다."

힐쉬르는 경계심까지 드러내는 나의 측근들을 둘러보며 과장되게 한숨을 내쉬었다.

"정세가 어쩌니저쩌니 하지만, 겨우 몇 년 사이에 이랬다저랬다 바뀌는 게 바로 정세입니다. 그런 불확실한 것보다 개인이 가진 재능이 훨씬 귀중하고 중요한 것 아닌가요?"

테이블 위에서 깍지를 끼며 측근들을 둘러본 힐쉬르는 나를 빤히 바라보았다.

"가장 이해하기 쉬운 예로 페르디난드 님을 보세요. 그분을 제 애제자로 들이기로 했을 때 에렌페스트의 주류파는 제게 주의를 주었고, 매주 보고서를 보낼 때마다 베로니카 님께 아니꼬운 답장을 받았습니다. 그로부터 십 년 사이에 에렌페스트의 정세는 어떻게 바뀌었죠?"

힐쉬르는 베로니카의 박해로부터 페르디난드를 지키며 애제자로 키웠다. 천재적인 재능을 가진 연구자가 되었어야 할 제자는 귀족원을 졸업한 뒤 부친의 사망을 전후하여 신전에 들어가야 했다. 베로니카의 방해로 이대로 신전에서 재능을 썩힐 줄 알았는데 다행히 성으로 돌아왔고, 제자까지 키웠다.

"정세도 인생도 어떻게 바뀔지 아무도 모릅니다. 그때 제가 페르디난드 님을 제자로 지도하지 않았다면 지금의 로제마인 님도 없었겠죠."

정세와 관계없이 자신의 감과 제자의 재능을 믿고 교육한다. 그렇게 단언하며 실제로 행동으로 옮긴 힐쉬르에겐 확고한 신념이 있었다.

"베로니카 님께 드렸던 말씀을 여기서 다시 한번 여러분에게도 해 드리죠. 전 중앙 귀족이며 귀족원의 교사입니다. 제가 누구를 제자로 삼든, 어떻게 교육하든, 간섭할 권리는 에렌페스트에 없습니다."

이런 식으로 페르디난드를 지켰구나 하고 깊은 감격에 빠진 나는 코르넬리우스의 소매를 살짝 잡아당겼다.

"힐쉬르 선생님의 말씀이 맞아요, 코르넬리우스. 어떤 사람을 제자로 삼든 선생님 자유예요. ……다만, 우리가 아렌스바흐를 경계하는 것도 자유죠. 우리에게도 그만한 이유가 있으니까요."

코르넬리우스가 경계하는 표정을 유지한 채 살짝 고개를 끄덕이며 한걸음 물러섰다.

"……조금 식었을지도 모르겠어요."

잔뜩 긴장된 분위기를 바꾸려고 나는 가져온 차와 디저트를 한입씩 먹고 힐쉬르에게 권했다. 힐쉬르는 쿠키를 얼른 입안에 넣고, 바로 라이문트에게 쿠키를 넘겼다. 그리고 자신은 크레이프 몇 개가 든 접시를 집었다. 쿠키를 먹은 라이문트는 파란 눈을 반짝이더니 연이어 입속에 집어넣기 시작했다. 귀족이라서 움직임만큼은 우아하지만, 속도가 꼭 며칠 굶은 사람 같다.

"그나저나 로제마인 님께서 제게 할 말이 있다니 웬일이세요?"

힐쉬르는 야채 볶음과 햄을 싼 크레이프를 먹으면서 얘기를 듣는 태세에 들어갔다. 둘의 먹는 모습을 보면서 나는 차를 홀짝거렸다. 여긴 정말 건강에 해로운 연구실이다. 페르디난드가 어떤 성장 과정을 겪었을지 눈에 훤히 보인다.

"마술구에 관해서 여러 가지로 가르쳐주세요. 도서관에서 쓸 마술구를 만들고 싶거든요."

"……도서관이라면 솔랑쥬가 문의했던 목소리를 넣는 마술구요?"

솔랑쥬도 자신이 원하는 마술구를 손에 넣기 위해 올도난츠를 보내서 여러 연구자에게 물어본 모양이다.

"녹음 마술구뿐만 아니라 더 많은 마술구를 원해요. 사용이 편하도록 개량도 하고 싶고요. 그리고 제가 페르디난드 님의 책을 읽고 마법진을 만들었는데 틀린 데가 없는지 봐주실 수 있어요?"

내가 하르트무트에게 시선을 보내자, 그와 동시에 크레이프를 넘겨받은 라이문트가 눈을 크게 뜨고 고개를 들었다.

"페르디난드 님의 책이라고요!?"

자기도 모르게 목소리가 튀어나온 모양이다. 라이문트가 황급히 입을 틀어막았다. 이렇게나 경계하는 분위기에서 입을 연 것이다. 당연히 라이문트에게 눈길이 쏠렸다. 힐쉬르는 씁쓸하게 웃는 얼굴로 라이문트를 감싸듯 입을 열었다.

"라이문트는 페르디난드 님이 제작한 뒤 방치한 마술구와 마법진을 개량하는 데 열의를 불태우고 있거든요. 솔랑쥬가 원한다던 녹음 마술구를 중급 귀족도 쓸 수 있게 개량한 사람도 라이문트예요."

자신을 경계하고 있어서 입으로만 내뱉지 않을 뿐, 라이문트의 눈은 하르트무트의 품에 있는 책을 향해 있다. 읽고 싶다, 읽고 싶다, 읽고 싶다, 라고 외칠 정도로 호소하고 있음이 느껴졌다. 책을 읽고 싶다고 열망하는 사람을 뿌리치는 짓은 나는 할 수 없다.

"하르트무트……."

"안 됩니다. 이건 페르디난드 님의 연구 성과입니다. 페르디난드 님의 허락도 없이 다른 영지에 빌려줄 수는 없습니다."

이름을 부른 순간, 미소로 거부당한 나는 꼭 내가 거절을 당한 사람처럼 어깨를 떨구면서 힐쉬르에게 마법진을 그린 종이를 내밀었다. 힐쉬르는 물 흐르는 듯한 움직임으로 음식을 입에 넣던 손을 멈추고, 내가 그린 마법진을 펼쳐서 훑어보았다. 잠시 마법진을 빤히 바라보던 힐쉬르가 손끝으로 관자놀이를 눌렀다.

"……로제마인 님, 이건 대체 뭡니까?"

"대출 서적이 기한 안에 반납되지 않을 때 강제로 도서관에 돌아오도록 하는 마법진이에요."

"이런 마법진은 못 씁니다."

힐쉬르가 어이없는 표정으로 그렇게 말했다. 논리상 문제가 없다고 생각했는데 엉성한 마법진이었던 모양이다.

"어디가 틀린 거죠?"

"틀린 것이 아니라 못 씁니다. 로제마인 님은 정말 페르디난드 님의 애제자군요. 영주 후보생의 마력을 기준으로 마법진을 만들면 작동시킬 사람이 없습니다. 비실용적이에요."

힐쉬르가 말하길 내가 고안한 마법진은 낭비와 과정이 너무 많다고 한다.

"왜 여러 기능을 하나의 마법진에 넣으려고 하신 겁니까? 생명의 속성이 들어가면 반드시 흙도 들어가야 해서 그만큼 낭비가 많아지는데요."

"하나의 마법진에 넣는 것이 페르디난드 님의 과제였어요."

"이론을 익히게 하려는 의도라면 그 과제도 효과는 있겠지만……."

힐쉬르는 그렇게 말하며 손끝으로 관자놀이를 두드리고, 라이문트에게 마법진 종이를 건넸다.

"라이문트, 로제마인 님의 마법진을 당신이 쓸 수 있게 고치세요.

……로제마인 님, 라이문트가 어떻게 마법진을 개량하는지 잘 지켜보세요."

힐쉬르의 말에 나는 라이문트의 손끝을 가만히 바라보았다. 마법진을 노려보던 라이문트가 "용케 이 기능들을 다 담으셨네요."라고 중얼거리면서 펜으로 수정하기 시작했다.

"개량의 기본은 최대한 단순하게 하는 것입니다. 예를 들어 이 마법진에 있는 기간이 지난 책이 도서관에 돌아오게 하는 기능과 도서관 내에서 책장으로 이동하는 기능은 따로 나눠야 합니다."

"왜요?"

"마력 낭비이기 때문입니다. 도서관에 되돌아오기만 하면 솔랑쥬 선생님이 혼자서도 정리할 수 있습니다. 마력에 여유가 있다면 다른 마법진을 작동시킬 수도 있고요."

꼭 필요한 기능과 애매한 기능을 나눠서 생각하라고 지적했다.

"영주 후보생 중에서도 최우수를 따신 로제마인 님의 마력을 기준으로 만들면 도서관에 가져가도 솔랑쥬 선생님에겐 쓰지도 못하는 장신구만 될 겁니다."

"하긴 그러네요."

"정변으로 기능이 멈춘 마술구가 늘어난 이유도 왕족과 상급 귀족만 작동시킬 수 있을 정도로 마력 소비량이 큰 마술구가 많아서입니다. 최대한 기능을 분리하고, 필요할 때는 중급 귀족과 하급 귀족이라도 작동할 수 있게 만드는 편이 좋습니다."

그렇게 말하면서 라이문트는 내가 그린 마법진에서 도청 방지 마술진도 떼어냈다.

"이것도 별도의 마법진으로 따로 떼면 이 흙과 바람도 필요 없어집니다.”

마법진이 점점 단순해진다. 나 같은 초보가 만들려면 실수를 줄이기 위해서라도 최대한 마법진을 단순화하는 편이 좋다고 한다.

“마법진을 최대한 간략하게 할 것, 그리고 조합 소재를 잘 따져서 만들면 마력을 절약할 수 있습니다. 예를 들어 도서관에 책이 돌아오게 하는 마법진을 그리는 종이에 에렌페스트에서 발명한 움직이는 종이를 사용하면 마력이 상당히 절약될 겁니다.”

“……당신이 움직이는 종이의 존재를 어떻게 알죠? 감합지는 영주 회의에서 중앙과 클라센부르크에만 배포했었는데요.”

내가 눈을 깜빡거리자, 라이문트가 멍한 얼굴로 고개를 갸웃거렸다.

“수업에서 군돌프 선생님이 흥분해서 말씀하시는 걸 들었습니다. 꼭 연구하고 싶다고요.”

“군돌프 선생님이 누구세요?”

어디에서 어떤 식으로 정보가 새는지 모르겠다. 내가 경계하면서 묻자, 힐쉬르가 대답했다.

“드레반헬의 사감입니다. 제 연구 동료이자 호적수이기도 하죠. ……군돌프가 관심을 보인다면 에렌페스트지나 감합지도 조합 재료로 사용하면 재미있는 결과가 나오겠군요.”

힐쉬르가 연구광 같은 미소를 띠면서 내게로 시선을 옮겼다.

“로제마인 님, 제게 에렌페스트지와 감합지를 파세요.”

“힐쉬르 선생님은 중앙 귀족이셔서 감합지를 팔 수 없어요.”

내가 그렇게 말하자 힐쉬르는 충격받은 표정으로 경직됐다. 하지만 곧바로 정신을 차리고 “로제마인 님, 같은 고향 사람으로서 부탁 좀

드립시다."라며 몇 번이고 조르기 시작했다. 오래 끌 것 같은 기운을
감지한 나는 힐쉬르를 노려보았다.

"……계속 집요하게 구시면 슈바르츠와 바이스의 옷을 갈아입힐
때 안 부를 거예요."

힐쉬르가 입을 꾹 닫았다.

힐쉬르 선생의 제자

라이문트에게 마법진의 고칠 부분을 배운 뒤 우리는 곧장 자리를 떴다. 하르트무트와 코르넬리우스가 하도 재촉해서다. 나로서는 친절하게 꼼꼼히 알려준 라이문트에게 페르디난드가 놔두고 간 마술구와 현재의 개량 상태에 관해서 묻고 싶었는데 측근들의 경계가 심해서 오래 머무를 수가 없었다.

기숙사에 돌아오자마자 코르넬리우스와 하르트무트가 보고서를 쓰라고 했다.

"페르디난드 님께 상담하시는 게 좋겠습니다. 힐쉬르 선생님의 제자를 에렌페스트가 어떻게 대처해야 할지 아실 테니까요."

"저는 라이문트의 정보를 모아 오겠습니다. 중급 견습 문관 3학년이라서 아는 사람이 거의 없겠지만요……."

예정되어 있던 네 점 종보다 훨씬 일찍 돌아온 측근들이 갑자기 분주하게 움직이자 다목적 홀에 있던 빌프리트가 눈을 깜빡거리며 나를 보았다.

"무슨 일 있었어?"

"힐쉬르 선생님의 새로운 제자가 아렌스바흐의 견습 문관이었어요."

빌프리트가 "뭐라고!?"라며 짙은 녹색 눈동자를 부릅떴다.

"그 제자가 힐쉬르 선생님의 연구실을 드나들면 우리 쪽 정보가 아렌스바흐로 새어나갈 가능성이 있습니다. ……기숙사에 없는 힐쉬르 선생님이 무엇을 얼마나 아는지는 별개로 어디까지 정보가 흘러나갔는지 확인이 필요합니다."

힐쉬르의 연구 대상이 된 마술구나 마법진은 전부 알려졌다고 생각해도 무방하다. 그 참혹한 방 상태를 보면 제자에게 숨기면서 연구하지 않았을 터이다.

리젤레타가 불안한 표정을 지으며 나를 보았다.

"슈바르츠와 바이스의 의상에 수놓은 마법진도 노출됐다는 말씀이세요?"

두 마리를 지키기 위한 마법진인데 어떤 마법진으로 무엇을 하면 어떻게 작동하는지 알려지면 보호막이 깨질 가능성도 커진다.

"페르디난드 님께서 힐쉬르 선생님에게 정보를 얼마나 흘리셨는가에 달렸지만, 가져간 대부분의 자료는 유출됐다고 봐도 무방하겠네요."

나는 한숨을 내쉬면서 페르디난드 앞으로 긴급 편지를 쓰기 시작했다. 내 편지는 곧바로 에렌페스트로 날아갔다. 이제는 답장만 기다릴 뿐이다.

오후의 다목적 홀에는 이론을 끝낸 1학년의 모습이 많고, 2학년은 실기를 들으러 대부분 나가고 없었다. 그래도 3학년부터 위로는 소수지만 드문드문 보였다. 다목적 홀에 있는 내 측근은 코르넬리우스와 리카르다뿐이다. 하르트무트는 점심을 먹자마자 정보를 수집하러 기숙사를 뛰쳐나갔다.

나는 라이문트가 수정한 마법진을 확인하면서 수정 방법을 복습했다. 내가 초반에 만든 마법진과 라이문트가 수정한 마법진은 완전히 다른 물건이다.

"3학년이란 말이죠."

이제 막 3학년이 되었다면 기존의 지식은 2학년 수업을 끝낸 나와 별반 차이가 없을 터이다. 현재 3학년인 유디트는 아직 복잡한 마법진을 배우지 않는다고 했다. 하지만 힐쉬르의 연구실에 박혀서 연구에 몰두하고 군돌프의 수업에도 들어가는 라이문트와 나의 마술구에 관한 지식에는 큰 차이가 있었다. 수정안에서 엿보이는 그의 노력의 흔적에 나는 굉장히 안타까운 마음이 들었다.

"이렇게나 마술구 공부를 하고 있는걸요. 얼마나 페르디난드 님의 책을 읽고 싶었을까요."

"그는 아렌스바흐 사람입니다."

코르넬리우스가 나를 노려본다. 내가 잠에서 깨어나기까지 2년간, 호위 기사인데도 주인을 지키지 못한 자신을 탓하며 살아온 코르넬리우스는 아렌스바흐를 고운 시선으로 보지 않는다.

"하지만 책을 읽고 싶은 욕구는 억누를 수 없는 거예요. 눈앞에 읽고 싶은 책이 있는데 못 읽는 라이문트가 정말 가엾게 느껴졌어요."

"……그런 상냥함은 필요 없습니다."

하아 하고 어깨를 떨구며 그 자리에 쭈그리고 앉은 코르넬리우스의 머리가 내 눈앞에 보였다. 나는 별생각 없이 길의 머리를 쓰다듬는 기분으로 코르넬리우스의 연두색 머리카락을 향해 손을 뻗었다.

"지금 너무 긴장하고 있네요. 경계하는 건 당연하지만, 기숙사 안에서만큼은 좀 힘을 빼지 않으면 코르넬리우스 오라버니가 쓰러지겠어요."

머리카락을 슥슥 쓰다듬으며 몸 상태를 걱정하자, 코르넬리우스의 얼굴이 호위 기사의 표정에서 오빠의 표정으로 바뀌었다. 표정이 부드러워지고, 분위기가 편해졌다.

"네가 조금 더 주변을 경계하면 나도 마음을 놓을 수 있어. 그런데 호위 대상이 경계 대상을 동정하고 있잖아."

"책을 못 읽는 건 최대의 불행이니까 당연히 동정하죠. 하지만 동정과 경계가 별개인 건 알고 있어요. 난 아픈 것도 싫고, 무서운 것도 싫으니까 또 위험한 꼴을 당하고 싶지 않거든요."

수상쩍어하는 코르넬리우스를 달래고 있는데 전이의 방을 지키고 있어야 할 기사가 편지를 들고 다목적 홀로 달려왔다.

"페르디난드 님으로부터 긴급 편지입니다."

코르넬리우스가 굳은 표정으로 벌떡 일어났다. 하지만 리카르다가 코르넬리우스보다 더 빨리 움직여서 편지를 받아들어 바로 내게 건넸다.

편지를 열어서 훑어본 나는 놀라움에 눈이 동그래졌다.

"……내일 오후에 페르디난드 님이 오시겠대요."

"뭐!?"

"원래라면 성인은 귀족원에 찾아오면 안 되지만, 페르디난드 님께서 제작한 마술구의 처분과 취급 방법을 힐쉬르 선생님과 상담하겠다고 하시네요. 내일 저녁 식사 자리에 힐쉬르 선생님을 초대해서 직접 대화할 수 있게 초대장을 보내 두래요. 그리고 의논하기 전에 사정을 듣고 싶으니 힐쉬르 선생님의 연구실에서 대화한 내용과 라이문트의 정보를 조사해서 정리해 두라고 하시네요."

편지에는 라이문트가 아렌스바흐 내에서 어느 파벌에 속해 있는가, 빈데발트 백작과 관계가 있는지 없는지, 마술구에 대한 지식과 재능이 어느 정도 있는지, 아렌스바흐 측에서 본 에렌페스트 등 준비하라는 내용으로 가득하다.

"그만한 자료를 내일 오후까지 준비하라니 시간이 턱없이 부족합니다!"

측근들이 비명을 질렀지만, 페르디난드의 억지는 어제오늘 일이 아니다.

"페르디난드 님이 슈바르츠와 바이스에게 옷을 입힐 때 힐쉬르 선생님을 초대할지 말지를 정해 주실 것 같으니까 어려워도 전력을 다해 정보를 모을 수밖에요."

스승을 막기 위해 페르디난드가 움직인다면 그가 움직이기 쉽게 힘껏 뒤를 밀어줘야 한다. 함께 이야기를 듣고 있던 샤를로테가 힘차게 고개를 끄덕였다.

"언니, 제 측근에게도 정보를 모으게 할게요. 오히려 에렌페스트 기숙사 모두가 정보를 모아야 해요. 우리 쪽에서 부탁드렸잖아요. 숙부님이 바쁜 와중에도 와 주시는데 최대한 준비해야죠."

그날 저녁 식사 자리에서 힐쉬르의 제자가 아렌스바흐의 견습 문관이라는 사실, 앞으로 어떻게 접촉할지를 정하러 페르디난드가 온다는 사실을 모두에게 알리고, 내일은 다 함께 정보 수집에 임하도록 부탁했다.

"또 일이 귀찮게 됐군."

유스톡스와 에크하르트를 데리고 도착하자마자 페르디난드가 말했다. 다목적 홀의 의자에 앉자 손을 내밀어 "자료."라고 명령한다. 신전에서 페르디난드와 함께 일하는 데 익숙한 하르트무트가 즉시 자료를 제출하고, 브리핑을 시작했다.

"라이문트는 아렌스바흐에서는 크게 주목받지 않는 중급 견습 문관입니다. 모친이 베르케슈토크 출신인데 처형된 둘째 부인을 모시고 있었다고 합니다. 현재는 비주류 집안에서 살고 있습니다. 가족 내에서 마력이 적은 편이라 큰 기대를 받지 못했지만, 재능을 인정한 힐쉬르 선생님을 따르며 존경하고 있다고 합니다."

"흠. ……빈데발트 백작과의 관계는?"

"조사한 범위에서는 특별히 없었습니다. 마력이 낮아 연구에도 고생한다고 합니다. 페르디난드 님께서 만드신 마술구와 마법진을 자기 손으로 만들어 보고 싶었지만, 마력 부족으로 포기하고 현재는 개량에 힘을 쏟고 있다고 합니다."

페르디난드를 존경하는 모습을 보이더라고 하르트무트가 추가했다.

"마력이 풍부하고, 직접 페르디난드 님께 교육받는 로제마인 님을 무척이나 부러워하는 듯했습니다. 할 수만 있다면 페르디난드 님께 배우고 싶다든가, 연구 이야기를 나누고 싶다는 말을 입에 달고 산다고 합니다."

작년에 영지대항전이 끝난 후 힐쉬르와 페르디난드가 날밤을 새우며 나눴던 연구 대화에 끼고 싶어 했다고 한다. 또 페르디난드와 일할 기회가 있고, 페르디난드의 책을 맡는 하르트무트까지 부러워한다고 한다.

"……거기까지 들으면 꼭 하이데마리 같군요."

유스톡스가 웃음을 참는 얼굴로 에크하르트와 페르디난드를 보았다. 에크하르트는 쓸쓸한 표정을 지었고, 페르디난드는 "그렇군." 하고 동의했다. 누구지? 하고 내가 의아해하자 리카르다가 "에크하르트 님의 돌아가신 첫 번째 부인입니다."라고 귀띔해 주었다. 놀랍게도 그녀는 페르디난드의 문관이었으며 조합 조수이기도 했다고 한다.

'뭐? 그렇다면 부부가 둘 다 페르디난드 추종자야!?'

처음 듣는 에크하르트의 부인 얘기에 깜짝 놀라는 사이에도 이야기는 계속 진행되었다.

"라이문트의 연구 성과를 파악할 만한 자료는 없는가?"

"어제 제 마법진을 수정해 줬어요."

페르디난드는 내 마법진을 보고 "용케 여기까지 집어넣었구나."라며 피식 웃더니 수정안을 빤히 바라보며 "재미있군." 하고 중얼거렸다. 그러더니 눈을 감고 생각에 잠겼다.

"……라이문트를 말(駒)로 두고 교류하면서 아렌스바흐의 정보를 캐내야겠군."

천천히 눈을 뜬 페르디난드는 조용히 말했다.

"예전에는 교류만 끊어도 문제가 해결됐지만, 지금은 다르다. 순위가 10위로 올랐고, 에렌페스트는 예전과 달리 다른 영지의 정보 수집 대상이 되었지. 중앙, 클라센부르크와 거래하고 상위 영지의 주목도 받고 있다. 경계하면서 무난한 연구 자료로 낚을 수 있는 상대는 낚아서 최대한 많은 정보를 얻어라. 흘려도 되는 자료인지 아닌지는 내가 확인할 테니 귀족원에서 경험을 쌓아라. 이건 기존 방식을 바꾸지 못하는 어른에겐 어려운 일이다."

페르디난드의 말에 주변 학생들이 크게 고개를 끄덕였다. 나도 함께 "네!" 하고 큰 목소리로 대답했다. 내 대답이 들렸는지 페르디난드는 나를 쳐다본 뒤 손끝으로 관자놀이를 톡톡 두드리기 시작했다.

"단, 감정과 순간의 흥분으로 정보를 흘리는 로제마인이 라이문트와 직접 접촉하는 것은 금지한다. 반드시 견습 문관을 통해서만 얘기하도록."

"네? ……저만요!? 그런 특별 취급 없어도 돼요!"

내가 눈을 부릅뜨며 항의하자, 페르디난드가 나를 째려보았다.

"로제마인, 그대는 자신의 심금을 울린 자에게 특히나 약해지는 경향이 있다. 신전에서 자라 기본 상식과 판단 기준이 달라서다. 어디에서 동료 의식을 느끼고 아군으로 인식하는지 모르는 마당에 직접적인 접촉은 위험하기 짝이 없다."

"으…….''

이미 마음속에서 라이문트를 책벌레 동료로 찍은 나는 말문이 막혔다. 페르디난드는 정말 예리하다.

"그대는 내 마술구며 도서관 마술구와도 가장 밀접하고, 숨겨야 하는 유행과 새로운 기술에 관한 정보도 잔뜩 쥐고 있지. 어느 정보를 유출하면 되는지 모르는 상태로는 위험해. 비공개 정보를 못 지킬 것 같으면 즉각 에렌페스트로 끌고 가겠다. 사교 경험은 중요하나, 그대의 사교는 대부분 에렌페스트의 미래를 좌지우지한다. 이미 2학년 과정이 끝났으니 큰 실수를 저지르기 전에 끌고 가는 편이 안전하겠지."

선생과 대영지의 다과회만 잡혀 있는 내게는 반론의 여지도 없는 말이지만, 강제 송환은 싫다. 올해는 독서 말고도 즐길 거리가 있으니까.

"전 한넬로레 님과 도서위원 활동을 하기 전에 강제 송환당하기 싫어요."

"친구의 교류까지 막고 싶지 않다만, 그대는 이미 3왕자와 접촉했고, 드레반헬도 그대를 눈여겨보고 있다. 부득이하게 강제 송환하는 상황이 되지 않게 조심하라."

자신의 상황을 지적하면 납득할 수밖에 없었다. 페르디난드가 빌프리트와 샤를로테를 보며 "너희도 더욱 주의하도록." 하고 주의를 촉구했다.

"라이문트는 군돌프 선생의 수업을 듣는다고 하니 드레반헬에 대한 대처는 내 약간의 연구 정보로 꼬드겨서 힐쉬르 선생과 라이문트가 대신 맡도록 할 생각이다. 자세한 내용은 내가 아니면 모른다고 대답해라. 정보를 잔뜩 쥐고 있으면서도 위기 관리 능력이 바닥인 로제마인을 드레반헬의 다과회에 보낼 바에야 라이문트에게 제한된 정보를 넘겨서 드레반헬로 흘러가게 하는 편이 대처하기 편해."

페르디난드가 그렇게 말하면서 하르트무트에게로 시선을 돌렸다.

"아마 앞으로 라이문트 같은 연구자들과 접촉하는 횟수가 많아질 것이다. 그대를 비롯한 영주 후보생의 견습 문관들은 적절히 대응하도록."

"알겠습니다."

영지의 장래를 위해서는 라이문트와 다른 영지의 대응도 중요하지만, 내일 이야기는 더 중요하다. 나는 가장 궁금했던 질문을 꺼냈다.

"페르디난드 님, 슈바르츠와 바이스의 의상은 어쩔까요? 내일인데."

"그건 힐쉬르 선생과 라이문트는 불참하도록 해야지. 힐쉬르 선생에게는 이미 어느 정도 자료를 넘겨 뒀다. 연구자니까 알아서 풀라고해. 그건 내가 만든 마법진이면서도 중앙의 물건이기도 하다. 아렌스바흐의 견습 문관에게 전부 공개해도 되는 물건이 아니야."

페르디난드는 담담하게 말한 뒤 나를 향해 손을 내밀었다.

"로제마인, 힐쉬르 선생 유도용으로 준 자료는 어디 있지?"

"필린느."

내가 이름을 부르자, 필린느가 "여기 있습니다."라며 바로 자료를 건넸다. 책장을 넘기며 훑어보던 페르디난드는 일부분만 빼고 돌려주었다.

"이것은 흘려도 별문제는 없다. 무슨 일이 생겼을 때 쓰거라."

"감사하게 생각합니다."

정보를 교환하고 페르디난드가 자료를 확인하는 사이에 저녁 시간이 되었다. 힐쉬르가 찾아와 페르디난드와 인사했다. "초대장을 보고 깜짝 놀랐지 뭡니까."라고 말하는 표정은 매우 여유로웠지만, 살짝 긴장한 것처럼 보이기도 했다.

"설마 페르디난드 님께서 귀족원에 오실 줄은 몰랐어요."

기본적으로 어른은 귀족원의 일에 개입하면 안 된다. 경험을 쌓는다는 취지로 대부분의 대처를 학생에게 맡긴다. 그래서 학생들이 영지에 질문서를 보내는 일은 있어도 어른이 찾아와서 선생을 호출하는 일은 없다고 한다.

"제가 제작한 마술구를 처리하는 일이니 제가 움직여야지 않겠습니까."

자신이 만든 마술구는 스스로 처분해야 한다. 남에게 맡길 물건이 아니다. 그것이 이번 건에서 페르디난드가 개입하는 명분이다.

"선생님이 가진 정보 이상으로, 생각보다 두 영지 사이에는 골이 깊습니다. 재능이 있는 자를 키우겠다는 선생님의 방침에 저 자신도 큰 도움을 받았습니다. 그 방침을 부정할 생각은 없습니다만, 에렌페스트의 귀족으로서 그에 상응하는 대처가 필요하지요."

저녁을 먹으면서, 그리고 식사가 끝난 뒤에도 페르디난드와 힐쉬르는 이야기를 나눴다. 라이문트와 지금까지 만든 마술구의 취급, 앞으로의 자료 제공에 관해서였다.

"페르디난드 님의 제자로 대우하시겠다고요? 라이문트가 아주 좋아하겠군요."

"지금까지 제가 만든 마술구와 마법진 중에서 해가 없는 것을 선별해서 과제로 내겠습니다. 개량이 끝나면 에렌페스트의 문관을 통해 넘겨받아 채점하고, 아렌스바흐의 정보를 제공하는 대가로 새로운 자료를 줄 겁니다."

"자료 욕심에 아렌스바흐의 정보를 마구 넘길 라이문트의 모습이 상상되는군요."

힐쉬르가 씁쓸하게 웃으며 말했다. 하지만 그런 정보와 과제 교환은 힐쉬르가 관여할 바가 아닌 모양이다. "스승의 정보가 제자에게 흘러가듯이, 제자의 정보가 스승에게 흘러가는 것도 당연하지요."라고만 했을 뿐이다. 페르디난드는 자신이 직접 라이문트를 제자로 지도하고, 성인이 되면 자신의 측근으로서 에렌페스트로 데려가겠다고 했다.

"아렌스바흐가 이동을 막을 우려는 없을까요?"

"당연히 있지. 오히려 훌륭한 연구자로 키우면 더욱 놓치고 싶지 않겠지. 놓치지 않으려고 라이문트에게 좋은 지위를 내리고 상층부에 영입하려고 할 거다. 그렇게 되면 더더욱 좋은 정보가 내 손에 들어오게 된다. 라이문트가 측근이 되어 에렌페스트에 오게 되든 아렌스바흐에서 출세하든 전혀 문제가 없지."

'이러나저러나 라이문트에겐 신관장님의 장기 말이 되는 길밖에 없겠네……. 그래도 본인이 원한다면 괜찮은 걸까? 음…….'

그렇게 고민할 때 "많이 변하셨군요, 페르디난드 님." 하고 힐쉬르가 조금 부드러운 얼굴로 중얼거렸다.

"아무리 훌륭한 마술구를 만들어도 완성한 순간 흥미를 잃고 방치하고, 정보 따위 궁금하면 멋대로 가져가라고 할 정도로 무책임한 일면이 있으셨는데 말입니다. 이제는 제공할 마술구를 선별하고, 멀리서 채점하면서까지 제자를 키우시겠다니……."

비록 정보를 얻기 위해서지만, 에렌페스트를 위해 이렇게까지 페르디난드가 움직이게 되리라고는 생각지도 못한 모양이다. 아마 그 당시에는 베로니카의 방해를 받고 공적을 뺏기는 등 이런저런 일들이 많았으리라.

"몇 년 사이에 정세도 바뀌었습니다. 당연히 정세에 휘둘리는 인간도 변하기 마련입니다."

페르디난드는 무넘덤한 얼굴로 대꾸하고는 에크하르트와 유스톡스를 이끌고 힐쉬르의 연구실로 갔다. 라이문트가 개량해서 중급 귀족도 사용할 수 있게 된 위험한 마술구를 가지고 돌아가기 위해서다.

페르디난드 일행이 나간 잠시 뒤 전이의 방 근처에 깔린 마법진에서 잇달아 마술구가 나타났다. 본의 아니게 마력이 주입되어 작동해 버리면 위험하므로 수레에 옮기는 역할은 하급 귀족으로 정해져 있다. 기숙사 내의 하급 귀족들이 계속해서 짐을 옮겼다.

"그나저나 이게 전부 위험한 마술구만 고른 거예요? 페르디난드 님은 귀족원에 있는 동안 대체 마술구를 얼마나 만든 거예요?"

내가 수레에 쌓여가는 마술구를 보며 어이없어하자, 하르트무트가 피식 웃었다.

"로제마인 님께서 하시려는 일도 별반 다르지 않으신데요?"

"난 그럴 생각 없는데요."

"도서관에 필요한 마술구라면서 이상한 마술구를 마구 만들어내는 미래가 눈에 훤합니다."

'아, 그건 좀 반론하기 어렵네.'

입술을 삐죽이고 있는데 하르트무트가 허리를 굽혀 내 귀에만 들리는 목소리로 물었다.

"로제마인 님, 로데리히는 언제쯤 이름을 바칠 것 같습니까?"

"네?"

"저는 올해로 졸업합니다. 내년부터 라이문트와 로제마인 님 사이에서 움직일 문관을 서둘러서 교육해야 합니다. 상대가 중급 문관인 만큼 우리도 중급 이상의 문관이 적합하거든요."

하급 문관인 필린느도 노력하고 있지만, 계급의 차이는 노력만으로 메꿀 수 없다고 한다. 하르트무트의 주황색 눈에서 무어라 표현하기 어려운 초조함이 엿보였다.

슈바르츠와 바이스의 옷 갈아입히기

"오후 수업이 시작되었으니까 슬슬 출발할까요? 수업에 방해되지 않도록 조용히 이동합시다."

오늘 오후는 도서관에서 옷을 갈아입히는 날이다. 주목을 피하고자 인기척이 적은 오후 수업 시작 시각에 이동하게 되었다. 동행하게 된 여학생들은 모두 한껏 기대하며 의상이나 장식을 넣은 상자를 안고 움직이기 시작했다. 동행하는 남성은 페르디난드에게 직접 보고 의무를 지령받은 하르트무트와 나의 호위 기사인 코르넬리우스뿐이다. 샤를로테가 동행자로 고른 사람은 전부 여자였다.

"방 안에서는 만질 수 있게 허가할 테니까 여러분이 옷을 갈아입히세요."

내 말에 여학생들이 기쁜 듯이 함박웃음을 지었다. 본인은 얼굴에 드러나지 않으려고 조심하면서도 이따금 새어 나오는 미소를 숨기려고 하는 리젤레타가 제일 기뻐하는 것 같다.

"리젤레타는 정말 스밀을 좋아하는군요."

유디트가 놀리듯이 말하자, 업무 중에는 사적인 모습을 드러내지 않으려고 하는 리젤레타는 미숙한 태도를 지적받았다고 생각한 모양이다. 내 반응을 엿보듯이 힐끗 쳐다본 뒤 "귀엽잖아요."라고 중얼거리며 부끄러운 듯 뺨을 붉혔다.

"리젤레타가 스밀을 좋아하지 않았다면 이 의상도 완성하지 못했을 거예요. 정말 고마워요."

그런 대화를 나누면서 귀족의 영애답게 사푼사푼 걸어서 도서관에 도착하자, 열람실 문을 열며 슈바르츠와 바이스가 얼굴을 빼꼼 내밀었다.

"공주님, 왔다."

"오늘은 옷 갈아입는 날."

고개를 좌우로 까딱이며 걸어오는 두 스밀의 뒤에서 솔랑쥬가 느긋한 발걸음으로 다가왔다. 그녀는 샤를로테와 측근까지 있어 늘어난 인원수를 보며 쿡쿡 웃었다.

"어머나, 오늘은 일행이 부쩍 늘었네요. 그럼 바로 안내하겠습니다."

솔랑쥬를 선두로 우리는 집무실에 들어갔다. 등록하려는 학생들이 드나드는 공간을 지나자 다과회를 열기도 하는 응접 공간이 있고, 그 안쪽에는 솔랑쥬의 집무 책상과 열쇠가 잠긴 책장, 그리고 열람실로 이어지는 문이 있다. 더 안쪽에는 칸막이가 있는데, 오늘은 그 뒤쪽을 안내해 주었다.

'침대가 있는 개인 공간일 줄 알았는데 아니었구나.'

내 방 구조와 거의 똑같고, 처음 왔을 때 슈바르츠와 바이스가 나란히 앉아 있는 광경을 봐서인지 침대가 있는 개인 공간이라고 멋대로 생각했었다. 하지만 아니었다. 솔랑쥬의 생활용 공간이 아니라 테이블이 덩그러니 놓여 있는 좁은 휴식 공간이었다.

"여럿이서 옷을 갈아입힐 수 있게 정리했습니다. 여기서 슈바르츠와 바이스에게 옷을 입히십시오. 등록 작업은 전부 점심시간에 끝내뒀습니다."

호위 견습 기사인 코르넬리우스와 레오노레가 칸막이 앞에 서고,

옷을 갈아입히는 공간에서는 유디트와 샤를로테의 호위 기사가 망을 보기로 했다.

리젤레타가 가져온 상자를 나란히 놓으라고 지시하면 브륀힐데를 비롯한 시종들이 차례로 상자를 열어서 놓고 온 물건이 없는지 확인한다. 영주 후보생인 나와 샤를로테는 함께 작업할 수 없는 입장이라서 준비가 될 때까지 지켜볼 뿐이다.

"그러고 보니 솔랑쥬 선생님은 어디에서 생활하세요? 사감은 각자의 기숙사에 방이 있고, 가르치는 과목에 따라서 전문동에도 방이 있잖아요."

힐쉬르가 문관 전문동에 있는 연구실에서 묵느라 기숙사에 오지 않는 것처럼 각 전문동에는 선생의 방이 있다. 사감이 아닌 선생은 전문동에 있는 방뿐이다. 솔랑쥬는 입구에서 보면 칸막이에 완전히 가려져 보이지 않는 문을 가리켰다.

"저의, 정확하게 말하면 도서관 사서의 방은 저 문 너머에 있는 사서 기숙사입니다. 학생들이 묵는 기숙사와 마찬가지로 1층에 식당이 있고 2층이 남자 방, 3층이 여자 방으로 나뉘어 있지요."

사서의 생활 공간은 도서관 안에 있었다. 도서관 안에서 사는 솔랑쥬가 부러웠다. 나도 이곳에 내 방이 있었으면 좋겠다.

"전 열람실로 돌아가겠습니다. 슈바르츠와 바이스를 잘 부탁드려요."

옷을 갈아입힐 준비가 끝난 것을 보자 솔랑쥬는 발걸음을 돌렸다. 나는 솔랑쥬를 배웅하고는 만반의 준비를 하고 기다리는 여학생들을 둘러본 후, 슈바르츠와 바이스에게로 시선을 돌렸다.

"슈바르츠, 바이스. 지금부터 새로운 의상을 입히겠습니다. 이 사람들이 도와줄 거예요. 지금 이곳에 있는 학생들에겐 작업이 끝날 때까지 만질 수 있는 허가를 내리겠습니다."

슈바르츠와 바이스가 이 자리에 있는 사람을 인식하려는 듯이 천천히 고개를 움직였다.

"지금, 여기에 있는 사람."

"허가한다."

"그럼 여러분. 작업을 시작하세요. 샤를로테도 참여해도 괜찮아요."

"네, 언니."

샤를로테가 남색 눈동자를 반짝이며 옷을 갈아입히는 무리 속으로 들어갔다. 슈바르츠와 바이스에게 옷을 갈아입히는 사람은 나를 제외한 학생들이다. 그 속에 나는 없다. 놀고 있는 것이 아니라 잘못 건드리면 안 되기 때문이다.

'왜냐면 내가 만지면 마법진이 빛나거든.'

아무리 자수로 알아내기 어렵게 위장해 뒀더라도 빛이 나면 탄로나 버린다. 함께 자수를 놓은 샤를로테나 나의 측근은 마법진의 형태와 위치를 알고 있지만, 다른 학생에게는 되도록 비밀로 감춰야 했다.

"슈바르츠, 단추를 풀게요."

"바이스, 이쪽 팔을 들어 주세요."

여학생들이 신이 난 목소리로 옷을 벗기며 슈바르츠와 바이스를 만지작거린다. 손을 뻗어 슈바르츠를 만진 샤를로테가 기쁨에 활짝 웃는 모습을 보니 나까지 흐뭇해진다.

"로제마인 님, 솔랑쥬 선생님께서 급하게 뵙자고 하십니다."

칸막이 쪽에 있던 레오노레가 다가와 귓속말로 보고했다. 내가 레오노레와 함께 칸막이 쪽으로 가자, 솔랑쥬가 매우 곤란한 표정으로 걸어왔다.

"솔랑쥬 선생님, 무슨 일이에요?"

"힐데브란트 왕자님이 슈바르츠와 바이스를 보러 오셨습니다."

생각지 못한 왕족과의 접촉 위기에 어젯밤 페르디난드가 말했던 '강제 송환'이 머릿속을 스쳐 지나갔다.

'왕자는 학생들 눈에 띄지 않으려고 방에 있어야 하는 거 아냐!? 싸돌아다니면 어떡해!'

"지금 새로운 의상을 입히는 중이라고 설명해 드렸습니다만……."

힐데브란트는 끝날 때까지 기다리겠다고 했지만, 그의 측근 문관들이 관심을 보였다고 한다. 우리가 회수해서 마석을 빼기로 한 기존의 의상을 보고 싶다고 한 모양이다. 힐데브란트의 측근들은 중앙의 상급 귀족이라서 솔랑쥬에게는 상사에 해당하고, 왕족에 가까운 상급 귀족이라면 영주 후보생인 나보다도 지위가 높은 사람도 있다. 쉽게 거절할 상황이 아니다.

기숙사에서 몰래 했더라면 중앙 문관들의 출입을 막을 수 있지만, 왕족의 마술구에 왕족이 관리하는 도서관에서 이뤄지는 일까지 거부할 수 없는 노릇이었다. 장소를 도서관으로 잡은 것이 오히려 독이 되었다.

"……들어오시라고 하세요."

"송구스럽습니다."

솔랑쥬가 안심한 듯 가슴을 쓸어내리고, 곧바로 열람실 쪽으로 몸을 돌렸다. 코르넬리우스와 레오노레의 표정이 굳어졌다.

"지금 힐데브란트 왕자님과 측근들이 오고 있어요. 슈바르츠와 바이스를 보고 싶다고 하세요."

내 말에 사람들이 술렁거렸다. 화기애애하던 분위기가 단숨에 얼어붙고, 모두가 그 자리에 무릎을 꿇었다. 왕족이 올 예정이 없었으므로 분위기가 바뀌는 건 당연했다.

솔랑쥬의 안내를 받으며 힐데브란트와 측근들이 방으로 들어왔다. 힐데브란트는 집무실을 천천히 둘러보면서 솔랑쥬의 뒤를 따라왔다. 사실은 여기저기 더 둘러보고 싶은데 호기심을 참고 있는 듯하다. 세례를 받은 지 얼마 되지 않은 남자아이인데도 매우 예의가 바르다. 저 나이대의 빌프리트와 비교한 뒤 나는 슬쩍 감탄의 한숨을 내뱉었다.

'저런 게 교육을 잘 받은 진짜 도련님이지.'

힐데브란트는 작업을 멈추고 무릎을 꿇은 모두를 보고, "계속하세요."라며 가볍게 손을 흔들었다. 모두가 움직이기 시작하자, 힐데브란트가 혼자 떨어져서 지켜보고 있는 내게로 다가왔다.

나와 눈높이가 거의 같고, 키도 별반 다르지 않다. 그래도 연상으로서 자존심을 지키려고 최대한 허리를 꼿꼿이 세우고, 발꿈치를 살짝 들어 봤지만, 장딴지가 파르르 떨린다. 오래 그렇게 있을 수도 없기에 속으로 의기소침해하며 슬그머니 발꿈치를 내렸다.

'올해 세례받은 아이보다 약간 크다니. 작은 것보다 낫지만.'

"지난번에 도서관을 방문했을 때 안내해 준 바이스가 귀여워서 오늘도 보러 왔는데 열람실에 없어서 놀랐습니다. 그런데 이렇게 옷을 갈아입고 있었군요."

"주인이 바뀌면 새로운 의상을 줘야 한다고 해서 새로 맞췄거든요. 슈바르츠와 바이스는 귀엽기만 한 게 아니에요. 매우 우수한 일꾼이랍니다."

옷을 갈아입히는 모습을 신기한 듯 바라보는 힐데브란트에게 나는 슈바르츠와 바이스의 훌륭함을 설명했다. 책 대출이나 개인 열람실 관리뿐만 아니라 연체자나 무단 반출자까지 전부 기억하는, 도서관 관리에 없어서는 안 되는 마술구다.

"슈바르츠와 바이스는 옛날에 어떤 공주님께서 만든 마술구라고 들었지만, 귀족원의 선생님들도 어떻게 만들어졌는지 모른다고 하세요. 왕족의 우수함에 감동하지 않을 수가 없었어요. 혹시 왕궁에 슈바르츠와 바이스가 만들어졌을 무렵의 자료가 있나요?"

내가 설레는 가슴으로 묻자, 힐데브란트는 고개를 갸우뚱하더니 대답을 구하듯 한 측근을 올려다보았다.

"대단히 유감스럽게도 왕궁 도서관에서는 본 적이 없습니다."

'왕궁 도서관! 너무 멋진 울림이야!'

측근의 대답에 눈앞이 갑자기 환해졌다. 새로운 도서관에는 새로운 책과의 만남이 가득하다. 왕궁 도서관을 잘 아는 듯한 측근에게 더 질문하려고 한 그때, 레오노레가 내 소매를 잡아당겼다. 뒤돌아보니 그녀는 압력이 담긴 미소를 짓고 있었다.

'거기까지만 해라, 이 말인가?'

도서관 화제가 나오면 폭주하니까 조심하라고 했던 주의를 떠올리고, 나는 하는 수 없이 입을 닫았다. 귀중한 왕궁 도서관의 정보를 손에 넣을 절호의 기회지만, 왕족의 기분을 상하게 하면 출입 금지를 당할지도 모른다.

'여기선 신중해야 해. 샤를로테가 말한 대로 공통 화제에서 서서히 도서관으로 화제를 옮기는 거야. 공통 화제? 뭐가 있지?'

생각에 잠겨 있는데, 힐데브란트가 머뭇거리며 내게 슬쩍 물었다.

"저기, 에렌페스트의 로제마인에게 혼약자가 있다고 들었는데, 샤를로테는 없습니까?"

'공통 화제가 샤를로테야!?'

갑자기 튀어나온 화제에 나는 동그랗게 뜬 눈을 재차 깜빡인 뒤 천천히 고개를 저었다.

"혼약자는 없습니다. 아마 영지대항전이나 영주 회의에서…… 조만간 얘기가 나올 거예요."

드레반헬의 아돌피네가 샤를로테를 쳐다보는 시선은 그런 의미의 시선이었다. 오르트빈과 샤를로테를 결혼시켜서 이익을 꾀하려는 눈빛 말이다. 영지대항전이나 영주 회의에서 내게도 혼약 타진이 들어왔으니 샤를로테라면 더 많이 오지 않을까? 그런 대답에 힐데브란트가 밝은 보라색 눈동자를 크게 뜨더니 천천히 고개를 숙였다.

"역시 연하는 못 미더울까요?"

'어? 힐데브란트 왕자가 설마 샤를로테에게 관심이 있어? 어쩌지, 난 샤를로테가 어떤 남자를 좋아하는지 모르는데!'

"의지가 되고 아니고는 나이로 결정하는 것이 아닙니다. 저로서는 뭐라고 말씀드려야 할지 모르겠네요……."

힐데브란트가 눈에 띄게 실망하는데 일단 샤를로테에게 물어보는 편이 좋을까?

"그렇게 신경이 쓰이신다면 샤를로테 본인에게 물어보고 올까요?"

"……네?"

얼빠진 얼굴로 나를 본 힐데브란트가 당황한 기색으로 슈바르츠와 바이스의 옆에 있는 샤를로테와 나를 번갈아 보았다.

"아니요, 괜찮습니다. 잠깐 궁금했을 뿐이라서. 이 얘기는 비밀로 해 주십시오. 내 궁금증 때문에 주변을 혼란케 하면 안 되거든요."

"그러네요. 알겠습니다."

분명 왕족에게서 혼약 타진이 있었다는 얘기가 퍼지면 큰 소란이 일어나리라. 그것이 결정이 아닌, 힐데브란트가 궁금해했다는 사실에 불과하더라도 주변은 혼란에 빠지리라.

'왕자의 마음이 어느 정도 정해질 때까지 조용히 있자.'

"오래 기다리셨습니다, 힐데브란트 왕자님, 언니. 어떠세요?"

샤를로테가 슈바르츠와 바이스를 데리고 내 앞으로 왔다.

귀족원이라는 점을 고려한 검정 베이스 의상으로 메이드와 집사 같은 이미지에서 출발했지만, 지금 의상에는 첫 디자인의 흔적이 거의 남아 있지 않다.

슈바르츠는 흰 셔츠를 입었지만, 조끼에 가려서 하얀 소매 부분만 보인다. 조끼는 복잡한 마법진과 그것을 숨기기 위한 자수가 빽빽하게 들어가 있다. 바지 끝단에도 알록달록한 꽃무늬와 이파리 자수가 수놓아져 있다. 리젤레타가 얼마나 심혈을 기울였는지 알 수 있었다. 염색한 천으로 만든 나비넥타이도 귀엽다. 앞가슴에 들어간, 바이스와 똑같이 맞춘 꽃 장식은 내 의견을 채용한 것이다.

바이스가 입은 원피스 끝단에도 슈바르츠와 똑같은 꽃과 이파리 자수가 들어가 있다. 앞치마에 복잡한 자수가 빽빽하게 수놓아져 있고, 팔락이는 어깨 부분에만 흰색 옷감이 보인다. 목 부분에는 홀치기염색을 한 리본과 꽃 장식이 달려 있다. 사실은 귀 옆에도 장식을 달고 싶었지만, 바이스가 귀를 움직일 때 거치적거린다는 이유로 포기했다고 한다.

"공주님, 어울려?"

"칭찬해 줘, 공주님."

"둘 다 너무 귀여워요. 에렌페스트 여러분의 노력으로 훌륭한 의상이 완성됐네요. 자수도 멋져요."

내가 두 마리뿐만 아니라 모두를 칭찬하자, 힐데브란트도 점잖게 싱긋 웃었다.

"훌륭한 물건을 보여 줘서 고맙습니다."

나는 슈바르츠와 바이스가 지금까지 입었던 의상을 집어서 힐데브란트에게 내밀었다.

"이것이 전에 입고 있었던 의상입니다. 단추를 잠그면 마법진이 완성되니까 조심해 주세요. 마법진에 마력이 흘러 들어가면 보호구가 작동됩니다."

고개를 까딱인 힐데브란트의 측근이 의상을 들고 찬찬히 훑어보기 시작했다 .

"이번에 만든 새 의상에도 이 마법진을 그대로 사용했습니까?"

"아니요, 페르디난드 님께서 개량하셨어요. 전 아직 마법진을 잘 모르니까 페르디난드 님의 스승이신 힐쉬르 선생님께 여쭤 보세요."

"알겠습니다."

잘 모르는 내용에는 대답할 수 없다. 마술구나 마법진 관련 질문은 되도록 힐쉬르와 라이문트에게 넘기라고 했었다. 나는 페르디난드가 시킨 대로 대답하고, 슈바르츠와 바이스를 손짓해서 불렀다.

"마력을 공급할게요."

나는 슈바르츠와 바이스의 이마에 박힌 마석으로 손을 뻗어 살짝 쓰다듬으며 마력을 주입했다. 슈바르츠와 바이스가 기분이 좋은지 가볍게 눈을 감는다.

"와, 귀엽네요."

옆에서 갑자기 힐데브란트가 손을 뻗었다. "만지면 안 돼요!"라고 얼른 막았지만, 이미 늦었다. 힐데브란트의 손끝이 닿은 순간, 치직 하는 소리와 함께 순간 정전기 같은 빛이 번쩍였다. 힐데브란트가 "으악!?" 하고 소리치며 자기 손가락을 눌렀고, 힐데브란트의 호위 기사가 슈타프를 소환했다.

"주인으로 등록한 사람, 주인에게 허가를 받은 사람 말고는 슈바르츠와 바이스를 건드리면 안 돼요. ……왕자님 주변에 이런 마술구가 없나요?"

왕궁이라면 내가 아는 것보다 훨씬 많은 마술구가 있고, 사용할 수 있는 자, 그렇지 못한 자가 명확하게 나뉘어 있을 터이다. 내 말에 힐데브란트의 측근이 가벼운 한숨을 내쉬었다.

"왕궁에 있는 마술구는 왕족이 등록한 순간부터 모두가 건드릴 수 있습니다. 지금까지 힐데브란트 왕자님이 만지지 못하는 마술구는 없었습니다."

"난 슈바르츠와 바이스를 못 만지는 겁니까?"

힐데브란트가 어깨를 떨구자, 측근 한 사람이 나를 돌아보았다.

"이 마술구는 왕족의 유물입니다. 그러니 임시 주인으로 정해진 로제마인 님이 아니라 힐데브란트 왕자님께서 관리하셔야 마땅하지 않겠습니까?"

주인 자리를 힐데브란트에게 넘기라는 말에 나는 작년과 달리 바로 고개를 끄덕였다.

"도서관에서 슈바르츠와 바이스가 멈추지 않고 활동할 수 있다면 왕족이 관리하는 쪽이 바람직하다고 생각해요. 제가 귀족원을 비우는 봄부터 가을 동안에도 힐데브란트 왕자님이시라면 마력 공급을 하러 오실 수 있으시겠죠. 마석과 마력을 준비할 필요도 없고, 정말 큰 도움이 될 것 같습니다."

슈바르츠와 바이스가 없으면 솔랑쥬가 곤란해지므로 마력 공급만 해 주면 된다. 왕족이 하겠다고 나선다면 거절할 생각은 없다. 내가 쉽사리 동의하자, 오히려 제안한 측근이 깜짝 놀란 듯한 표정을 지었다. 동시에 슈바르츠와 바이스의 의상을 살피던 문관들은 미간을 찌푸렸다.

"주인으로서 마력 공급을 하면 된다고 쉽게 말씀하시지만, 세례를 받은 지 얼마 안 된 힐데브란트 왕자님에게는 어려운 조건이지 않습니까. 옥체에 부담이 클 겁니다."

힐데브란트의 마력량과 건강을 걱정하는 측근에게 나는 다른 걱정거리도 언급했다. 마법진과 마술구에 빠삭한 문관이라면 금방 판단이 서리라.

"그 외에도 걱정거리는 또 있어요. 학생이 없는 시간에만 활동하실 수 있는 힐데브란트 왕자님께서 빠짐없이 마력 공급을 하실 수 있을까요? 그리고 주인이 완전히 교체되면 새로운 의상이 또 필요할 텐데 일손이나 소재는 충분하신가요?"

페르디난드는 상당히 아껴 모았던 희소재를 썼다고 했다. 중앙이라면 걱정할 필요가 없겠지만, 이 자수는 시간이 걸리는 큰 작업이다. 자수를 손가락으로 쓸던 문관들이 대답을 피하듯 시선을 돌렸다. 딱히 하고 싶지는 않은 모양이다.

"그리고 이게 가장 큰 문제인데요……."

나는 멀뚱하게 있는 힐데브란트를 돌아보았다.

"힐데브란트 왕자님의 각오가 필요해요."

"각오 말입니까?"

고개를 갸우뚱하는 힐데브란트에게 고개를 크게 끄덕이며 나는 진지하게 물었다.

"슈바르츠와 바이스의 주인으로 등록하면 남성이라도 공주님으로 불리게 돼요. 예전에는 남성 사서를 그렇게 불렀다고 하는데 괜찮으신가요?"

저 나이대는 간혹 여자아이로 보이는 남자아이도 있다. 힐데브란트는 얼굴이 예쁘장하고 분위기가 부드러워서 여자 옷을 입히면 여자아이로 보일 만도 하다. 그런 아이가 '공주님'으로 불리게 되는 셈이다. 남자의 자존심에 상처가 생길 수도 있다.

"힐데브란트 왕자님께선 앞으로 평생 공주님으로 불릴 각오가 있으십니까?"

"난 남자입니다. 공주님으로 불리고 싶지 않습니다."

힐데브란트가 죽어도 싫다며 고개를 세차게 저었다. 어쩌면 여자아이로 보여서 싫었던 기억이라도 있는 걸까?

"그럼 공급 협력자로 등록하세요. 그러면 이름으로 불릴 테고, 슈바르츠와 바이스를 만질 수도 있어요. 정기적으로 도서관을 찾아오지 않으셔도 되고요."

"그게 좋겠군요. 부탁할게요."

내 제안에 힐데브란트의 얼굴이 밝아졌다. 측근도 부담이 적은 쪽이 좋다며 허가했다.

"단, 협력자가 되려면 어둠과 빛의 속성이 필요한데, 괜찮으신가요?"

"네!"

이리하여 힐데브란트를 협력자로서 마력을 등록하고, 도서위원이 한 사람 또 추가되었다.

슈바르츠와 바이스를 쓰다듬고 기분 좋게 돌아간 힐데브란트를 배웅했다. 나는 왕족의 기분을 상하는 일 없이 이 자리를 무사히 넘기게 되어 안도의 한숨을 내쉬었다.

"……언니의 사교는 무슨 일이 일어날지 도통 알 수가 없어서 막을 틈도 없네요."

나와 왕족의 접촉을 막고 싶어도 사이에 끼지 못해서 풀이 죽은 샤를로테가 중얼거렸다. 샤를로테가 대화에 참여했더라면 힐데브란트가 좋아했을 텐데. 타이밍이 나빴다.

"어서 기숙사로 돌아가요. 또 무슨 일이 일어날 것 같아요."

샤를로테가 그렇게 말하며 모두를 재촉했다. 의상을 갈아입히러 온 여학생들은 모두 왕족과의 만남에 피로가 역력해 보였다.

함께 기숙사로 돌아가면서 나는 어떤 생각이 문뜩 떠올라 샤를로테에게 물었다.

"샤를로테는 연하남을 어떻게 생각해요? 역시 못 미덥나요?"

그러자 샤를로테가 나를 보고, 뭔가를 깨달은 듯 뺨을 괴고 눈을 감았다.

"그분이 누구냐에 따라서 다르겠지만, 전 역시 연상이 더 의지가 될 것 같아요. 이래 보여도 오라버니가 있으니까요."

'아이고, 왕자님 안됐네. 차였구나.'

샤를로테는 연상을 좋아함, 이라고 머릿속에 써넣을 때 샤를로테가 걱정스럽게 나를 내려다보았다.

"언니도 힐데브란트 왕자님보다 오라버니가 더 믿음직스러우시죠?"

"……그러네요. 도서관을 내게 맡길 정도로 넓은 도량이 남성에게는 제일 중요하니까."

기숙사 책장을 맘대로 해도 좋다고 한 빌프리트의 넓은 아량을 잊지 않았다고 말하자, 어째서인지 샤를로테가 불안한 표정을 지었다.

마석 채집

"수업이 더 중요하니까 한넬로레 님의 일정에 맞춰 주십시오."

사전에 솔랑쥬에게 주의를 들은 나는 브륀힐데에게 다과회 일정을 짜라고 하고, 한넬로레에게 초대장을 보내도록 했다. 브륀힐데가 말하길 처음에 제안한 날은 사회학 수업과 겹쳐서 다른 날로 잡게 되었지만 무사히 책벌레 다과회 일정이 정해졌다.

"솔랑쥬 선생님께도 초대장을 보내셔야 합니다."

브륀힐데의 말에 나는 얼른 초대장을 써서 가벼운 발걸음으로 도서관으로 향했다.

'와~ 솔랑쥬 선생님과 한넬로레와 함께 다과회다.'

도서관 집무실에서 열리는 책벌레 다과회다. 점점 마음이 들뜨기 시작하는 것을 느꼈다. 흥분하지 않게 조심하자.

"공주님, 왔다."

"공주님, 책 읽어?"

"아, 정말 로제마인 님이 왔군요."

도서관에 들어가자 슈바르츠와 바이스가 맞이해 주었다. 요 며칠 힐데브란트가 그 둘에게 붙어 있다시피 했다. 거의 매일 오는지, 직성이 풀릴 때까지 둘을 귀여워한 뒤에 돌아간다. 슈바르츠와 바이스에게 얻은 정보로는 힐데브란트는 매우 무료하게 보낸다고 한다. 1학년 참고서를 빌려 갈 때도 있지만, 읽을 책 자체가 별로 없다고 한다. 책을 읽고 싶은데 읽을 책이 없다니 가엾지 않은가. 내가 만든 어린이용 책을 빌려줘도 되는지 에렌페스트에 질문서를 보낸 참이다.

"안녕하세요, 힐데브란트 왕자님."

왕자에게 인사를 건네고 나는 솔랑쥬에게 갔다. 솔랑쥬는 요 며칠 간 왕족을 맞이하느라 매일 긴장의 연속이라며 웃었다. 슈바르츠와 바이스가 목적임을 알고부터는 조금 익숙해졌나 보지만.

"솔랑쥬 선생님, 도서관 다과회 일정을 정했어요."

내가 초대장을 내밀자, 솔랑쥬가 기뻐하며 초대장을 건네받고 미소를 지었다.

"어머나, 기대되는군요. ……나흘 후네요."

하루 종일 도서관에 있고, 학생이 없는 겨울에도 다른 선생과 교류를 잘 하지 않는 솔랑쥬는 작년 다과회가 매우 즐거웠다고 했었다. 그, 렇다면 우리도 준비할 맛이 난다. 브륀힐데와 얼굴을 마주 보며 웃고 있을 때 앳된 목소리가 끼어들었다.

"나흘 후에 다과회가 있습니까?"

슈바르츠와 바이스와 함께 다가온 힐데브란트였다.

"그럼 그날 나는 도서관에 오지 않는 편이 좋을까요?"

그날 슈바르츠와 바이스는 열람실에서 평소대로 업무를 할 테고, 힐데브란트도 그들을 보러 오는 것이니까 문제는 없겠지만, 왕족이 와 있는데 집무실에서 느긋하게 차나 마시고 있을 수도 없는 노릇이다.

'이번에는 빠져 달라고 해야 하나.'

나는 판단을 솔랑쥬에게 맡기려고 그녀를 바라보았다. 솔랑쥬가 잠시 고민하듯 뺨을 괴며 나를 내려다본다.

"로제마인 님, 힐데브란트 왕자님도 초대하면 어떨까요? 협력자로 등록하셨으니까 한넬로레 님께도 말씀드려야 하지 않겠어요?"

'그렇구나. 왠지 모르게 다과회는 여자들의 모임이라는 인상이 있었는데 도서위원 모임으로 본다면 왕자도 초대해야겠네.'

도서위원을 시작했더니 뜬금없이 왕자도 멤버였다는 전개보다 힐데브란트도 다과회에 참가한다고 전달하고, 당일에 협력자라고 밝히는 식으로 차근차근 단계를 밟는 편이 한넬로레도 덜 놀라리라.

오호라, 하고 납득하는데 힐데브란트가 기대에 찬 밝은 보라색 눈으로 솔랑쥬와 나를 바라보고 있었다. 독단적으로 '이번엔 죄송합니다'라고 말하기 전이라서 다행이다. 나는 가슴을 쓸어내리면서 힐데브란트에게 미소를 보냈다.

"힐데브란트 왕자님께도 초대장을 보내겠습니다. 너무 갑작스러운 초대인데 실례가 안 될까요?"

"아뇨, 정말 기쁩니다. ……내게 행동이 허락된 장소는 얼마 없거든요."

힐데브란트는 수줍어하며 기뻐했지만, 측근들은 어떨까? 나는 측근을 힐끔 쳐다보았다. 가면 같은 미소를 유지한 채 측근 한 사람이 브륀힐데에게로 시선을 돌렸다.

"로제마인 님의 시종에게 자세한 이야기를 들었으면 합니다."

"……브륀힐데, 부탁해요."

"알겠습니다."

브륀힐데가 긴장한 표정으로, 그래도 끝까지 웃으면서 힐데브란트의 측근에게 갔다. 왕족의 측근과 얘기하게 된 브륀힐데를 딱하게 생각하며 나는 힐데브란트를 쳐다보았다.

"어머님이 아닌 분과 다과회를 한 적이 거의 없어서 기대됩니다."

힐데브란트는 올해 세례를 받은 나이라서 아직 사교 경험이 적다.

모계 쪽 친척과 몇 번 다과회를 한 것이 전부라고 한다. 이 다과회가 그의 무료함을 달래줬으면 좋겠다.

"로제마인은 오늘도 책 읽을 거죠? 난 바이스와 있을 테니 신경 쓰지 말고 2층에 가세요."

짧은 대화를 마치고 나면 독서다. 힐데브란트는 내게 독서 취미가 있음을 잘 알고 있는지, 잠깐 대화하고 나면 반드시 독서를 권하는 착한 아이다. 나는 고마움을 전하고 2층으로 올라가 평소처럼 책을 읽기 시작했다.

눈앞에 형형색색의 빛이 쏟아져 내리자 나는 고개를 들었다. 퇴실 시간을 알리는 빛이다. 곧 있으면 종이 울린다. 나는 책 반납을 필린느에게 맡기고 점심을 먹으러 도서관을 나왔다. 이미 도서관은 힐데브란트의 모습과 다른 학생들의 모습도 없어서 조용했다.

솔랑쥬와 슈바르츠와 바이스에게 인사하고 도서관을 나오기가 무섭게 종이 울렸다. 도서관을 나와 중앙동으로 향하는데 중앙동에서 낯익은 얼굴이 빠른 걸음으로 다가오는 모습이 보였다. 힐쉬르의 제자이며 며칠 전 페르디난드의 제자가 된 라이문트다.

"로제마인 님."

우리를 발견한 라이문트가 기쁘게 활짝 웃었다. 그는 말을 걸 허가를 구한 뒤 흥분조로 고마움을 전하기 시작했다.

"로제마인 님께서 페르디난드 님의 제자로 저를 추천해 주셨다고 하르트무트 님께 들었습니다. 견습 제자가 된 건 모두 로제마인 님 덕분입니다."

내가 페르디난드와 라이문트의 중간다리 역할을 수월하게 할 수 있도록 그런 설정을 잡게 되었다. 빌프리트나 샤를로테가 추천했다고 하는 것보다 실제로 만난 적이 있는 내가 훨씬 신빙성이 있을 터이다.

"페르디난드 님의 질문서에 회답을 보내면 새로운 연구 과제를 보내 주시고, 첨삭도 해주시겠대요."

라이문트에게는 정말 기쁜 일인 듯하다. 페르디난드에게 받은 연구 과제를 자랑스럽게 보여 주면서 오후부터 힐쉬르의 연구실에 틀어박힐 거라고 했다. 자신이 좋아하는 것에 온 힘을 다해 몰두하는 눈부신 미소다.

"라이문트, 과제를 완성하면 힐쉬르 선생님을 통해 연락하세요. 페르디난드 님께는 내가 보내게 되어 있거든요."

"네! 최대한 빨리 완성하겠습니다. 이걸 페르디난드 님께 보내주십시오. 답변을 적어 뒀습니다."

라이문트에게 식물지도 준 모양이다. 라이문트가 내민 종이 몇 장을 하르트무트가 건네받았다.

"똑똑히 받았습니다. 그럼 실례할게요."

내가 중앙동을 향해 걷기 시작하자, 문관동 쪽으로 달려가는 라이문트의 의욕에 찬 발소리가 들렸다.

기숙사로 돌아가자마자 하르트무트는 라이문트의 자료를 훑어보기 시작했다. 나도 읽어 봤다. 마치 지리 시험지 같은 질문과 응답 형식의 아렌스바흐에 관한 질문서였다. 어떻게든 빨리 시험을 끝내서 자유 시간을 가지려고 필사적인 라이문트에게는 페르디난드가 주는 시험문제로 보였으리라. 다음 과제를 얻으려고 시험지를 푸는 마음으로 필사적으로 정보를 모으는 라이문트의 모습이 눈에 훤했다.

"……약간의 자료를 미끼로 귀중한 정보원을 우리 편으로 꼬드기고, 합격에 기를 쓰는 학생의 심리를 파고든 페르디난드 님의 합리적인 정보 수집 수단과 수완을 보고 배워야겠습니다."

좀처럼 모이지 않던 아렌스바흐의 정보가 손쉽게 굴러들어온 상황에 하르트무트가 깜짝 놀라며 망연하게 중얼거렸다.

"오늘은 마수를 잡으러 다녀오겠습니다."

땅의 날, 아침을 먹자마자 로데리히와 구 베로니카 파를 중심으로 견습 기사들이 사냥을 나가게 되었다. 하르트무트가 '이름을 바칠 거라면 빨리 해라'라고 재촉했던 모양이다. 구 베로니카 파의 다른 학생들도 '아직 결심은 서지 않았지만, 마석은 확보하고 싶다'는 이유로 함께 사냥을 나가기로 했다고 한다.

"로데리히는 문관이니까 모쪼록 몸조심하세요."

"네, 로제마인 님."

그들을 보내면 1층 방에 측근이 모두 모여 에렌페스트에 보낼 회답지를 작성한다. 어제 힐데브란트를 다과회에 초대했다고 보고했더니 '어째서 그렇게 된 거냐?'라는 질문서가 에렌페스트에서 잔뜩 날아왔다. 힐데브란트가 도서위원이 되었을 때도 그랬었지만, 오늘 오후는 회답 작성만으로 끝날 것 같다.

"……그치만 이번에는 솔랑쥬 선생님이 초대하면 어떻겠냐고 해서 한 거니까 초대 자체는 실수가 아니죠? 오히려 오지 말라고 말하는 게 더 실례 아닌가요?"

나는 내 사교의 어디가 잘못됐는지 확인하는 단계부터 시작해야 한다. 힐데브란트를 다과회에 초대할 때 함께 도서관에 있었던 브륀힐데에게 묻자, 브륀힐데는 복잡한 표정을 지었다.

"솔랑쥬 선생님께는 좋은 제안이라고 대답한 뒤, 그 자리에서 바로 왕족에게 직접 초대할 것이 아니라 먼저 측근끼리 의논하도록 해 주셨어야 했습니다. 다음부터는 갑작스러운 일이라도 로제마인 님께서 직접 초대하지 마시고 시종에게 맡겨 주십시오."

"알겠어요. 다음부터 그럴게요."

힐데브란트의 측근에게 불려가서 그 자리에서 다과회 교섭을 하게 된 브륀힐데가 옳은 방식을 가르쳐주었다. 대처 방법을 배우지 않으면 고생하는 건 자기들이라서 최근에는 '이렇게 하는 편이 좋아요'에서 '이럴 때는 이렇게 하십시오'라는 직설적인 표현으로 바뀌었다.

"왕족과의 다과회는 아나스타지우스 왕자님과 작년에 겪어 봤으니까 괜찮겠죠?"

"초대받은 적은 있어도 우리가 초대하는 일은 처음입니다, 공주님. 순위가 10위로 올라가긴 했지만, 지금까지 왕족을 초대한 전례가 없었어요."

초대받는 것과 초대하는 것은 입장이 다르다고 리카르다가 지적했다. 솔직히 말해서 왕족을 초대하는 다과회를 에렌페스트가 여는 것은 있을 수 없는 일인 듯하다.

"……이제 와서 취소하면 안 되겠죠?"

"당연하지요."

"그리고 그 자리에서는 누가 봐도 힐데브란트 왕자님이 초대를 기대하고 계셨습니다. 초대 과정은 조금 달라졌을지는 몰라도 결국은 초대하게 됐을 겁니다."

브륀힐데가 "힐데브란트 왕자님의 측근도 굉장히 미안해하셨거든요."라고 중얼거렸다. 사교 경험이 적은 나와 힐데브란트가 각자 마음대로 움직인 결과, 양측의 측근만 고생하게 됐다. 미안해라.

그렇게 의논을 마치고 하르트무트와 필린느가 정리해서 에렌페스트에 보낸다. 문관이 회답서를 준비하는 동안 나는 측근들과 다과회의 세세한 사항을 정했다. 그때 문 바깥에서 경비를 서고 있던 코르넬리우스가 문을 열고 들어왔다.

"로제마인 님, 로데리히가 다쳐서 돌아왔습니다!"

나는 그 말에 놀라서 벌떡 일어나 얼른 다목적 홀로 향했다. 그곳에는 샤를로테 일행과, 찰과상과 타박상을 입은 로데리히가 있었다.

"로데리히, 다쳤다고요?"

"강한 마수가 나타났습니다."

사냥 중에 강한 마수가 나타났고, 로데리히는 겨우 공격을 피했지만 견습 기사와 부딪치는 바람에 다쳤다고 했다.

"어서 지원을 불러 달라고 해서 저 혼자 돌아왔습니다."

내가 코르넬리우스를 돌아봤을 때, 무장한 빌프리트와 호위 기사들이 들어왔다.

"걱정하지 마. 우리가 출동할 거야."

"빌프리트 오라버니."

로데리히가 돌아오자마자 바로 준비한 모양이다. 상급 견습 기사와 샤를로테의 견습 호위 기사 몇 명도 함께였다.

"로제마인의 압축 방법을 배우고 보니파티우스 님의 특훈을 받은 영주 일족의 견습 호위 기사가 가장 강력하니까."

빌프리트도 마력을 키웠고, 애초에 영주 일족이라서 마력이 많은 편이다. 남자라서 견습 기사들의 훈련에도 참여하고 있다. 그래서 빌프리트가 기사들을 이끌고 지원에 나서게 된 듯하다.

"샤를로테와 로제마인은 기숙사에 남아. 로제마인의 호위 기사는 샤를로테도 지키고. 그럼 가자."

"알겠습니다."

"잘 부탁드려요, 오라버니."

샤를로테가 남색 눈동자를 불안하게 흔들며 모두를 배웅한다. 나도 마찬가지로 출발하는 빌프리트와 견습 기사들을 보내고는 로데리히를 돌아보았다. 깊은 상처가 보였다. 나는 바로 슈타프를 소환했다.

"로데리히에게 룽슈멜의 치유를."

녹색 빛이 로데리히를 부드럽게 감싸더니 외상이 슥 사라졌다. 마법치유를 처음 받아 보는지 로데리히는 눈을 크게 뜨고 자신의 손발을 바라보았다.

"마력과 체력을 회복하려면 회복약을 먹어 두세요."

내가 그렇게 말하자, 로데리히는 그제야 회복약의 존재를 눈치챈 얼굴로 자기 허리춤에 찬 약통에서 회복약을 꺼내 삼켰다. 안도의 한숨이 나왔다.

"송구스럽습니다, 로제마인 님. 통증이 사라졌습니다."

"대체 무슨 일이 있었던 거예요? 대체 어떤 마수가 나타난 거죠?"

내 질문에 로데리히가 고개를 끄덕이고 입을 열었다. 출몰한 마수는 시꺼멓고 커다란 개 같은 형태의 마수였다고 한다.

"네발로 달려오는 몸집이 성인보다 컸습니다. 다만, 그 마수의 움직임에 따라 주변 상태가 싹 바뀌는 겁니다. 나무들이 시꺼멓게 썩듯이 시들시들해지는 모습을 봤습니다. 그리고 눈이 여러 개였습니다. 일반적인 눈 위치에 있는 커다란 눈은 시뻘겋고, 이마에도 작고 시꺼먼 눈이 몇 개나 달려 있었는데 공격받으면 눈알 색깔이 변했습니다……."

"설마 타니스베팔렌!?"

레오노레가 남색 눈동자를 부릅뜨고 소리를 질렀다. 견습 기사지만 마치 문관처럼 조용하고 얌전한 레오노레가 이성을 잃고 소리를 지르는 일은 드물다.

"……타니스베팔렌이 뭐야? 위험한 마수야?"

잘 모르겠다는 듯이 미간을 찌푸린 코르넬리우스에게 레오노레는 굳은 표정으로 몇 번이고 고개를 끄덕였다.

"마력을 먹으면 성장하는 마수예요. 에렌페스트에서 나타나는 토론베와 성질이 비슷한데 유르겐슈미트의 남쪽에 서식한다고 자료에서 본 적이 있습니다. 섣불리 공격하면 적이 오히려 활성화한다고요!"

"뭐라고!?"

그 자리에 있던 모두가 숨을 삼키고 눈을 부릅떴다. 무찌르려다가 오히려 적을 거대하게 만들지도 모른다. 내 마력을 흡수해서 성장하던 토론베를 떠올린 나는 등줄기에 오싹함을 느끼고 양손을 비볐다.

"하지만 공격하면 활성화하는 특성은 바로 파악하겠죠? 어둠의 축복이 깃든 무기라면 공격할 수 있으니까 에렌페스트의 견습 기사들은 괜찮겠죠?"

토론베를 무찌르던 기사들의 모습을 떠올리며 내가 말하자, 레오노레와 코르넬리우스가 나를 돌아보았다.

"어둠의 축복이 깃든 무기는 어디에 있습니까? 당장 들고 출동해야 합니다!"

"무슨 소리예요? 슈타프를 변형한 무기에 축문으로 축복을…… 설마 모르는 거예요!?"

그럴 리가 없다고 생각하면서 반문하자 코르넬리우스도, 레오노레도, 유디트도, 이곳에 남은 샤를로테의 견습 호위 기사들도 일제히 "모릅니다."라고 대답했다.

순간 핏기가 싹 가셨다. 아무것도 모르는 상태로 싸우러 간 견습 기사들이 위험하다. 견제와 지원 공격으로 적에게 계속해서 마력을 주게 되면 주변도 위험한 상황에 빠진다.

"대, 대단히 죄송합니다, 로제마인 님. 제가 마석에 욕심을 부리는 바람에……."

이름을 바치려고 했다가 이런 사태가, 하고 로데리히가 울분을 토했다. 나는 어금니를 꽉 깨물었다. 새파랗게 질린 로데리히의 후회가 눈물이 되어 흘렀지만, 로데리히는 아무 잘못도 없다.

"내가 가야겠어요."

"로제마인 님!?"

"언니!?"

내가 벌떡 일어난 순간, 모두가 일제히 말리기 시작했다.

"너무 위험합니다, 로제마인 님! 견습 기사에게 맡기십시오!"

아무리 위험하더라도 어둠의 신의 축문도 모르는 견습 기사들에게 맡길 수는 없다.

"난 신전장이에요. 현장에 가서 모두에게 어둠의 축복을 받는 축문을 알려주지 않으면 모두가 위험해요. ……시종들은 선생님께 연락을 넣으세요. 샤를로테는 기숙사를 맡으세요!"

나는 즉시 몸을 돌렸다. 신체강화 마술구에 마력을 주입하면서 뒤쪽 현관홀을 향해 달렸다. 하르트무트가 달리는 내 옆을 빠르게 걸으며 동행 허가를 구했다.

"로제마인 님, 저도 함께 가게 해 주십시오. 견습 기사와 함께 주인을 지키는 훈련을 받았습니다. 현장의 견습 기사가 축문을 외우는 동안 시간은 벌 수 있을 겁니다."

내가 하르트무트를 올려다보자 하르트무트는 가볍게 고개를 끄덕였다. 빠른 걸음으로 따라온 필린느가 "로제마인 님, 저도……." 하고 요청했지만, 그녀의 바램은 일축했다.

"필린느는 여기 있으세요. 마력이 적어서 축문을 외어도 전력이 안 돼요."

내가 그렇게 말하자, 코르넬리우스가 곤란한 얼굴로 입을 열었다.

"저희에게 축문만 알려주시고 로제마인 님도 기숙사에서 대기해 주십시오."

"코르넬리우스 오라버니가 한 번에 외울 만큼 짧은 문장이 아니에요. 이렇게 논쟁할 시간도 아까워요. 계속 투덜거리면 오라버니도 못 오게 할 거예요!"

"그런 억지가 어디 있어!"

"말싸움은 됐으니까 서두르세요."

나는 코르넬리우스를 재촉하여 뒤쪽 현관홀까지 달리면서 빠르게 걷는 주변 기사들을 올려다보았다.

"모두 슈타프 변형을 유지한 채 기수를 소환할 수 있겠어요?"

"물론입니다."

"그럼 슈타프를 변형하세요."

그 즉시 모두가 슈타프를 소환하여 각자의 무기로 변형시키는 모습을 본 나는 축문을 복창하라고 명령하고, 나도 슈타프를 물총으로 변형했다.

"높고 정정한 천공을 관장하는 최고신인 어둠의 신이여, 세상을 만든 만물의 아버지여.”

내가 달리면서 축문을 외면 곧바로 목소리를 맞춘 복창이 울린다.

“나의 기도를 듣고 거룩한 힘을 내어주시어 마(魔)로부터 앗은 힘을 나의 무기에 주소서. 당신께 모든 마력을 바치오니 마를 물리칠 힘과 가호를 내려 주소서.”

뒤쪽 현관홀에 도착하자 대기조인 필린느와 따라온 로데리히가 문을 활짝 열었다. 그 모습을 시야에 담으며 나는 계속해서 축문을 이었다. 바깥으로 뛰쳐나가면서 입으로는 축문을 외고, 무기를 쥐지 않은 손으로 마석을 만져 기수를 소환했다. 모두가 마찬가지로 기수를 소환하여 뛰어 올라탔다.

“이 땅에 있는 생명에 잠깐의 평안을 주시옵소서.”

순간 슈타프를 변형한 각자의 무기가 빛나더니 곧바로 어둠을 입힌 듯한 검정색으로 변화했다. 나는 레서버스에 올라타면서 뒤를 돌아보았다. 걱정스러워하는 필린느와 분한 듯 입술을 꾹 다물고 눈물을 흘리는 로데리히의 모습이 보였다.

“로데리히, 타세요! 이런 상태가 되었는데 마석도 못 얻으면 안 되죠! 당신 이름을 받기로 결심했단 말이에요.”

“하지만…….”

그때 필린느가 대답을 못 하는 로데리히의 팔을 끌어 레서버스에 올라탔다. 그리고 로데리히를 앉히며 싱긋 웃었다.

“어둠의 신의 축복을 받은 로제마인 님께서 질 리가 없어요. 마석을 손에 넣어서 함께 모시기로 했잖아요? 마석을 획득하세요, 로데리히.”

능숙하게 로데리히를 태운 필린느에게 나는 속으로 ‘잘했어!’라고 칭찬했다. 이제 필린느가 내리면 출발이다. 나는 고개를 앞으로 돌리고 안전띠를 맸다. 그때 로데리히가 불안하고 애원하는 듯한 목소리로 필린느를 불러 세웠다.

"필린느……."

"로데리히. 계속 잡고 있으면 내가 못 내려요."

백미러를 보니 로데리히가 필린느의 손을 잡고 있는 모습이 보였다. 필린느는 자신의 손을 잡고 있는 로데리히와 대기하라고 명령한 나를 번갈아 보며 매우 난처한 표정을 지었다. 필린느가 있으면 로데리히의 마음도 든든해지리라. 그렇다면 동승하는 편이 좋다.

"필린느, 로데리히에게 안전띠 매는 방법을 알려주세요."

"네? 저도 함께 타도 괜찮으시겠습니까?"

눈이 동그래진 필린느에게 나는 고개를 까딱였다. 불안해하는 로데리히를 혼자 뒷좌석에 앉혀 두는 쪽이 더 걱정이다. 누가 함께 있는 편이 좋다.

"로데리히는 아직 정식 측근이 아니잖아요. 필린느도 기사는 아니지만 감시역이에요. 단, 절대 기수에서 나가지 마세요."

"알겠습니다."

필린느가 활짝 웃는 모습을 백미러로 보면서 나는 핸들에 마력을 흘려보냈다. 한 손에 물총을 쥔 한손 운전이라 살짝 불안하다.

"저, 저기, 로제마인 님, 저는……."

"로데리히, 갑니다!"

당장에라도 내리겠다고 할 듯한 로데리히의 말을 끊고, 앞장선 코르넬리우스의 뒤를 따라 하늘로 날아올랐다.

타니스베팔렌 토벌

노란빛을 발하는 채집터를 목표로 속도를 올렸다. 기숙사에서 비교적 가까워서 눈 덮인 숲에서 원기둥꼴로 빛나는 채집터가 금방 보이기 시작했다. 타니스베팔렌이 채집터로 향한 흔적이 시꺼먼 줄기처럼 남아 있다. 그런데 정작 싸우고 있어야 할 기사들의 모습은 보이지 않는다. 아마 매직미러처럼 되어 있는 채집터 안에 있으리라.

"진입합니다!"

코르넬리우스가 외치며 빛나는 원기둥 속으로 돌진했다. 부드럽게 펄럭이는 밝은 황토색 망토를 따라 나의 레서버스도 채집터로 진입했다.

결계를 통과한 짧은 순간에 설경에서 눈이 전혀 없는 경치로 바뀌었다. 그런데 내 기억 속에 약초나 나무들이 푸르게 우거져 있던 채집터는 타니스베팔렌이 휩쓸어서 4분의 1 정도가 썩어 있었다. 식물의 녹색과 나무들의 갈색도 아니고, 헤집어진 흙도 아닌, 시꺼먼 진흙탕이 되어 있었다.

"……너무해."

"아무도 없어!? 어디에 있지!?"

초조함이 느껴지는 코르넬리우스의 목소리에 정신이 번쩍 들었다. 이곳을 엉망으로 만든 타니스베팔렌의 모습도, 토벌하고 있어야 할 견습 기사들의 모습도 보이지 않았다.

"어딘가로 타니스베팔렌을 유인했을 겁니다. 이곳을 나가서 찾읍시다."

침착한 레오노레의 말에 고개를 끄덕인 코르넬리우스가 채집터를 빠져나갔다. 나도 채집터의 참상을 씁쓸하게 바라보며 뒤따랐다.

'나중에 플류트레네의 치유가 필요하겠어. 이대로는 에렌페스트의 학생들이 만족스럽게 채집을 못 하잖아.'

그런 생각을 하면서 채집터에서 빠져나온 순간, 숲속에서 땅울음이 일었다.

"꺄!?"

레서버스 안에서도 비명이 터지고, 무심코 몸을 움츠리게 만드는 굉음이다. 공기의 진동이 피부에 느껴질 정도였다.

"어디에서 나는 소리지!?"

기수로 하늘 높이 올라갔다. 타니스베팔렌이 더 깊은 숲속으로 이동한 흔적이 쭉 이어져 있고, 저 멀리서 나무 몇 그루가 쓰러지는 장면을 포착했다. 나무들 사이에서 기수가 튀어나오고 다시 내려갔다. 밝은 황토색 망토다.

"찾았다!"

액셀을 밟아서 숲 안쪽으로 급히 달렸더니 거대해진 타니스베팔렌이 보였다. 로데리히의 설명대로 거대한 개나 늑대 같은 형태를 띠고 있었다. 다만, 네 다리로 서 있으면 성인보다 조금 큰 크기라고 했는데, 그보다 두세 배는 더 커 보였다.

"아까는 저렇게 크지 않았어요!"

로데리히의 비명과 같은 목소리에 고개를 끄덕이며 나는 타니스베팔렌을 응시했다.

"마력 공격을 받고 성장한 거겠죠. 마력을 엄청나게 퍼부었나 보네요.”

이렇게까지 성장하면 눈치 좀 채, 하고 고함치고 싶은 말을 삼켰다. 토론베 퇴치에 동행하지 않은 견습생들은 마력을 빼앗아 먹는 타입의 마수와 마주친 적이 없으니 하는 수 없다.

하지만 이제는 계속 공격하면 위험하다는 사실을 깨달은 모양이다. 숲의 피해를 최소화하기 위해 견습 기사들이 주변을 날며 타니스베팔렌을 견제하고 있었다. 설경 속에서 빛나는 황토색 망토는 에렌페스트의 견습 기사들이 틀림없었다. 그런데 빌프리트가 데리고 간 숫자보다 인원이 적었다.

“······저게 다야? 로데리히와 같이 채집하러 간 견습 기사들은 어디 있지?”

중얼거리는 나의 시야에 타니스베팔렌이 눈앞을 날아다니는 견습 기사를 먹으려고 입을 쩍 벌리는 장면이 들어왔다. 드러난 누렇고 커다란 이빨이 딱딱 하고 울리는 소리가 시차를 두고 들렸다.

“위험해!”

타니스베팔렌의 움직임을 읽었는지, 견습 기사가 황토색 망토를 펄럭이며 재빨리 방향을 틀었다. 하지만 안도의 한숨을 내뱉는 것도 잠깐이었다.

몸이 거대해진 타니스베팔렌은 입도 크고 입 끝에서 떨어지는 타액도 커져 있었다. 타액이 떨어진 자리는 시꺼먼 진창이 질퍽거리는 썩은 땅으로 변모했다. 타니스베팔렌의 움직임과 함께 땅이 오염되었고, 버틸 곳을 잃고 쓰러진 나무들은 짓밟혀 형체를 잃었다. 네발로 달리며 날렵하게 쏘다니는 타니스베팔렌은 뿌리 때문에 행동 범위가 제한적인 마목, 토론베보다도 그악스러운 상대다.

"로제마인 님! 타니스베팔렌이!"

모습이 보이지 않는 견습 기사들을 찾느라 두리번거리고 있을 때 필린느가 소리를 질렀다. 내가 정신을 차렸을 때는 이미 타니스베팔렌의 벌겋고 거대한 눈이 이쪽을 향해 있었다. 로데리히는 이마에 검은 눈동자가 여러 개 있다고 했지만, 지금은 검은색이 아니라 자신이 먹은 마력을 나타내듯이 빨강, 파랑, 초록 등 눈 색깔이 다채롭게 변화했다. 그 모든 눈이 나를 응시한다.

등줄기가 오싹해졌다. 온몸에서 식은땀이 뿜어 나오는 것 같다. 나를 먹잇감으로 인식한 마수의 눈빛이 어떤지 나는 잘 안다. 그 눈빛이 지금 나를 향하고 있다.

킁 하고 코를 벌름거린 타니스베팔렌은 마력의 크기를 가늠했는지, 아니면 주위를 날아다니는 견습 기사들이 자신을 공격하지 않는다는 사실을 알아챈 건지, 견제 태세로 들어간 견습 기사들을 완전히 무시하고 나를 향해 일직선으로 달려왔다.

"로제마인 님, 상공으로! 타니스베팔렌이 뛰어올라도 못 잡을 정도로 상공으로 올라가십시오!"

지시하는 레오노레의 목소리에 따라 나는 얼른 핸들을 꺾어 상공으로 날아올랐다. 놓치지 않겠다는 듯이 네발로 달리던 타니스베팔렌이 뒷다리를 세워 레서버스를 삼키려고 뛰어올랐다.

레서버스의 창문에서 타니스베팔렌의 두터운 앞발이 보이고, 짐승 특유의 체취와 쩍 벌린 커다란 입에서 나는 구취로 바짝 뒤쫓아오는 것을 느끼자 핏기가 싹 가셨다.

"꺄아아아아!"

"으아아아악!"

뒷좌석에 앉은 두 사람의 비명을 들으며 나는 힘껏 액셀을 밟아 전속력으로 위로 올라가면서 뒤를 향해 물총을 난사했다. 하지만 한 발도 맞지 않았다. 타니스베팔렌의 속도는 떨어질 기미가 없었다.

운전석 창문에서 누런 이빨이 보였다. 이런 짐승의 이빨은 바로 옆에서도 본 석 없다. 뜨뜻미지근한 숨이 이렇게까지 무섭게 느껴진 건 처음이다.

'먹히겠어!'

머리가 새하얘지는 공포 속에서도 나는 핸들에 마력을 계속해서 흘려보냈다.

콰직!

바로 뒤에서 이빨이 맞물리는 소리가 났다. 우리를 무는 데 실패한 소리임을 깨달은 건 타니스베팔렌의 앞발이 뒤쪽으로 움직여서였다. 곧이어 "크앙!" 하는 거대한 비명이 타니스베팔렌의 입에서 터져 나왔다.

"명중했습니다!"

유디트의 씩씩한 목소리가 들렸다. 뒤돌아보니 유디트의 공격이 얼굴에 명중했고, 코르넬리우스가 옆구리에 필사의 공격을 넣는 모습이 보였다.

"로제마인 님!"

하르트무트가 새파랗게 질려서 날아왔다. 힘을 너무 줬는지, 핸들을 쥔 채 손가락이 굳어 버린 것처럼 움직이지 않는다.

"……괜찮아요, 무사해요."

내 입에서 쉰 목소리가 새어 나왔을 무렵 빌프리트와 그의 호위 기사들도 날아왔다. 나에게 다가오기가 무섭게 빌프리트가 내게 소리쳤다.

"로제마인, 죽으려고 작정했어!?"

"축문을 가르치러 왔을 뿐이에요."

"선생 쪽에 연락만 넣어 주면 우리끼리라도 얼마든지 시간을 벌 수 있었어. 마수에게 먹혔거나 싸움터에서 네가 갑자기 쓰러지는 쪽이 더 난처해!"

지극히 옳은 빌프리트의 주장에 나는 두말없이 "죄송합니다."라고 사과했다.

"모두의 무기에 축복을 주려고 왔어요. 그것만 끝나면 바로 기숙사로 돌아가려고 했어요."

"알았어."

상공에서 코르넬리우스 일행도 합류했다. 대충 둘러봐도 역시나 인원수가 적다. 구 베로니카 파 아이들도 없고, 빌프리트와 함께 출발한 다른 견습 기사들의 모습도 없다.

"빌프리트 오라버니, 다른 견습 기사들은 어떻게 됐어요?"

"쉬고 있어. 장기전이 될 거라서 교대로 마수를 상대하고 있었거든."

빌프리트가 숲을 향해 로트를 쏘았다. 상공으로 뻗은 붉은빛이 사방으로 분산되자 휴식을 취하고 있던 견습 기사들이 나타나 하나둘 모여들었다.

"코르넬리우스, 레오노레, 유디트, 하르트무트. 저 정도로 거대해지면 위험해요. 마력을 모을 때까지 빌프리트 오라버니 일행처럼 타니스베팔렌의 공격을 피하면서 시간을 버세요. 나는 여기서 모두에게 축문을 가르칠게요."

"알겠습니다."

코르넬리우스를 비롯한 기사들이 삭 하고 소리를 내며 타니스베팔렌의 근처로 하강했다. 그 모습을 힐끗 본 나는 주위에 모인 견습 기사들을 둘러보았다. 휴식을 취했던 견습 기사들은 대체로 두 팀으로 나뉘어 있었다. 마티아스를 중심으로 한 구 베로니카 파와 트라우고트를 중심으로 한 무리다.

"로데리히에게 들었던 설명과 상황이 많이 바뀌었으니까 설명해 보세요."

내가 그렇게 말하자, 견습 기사들의 시선이 일제히 트라우고트에게 꽂혔다. 나는 트라우고트를 중심으로 한 무리가 그에게 호의적인 시선을 보내지 않음을 깨달았다.

트라우고트는 작년 말쯤에 유스톡스가 시종으로 붙으면서 얌전했지만, 마력 압축을 익히고 점점 마력을 키우자 자신감도 되찾았다. 그런 그가 지금은 맥없이 고개를 떨구고 있다. 그것만으로 대충 감지했다. 타니스베팔렌을 거대화시킨 사람이 트라우고트라는 것을.

"트라우고트, 설명해."

빌프리트가 명령하자, 잠시 버벅대던 트라우고트는 고개를 푹 숙이면서 입을 열었다.

"채집터에서 날뛰면 채집물이 전멸할까 봐 숲으로 꾀어내는 중입니다. ……제가 온 힘을 다해 공격한 탓에 타니스베팔렌이 거대해져 버렸습니다."

빌프리트와 함께 지원을 온 트라우고트는 공격하지 않고 주위를 돌며 타니스베팔렌을 채집터에서 숲으로 유인하는 견습 기사들을 발견했다고 한다. 공격한 마력을 먹는 특성을 제일 먼저 파악한 마티아스가 절대 공격하지 말라고 명령했지만, 트라우고트는 이를 몰랐을 뿐더러 마수의 특성도 눈치채지도 못했다.

그는 그들을 도울 생각으로 타니스베팔렌을 한 방에 쓰러뜨리려고 했다. 지원이 오히려 역효과가 나겠다고 깨달은 마티아스가 "안 돼!" 하고 소리쳤지만, 그 소리마저 듣지 못한 트라우고트는 전력을 다해 공격했다. 그러자 성인보다 조금 큰 정도였던 타니스베팔렌의 몸집이 갑자기 팽창했다. 몸이 마력을 견디지 못하고 터질 거라 예상했지만, 오히려 두 배보다 훨씬 큰 상태로 정착하고 말았다.

"이상하다고 생각했을 때 샤를로테 님의 견습 호위 기사가 보낸 올도난츠로 마수의 이름과 성질, 쓰러뜨리려면 어둠의 축복을 받은 무기가 필요하다는 사실을 알게 되었습니다."

또 축문을 알려주러 내가 오고 있다는 것, 선생에게 지원 요청을 했다는 얘기를 리카르다가 빌프리트에게 올도난츠로 알렸다고 한다. 마티아스가 타니스베팔렌을 쳐다보며 덧붙였다.

"그 후로는 빌프리트 님의 지휘로 타니스베팔렌을 공격하지 않게 주의하며 채집터에서 벗어났고, 동시에 저희가 회복할 시간을 벌었습니다. 그 덕분에 회복약을 먹고 회복할 여유가 생겼습니다."

다친 사람은 회복약을 먹은 뒤 쉬고 있었다고 한다. 아직도 녹초인 사람부터 다친 사람까지 다양하다.

"선생님 측에 연락도 넣었으니 조금만 더 시간을 벌면 되겠죠. 고생한 여러분에게 룽슈멜의 치유를 내리겠습니다."

슈타프를 변형시킨 상태라서 나는 슈타프가 아닌 반지의 마석에 마력을 담아 룽슈멜의 치유를 내렸다. 반지의 마석에서 튀어나온 녹색 빛이 견습 기사들에게 쏟아져 내렸다.

"송구스럽습니다."

통증이 사라졌는지, 마치 등이라도 굽은 듯 축 늘어져 있던 견습 기사들이 자세를 바르게 고쳤다.

"그럼 무기를 꺼내세요. 한 번 축복을 해제하면 그날 축복은 그거로 끝이니까 타니스베팔렌이 쓰러질 때까지 해제하지 않도록 주의하세요."

"……해제 방법도 모르니까 걱정하지 마."

빌프리트의 말에 피식 웃으며 나는 복창하라고 하고 축문을 외었다.

"높고 정정한 천공을 관장하는 최고신인 어둠의 신이여. 세상을 만든 만물의 아버지여."

견습 기사들도 자신의 무기를 지그시 바라보면서 복창한다. 저 아래에서 코르넬리우스 일행이 타니스베팔렌을 견제하는 모습이 보였다.

"나의 기도를 듣고 거룩한 힘을 내어주시어 마(魔)로부터 앗은 힘을 나의 무기에 주소서. 당신께 모든 마력을 바치오니 마를 물리칠 힘과 가호를 내려 주소서."

조급해지는 마음을 억누르면서 나는 가볍게 눈을 감았다. 지금은 정신을 집중해서 기도를 올려야 한다.

"이 땅에 있는 생명에 잠깐의 평안을 주시옵소서."

천천히 눈을 뜨자, 모두의 무기가 어둠의 힘을 얻어 검게 물들어 있었다. 전체적으로 새까매진 무기를 손에 든 모두의 눈이 휘둥그레졌다.

"그것으로 공격하면 타니스베팔렌에게서 마력을 빼앗을 수 있어요.

시간 벌기라고 했지만, 가능하면 마석을 획득하고 싶으니까 최대한 네 다리를 절단하는 방향으로 공격하세요."

"로제마인, 그럴 여유가 어디 있어?"

빌프리트가 한숨을 내쉬면서 고개를 저었다. 그리고 손가락으로 나를 가리켰다.

"지금 상황을 보면 알다시피 타니스베팔렌은 움직임은 재빨라도 하늘을 날지 못해. 로제마인은 우리 눈이 닿는 위치, 그리고 절대 공격이 닿지 않는 상공에서 대기해."

"알겠어요."

무기가 살짝 빛난 것을 봐서일까, 코르넬리우스 일행이 모여들었다. 질 좋은 마력이 머리 위에 모여 있는 것을 느꼈는지, 타니스베팔렌이 위를 노리고 뛰어올랐다. 앞발도 닿지 않는 상공에 있어도 먹잇감을 포착한 번쩍이는 눈이 우리를 향하고, 커다란 입을 벌리며 달려드는 모습이 무시무시했다.

"마물 전문 서적을 연구하고 타니스베팔렌의 특성을 잘 아는 사람은 레오노레예요. 오늘은 레오노레의 지시에 따르세요. 특히 트라우고트. 알겠어요?"

"……네."

풀이 죽어 고개를 숙이는 트라우고트를 보자 빌프리트가 동정하듯 한숨을 내쉬었다.

"트라우고트는 타니스베팔렌의 특성을 몰라서 그랬던 거야. 너무 몰아붙이지 마."

'모르는 것 때문이 아니라 지시를 따르지 않는 점이 문제인 거야.'

그렇게 생각했지만 나는 입을 닫았다. 지금부터의 전투는 견습 기사들에게 맡기면 된다. 어둠의 축복을 부여해 무기를 갖춰 줬으니 내가 할 일의 절반은 끝났다. 토지를 회복하는 작업이 남았지만, 지금 당장이 아니어도 되고…… 라고 느긋하게 생각하는데, 레오노레가 내게도 역할을 맡겼다.

"그럼 다음으로 로제마인 님은……."

"나도 싸워요? 상공에 대기하라고 했는데요?"

"지금 전장에 계시고, 게다가 대량의 마력이 있고, 안전한 장거리 공격이 가능한 로제마인 님을 전투에 투입하지 않을 이유가 있습니까?"

이곳에 있는 인재는 죄다 쓰겠다고 한다. 합리적이라고 할까, 적을 무찌르기 위한 최선만을 따지는 레오노레에게 조금 놀랐지만, 내게 역할을 줘서 조금 기뻤다.

'모두에게 도움이 되고 있다는 뜻이니까.'

"물총으로 타니스베팔렌이 공격하지 못하는 상공에서 공격해 주십시오. 하르트무트와 유디트는 절대 로제마인 님 곁에서 떨어지지 마시고요."

"네!"

나는 의욕에 불타서 물총을 꽉 쥐었다. 레오노레는 의욕에 찬 나를 보며 살짝 미소를 짓고, 트라우고트를 보았다.

"트라우고트, 코르넬리우스와 공동 공격으로 네 다리를 절단하세요. 안게리카와 코르넬리우스가 하는 모습을 본 적 있으니 알죠? 그 역할을 부탁합니다."

"……아, 나는……."

조금 전의 실수가 마음에 걸려서일까. 트라우고트가 눈을 질끈 감으며 고개를 저었다. 하지만 레오노레는 사양하는 그를 조용히 설득했다.

"코르넬리우스의 마력에 맞출 수 있는 사람은 빌프리트 님과 당신밖에 없어요. 실수를 만회하고 싶으면 전력을 다하세요."

레오노레의 담담한 말에 트라우고트는 창피한 듯 몸을 움츠렸다. 그때 빌프리트가 모두의 시선을 한 몸에 받는 트라우고트를 감싸듯이 앞으로 나왔다.

"보고 흉내만 내도 된다면 내가 맞추지."

레오노레는 뭔가를 기대하듯이 트라우고트를 쳐다봤다. 하지만 트라우고트는 고개만 숙일 뿐 아무 말도 하지 않았다. 그 모습을 가만히 지켜보던 코르넬리우스가 한숨을 쉬더니 빌프리트에게 미소를 지었다.

"아닙니다, 빌프리트 님은 전력을 다해 공격해 주십시오. 제가 맞추겠습니다."

이번 공격의 전력은 토론베 퇴치와 비슷한 방식이다. 내가 장거리 공격으로 화살을 쏴서 타니스베팔렌을 약하게 만들면 견습 기사들이 일제히 공격한다. 모두가 물러나면 또다시 내가 화살을 쏘는 식으로 교차 공격을 펼치게 되었다. 내가 쏜 화살에 견습 기사들이 맞지 않게 주의해야 한다.

'그때 신관장님이 맡은 역할이 진짜 중요한 위치였구나. 책임이 막대한데?'

제대로 훈련도 받지 않은 내게는 어려운 포지션이다. 하지만 못한다는 말도 못한 사이에 레오노레가 손을 들자 견습 기사들이 주변으로 뿔뿔이 흩어졌다.

상공에서 사방으로 흩어지는 기수의 모습을 보자 어디를 쫓아갈지 고민하듯 타니스베팔렌의 이마에 있는 형형색색의 눈이 요리조리 바쁘게 움직인다.

'흐이이익! 징그러워!'

나는 소름이 쫙 돋는 것을 느끼면서 상공에서 타니스베팔렌을 향해 물총을 겨눴다. 살짝 눈을 내리뜨고, 머릿속에 토론베를 퇴치할 때의 페르디난드를 떠올렸다.

'난 하드보일드가 될 테야!'

"로제마인 님, 레오노레 님이 신호했습니다!"

나 대신 주위를 살피고 있던 필린느의 목소리를 듣고 눈을 떴다. 나는 레서버스의 양옆을 지키는 하르트무트와 유디트를 쳐다본 뒤 바로 아래에 있는 타니스베팔렌을 노리고 물총을 쐈다.

"가랏!"

페르디난드가 토론베를 쓰러뜨렸던 광경을 떠올리며 쏘자, 검은 물총에서 발사된 마력이 검은 화살로 변하더니 여러 개로 분열하여 타니스베팔렌을 향해 쏟아져 내렸다.

"……야압!"

내 공격을 본 뒤 유디트도 공격했다. 타니스베팔렌에게서 조금 빗겨간 방향을 노리고 던진 검은 돌이 날아간다. 목표가 거대해서 빗나갈 리가 없다고 생각했는데 나를 빤히 바라보던 타니스베팔렌은 내가 쏜 화살을 재빠르게 피했다. 하지만 피한 곳에서 유디트가 던진 돌에 맞고 비명을 지른다.

"……어떻게 된 거지?"

"장거리 공격에서 로제마인 님께 질 순 없지요. 적이 어디로 움직일지 한 발 앞을 내다봐야죠."

득의양양하게 웃는 유디트가 던진 검은 돌이 또 명중했다. 조그만 비명을 지르며 타니스베팔렌은 또다시 내 공격을 피했다.

'우씨!'

내 공격이 전혀 맞지 않자 괜히 분했다. 나는 타니스베팔렌을 노리고 연달아 물총을 쐈다. 하지만 나의 탄도 따위는 다 읽고 있다고 말하듯이 타니스베팔렌은 분열하는 화살을 잇달아 가볍게 피했고, 어째서인지 유디트의 공격만 맞았다.

'분해!'

타니스베팔렌이 민첩하게 움직이고, 이마의 눈까지 움직이며 주변을 살피는 탓에 견습 기사들의 공격도 상당수 빗나갔지만, 이따금 먹히는 공격이 있는 것을 보면 완전히 피하고 있는 건 내 공격뿐이다.

"……로제마인 님의 공격만 안 맞네요."

필린느의 지적이 날카롭게 가슴에 박힌다. 나도 아니까 콕 집어서 말하지 마! 하고 울고 싶은 마음으로 나는 아래에 있는 타니스베팔렌을 응시했다.

"로제마인 님의 공격이 먹히지 않는 건 로제마인 님의 공격을 피하는 데 타니스베팔렌이 집중해서 그런 겁니다."

로데리히의 중얼거림에 나는 고개를 크게 끄덕였다. 커다란 빨간 눈이 나를 빤히 응시한다. 내 공격만 피하면 된다고 생각하는 거냐, 라고 말하고 싶을 정도다.

'나만 계속 쳐다보니까 공격이 안 먹히잖아! 여기 보지 마!'

"타니스베팔렌의 시야를 가리면 내 공격도 먹힐 거예요!"

"시야를 가린다고요? 어떻게 하시려고요?"

로데리히의 냉정한 질문에 순간 말문이 막혔다. 거대한 마수의 시야를 가릴 방법이 퍼뜩 떠오르지 않았다.

"네? 아…… 글쎄요."

'눈을 가릴 만한 거, 눈을 가릴 만한 거……. 이렇게 커다란 천이 있으면 좋겠는데.'

천이 있더라도 타니스베팔렌의 눈을 가리고 머리 뒤로 묶는 방법은 아무리 생각해도 어려우리라. 하지만 커다란 천을 머리 전체에 덮으면 시야를 가릴 수도 있고, 아주 잠깐 발을 묶을 수 있다.

'시야를 가려서 잠깐이라도 움직임을 멈추면 내 공격도 통할 거야! 그러려면 타니스베팔렌을 감쌀 정도로 엄청 커다란 천이 있어야 해!'

"아! 딱 좋은 신구가 있어요. 류켄."

"……신구요?"

어안이 벙벙한 얼굴로 나를 보는 필린느에게 고개를 끄덕이며 나는 물총의 변형을 해제했다. 변형을 해제해도 축복은 그대로인지 손에 있는 슈타프의 색깔이 거멓다. 토론베 퇴치 때 기사들에게 들은 말과 달랐다. 그 사실에 조금 놀라면서 살짝 눈을 감았다. 방어에 필수라며 페르디난드에게 배운 주문이 있다.

"핀스움한."

나의 슈타프는 별이 반짝이는 밤하늘처럼 금색이 여기저기 박힌 검은 천으로 바뀌었다. 로데리히가 멍하니 내 손에 들린 천을 가리켰다.

"로제마인 님, 그건……?"

"어둠의 신의 신구인 망토예요. 이거면 타니스베팔렌의 시야를 가릴 수 있겠죠."

어둠의 신의 망토에는 흡수한 마력을 자신의 것으로 만드는 힘이 있다. 지금은 어둠의 축복이 깃든 상태라서 빼앗은 마력이 내가 아닌 신에게 봉납될 가능성이 크지만, 타니스베팔렌의 마력을 빼앗을 수는 있다.

나는 밤하늘을 펼치듯이 타니스베팔렌의 머리 위로 어둠의 신의 망토를 떨어뜨렸다. 좁은 범위로 날아오는 화살이면 몰라도 내가 원하는 대로 넓게 펼쳐지는 망토는 타니스베팔렌도 피하지 못한 모양이다. 검은 천이 시야를 가리자 타니스베팔렌의 움직임이 멈추고, 망토를 치우려고 앞발을 파닥거렸다.

"이제 내 공격도 먹힐 거예요!"

좋았어! 하고 주먹을 쥔 순간, 필린느가 뺨을 괴고 고개를 갸웃거렸다.

"슈타프를 변형시킨 망토를 던지셨는데 뭘 어떻게 쏘시게요?"

"아아아아! 내 물총!"

사용할 무기가 사라진 사실을 깨닫고 머리를 싸매는 내게 빌프리트와 코르넬리우스에게서 칭찬이 날아왔다.

"잘했어, 로제마인! 녀석의 발이 묶였어!"

"지금이다! 모두 일제히 공격해라! 뒷다리를 노려!"

재빠른 동작으로 견습 기사들이 일제히 타니스베팔렌을 공격하러 덤벼들었다. 머리를 덮은 어둠의 망토를 치우려고 버둥대는 타니스베팔렌의 뒷다리에 코르넬리우스의 명령대로 공격이 집중되었다. 스무 명 남짓한 기사들이 공중을 자유자재로 날며 각자의 검은 무기를 휘둘렀다. 동시에 타니스베팔렌이 피를 흘리며 비명을 질렀고, 그 피가 땅을 적셨다. 한눈에도 대미지를 입고 있다는 느낌이 들었다.

나는 울고 싶은 마음으로 모두가 싸우는 모습을 지켜볼 수밖에 없었다.

'다들 멋있지만, 이건 아냐! 아니라고! 내 활약을 보여줄 기회 돌려줘!'

언제든지 공격할 수 있게 빌프리트는 검은 검에 마력을 담고 있었던 모양이다. 어둠이 스며 나오듯이 일렁이는 무언가가 칼날을 감싸고 있다. 빌프리트가 검을 번쩍 치켜들었다. 슈타프와 맞췄는지, 손잡이 부분에 사자 문장이 보인다.

"전원 대피!"

그렇게 소리친 코르넬리우스의 손에도 이미 마력이 찬 검은 검이 있다. 작년 디터에서 봤을 때보다 마력의 양이 적어 보이는 건 빌프리트에게 맞춰서 그러리라.

상공으로 올라온 견습 기사들이 우리를 충격에서 보호하듯 타니스베팔렌과 우리 사이에서 방패를 세워 진을 쳤다. 나도 레서버스의 방향을 틀어서 충격에 대비해 핸들을 꽉 쥐었다.

"간다! 이야아아아아압!"

빌프리트는 자신에게 기합을 넣듯 소리치며 타니스베팔렌의 뒷다리를 향해 기수를 달려서 검을 크게 휘둘렀다. 마력이 대량으로 깃든 어둠의 참격이 검에서 튀어나와 타니스베팔렌의 오른쪽 뒷다리를 향해 일직선으로 날아간다.

"야아아아아앗!"

거의 동시에 코르넬리우스가 빌프리트와 다른 방향에서 타니스베팔렌의 뒷다리를 노리고 참격을 날렸다. 두 참격이 충돌하는 요란한 폭발음과 공기에 파문이 이는 듯한 충격이 날아왔다.

핸들을 꽉 쥐고 대비하고 있던 내게도 충격이 느껴졌다. 하지만 거리가 멀고, 견습 기사들이 방패를 이어서 막아 준 덕분에 그렇게 크지는 않았다. 아마 지금까지 경험했던 페르디난드의 전력 공격보다는 위력이 낮아서 그런지도 모른다.

'타니스베팔렌은!?'

충격이 지나간 후, 아래쪽을 응시했다. 참격이 의도대로 날아간 모양이다. 오른쪽 뒷다리가 날아가 비명을 지르는 타니스베팔렌이 그 뒤에 닥친 충격을 견디지 못하고 데굴데굴 구르는 모습이 보였다.

"해냈다!"

그렇게 소리친 순간, 철철 흐르는 피도, 다리가 날아간 통증도 느끼지 못하는 듯한 야생의 날렵한 움직임으로 타니스베팔렌이 튕기듯이 벌떡 일어났다. 충격으로 쓰러지면서 머리를 덮고 있던 망토가 벗겨졌다. 모습을 드러낸 여러 개의 눈은 고통과 분노에 차 있고, 몸을 일으켰을 때 마침 정면에 있던 빌프리트와 눈이 마주쳤다. 먹잇감을 노리는 그 눈빛에 나는 아찔해졌다.

"빌프리트 오라버니, 위로 도망쳐요!"

순간적으로 튀어나온 나의 외침을 들었는지, 빌프리트가 고삐를 잡아당겼다. 하지만 조금 전의 공격으로 마력을 많이 썼는지 기수의 속도가 터무니없이 느렸다. 기사들이 빌프리트를 구하려고 재빨리 움직이기 시작했다. 하지만 분노로 가득하고 마력의 보충을 노리는 타니스베팔렌이 그들보다 빨랐다. 오른쪽 뒷다리를 잃었는데도 빌프리트의 기수를 노리고 거침없이 달리기 시작했다. 이대로는 순식간에 따라잡히고 말리라.

"트라우고트!"

코르넬리우스의 고함이 울려 퍼졌다. 마력을 재충전했는지 손에는 마력이 차서 빛나는 검이 들려 있다. 코르넬리우스의 노성에 반응하듯 트라우고트가 검을 쥐고 급강하했다. 그의 검에 마력이 점점 흘러 들어가는 것이 보인다.

어둠을 감싼 검이 빛났다.

타니스베팔렌에게서 도망치듯 상공으로 올라오는 빌프리트와 마력이 찬 검을 쥐고 낙하하는 기세로 돌진하는 트라우고트가 엇갈린다.

그 순간, 코르넬리우스가 날린 참격이 먼저 타니스베팔렌의 목에 작렬했다. 균형을 잃고 옆으로 쓰러지는 타니스베팔렌의 배를 노리고 트라우고트가 검을 휘둘렀다.

"야아아아아압!"

트라우고트의 마력이 코르넬리우스의 공격이 일으킨 충격과 충돌한다. 거대한 작렬음이 울렸고, 상공을 향해 오는 충격이 아주 조금 완화되었다. 하지만 떨리는 공기와 코르넬리우스를 중심으로 쓰러져 가는 나무들, 휘몰아치는 흙먼지를 보면 우리에게 날아오는 충격이 얼마나 큰지 알 수 있었다.

빌프리트는 충격에 떠밀려 상공으로 튕겨 올랐고, 그를 구하려고 방패를 해제한 견습 기사들도 덮쳐오는 충격을 견디지 못해 사방팔방으로 튕겨 나갔다. 나는 눈을 꼭 감고 핸들을 꽉 쥔 채 브레이크를 밟아서 모든 마력을 쏟아 겨우 충격을 견뎠다.

충격의 파도가 지나가자 천천히 눈을 떴다. 움푹 파인 지면에 타니스베팔렌이 쓰러져 있다. 다리를 움찔거리고 있지만, 몸을 일으킬 힘은 없는 듯하다.

"해냈다!"

"방심하면 안 됩니다!"

레오노레가 함성을 지르는 견습 기사들을 꾸짖었다. 코르넬리우스와 트라우고트가 익숙한 동작으로 검을 몇 군데 찌르자 타니스베팔렌이 움직임을 멎었다.

"소재를 벗기자!"

트라우고트가 팔을 크게 흔들어 신호하자 견습 기사들이 타니스베팔렌을 향해 내려갔다. 나도 레서버스를 운전해서 아래로 갔다.

"소재 회수는 공헌도에 따라 다릅니다."

다 함께 쓰러뜨린 마수의 소재는 공헌도에 따라 차지하는 물건이 다르다고 한다. 코르넬리우스가 견습 기사가 아닌 나와 빌프리트에게 설명했다. 이번 퇴치에 가장 큰 공헌을 한 사람은 코르넬리우스다. 다음은 빌프리트, 그다음은 트라우고트. 망토를 씌워 발을 묶은 나도 공헌을 인정받았다.

"지원이 올 때까지 타니스베팔렌을 유인해서 채집터를 지킨 마티아스 쪽 아이들의 공헌도 잊지 마, 코르넬리우스."

"영지대항전에 나오지 않는 마물의 자료까지 완벽하게 조사한 레오노레의 공헌도요."

빌프리트와 내 말에 코르넬리우스가 피식 웃으면서 동의했다.

"난 로데리히가 이름을 바칠 때 쓸 마석 소재만 있으면 돼요. 그것 외에는 딱히 필요하지 않으니까 품질이 높은 것으로 부탁해요."

"그렇다면 이마의 눈은 어떠십니까? 공격을 흡수한 마력이 속성마다 나뉘어 있으니 괜찮은 소재가 될 겁니다."

레오노레의 조언에 따라 내가 가질 소재는 로데리히의 속성인 바람과 흙의 눈알로 정해졌다.

"로데리히, 그렇게 됐으니까 획득해 오세요. 그 소재로 내게 걸맞은 이름을 바치는 돌을 만드세요."

"로제마인 님……."

로데리히가 감격에 겨운 눈으로 나를 보며 "그러겠습니다."라며 고개를 끄덕이고 레서버스에서 내렸다. 그의 뒷모습을 보며 나는 안도의 한숨을 내쉬었다. 평민촌에서 집안일을 도우며 새 깃털을 뽑고 껍질을 벗기는 작업은 할 수는 있게 됐지만, 잘하지도 않고 좋아하지도 않는다.

'눈알을 뽑는 건 더더욱 싫어.'

"로제마인 님, 축복은 어떻게 해제하면 됩니까? 어둠의 축복이 깃든 상태로는 소재를 회수할 수 없습니다. 회수 중에 마력을 뺏길 겁니다."

코르넬리우스의 목소리에 정신이 든 나는 검은 무기를 들고 있는 모두를 둘러보았다.

"해제하면 오늘은 더 이상 어둠의 신의 축복을 받을 수 없다는 걸 명심하세요."

"어둠의 신의 축복이 하루에 몇 번이나 필요하진 않아."

빌프리트의 말에 견습 기사들이 동의하면서 고개를 끄덕인다. 나도 "그러네요."라고 동의하면서 축복 해제 주문을 외웠다.

"엔트바흐눙크."

모두가 복창하여 축복을 해제한다. 손에 든 무기가 검은색을 잃어가는 것을 보고, 나는 내 손에 무기가 없다는 것을 떠올렸다. 소재를 회수하기 시작한 모두를 둘러보며 "어둠의 신의 망토를 회수하고 올게요."라고 말했다.

"잠시만 기다리십시오. 호위를⋯⋯."

"코르넬리우스는 여기서 회수해야 하잖아요. 유디트와 하르트무트를 데리고 가니까 걱정하지 마세요."

가장 큰 공헌을 한 코르넬리우스는 회수해야 할 소재도 많다. 내가 그렇게 말하자, 코르넬리우스의 소재 회수를 돕던 레오노레가 일어났다.

"제가 로제마인 님과 다녀오겠습니다. 코르넬리우스, 저와 유디트, 하르트무트의 몫까지 회수해 주세요."

"알았어, 잘 부탁해."

나는 레서버스에 올라타서 내 손으로 던진 어둠의 신의 망토를 회수하러 갔다. 호위로 데려가는 사람은 유디트와 레오노레, 그리고 하르트무트다.

"로제마인 님은 정말 신구를 만들어내시는군요. 실기 때 만드셨다는 보고를 듣긴 했지만, 이렇게 실제로 보니 감동입니다."

하르트무트가 매우 만족한 미소를 지으며 말했다. 엄격한 훈련을 견딘 보람이 있다며 기뻐하고 있다. 하지만 신전에 드나드는 하르트무트의 말에 위화감을 느꼈다.

"하르트무트도 신전을 드나드니까 신구에 익숙할 거 아녜요?"

"업무 차 신전에 가도 신구를 실제로 보는 기회는 거의 없습니다."

마력을 봉납하는 나는 항상 신구를 보고 만진다. 하지만 곰곰이 생각해 보면 업무를 도와주러 오는 측근들을 기다리게 하면 좋지 않다는 프랑의 말에 봉납 시간은 항상 이른 아침이거나 잠들기 전 시간대였다. 그래서 신전에 자주 출입하는 하르트무트와 필린느조차 신구를 볼 기회가 없었던 것이다.

'신구를 보는 기회도 만들어야 하나?'

그런 생각을 하며 나는 멀리 날아간 검은 망토를 줍다가 헉, 하고 숨을 삼켰다. 어둠의 신의 망토는 마력을 흡수하는 망토다. 망토가 떨어진 자리의 마력이 빨려나가 있는 것이 아닌가. 시꺼먼 진창은 없지만, 빠삭빠삭 마른 적갈색 땅으로 변해 있었다.

'미안해요, 미안해요! 그럴 생각은 없었어!'

서둘러 변형을 해제한 슈타프를 쥐고 바로 치유를 내리려다가 번뜩 정신이 들었다. 여기보다 채집터를 먼저 치유해야 하지 않을까? 전부 빗나가긴 했지만, 타니스베팔렌을 향해 물총을 난사한 탓에 내 마력은 상당히 줄어든 상태였다.

'이런 깊은 숲속보다 채집터의 치유가 먼저겠지?'

코르넬리우스에게 상담하려고 뒤돌아본 순간, 몸이 딱 굳었다. 그리고 뻣뻣한 목을 돌려 시선을 피했다.

"로제마인 님, 왜 그러십니까?"

"채집터를 치유하러 가야겠어요. 소재를 회수하려면 시간이 걸리잖아요."

해체 중인 타니스베팔렌이 무서워서 가까이 가고 싶지 않다는 말은 차마 꺼내지 못하고, 나는 레오노레를 올려다보며 에헷, 하고 웃었다.

"치유라니…… 무엇을요?"

잘 모르겠다는 듯이 레오노레가 고개를 갸웃거렸다. 뒤처리는 토론베 퇴치 때와 똑같지만, 기사로 동행한 적이 없는 레오노레는 모르는 기색이다.

"타니스베팔렌에 마력을 빼앗긴 땅에 마력을 채우는 일이에요."

"그런 것도 가능합니까?"

놀라움에 눈이 커진 사람은 레오노레가 아닌 하르트무트였다. 문관이라서 조합용 소재가 많이 필요한 하르트무트는 황폐해진 채집터를 보자 눈앞이 깜깜했다고 한다.

"토론베 퇴치가 끝나면 하는 신전 업무예요. 난 신전장이잖아요."

'해체가 무서운 게 아니야! 치유 의식은 나밖에 못 하거든!'

치유와 지원

상담 끝에 나는 채집터를 치유하러 가게 되었다. 하지만 호위 셋으로는 숫자가 부족했다. 그래서 타니스베팔렌 퇴치에 공헌도가 낮아서 소재 회수가 금방 끝나 할 일이 없는 견습 기사들을 호위로 데리고 갔다.

어슴푸레 노란빛을 발하는 채집터에 진입하자, 알록달록한 초목 부분과 타니스베팔렌이 날뛰어 시꺼먼 진흙이 사방에 튄 부분으로 뚜렷이 나뉘어 있었다. 4분의 1 정도가 타니스베팔렌에 의해 엉망이 되어 있었다. 꽤 광범위하다.

"참혹하네요. 이래서는 수업에도 지장이 있겠어요."

주변 기사들의 대화에 고개를 끄덕이며 나는 치유 의식을 거행해도 괜찮을지 노려보듯이 검사했다. 토론베 퇴치 때 했던 치유와 달리 어느 정도 식물을 키워 두지 않으면 수업에 직격탄을 맞는다.

"수업에 지장이 없게 땅을 치유하겠어요. 마수가 오면 잘 처리해 줘요."

"네!"

지면에 착지한 나는 뒷좌석을 돌아보고 필린느에게 말을 걸었다.

"필린느는 내리지 말고 여기서 기다려요."

"알겠습니다."

나는 필린느를 레서버스에 두고 혼자 내렸다. 시꺼먼 진흙을 밟기 싫어서 그 바로 앞에 자리를 잡았다.

"로제마인 님 곁에는 측근이 있을 테니 여러분은 주변을 경계하세요."

레오노레의 지시에 따라 기수에 탄 견습 기사들이 주변을 경계하며 뿔뿔이 흩어졌다. 레오노레와 하르트무트가 내 양옆에 붙었고, 유디트가 후방을 지키듯 뒤쪽을 호위했다. 조금 전까지 타니스베팔렌이 날뛰어 채집터 주변에도 시꺼먼 흙탕물을 흩뿌린 탓에 지금은 마수가 보이지 않았다. 하지만 조심해서 나쁠 것은 없다.

나는 슈타프를 소환한 후 가볍게 눈을 감고, 플류트레네의 지팡이를 떠올리는 데 집중했다. 촘촘한 장식이 들어간 긴 손잡이를 따라 쭉 박힌 작은 마석, 어른 손바닥만 한 녹색 마석을 감싼 금세공. 내가 제일 처음 썼던 신구다.

"슈트레이트콜벤."

손안에 나타난 플류트레네의 지팡이에 만족하면서 나는 지팡이를 지면에 찌르고 양손으로 꼭 쥐었다. 그리고 천천히 마력을 흘려보냈다.

"치유와 변화를 가져오는 물의 여신 플류트레네여. 그 곁을 모시는 권속의 열두 여신이여. 나의 기도를 듣고 거룩한 힘을 내려주시옵소서."

마력이 점점 지팡이로 빨려나가는 것을 느꼈다. 마력은 지팡이뿐만 아니라 지면도 채워 나갔다.

"마(魔)에 속하는 자의 손에 의해 상처 입은 그대의 여동생, 흙의 여신 게두르리히를 치유할 힘을 내 손에 주소서. 당신께 바치는 거룩한 선율, 지상에 파문을 일으키시어 청명한 가호를 내려 주소서. 내가 바라는 곳까지 당신의 귀색으로 채워 주소서."

지팡이에 박힌 커다란 녹색 마석이 강렬한 빛을 발했다. 마력이 소용돌이치고, 나를 중심으로 바람이 이는 현상이 낯설지 않다. 머리카락이 바람에 엉망이 되고, 옷자락과 소매가 나부낀다. 나는 치유 의식의 성공을 확신했다.

그 순간, 발밑이 번뜩였다. 플류트레네의 지팡이에 박힌 마석과 같은 색의 빛이 지면을 뻗어 나가기 시작한다. 지팡이를 찔러 넣은 곳에서부터 물길을 따라 흐르는 물처럼 녹색 빛이 일정한 굵기로 흘러 나간다.

"으악!? 뭐야!?"

기겁하는 주변 목소리에 나는 이 의식을 중단해야 할지 말아야 할지 망설이며 녹색 선을 바라보았다. 토론베 퇴치 후의 의식과 달랐다. 그때는 마력이 금세 검은 흙이 되어 퍼졌고, 작은 싹이 얼굴을 내밀었다. 이런 녹색 선은 나도 본 적이 없다.

'어쩌지?'

내가 고민하는 사이에도 녹색 빛은 계속해서 뻗어 나가더니 지면에 푸르게 빛나는 마법진이 완성되어 버렸다. 원래 채집터에 있는 것이었으리라. 채집터 크기와 맞먹는 마법진이다.

"로제마인 님, 보고해야 하니 어떤 마법진인지 기록해 두겠습니다."

이곳에서 유일하게 자유롭게 움직일 수 있는 문관인 하르트무트가 흥분한 표정으로 가만히 있을 수 없다는 듯 기수를 타고 상공으로 날아올랐다.

완성된 마법진이 강렬한 빛을 발한 순간, 타니스베팔렌이 남긴 시꺼먼 흙탕물이 증발하듯 수증기를 일으키며 사라졌다. 흙탕물이 사라진 자리에 얼굴을 내민 것은 적나라하게 드러난 적갈색 흙이다. 하지만 적갈색 흙이 모습을 드러낸 건 고작 몇 초였다. 금방 마력이 차서 까만 흙으로 변했다.

'왠지 느낌이 이상하지만, 일단 치유는 된 것 같네.'

검은 흙에서 작은 싹이 하나둘 돋기 시작했다. 바라던 대로 치유가 되자 안도의 한숨을 내쉬면서 계속해서 마력을 흘려보냈다. 더 성장시켜야 수업에 쓸 만한 약초가 된다.

'쑥쑥 자라라!'

"싹이……."

레오노레의 경악에 찬 중얼거림을 들으며 잇따라 돋아나는 싹을 지그시 바라보고 있자 지면에서 빛나던 마법진이 점차 공중으로 뜨는 것이 아닌가. 뚫어지게 응시해도 역시 지면에서 손가락 두 개 정도 높이로 떠 있다. 마법진이 올라가는 데 맞춰 싹도 서서히 자랐다. 땅에 찌르듯이 꽂혀 있는 지팡이를 보고 있으니 마법진이 아주 조금씩 떠오르는 것이 보였다.

"오오오오! 훌륭해!"

"이런 의식은 처음 봐!"

사람들이 감탄의 소리를 지르면서 회복되어 가는 채집터를 바라보았다.

'나도 이런 거 처음이야!'

그렇게 소리치고 싶은 충동을 삼키며 나는 어금니를 꽉 깨물었다. 생각보다 훨씬 많은 마력이 지팡이에 빨려나갔다. 수업에 사용할 만큼 약초를 키웠다가는 마력이 바닥날 것 같다.

'이대로 계속 마력을 빨렸다간 큰일 나겠어.'

나는 지팡이에서 한 손을 떼고, 허리 벨트에 달린 마석과 통으로 손을 뻗었다. 유사시를 대비해서 가져온 지옥의 맛 회복약이 있지만, 한 손에 잡히지가 않았다. 뚜껑도 못 열겠다.

"레오노레, 내 허리에 있는 약통 좀 집어 줘요."

눈이 휘둥그레진 채 자라나는 싹을 바라보고 있던 레오노레가 깜짝 놀라며 뒤돌아본다. 그리고 내 얼굴을 바라보며 미간을 찌푸렸다.

"로제마인 님, 너무 무리하시고 계신 것 아니세요?"

"녹색 마석이 박힌 통이에요. 서두르세요. 중간에 끊기면 안 돼요."

"……실례했습니다."

뭔가를 말하려고 했는지 레오노레가 잠깐 입을 벌렸다가 다시 닫았다. 그리고 내 허리에 찬 약통을 집어 뚜껑을 열었다. 나는 그것을 한 손으로 받아 단숨에 목구멍에 털어넣었다. 코에서 뿜어나오는 비린내와 혀가 저리는 끔찍한 맛에 눈물이 왈칵 솟았다. 변함없는 지옥의 맛이다. 당장 입가심할 것이 필요하지만, 그런 편리한 물건은 없었다.

'우읍! 회복하기 전에 이 약에 죽겠어!'

맛을 희생한 만큼 효과가 매우 뛰어난 회복약에 의해 마력이 점차 회복되는 것을 느꼈지만, 회복되는 족족 지팡이에 빼앗겼다. 지팡이에 흘러가는 대로 마력을 쏟아 넣으니 점차 풀과 나무가 자라기 시작했다.

"우와!"

유디트의 환호성이 등 뒤에서 들렸다. 토론베 같은 속도로 식물이 쑥쑥 성장한다. 발목과 무릎을 지나 허벅지 높이까지 마법진이 올라왔다.

마법진이 내 허리 높이까지 올라오자, 약초가 하나둘 성장을 멈추기 시작했다. 여기까지만 자라면 충분하다는 뜻일까? 성장이 끝난 식물에는 더 이상 마력이 흐르지 않는지, 마법진이 올라오는 속도가 빨라졌다.

마법진이 플류트레네의 지팡이보다 위로 올라가자 이번에는 녹색 마석에서 마력이 일직선으로 뻗어 올라가는 현상이 나타나기 시작했다. 마력으로 밀어 올리듯이 녹색으로 빛나는 거대한 마법진이 위로, 위로 올라간다. 그에 따라 나무가 스스로 몸을 흔들며 뻗어 나간다. 가지가 사방으로 퍼지고, 그 끝에 잎이 돋아나고, 꽃을 피우는 나무도 생겼다.

"굉장해요, 로제마인 님!"

채집터의 나무들이 거의 본래의 상태로 되돌아갔을 무렵, 마법진도 채집터의 원기둥형 꼭대기에 도달했던 모양이다. 한순간 강렬한 녹색 빛을 발한 후, 마법진은 서서히 사라졌다. 동시에 마력을 빼앗던 힘도 사라졌다. 나는 어깨에 힘을 빼고 플류트레네의 지팡이에 몸을 기댔다.

"……재생 완료예요."

"정말 놀랍습니다. 지금까지 신전에서 이런 일을 하셨던 겁니까?"

"신전 업무일 때는 싹만 트면 끝냈어요. 하지만 여기는 에렌페스트의 채집터이고, 수업에 꼭 필요한 곳이니까 힘 좀 썼어요. 약초가 다시 생겨서 다행이에요."

채집터는 문관 코스는 물론 기사 코스에도 회복약 소재 채집에 꼭 필요한 장소다. 내 말에 유디트가 "훌륭하십니다. 로제마인 님 덕분입니다." 하고 웃으면서 나를 돌아본 순간, 안색이 싹 바뀌었다.

"로제마인 님, 안색이 나쁘십니다!"

"예상보다 마력 소비가 많아서 회복약을 먹으면서까지 무리해서 그럴 거예요. 머리가 어질어질해요."

회복하는 족족 마력을 사용한 경험이 많지 않은 탓이기도 하다. 익숙지 않은 마력의 움직임에 내 체력이 따라가질 못한다.

"어서 기숙사로 돌아가서요. 네?"

"하지만 로데리히를 기수에 태워서 돌아가야 하니까 일단 회수 장소로……."

"올도난츠로 사정을 알려서 본인 기수로 돌아오라고 하면 됩니다. 로데리히보다 로제마인 님의 몸이 더 중요합니다."

유디트의 말에 레오노레가 가볍게 고개를 끄덕이고는 팔을 들어 견습 기사들을 모았다.

"로제마인 님의 상태가 나쁘시니 시급히 기숙사로 돌아가겠습니다. 절반은 이대로 로제마인 님을 호위하며 기숙사로 복귀하고, 나머지는 소재 회수를 도우러 가세요. 필린느는 본인 기수를 소환하세요. 로제마인 님은 기수와 신구를 정리해 주십시오. 제가 기숙사까지 모시겠습니다."

도중에 속이 울렁거려서 집중이 끊기거나 정신을 잃으면 기수가 사라진다. 추락 위험이 있는 셈이다. 레오노레는 척척 지시를 내리며 기숙사로 돌아갈 준비를 한다.

내가 레오노레에게 안긴 상태로 기수를 탄 순간, 무언가가 채집터로 돌진해 왔다. 내 배를 감싼 레오노레의 팔에 힘이 들어가고, 주변의 견습 기사들이 재빨리 슈타프를 소환했다. 모두가 경계하는 가운데 시꺼먼 집단이 잇달아 채집터로 들어왔다.

"로제마인 님!"

선두에서 귀에 익은 목소리가 들렸다. 안감이 파란 망토를 펄럭이며 채집터로 제일 앞서 들어온 사람은 루펜이었다. 그 뒤로 검은 망토를 걸친 기사단이 함께 오고 있었다. 망토 색깔로 보건대 중앙기사단이리라. 제일 뒤에 힐쉬르와 선생 몇 명이 보였다.

"타니스베팔렌이 나타났다는 보고를 듣고 중앙기사단과 함께 왔습니다. 어디 있습니까!?"

루펜이 기수를 옆으로 붙이며 물었다. 나는 레오노레를 힐끗 뒤돌아본 뒤 "처치했어요."라고 간결하게 대답했다. 일부러 여기까지 오셨는데 미안하지만, 퇴치는 이미 끝났다. 지금은 소재 회수 시간이다.

"그래요? 그럼 저는 이만 연구실로 돌아가도 되겠죠?"

"잠깐만요, 힐쉬르. 에렌페스트에 위험이 사라져도 귀족원에 타니스베팔렌이 나타난 원인을 규명해야죠."

힐쉬르를 붙잡는 선생들은 거들떠보지도 않고, 루펜이 내 대답에 인상을 찌푸리며 고개를 저었다.

"힐쉬르, 그런 말이 어디 있어? 학생들은 검은 무기를 못 써. 그런데 어떻게 에렌페스트의 학생이 타니스베팔렌을 쓰러뜨렸다는 거야?"

검은 무기라는 것은 어둠의 신의 축복이 깃든 무기이리라. 코르넬리우스를 비롯한 견습 기사들도 모르고 나도 에크하르트와 페르디난드의 참고서에서 본 적이 없으니 귀족원에서 가르치지 않는 내용임은 알 수 있었다. 루펜의 말도 지당하다. 하지만 이번 일은 수업과 전혀 관계가 없다.

"전 신전장이니까요."

"……로제마인 님께서 신전장인 것과 이것이 무슨 관계입니까?"

"축문을 외는 게 특기거든요."

"······축문이요?"

루펜을 비롯한 선생들도 이해가 잘 안 된다는 듯이 미간을 찌푸린다. 설마 기사들이 사용하는 검은 무기는 축문과는 다른 주문으로 만들어내는 걸까? 머릿속에 의문이 떠올랐지만, 그런 건 어찌 되든 좋다. 속이 울렁거린다. 빨리 돌아가서 자고 싶다.

"제가 축문으로 어둠의 신의 축복을 내렸고, 에렌페스트 견습 기사들이 타니스베팔렌을 쓰러뜨렸어요. 제 말을 그렇게 믿기 어려우면 마침 소재 회수 중이니까 직접 가서 보세요. 저는 서둘러 기숙사에 돌아가야 해서 실례하겠습니다."

얼른 도망치고 싶었지만, 그냥 놔줄 루펜이 아니었다.

"잠깐만요, 로제마인 님. 타니스베팔렌이 나타나면 땅이 황폐해지는데 에렌페스트의 채집터는 왜 멀쩡한 겁니까? 누가 봐도 여기로 돌진한 것처럼 검은 길이 이 앞에서 끊겨 있는데 안쪽은 피해가 전혀 없군요."

"신의 가호가 있었거든요. 제가 신전장이잖아요."

어질어질한 머리가 아래로 처지지 않게 한 손을 뺨에 대고 머리를 떠받쳤다. 그 행동이 루펜의 눈에는 얼버무리는 것처럼 보였던 모양이다. 험악한 눈빛으로 나를 노려본다.

"신전장이라는 지위를 아주 편하게 사용하시는군요. 하지만 신전에는 그런 힘이 없습니다. 로제마인 님, 대체 뭘 하신 겁니까?"

"그러니까 제가 신전장으로서 치유 의식을 했다고요. 이 채집터는 에렌페스트가 쓰는 장소니까 힘을 썼지만, 다른 땅은 중앙 관할이라서 건드리지 않았어요."

나머지는 중앙에서 알아서 하세요, 라는 말을 돌려 말했다. 나는 에렌페스트 학생들의 수업에 지장만 생기지 않으면 그만이다. 솔직히 말하자면 어둠의 신의 망토 때문에 적갈색으로 변한 땅도 아무도 모르게 고쳐놓고 싶었는데, 선생들이 나타난 마당에 몰래 하기는 어렵다. 타니스베팔렌이 휩쓴 주변까지 통틀어 그들이 원상 복구하게 하자.

"확실히 토지를 치유하는 건 신전의 업무지만……."

기수 제작 실기 때도 참관했던 할아버지 선생이 턱을 쓸면서 들여다본다.

"이곳에는 신구도 없는데 어떻게 한 거요?"

"신구가 없으면 만들면 되죠."

빨리 돌아가고 싶은 마음에 나는 대충 대답했다. 슈타프가 없는 청색 신관이라면 몰라도 난 슈타프가 있으니 원하면 만들면 된다.

"로제마인 님은 라이덴샤프트의 창과 슈첼리아의 방패뿐만 아니라 플류트레네의 지팡이도 만드실 수 있는 겁니까!?"

"무기든 신구든 만드는 방법은 똑같아요. 머릿속에 이미지를 떠올리면서 주문을 외면 되는걸요."

중요한 건 어떤 신구이며 무엇을 할 때 쓰는 물건인지를 명확하게 떠올려야 한다. 이미지가 정확하지 않으면 무기를 만들 수도 없다. 그래서 내게는 일반 무기나 신구나 마찬가지다.

"신전에서 땅을 치유한다는 말은 들었지만, 초목까지 멀쩡히 원상태로 돌아가는 건 왜지?"

"왜냐고 물어도 뭐라고 할 말이 없네요. 땅을 치유하면 당연히 초목도 자라는 것 아닌가요?"

중앙 신전에 소속된 신관의 힘으로는 초목을 성장시키지는 못하는 모양이다. 청색 신관 출신 기사였던 시키코자가 하던 치유 의식만 봐도 초목이 자랄 수 있는 상태로 땅을 되돌리는 것까지가 한계였다. 하지만 여기서 쓸데없는 말은 삼가자.

"잠깐만요, 로제마인 님. 지팡이로 변화시키는 주문을 어떻게 아시는 겁니까? 2학년 수업에서는 그런 주문을 가르치지 않습니다. 지팡이 같은 특수한 무기는 기사 코스에서 배우는 겁니다."

루펜의 말대로 무기로 바꾸는 2학년 수업에 지팡이 주문은 없었다. 페르디난드도 방어 주문밖에 알려주지 않았다. 하지만 나는 알고 있다.

"안게리카의 성적 올리기 부대의 책임자였거든요. 기사 코스의 이론이라면 대충 내용을 파악하고 있죠."

안게리카를 위해 페르디난드와 에크하르트의 자료를 몇 번이나 반복해서 읽고, 다무엘과 코르넬리우스가 열렬히 가르치는 소리를 옆에서 듣고 있었으니 아마 안게리카보다 더 많이 기억하고 있으리라. 내 말에 루펜의 눈이 환희로 반짝이기 시작했다.

"뭣이!? 이미 기사 코스의 이론을 배웠다는 건 내년에 기사 코스까지 수강하겠다는 말이지요? 디터 재경기를 간절히 기다리고 있겠습니다."

오오! 하고 우렁차게 외치며 기뻐하는 루펜을 올려다보고, 나는 즉시 고개를 저었다.

"아뇨, 전에도 말했다시피 기사 코스는 수강하지 않아요."

"어째서입니까!?"

눈을 부릅뜨고, 침까지 튀길 기세로 루펜이 얼굴을 들이밀었다.

"전 기사 코스 실기를 받을 수 없으니까요."

이론이면 몰라도 제대로 움직이지도 못하는 내가 실기를 해낼 리가 없다. 지극히 당연한 말을 루펜이 기세 좋게 날려 버렸다.

"의욕만 있으면 할 수 있습니다! 끈기와 근성으로 밀고 나가면 됩니다."

이길 때까지 싸우라는 말이 역사책에 있듯이 매우 단켈페르거의 사감다운 말이지만, 그 이야기를 나에게까지 적용하면 곤란하다. 근본적으로 불가능한 소리다.

"제게는 의욕도 끈기도 근성도 없어요. 특히나 체력은 더 없죠. 오늘도 축문을 가르쳐주러 왔다가 치유 의식을 치른 것만으로 한계예요. 부탁이니까 기숙사로 돌아가게 해주세요."

내가 몸에서 힘을 빼자, 나를 부축하던 레오노레가 루펜을 노려보았다.

"루펜 선생님, 로제마인 님의 몸에 해로우니 더 이상의 질문은 삼가주세요. 며칠 뒤에 부탁드립니다. 그리고 타니스베팔렌은 토벌했지만, 원인은 아직 찾지도 못했습니다. 타니스베팔렌은 귀족원에 사는 마수가 아닙니다. 어디에서 어떻게 왔는지 조사해 주세요. 또 존재할 가능성이 있다면 다른 영지에도 경계하라고 연락해야 합니다."

레오노레의 말에 루펜이 입을 꾹 닫고 고개를 끄덕였다.

"로제마인 님의 기사 코스에 관해서는 다음에 상담을 듣겠습니다. 지금은 타니스베팔렌의 뒤처리가 먼저니까요."

"……저기 루펜 선생님. 상담할 게 하나도 없는데요."

"거기 견습 기사, 타니스베팔렌을 처치한 곳으로 안내해."

"네!"

내 말은 묵살되었다. 소재를 회수하는 곳으로 돌아갈 예정이었던 견습 기사들이 선생과 중앙기사단의 선두에 서서 채집터를 벗어났다. 모두가 떠나는 것을 확인한 후, 우리는 레오노레의 지시에 따라 기숙사로 돌아갔다.

기숙사에 도착하자, 우리를 애타게 기다리고 있던 모두에게 둘러싸여 질문 공세를 받았다. 나는 함께 돌아온 측근과 견습 기사들에게 대응을 맡기고, 리카르다에게 안겨 방으로 연행되었다.

"약은 드셨지요? 그럼 바로 쉬십시오. 몸이 뜨겁습니다."

브륀힐데와 리젤레타까지 거들며 내 옷을 후다닥 벗기는 가운데, 내가 "보고서와 연락 사항을……."이라고 중얼거리자 리카르다가 황당하다는 표정을 지었다.

"빌프리트 님과 샤를로테 님이 계시지 않습니까. 보고는 동행한 하르트무트에게 맡기시고, 공주님은 본인 몸 상태를 회복하는 데 우선하세요. 이러다가 기대하고 계시던 도서관 다과회에도 불참하셔야 할 겁니다. 왕족을 초대해 놓고 빠지면 에렌페스트 전체가 난처해져요."

리카르다의 말마따나 힐데브란트를 초대한 이상, 주최자인 내가 앓아누우면 일이 커진다. 반론할 수 없는 지적에 나는 입을 꾹 닫고 이불에 들어가 눈을 감았다.

내가 몸져누워 있는 동안 에렌페스트에 보고가 제출되었다고 한다. 빌프리트는 첫 출진의 흥분에 찬 토벌 상황을, 하르트무트는 신구를 다루는 성녀를 향한 찬양을, 샤를로테는 중앙과의 소통과 루펜에게 들은 내용을 포함한 사무적인 보고를 보냈다고 한다.

"하나같이 다르게 작성된 보고서라서 이것이 하나의 사건인지, 여러 사건인지 아우브 에렌페스트께서 매우 혼란스러워하셨다고 합니다. ……답장에 쓰인 평가를 종합하자면 돌발적인 사건에도 잘 대응했다고 하십니다. ……로제마인 님의 귀환 명령만 제외하면요."

에렌페스트에서 온 답장을 내 머리맡에서 읽으며 필린느가 걱정하듯 나를 힐끔거렸다. 답장 속에는 특별히 꾸짖는 글은 없었지만, 왕족을 초대한 다과회가 끝나자마자 돌아오라는 귀환 명령이 나온 모양이다. 평소처럼 편지로 혼날 때보다 더 혼날 것 같은 느낌은 내 기분 탓일까.

"……귀환 명령이요? 그럼 한넬로레 님께 빌린 책을 다과회 때 돌려드리겠다고 전하세요. 새로운 책도 가져가겠다는 말도요."

사실은 한넬로레와 둘만의 다과회에서 책 얘기를 나누고, 돌려주고 싶었는데 귀환 명령이 떨어졌으면 하는 수 없다.

"이번에는 학생이 적은 시기에 왕족과 에렌페스트가 접촉하는 상황을 피하기 위해 떨어진 귀환 명령이니까 봉납식이 끝나면 귀족원에 돌아올 수 있지 않을까요? 그럼 다른 분과도 사교하실 수 있어요."

"……난 도서관에만 틀어박힐 수 있으면 그거로 충분해요."

사교 시즌에 귀족원에 돌아오면 도서관에서 시간을 보내고 있기도 어려워진다. 하루 종일 도서관에 있을 수 있는 행복한 기간이 사라져 버린다. 우울하다.

어깨가 축 처진 내게 필린느는 "로제마인 님께서 자리를 비우시는 동안 여러 영지의 이야기를 모아 둘게요."라며 달래 주었다. 그리고 중앙에서 온 보고 내용을 알려주었다.

"레오노레의 조사 내용대로 타니스베팔렌은 베르케슈토크에 많이 서식하는 마수입니다. 귀족원에 있을 리가 없는 존재니까 어쩌면 베르케슈토크와 관련이 있는 인물이 데리고 온 것으로 추정한다고 합니다."

타니스베팔렌이 그 덩치로 자라려면 몇 년은 걸리고, 무게가 가벼운 새끼 때 데려왔다고 가정해서 역산하면 대숙청 후 베르케슈토크의 기숙사가 봉쇄되었을 무렵일 것이라고 한다.

"단, 베르케슈토크 기숙사 근처에 타니스베팔렌이 살았을 흔적이 있는 구멍이나 식물이 부자연스럽게 시든 흔적도 없기 때문에 오랜 잠복이 불가능하다고 주장하는 사람도 있다고 들었어요."

베르케슈토크 기숙사가 있는 방향에서 에렌페스트 기숙사를 향해 타니스베팔렌이 이동한 증거는 시꺼먼 길로 알 수 있다. 그런데 일직선으로 에렌페스트를 향한 점이 이상하다고 한다.

"베르케슈토크 기숙사에서 에렌페스트 기숙사로 이동하는 도중에는 아렌스바흐 기숙사와 프뢰벨타크 기숙사도 있는데 그쪽 채집터에는 접근하지도 않았다고 합니다."

타니스베팔렌이 출몰한 사실과 특성은 다른 영지에도 전달되었고, 엄중한 경계가 통고되었다고 한다.

"만약 발견하게 되면 사감이 기사단에 연락하고, 시간을 벌며 기사단의 도착을 기다리라고 했답니다. 에렌페스트도 앞으로는 섣불리 토벌하지 말라는 주의를 받았습니다."

선무당이 사람 잡는다는 뜻이다. 루펜의 대응은 틀리지 않았다. 하지만 타니스베팔렌처럼 마력을 흡수하는 타입의 마수가 나타난 이 상황에서 검은 무기 주문을 가르치기는커녕 에렌페스트에도 사용 금지 지시를 내린 이유가 무척이나 궁금했다.

"가르쳐주면 견습 기사들도 무찌를 수 있는데 왜 가르치지 않는 걸까요?"

"날뛰는 사람이 나타날 테니까 막은 것 아닐까요? 대항 수단이 없으면 바로 지원을 요청해서 신중하게 대응할 테니까요."

필린느의 말에 나는 "일리 있네요." 라며 동의했다. 행동을 제한하는 것도 대처 방법 중 하나일지도 모른다. 의문과 불만이 있어도 중앙의 결정에 따를 수밖에 없다.

"필린느, 로데리히는 어쩌고 있어요? 소재는 제대로 회수했을까요?"

"로데리히라면 지금 이름을 바치는 돌을 만드는 데 열중하고 있습니다. 돌을 만들려면 많은 마력이 필요하니까 우선은 회복약부터 만들어야 한다며 풀이 죽어 있었어요."

필린느가 키득키득 웃으며 로데리히의 상황을 알려주었다. 잠깐 마석을 획득하러 갔다가 큰일 날 뻔했지만, 무사히 소재는 채집한 모양이다.

내가 앓아누운 것까지 포함해서 다시 찾아온 일상에 나는 안도의 한숨을 내쉬었다.

책벌레의 다과회

"좋은 아침입니다, 공주님. 오늘 몸 상태는 어떠세요?"

'오늘 내 컨디션은 최상이야! 우후훗.'

지옥맛 약도 먹고, 리카르다가 깜짝 놀랄 정도로 얌전히 침대에서 잔 덕분에 열은 완전히 떨어졌다. 책벌레 다과회를 성공시키려면 내 건강 상태가 무엇보다 중요하다. 침대에서 내려와서 "다 나으셔서 안심했습니다."라며 미소 짓는 브륀힐데에게 몸단장을 부탁했다.

"머리 장식은 두 개 꽂겠습니다. 슈바르츠와 바이스의 의상에도 사용한 꽃 장식입니다."

브륀힐데가 머리를 빗겨주는 사이에 리젤레타가 오늘 입을 의상을 준비하며 부드럽게 웃는다. 리젤레타가 손에 든 것은 슈바르츠, 바이스의 옷과 세트로 맞춘 듯한 의상이다. 어디를 맞췄는가 하면 치맛단에 들어간 자수다. 조끼와 앞치마에 들어간 마법진 자수가 아니라 바지나 치마 끝단에 놓은 꽃과 이파리 모양의 자수를 전부 똑같이 맞췄다. 이것만 봐도 리젤레타의 집념을 가히 짐작할 만하다.

'내가 절대 양보할 수 없는 부분은 도서위원 완장이지만.'

오늘은 완장까지 완벽하다. 한넬로레에게도 줘서 다 같이 세트로 차야지.

"로제마인 님, 스카프를 매야 하니 턱을 살짝 들어 주십시오. 리본으로 묶겠습니다."

멀리서 보면 평소처럼 차분한 미소로 보이지만, 가까이서 보면 장밋빛으로 상기된 뺨과 살짝 빨라진 어투에서 리젤레타가 들떠 있음을 알 수 있다.

"슈바르츠와 바이스의 의상에 넣은 자수를 내 의상에도 넣었군요. 리젤레타, 힘들지 않았어요?"

"로제마인 님께 합격을 받느냐 아니냐가 제게 가장 큰 난관이어서 자수는 그렇지도 않았습니다."

자수 작업이 그렇게 힘들지 않았다고 하지만, 아무리 봐도 쉽게 끝날 작업이 아니다. 나는 절대 하고 싶지 않은 일이다.

'스밀을 향한 사랑을 여기에다 발산했네.'

자수가 들어간 치맛단을 보면서 생각하는 내 옆에서 브륀힐데가 오늘 다과회에 관한 최종 확인에 들어갔다.

"오늘 다과회에 지참할 디저트는 페리지네 맛과 꿀맛 카트르 카르 두 종류, 그리고 호두와 찻잎이 들어간 쿠키 두 종류입니다."

곁들여 먹을 잼과 크림, 룸토프도 주방에 이미 주문해 두었다고 한다.

"한넬로레 님과 약속한 대로 단켈페르거의 악사가 곡을 외울 수 있게 로지나에겐 로제마인 님께서 작곡하신 곡을 중심으로 연주하라고 전해 뒀습니다."

"한넬로레 님께는 악사를 데려오시라고 전달했나요?"

"물론입니다."

힐데브란트가 동석하게 된 것, 귀환 명령이 떨어진 바람에 이번 다과회에서 책을 교환하고 싶다는 것, 악사에게 곡을 가르쳐주겠다는 것 등 다과회 직전에서야 이것저것 부탁하게 되었지만, 한넬로레는 흔쾌히 들어 주었다고 한다.

"리카르다, 단켈페르거에 반납할 책과 이번에 빌려드릴 책도 준비됐어요? 귀족원 연애소설을 빌려드릴 거예요."

"준비되어 있습니다, 공주님."

"단켈페르거의 책을 현대어로 고친 원고도 잊지 마세요. 책으로 제작해도 되는지 한넬로레 님께 여쭐 거거든요. 아, 그리고 도서위원 완장도……."

"챙겼습니다. 힐데브란트 왕자님께는 기사 소설을 빌려드릴 거지요?"

리카르다가 쿡쿡 웃었다. 힐데브란트에게 에렌페스트의 책을 빌려줘도 되는지 에렌페스트에 문의한 결과 '수업에 관련된 성전 그림책만 아니면 상관없다'라는 답장을 받았다. 도리어 '책벌레 친구한테 빠져서 다과회 중 왕자를 내팽개치는 짓은 절대 하지 마라'라는 엄명을 받았다. 기사 소설을 추천해도 괜찮으니 힐데브란트에게 반드시 화제를 던져 줘야 하나 보다.

'신관장님이 시킨 대로 독서의 즐거움을 열심히 전도해서 왕자가 책을 좋아하게 만들겠어!'

세 점 종부터 다과회를 시작할 예정이라서 두 점 반 종에 수업이 시작하기를 기다렸다가 출발한다. 짐을 가득 안은 측근들과 도서관으로 향했다.

"공주님, 왔다."

"오늘은 다과회."

"집무실에 있는 테이블을 쓰세요. 제 시종이 먼저 준비하고 있습니다."

슈바르츠와 바이스의 환영을 받은 우리를 솔랑쥬가 집무실로 안내했다. 여기가 오늘 다과회 장소다. 솔랑쥬의 시종이 의자를 들여오고 있는 모습이 보였다.

"서둘러 준비합시다. 세 점 종까지 얼마 안 남았어요."

리카르다의 말에 시종들이 즉각 다과회 준비에 들어갔다. 왕족이 참여하므로 작년보다 준비에 더 정성을 들여야 한다. 견습 문관들은 메모할 장소를 확보하고, 로지나는 악기 준비와 손님이 오는 세 점 종까지 막판 연습을 시작했다.

다과회 준비를 시종들에게 맡긴 솔랑쥬는 열람실과 이어진 문을 활짝 열었다. 작년과 마찬가지로 열람실과 집무실, 양쪽 상황을 살펴보기 위해서다. 하지만 오늘은 열람실에 학생들의 모습이 없다.

"도서관에 학생이 전혀 없으니 이상하네요."

"얼마 전에 타니스베팔렌이 나타났다는 보고 이후로 자신들 채집터에 이상이 없는지 망을 보는 기숙사가 많다고 하더군요."

타니스베팔렌은 중앙기사단을 불러야 대처할 수 있으므로 초기 발견이 필수다. 자신들의 채집터를 지키기 위해 망을 보느라 도서관에 오는 학생이 줄었다고 한다.

"에렌페스트에서는 타니스베팔렌 대책을 안 세우나요?"

"이미 기사단이 쓰러뜨렸고, 다른 타니스베팔렌이 있다는 흔적은 발견되지 않았다는 보고를 받았습니다. 채집터에는 수업 소재를 채집하는 학생들이 드나들고 있으니 만약 타니스베팔렌이 더 있다면 그때 발견하겠지요. 특별히 망을 세우고 있지는 않습니다."

에렌페스트의 견습 기사들이 무찔렀다는 사실이 알려지면 거기에 지지 않으려고 기를 쓰는 영지가 나타나므로 대외적으로는 중앙기사단이 무찌른 것으로 얘기를 맞췄다. 검은 무기 주문을 가르칠 예정이 없는 이상, 그편이 말썽이 덜하리라.

"귀족원 근방에서 희귀 마물이 나타나면 문제가 없다는 연락을 받아도 긴장하기 마련인데, 에렌페스트의 견습 기사들은 참 침착하군요."

쿡쿡 웃는 솔랑쥬에겐 들리지 않았나 보지만, 내게는 들렸다. 등 뒤에 서 있는 코르넬리우스가 "우리는 로제마인 님의 폭주를 막는 일이 더 중요합니다."라고 중얼거리는 소리가.

'요즘에는 그렇게 폭주 안 하잖아!'

내가 울컥해서 뒤돌아보는 것보다 빠르게 솔랑쥬가 "힐데브란트 왕자님께서 협력자가 되어 주셔서 안심했습니다."라며 미소를 지었다.

"로제마인 님 혼자서 마력을 공급하시려면 부담도 크실 테고, 한넬로레 님은 단켈페르거의 영주 후보생이시잖아요? 작년에 그런 다툼도 있었는데 한넬로레 님 본인에게 그런 의도가 없다고 해도 자칫 에렌페스트에 불이익이 생길까 내심 걱정했었답니다."

솔랑쥬의 파란 눈동자에 안도가 엿보였다. 한넬로레 개인이 아니라 대영지 단켈페르거가 억지를 부렸을 때 못 막을까 봐 염려했던 모양이다. 솔랑쥬로서는 힐데브란트가 협력자가 되어 한시름 놓은 듯하다.

"힐데브란트 왕자님을 통해서 중앙이 도서관의 현재 상황을 알게 되면 중앙의 상급 귀족을 새로이 사서로 파견해 줄지도 모르는 일이고요……."

어디나 일손 부족이지만, 왕족과 관련이 있는 곳이라면 우선으로 일손을 보내줄지도 모른다며 솔랑쥬가 중얼거렸다. 슈바르츠와 바이스가 있어도 역시 중급 귀족인 솔랑쥬 혼자서 도서관을 관리하기에는 힘에 부치는 모양이다.

"제가 할 수 있는 일이라면 도울게요. 도서위원이잖아요."

완장을 툭 두드리면서 그렇게 말하자 솔랑쥬가 "이미 충분히 도움이 되고 있습니다."라며 기쁜 듯이 미소를 지었다. 솔직히 도서위원다운 일을 더 하고 싶은데 슈바르츠와 바이스에게 마력만 공급하면 충분하다고 한다.

그런 식으로 솔랑쥬와 대화하는 사이에 시종들이 준비를 끝냈고, 세 점 종이 울렸다. 로지나가 페슈필 연습을 끝내자 정적이 찾아왔다.

그러자 곧바로 한넬로레가 측근들을 거느리고 왔다. 종이 울리자마자 나타난 그들에 깜짝 놀라면서 나는 한넬로레를 맞이했다.

"한넬로레 님, 어서 오세요."

"초대해 주셔서 감사하게 생각합니다, 로제마인 님, 솔랑쥬 선생님. 오늘 다과회를 정말 기대하고 있었어요."

인사를 나누고, 한넬로레가 싱긋 웃었다.

"로제마인 님, 급하게 귀환하시게 되어 바쁘실 텐데 저와의 약속을 지키려고 배려해 주셔서 감사합니다."

"갑자기 힐데브란트 왕자님께서 동석하시게 되어 한넬로레 님도 필시 놀라셨겠지요."

작년에 음악 선생이 초대한 다과회에서 아나스타지우스를 봤을 때 말이 안 나올 정도로 큰 충격을 받았다. 분명 한넬로레도 놀라서 심장이 벌렁거렸음이 틀림없다. 그런 내 생각과 달리 한넬로레는 조그맣게 웃으며 우아하게 고개를 저었다.

"확실히 놀라긴 했지만, 왕족의 요청을 거절할 수 없는 노릇이잖아요. 로제마인 님 탓이 아닙니다. 조금, 아주 조금 운이 안 좋아서 그래요."

'상담도 없이 왕족을 불렀는데, 한넬로레 님, 정말 착하다.'

한넬로레의 부드러운 미소에 내가 위안을 받고 있을 때 한넬로레는 데려온 악사에게 로지나의 옆에 자리를 잡으라고 지시하더니 메모와 책 준비를 끝낸 하르트무트와 필린느를 보자 똑같이 준비하라고 명령하며 다과회 준비를 하나씩 갖췄다.

'얌전해 보여도 역시 한넬로레 님은 대영지의 영애구나.'

대영지에 걸맞은 태도를 보여주는 그녀에게 감탄하는 순간, 한넬로레의 시선이 이따금 활짝 열린 문 너머 열람실에 있는 슈바르츠와 바이스에게로 향하고 있음을 눈치챘다. 나는 그녀의 지시가 끝나기를 기다렸다가 한넬로레에게 말을 걸었다.

"한넬로레 님, 도서위원 협력자로 등록부터 먼저 하시겠어요? 그러면 슈바르츠와 바이스를 만질 수 있으세요."

슈바르츠와 바이스를 빤히 본 것을 들켜서 부끄러운지 뺨을 붉힌 한넬로레가 "……그럴까요?"라고 조그맣게 고개를 끄덕였다.

"슈바르츠, 바이스. 내 친구를 협력자로 등록하세요."

"공주님 친구."

"등록한다."

열람실을 향해 그들을 부르자, 슈바르츠와 바이스가 머리를 좌우로 까딱이며 다가왔다. 한넬로레가 눈을 반짝이며 "로제마인 님과 의상이 비슷하네요."라며 웃었다. 나는 리젤레타가 자수에 신경을 많이 썼다고 얘기하면서 한넬로레를 협력자로 등록했다.

"한넬로레 님, 이 도서위원 완장을 차고, 이 마석에 손을 얹으세요."

브륀힐데가 한넬로레의 시종에게 완장을 건네자 시종이 한넬로레의 팔뚝에 완장을 둘렀다. 완벽하다. 완벽한 도서위원이다.

"이제 한넬로레 님도 한 팀이에요."

내가 내 완장을 툭 두드리자, 슈바르츠가 따라 하듯이 자기 완장을 두드렸다.

"한넬로레, 한 팀."

"어머!……후훗. 귀여워라."

한넬로레가 입을 가리고 즐겁게 웃었다. 주변 측근들도 흐뭇하게 슈바르츠를 보았다. 슈바르츠와 바이스를 건드릴 수 있게 되자 한넬로레는 쭈뼛거리며 팔을 뻗었다. 슈바르츠와 바이스의 이마를 살짝 매만지면서 눈을 가늘게 뜨고 기분 좋은 표정을 지었다.

"저도 도서위원이네요. 앞으로 잘 부탁해요, 슈바르츠, 바이스."

"잘 부탁해, 한넬로레."

슈바르츠와 바이스에게 둘러싸여 깊은 미소를 짓는 한넬로레의 모습이 마치 커다란 스밀이 잔뜩 모여 있는 매우 훈훈한 광경처럼 보였다.

'아, 한넬로레 님을 도서위원으로 끌어들이길 잘했어.'

"로제마인 님, 도서위원은 뭘 하면 되나요? 슈바르츠와 바이스에게 마력을 준다는 말밖에 못 들었어요."

"그것이 제일 중요한 일이에요. 수업을 통과한 뒤라도 괜찮으니 제가 자리를 비울 때 가끔 도서관에 오셔서 슈바르츠와 바이스를 쓰다듬어 주세요."

"슈바르츠와 바이스를 귀여워하는 것이 일이에요?"

한넬로레가 눈을 동그랗게 뜨더니 나와 솔랑쥬를 번갈아 보았다.

솔랑쥬가 웃으며 고개를 끄덕였다.

"슈바르츠와 바이스를 작동하는 마력에는 빛과 어둠의 속성이 있어야 합니다. 저 혼자서는 작동할 수가 없으니 협력자 여러분께서 슈바르츠와 바이스를 귀여워하시고 마력을 부여해 주시면 가장 큰 도움이 됩니다. 주인인 로제마인 님께서 부재중일 때 도서관을 찾아 주시는 분이 계시면 슈바르츠와 바이스도 좋아할 테니 부디 방문해 주십시오."

"알겠습니다."

한넬로레가 활짝 웃으며 고개를 끄덕일 때 힐데브란트가 찾아왔다. 힐데브란트의 시종이 선물로 가져온 디저트를 제일 가까이에 있는 브륀힐데에게 건넸다. 힐데브란트는 슈바르츠와 바이스를 귀여워하고 있는 우리 쪽으로 성큼성큼 걸어왔다.

"오늘을 매우 기대하고 있었습니다. 초대해 주셔서 기쁩니다."

배운 인사말을 또랑또랑하게 건네는 힐데브란트의 시선이 내 의상에 못이 박혔다. 슈바르츠와 바이스와 나를 재차 번갈아 보더니 씩 웃는다.

"오늘 로제마인은 슈바르츠와 바이스와 맞춘 의상을 입었군요."

"제 시종이 같은 자수를 놓아 줬어요. 멋지죠?"

자수가 보이도록 치마를 살짝 들어 보이자 힐데브란트가 함박웃음을 지었다.

"네, 정말 귀엽네요. 어? 한넬로레도 같은 완장을 달고 있군요."

"네. 도서위원의 완장입니다."

힐데브란트가 한넬로레의 팔로 시선을 돌리며 말한 뒤 자기 팔에 시선을 떨구었다. 그의 슬픈 표정에 '제 것이라도 괜찮으시다면 쓰실래요?'라는 말이 목구멍까지 올라왔지만, 꾹 삼켰다. 달라고 하지도 않았는데 자기가 쓰고 있는 물건을 왕족에게 주는 짓은 무례한 행위다. 적어도 새 제품이어야 한다.

"같은 완장을 드리는 게 실례가 되지 않는다면 이번에 귀환했을 때 완장을 만들어 드릴 수 있는데 어떠세요?"

"그래도 됩니까?"

"네. 제가 사용하는 물건을 드릴 수도 없는 노릇이니까요. ……저기, 새 완장을 드려도 실례가 안 될까요?"

멋대로 정하지 말고 시종에게 물으십시오! 라던 브륀힐데의 말을 떠올린 나는 힐데브란트의 측근을 쳐다보았다. 내 시선을 눈치챈 힐데브란트가 자신의 측근을 돌아보며 기대에 부푼 눈으로 빤히 올려다본다.

"……왕자님께서 원하신다면."

"원해요."

"그럼 만들도록 할게요. 제겐 매우 우수한 전속 재봉사가 있습니다. 다음번에 귀족원에 돌아올 때 드릴 수 있을 겁니다. 자, 다과회를 시작할까요?"

모두를 자리로 안내하고 로지나에게 눈짓을 보냈다. 로지나는 가볍게 고개를 끄덕이고, 페슈필을 연주하기 시작했다. 로지나의 손가락 움직임을 진지한 눈빛으로 빤히 바라보며 귀를 기울이는 단켈페르거의 악사가 보인다.

시종이 차를 따르자 나는 디저트를 설명한 뒤 한입 먹어 보였다.

"오늘은 에렌페스트에서 유행하는 디저트를 준비했습니다. 이건 카트르 카르라고 하는데 페리지네 맛과 꿀맛이에요. 취향에 따라 잼이나 크림을 곁들이세요. 이건 쿠키라는 과자예요. 호두가 들어간 것과 찻잎이 들어간 것 두 종류가 있어요."

이제 막 세례를 받은 힐데브란트를 위해 단맛이 강한 카트르 카르를 준비했다. 작년에 에렌페스트 다과회에서 먹었었던 한넬로레는 "저는 페리지네 풍미에 잼을 곁들였더니 맛있었어요."라며 얼른 자기 시종을 시켜 접시에 담도록 했다. 솔랑쥬도 자기 시종에게 꿀맛 카트르 카르에 룸토프를 곁들이게 했다.

리카르다는 힐데브란트의 시종이 볼 수 있게 내 접시에 페리지네 맛 카트르 카르와 크림을 정성 들여 얹었다. 세 사람의 방식을 보고 배웠는지, 힐데브란트의 시종이 힐데브란트가 원하는 대로 꿀맛 카트르 카르에 잼을 곁들였다.

모두가 차를 마시고 디저트를 먹는 것을 확인하고, 겨우 본론에 들어갔다. 주제는 물론 도서위원 활동에 관해서다.

"올해는 힐데브란트 왕자님과 한넬로레 님께서 도서위원으로 협력해 주시게 되어서 제가 자리를 비워도 안심이 되네요."

"완장만 맞춰 드리는 게 아니라 힐데브란트 왕자님도 도서위원이라고요? ……그런 활동을 하셔도 괜찮으신가요?"

한넬로레가 깜짝 놀라며 빨간 눈을 크게 떴다. 아무래도 원하는 사람이라면 아무에게나 완장을 준다고 생각한 듯하다. 이미 도서위원으로 등록한 줄은 몰랐던 모양이다. 다른 학생과 맞닥뜨리지 않게 방에만 있어야 하는 힐데브란트가 과연 활동할 수 있는지 걱정하는 표정이었다.

"알다시피 내가 도서관에 올 수 있는 기간은 그리 길지 않습니다.

도서관 이용자가 늘기 전까지라 짧은 기간뿐이지만, 함께 활동하게 해 주세요. 잘 부탁합니다, 한넬로레.”

“저야말로 왕족과 함께 할 수 있어 영광입니다. 1학년 때 최우수를 따신 로제마인 님과 달리 저는 모든 수업을 끝내려면 시간이 걸립니다. 도서관에서 뵐 기회는 많지 않겠지만, 잘 부탁드립니다.”

둘의 대화를 솔랑쥬가 온화한 미소로 듣고 있다. 협력자가 늘어서 슈바르츠와 바이스의 활동에 불안감이 사라져서 기쁜 것이리라.

“두 분께서 도서위원이 되어 주셔서 기쁘기 그지없습니다. 슈바르츠와 바이스가 없으면 귀족원 도서관은 엉망이 되거든요.”

“어떤 점이 곤란해집니까?”

진지한 얼굴로 묻는 힐데브란트에게 솔랑쥬가 활짝 웃으며 설명한다.

“귀족원 도서관에 비치된 책은 왕족의 소유물인데, 기한까지 반납되지 않으면 정말 곤란하지요. 또 슈바르츠와 바이스가 제대로 움직이지 않으면 반납률은 더더욱 떨어지고, 신청도 없이 마음대로 들고 나가는 사람도 있습니다.”

“세상에, 왕족의 소유물을 반납하지 않는다고요?”

빌린 물건을 왜 돌려주지 않는지 이해하지 못하겠다는 듯이 한넬로레가 재차 눈을 깜빡거렸다.

“하위 영지의 상급 귀족들이 책을 반납하지 않아도 솔랑쥬 선생님이 강하게 나오지 못한다는 것을 알고 무시하는 거예요.”

“그건 어떻게든 해결해야겠네요. 그대로 두면 왕족의 권위가 손상될 겁니다.”

정의감이 강한 남자아이다운 말에 나는 손뼉을 쳤다.

"올해는 힐데브란트 왕자님께서 독촉 올도난츠를 날려 보내면 어떨까요? 왕족이 반납하라고 재촉하면 모두 아연실색해서 반납하겠다고 달려올 거예요."

"……네?"

내 제안에 모두가 멍한 표정으로 눈을 크게 뜨고 나를 응시하는데 힐데브란트만 밝은 보라색 눈동자를 반짝이며 나와 똑같이 손뼉을 쳤다.

"훌륭한 생각이네요. 그러면 도서관에 오는 기간이 짧은 나라도 왕족답게 도움이 되겠군요."

"힐데브란트 왕자님도 이렇게 말씀하시는데 어떠세요? 솔랑쥬 선생님?"

페르디난드의 독촉보다 효과적이지 않겠어요? 라고 기대하며 뒤돌아보자, 뺨을 괸 솔랑쥬가 곤란한 미소를 지었다.

"왕족께서 직접 독촉하시면 효과는 틀림없겠지만……. 힐데브란트 왕자님께서 공공연하게 활동하셔도 괜찮을까요?"

'아차. 도서관에서 자주 마주쳐서 잊고 있었네. 힐데브란트 왕자는 눈에 띄게 행동하면 안 된다고 했지.'

"왕족의 책을 반납하라는 독촉이 왕족의 의무인지 아닌지 아바마마께 여쭤보겠습니다."

왕족에게 주어진 의무에 속한다면 힐데브란트도 움직일 수 있다고 한다. '어차피 반납 독촉은 왕족의 의무가 아닐 거예요'라고 말하고 싶었지만, 자기 할 일을 발견하고 신나 보이는 힐데브란트의 모습에 입을 닫았다.

'왕족의 독촉이 실현되면 효과가 엄청날 거야. 그리고 저 의욕을 꺾

으면 불쌍하잖아.'

"로제마인 님, 차를 더 드시겠습니까?"

브륀힐데가 얌전하게 다가와 차를 따른 후, 접시에 쿠키를 담아 주었다. 그리고 쿠키 하나를 뒤집더니 싱긋 웃으며 나를 보았다.

'당장 화제를 바꿔라, 이 말이지? 내가 또 쓸데없는 말을 했나 봐.'

무엇을 잘못했는지 잘 모르겠지만, 화제를 바꿔야겠다.

"허가가 나오면 독촉 업무는 힐데브란트 왕자님께 맡길게요. 만약 허가가 나오지 않더라도 작년과 똑같이 하면 되니까 심려치 마시고요."

허가가 안 나와도 실망하지 마라, 라고 돌려 말하며 머릿속 한편으로는 다과회에 어울리는 화제를 찾았다. 아직 귀족원에 입학하지 않은 힐데브란트도 관심을 가질 만한 화제여야 한다. 한넬로레와 공통되는 수업 얘기나 귀족원의 인간관계 얘기를 하면 이를 전혀 모르는 힐데브란트가 소외감을 느끼리라. 도서위원이라는 귀중한 공통 화제에서 다른 화제로 변경하라는 지시를 받아도 금방 떠오르지 않았다.

'왕족이 좋아하는 화제가 뭐지?'

아나스타지우스는 에그란티느 얘기뿐이었다. 에그란티느 얘기만 하면 대체로 기분이 좋아지니까 그거면 충분했다. 하지만 힐데브란트가 무엇을 좋아하는지 전혀 모르는 상태로는 방법이 없다. 세례를 받은 지 얼마 되지도 않고, 방에서만 지내는 힐데브란트에 관한 정보가 아예 없었다.

'이곳에 있는 모두가 즐거워할 만한 화제. 공통점은 귀족원뿐인데. 아, 그렇지!'

"한 가지 물어보고 싶은 게 있었어요. 솔랑쥬 선생님은 귀족원의 스무 가지 불가사의라고 아시나요?"

내가 화제를 꺼내자 한넬로레와 솔랑쥬가 솔깃해했다.

"귀족원에 전해 내려오는 불가사의한 전설 몇 가지는 알지만, 스무 가지까지는 없을 겁니다."

"저도 몇 가지 듣긴 했어요. 솔랑쥬 선생님 말씀처럼 스무 가지는 없었던 것 같아요."

두 사람 모두 몇 가지는 들었나 보다. 힐데브란트도 관심을 보였다. 밝은 보라색 눈동자를 반짝이며 몸을 내밀었다.

"귀족원의 스무 가지 불가사의요? 어떤 건가요?"

"학생들이 재미로 짓고, 비슷한 것끼리 합치고, 바꾸고, 내용을 바꾸다 보니 사실인지 아닌지 출처마저 불명확한 이야기예요. 우리의 부모님이 학생일 때 귀족원에 있었던 이야기라고 아는 문관이 알려줬어요."

"말해 봐요, 로제마인."

아무래도 화제 변경에 성공한 듯하다. 모두가 흥미진진한 얼굴로 나를 본다. 단, 기대하는 힐데브란트에게 미안하지만 나도 자세히는 모른다. 오히려 내가 이상한 말을 꺼내기 전에 솔랑쥬와 한넬로레가 대신 말하게 할 생각이다.

"어디 보자. ……졸업식 밤에 춤추는 신상, 시간의 여신이 장난치는 정자, 디터 승부를 겨루는 게빈넨. 그리고 굳게 닫힌 서고. 저도 자세한 이야기는 모르지만, 솔랑쥬 선생님과 한넬로레 님은 더 많이 알고 계시죠? 들려주세요."

"아르투르는 뭔가 아는 게 있습니까?"

힐데브란트가 그렇게 말하며 자신의 시종을 올려다본다. 아르투르라고 불린 삼십 대쯤 되어 보이는 시종이 곤란한 듯한 미소를 띠며 힐데브란트의 어깨에 손을 올렸다.

"솔랑쥬 선생님의 말씀을 잘 들으십시오."

다과회에서는 시종을 대화의 주역으로 세우지 말아야 한다. 어디까지나 시종은 그림자다. 버릇처럼 질문해 버린 힐데브란트가 "아." 하고 신음하며 앞을 돌아본다. 사교에 익숙지 않은 어린아이의 모습을 솔랑쥬가 따뜻한 시선으로 바라보며 "어떤 이야기가 좋을까요?"라고 중얼거렸다.

"제단 위의 최고신 얘기부터 할까요? 귀족원 곳곳에는 신을 모시는 사당이 있는데, 그 사당에서 짓궂은 장난을 치는 불량 학생이 있었습니다. 다른 학생과 선생에게 직접적으로 해를 가하지는 않아서 학교도 주의만 줬죠. 기고만장해진 그 학생은 장난을 멈추지 않았습니다. 그런데 어느 날, 강렬한 빛이 쏟아지더니 홀연히 모습을 감춰 버렸답니다. 그 학생은 두 번 다시 돌아오지 못했어요."

"네? 어디로 간 거예요?"

힐데브란트와 한넬로레가 잔뜩 겁먹은 표정으로 묻자, 솔랑쥬는 깊은 미소를 지은 뒤 조용히 고개를 저었다.

"애석하게도 그건 아무도 모릅니다. ……본인은 나쁜 짓을 해도 신이 모르실 줄 알았겠지만, 신들은 다 지켜보고 계십니다. 왕자님과 두 공주님도 착하게 지내지 않으면 깊은 방 제단에 있는 최고신이 여러분을 멀고 높은 곳으로 데리고 갈 거예요."

'어릴 때 듣던 우화 같지만, 진짜 같아서 섬뜩하네.'

"또 뭐가 있을까. 로제마인 님이 말씀하신 것 중에 시간의 여신이 장난치는 정자 얘기는 압니다. 여러분께는 아직 이른 얘기겠지만, 그 정자는 마음에 품은 이성과 밀회하는 장소랍니다. 항상 측근을 거느리고 다녀야 하는 영주 후보생이 측근을 배제하고 둘만 대화할 수 있는 장소. 여러분도 언젠가 그곳을 사용할 날이 올지도 모르지요."

솔랑쥬가 장난기 넘치는 표정으로 우리를 둘러보며 키득거렸다. 정자는 벽으로 완전히 둘러싸여 있지 않다. 그래서 근처에서 대기하는 시종의 눈에도 자기 주인의 행동이 훤히 보인다. 하지만 도청 방지 마술구를 쓰면 목소리는 차단되므로 둘만 얘기할 수 있는 자리가 된다고 한다. 서로만 바라보는 둘만의 시간이 놀랄 정도로 휙 지나가서 시간의 여신이 장난치는 정자라고 불리게 되었다고 한다.

"하지만 시간의 여신이 장난치는 정자로 부른다고 해서 쉽게 가시면 안 됩니다. 주변에서 연인 사이로 단정짓거든요."

솔랑쥬의 말에 나는 엘비라가 쓴 귀족원 연애소설을 떠올렸다.

'아~, 어머님이 쓴 연애소설에서 양아버님이 양어머님을 불러내려고 기를 썼던 그 정자구나. 왜 정자에 고집하나 했더니 연인이 가는 데이트 장소였어. 나는 그것도 모르고 양어머님한테 다른 곳이라면 가겠다고 한번 거절당했으면 그냥 다른 데 데리고 가지, 라고 생각했었네.'

플로렌치아에게 거절당한 뒤 질베스타가 신들을 향해 슬픔을 토하는 시를 줄줄 읊으며 왜 저렇게까지 고뇌하나 이해할 수 없었는데, 이제야 알겠다. 혼자 납득하고 있을 때 한넬로레가 자신이 아는 불가사의를 꺼냈다.

"제가 아는 건 디터를 하는 게빈넨 이야기예요. 세례받는 나이대의 아이만 한 커다란 게빈넨이 야밤에 디터를 하는 내용이요. 목격자가 많다고 하는데 저도 자세히는 몰라요."

'왠지 모르게 디터 얘기만 나오면 단켈페르거와 관계가 있다고 생

각하게 되네. 루펜 선생님 때문인가 봐.'

한넬로레에게 알려줘서 고맙다고 하고, 나는 솔랑쥬를 바라보았다.

"솔랑쥬 선생님, 열리지 않는 서고에 관해서는 뭔가 아세요?"

"열지 못하는 서고라는 의미라면 제가 아는 곳만 세 군데가 있습니다."

"네!? 세 군데나 있어요?"

대답이 불쑥 튀어나와서 깜짝 놀랐고, 그 내용에 다시 한번 놀랐다. 솔랑쥬는 힐데브란트와 측근을 힐끗 보더니 천천히 고개를 끄덕였다.

"예전에는 전임 사서가 세 사람 있었습니다. 세 사람이 열쇠를 하나씩 관리하고, 모든 열쇠가 있어야지만 들어갈 수 있는 서고가 있지요. 도난 방지 차원에서 열쇠가 있는 곳은 본인들밖에 모릅니다. 그들이 떠난 뒤 열쇠의 행방을 알지 못해 들어가지 못하게 된 서고가 세 군데 있지요. 거의 사용하지 않는 오랜 문헌을 보관하는 서고라서 지금까지는 딱히 문제가 없었습니다. 추측하건대 그들의 개인 방에 열쇠가 있을 테니 서고문을 열려면 이 도서관에 상급 귀족이 사서로 파견되는 날까지 기다릴 수밖에요."

신전에도 신전장에게 임명받은 사람만이 쓸 수 있는 열쇠와 성전이 있다. 아마 비슷한 열쇠이리라. 열지 못하는 서고가 세 군데나 있다는 말만으로 피가 용솟음치는 기분이다. 힐데브란트와 측근은 중앙의 상급 귀족이 될 터이니 언젠가 그 문을 여는 날이 올지도 모른다.

'그런데 열쇠 세 개를 모으면 열 수 있는 서고와 유스톡스가 말했던 왕족만 들어갈 수 있는 서고는 다른 곳인가?'

"그럼 왕족만 들어갈 수 있는 서고에 관해서는 뭔가 알고 계세요?"

"들은 적이 없는데요. 그런 서고가 있습니까?"

솔랑쥬는 모르는 모양이다. 실망이다. 그때 '왕족만 들어갈 수 있다'라는 부분에 반응한 힐데브란트가 눈을 깜빡였다.

"왕족만 들어갈 수 있다면 나는 가능하군요."

"소문이니까 정말 있는지 없는지는 몰라요. 지금 세대에는 불가사의를 아는 사람도 얼마 없으니까 더욱이요."

"부모님께 물어볼게요. 흥미로운 이야기를 알고 계실지도 몰라요."

"힐데브란트 왕자님, 재미있는 이야기가 있으면 제게도 알려주십시오."

에렌페스트로 돌아가서 유스톡스에게 이야기를 조르고, 힐데브란트가 알려주는 이야기에 더해 귀족원 스무 가지 불가사의를 책에 실으면 기사 소설 외에도 남학생이 즐길 만한 책이 나올 것 같다.

'아, 책. 돌려줘야지.'

돌아갈 때 허둥지둥 건넬 수도 없는 노릇이다. 나는 견습 문관들이 대기하는 모퉁이를 보았다. 하르트무트와 필린느가 다과회 상황을 기록하는 모습이 보였다. 나와 눈이 마주친 순간, 하르트무트가 일어나 책에 손을 뻗었다. 그 동작에 나는 고개를 끄덕였다.

"한넬로레 님, 미리 연락을 드렸다시피 저는 에렌페스트에 돌아가야 해서요. 빌린 책을 지금 돌려드려도 될까요?"

"네. 저도 돌려드릴게요."

한넬로레도 자신의 견습 문관들을 돌아보았다. 챙겨온 책을 문관끼리 주고받고, 오손과 파손이 없는지 각자 살피기 시작한다. 그 모습을 잠시 지켜보던 한넬로레가 내 쪽으로 몸을 홱 돌리더니 씩 웃었다.

"로제마인 님께서 빌려주신 책은 현대어로 쓰여 있어서 이해도 쉽고, 재미있었어요. 에렌페스트 책은 제 마음에 쏙 들어요."

'어떡해. 미치도록 기뻐. 말이 안 나올 정도로 기뻐.'

루츠와 만든 종이, 구텐베르크들이 만든 인쇄기, 로제마인 공방의 모두가 열심히 찍어 완성한 책이다. 그 결과물을 에렌페스트 외의 귀족이 좋아해 줘서 너무나도 기쁘다. 책을 좋아하고, 읽고 싶어 하는 멋진 친구를 사귄 것만으로 신에게 기도를 드리고 싶을 심정이다.

'축복이 튀어 나갈 것 같아! 참자, 참아!'

감동에 전율하는 내 등 뒤에서 리카르다가 슬그머니 빈 마석을 건넸다. 나는 마석을 쥐고 마력을 흘려보냈다. 안도의 한숨을 내쉬는 내게 한넬로레가 눈을 깜빡거렸다.

"왜 그러세요, 로제마인 님?"

"아니에요. 이 책을 만드느라 고생한 기억이 나서요. 한넬로레 님의 말씀에 그 모든 고생을 보상받은 기분이 들어요. 이렇게 함께 책을 읽고, 서로 얘기할 친구를 줄곧 바랐거든요."

"과분한 말씀이세요."

한넬로레는 그렇게 말하며 수줍은 미소를 지었다.

"다음은 귀족원의 연애소설을 빌려드릴게요. 우리의 어머님이나 할머님 세대에 실제로 있었던 이야기나 소문도 있대요. 어떤 분의 이야기인지 저는 잘 모르겠지만, 힐쉬르 선생님은 아는 이야기가 몇 개나 있었어요."

필린느가 내 앞으로 연애 소설책을 가지고 왔다. 그리고 한넬로레의 견습 문관에게 내밀었다. 견습 문관은 책을 가볍게 훑어보고는 한넬로레에게 건넸다.

"단켈페르거 이야기도 있을까요?"

"견습 기사가 주인공인 이야기가 여러 편 있었으니까 어쩌면 단켈페르거의 견습 기사 이야기일지도요."

디터의 승리를 바치겠노라고 연인에게 약속한 견습 기사 이야기가 있었다. 승리한 내용과 패배한 내용이 모두 있었지만, 단켈페르거는 이길 때까지 싸우는 습성이 있으니깐 아마 이긴 쪽 견습 기사 이야기이리라.

"기대돼요."

"한넬로레 님께서 알고 계시는 단켈페르거의 사랑 이야기가 있으면 알려주세요. 책 소재가 될지도 몰라요. 견습 문관이 원고로 만들어 주면 흔쾌히 살게요."

내 말에 눈을 반짝인 사람은 한넬로레가 아닌 한넬로레를 모시는 견습 문관이었다. 부디 분발해서 이야기를 잔뜩 모아 나를 기쁘게 해 줬으면 좋겠다.

"로제마인 님, 에렌페스트의 새로운 책을 저도 읽을 수 있게 해주십시오. 직업상 새로운 책만 보면 눈이 돌아갑니다."

"그 마음 이해해요. 하르트무트, 솔랑쥬 선생님께도 건네주세요."

방금 한넬로레가 돌려준 연애 중심의 기사 소설책을 솔랑쥬에게 주게 했다. 하르트무트에게 책을 받은 솔랑쥬가 책 표지를 살포시 쓰다듬으며 표지에 박힌 꽃을 신기하게 바라보았다. 그리고 조심스러운 손짓으로 책을 펼쳤다.

"에렌페스트의 책은 얇아서 휴대도 편하고, 정말 읽기 쉬웠어요. 삽화도 있어서 훌륭해요."

한넬로레가 흥분조로 뺨을 붉히며 솔랑쥬에게 에렌페스트의 책을 열렬히 홍보했다. 고개를 든 솔랑쥬가 기쁜 듯 한넬로레를 바라본다.

"네. 이렇게 한넬로레 님처럼 책을 좋아하게 된 분이 계시는 것만으로 에렌페스트의 책이 얼마나 훌륭한지 금방 알겠네요."

두 사람의 대화에 나는 하늘을 날 것 같았다. 갑작스러운 귀환 명령이 고마울 정도다. 당장이라도 에렌페스트에 돌아가서 구텐베르크를 칭찬해 주고 싶다.

'대영지 영주 후보생도 좋아하더라고 보고해야지! 보나 마나 루츠는 기뻐할 거고, 판로가 확장되었다고 벤노 씨도 좋아하겠지? 고아원 사람들에게도 상을 줘야지.'

겨울은 비축 식량이 떨어지지 않게 절약해야 하므로 봄이 되면 고아원 음식을 조금 푸짐하게 내기로 마음먹었다. 그때 힐데브란트가 솔랑쥬와 한넬로레를 번갈아 보더니 쭈뼛거리며 입을 열었다.

"로제마인. 나도 에렌페스트의 책을 읽어 보고 싶은데, 그래도 될까요?"

"물론이지요. 힐데브란트 왕자님."

아싸! 나는 속으로 주먹을 불끈 쥐었다. 한 번 실수한 탓에 힐데브란트가 말을 꺼내지 않는 이상 내 쪽에서 책을 권하기가 망설여졌었다. 내가 하르트무트를 힐끗 보자 하르트무트가 기사 소설을 힐데브란트의 시종, 아르투르에게 건넸다.

"한넬로레 님께는 연애 중심의 기사 소설을 빌려드렸지만, 남성분께는 전투 중심이 재미있으실 거예요. 이 책은 글자를 배우게 된 아이들이 즐겁게 읽을 수 있게 제작했어요. 성인에게는 가벼운 내용이지만, 어린 분께는 책에 익숙해지는 데 딱 좋은 책일 거예요."

아르투르가 가볍게 고개를 끄덕이면서 속을 확인하고, 힐데브란트에게 건넨다.

"로제마인 님의 말씀대로 지금 왕자님께 난이도가 적당한 책입니다.”

쉽게 이해할 정도는 아니지만, 아예 읽지 못해서 포기할 정도로 난해하지도 않다. 한넬로레와 솔랑쥬와 마찬가지로 책을 손에 든 힐데브란트가 “열심히 읽겠습니다.”라며 기쁘게 고개를 끄덕였다.

“그럼 저도 로제마인 님께 빌려드리겠습니다. 클라리사.”

책 교환이 끝나길 기다렸다는 듯이 한넬로레가 그렇게 말하며 자신의 견습 문관을 쳐다보았다. 클라리사라고 불린 단켈페르거의 견습 문관이 두껍고 견고한 책을 하르트무트에게 건넸다.

“감사하게 생각합니다. 이거로 에렌페스트에 돌아가서 즐길 거리가 생겼네요.”

새로 읽을 책을 손에 넣었다. 이제 귀족원 도서관과 떨어져야 하는 쓰라림을 덜었다. 한넬로레는 나의 구세주다.

“저기 로제마인 님은 어떠셨어요? 그, 빌려드린 제 책은 오래된 표현이라 읽기 어려우셨죠?”

에렌페스트의 책을 보면 혹시나 단켈페르거의 책을 이해하지 못할까 걱정하는 것도 이해가 된다. 나는 웃으며 고개를 저었다.

“어려운 옛날 표현은 성전으로 익숙해졌고, 방대하고 오래된 단켈페르거의 역사에 압도되었어요. 정말 재밌었어요.”

“재미있게 읽으셨나 보네요.”

한넬로레가 안도한 듯 미소를 짓는다. 나는 그 미소에 의지해서 중요한 부탁을 꺼냈다.

“한넬로레 님. 저 부탁이 있어요. 단켈페르거의 역사서를 현대어로 고쳤는데 틀린 데가 없는지 확인해 주실 수 있으세요?”

어리둥절해하는 한넬로레와 클라리사에게 하르트무트가 현대어역

한 원고 뭉치를 건넨다. 클라리사가 손에 들고 책장을 넘기며 내용을 확인하더니 눈을 부릅떴다.

"분량이 많아서 이 자리에서 틀린 곳을 확인하기는 어려울 것 같습니다."

"물론 빌려드릴게요. 당장 확인해 달라는 부탁은 아니었어요."

그렇게 말하자, 한넬로레가 "그러시다면 확인하고 돌려드릴게요."라고 흔쾌히 받아 주었다.

"그리고 모처럼 쓴 김에 이 원고를 책으로 만들고 싶은데 허가해 주실 수 있으신가요?"

"단켈페르거의 역사를 에렌페스트에서 책으로 만드시겠다고요?"

한넬로레가 영문을 모르겠다는 표정을 지으며 자신의 시종에게 시선을 보냈다. 다른 영지의 역사책이 얼마나 재미있는데 그런 재미를 모르는 걸까? 아니면 유출 금지인 걸까?

"……그 문제는 저 혼자 결정할 수가 없네요. 일단 이 원고를 가져가서 아우브께 상담해도 괜찮을까요?"

"네, 그러세요."

'아우브 단켈페르거께서 흔쾌히 허가해 주시길.'

"그럼 저는 이 자료를 로제마인 님께 빌려드리겠습니다. 사서가 된 기분을 만끽할지도 모르겠네요."

솔랑쥬가 예전 사서가 기록한 업무 보고서를 빌려주었다. 갑작스럽게 상급 귀족 사서가 사라진 상황에서 솔랑쥬가 업무에 참고한 귀중한 보고서라고 했다.

"예전에 이 도서관에서 작동했던 마술구 관련 내용도 있습니다. 로제마인 님께서 새 마술구를 고안하실 때 참고가 되지 않을까요?"

도서관 책장에 비치된 대출 도서가 아니다. 현역 사서가 쓴 업무 보고서다. 도서관 마술구에 관해 이것보다 상세히 적힌 자료는 없을지도 모른다.

"전 솔랑쥬 선생님이 정말 좋아요."

"어머나 세상에……."

호호호 하고 웃는 솔랑쥬에게서 하르트무트가 자료를 건네받아 단켈페르거에게 빌린 책 위에 얹어 놓았다. 읽어 보지 않은 책이 쌓여 가는 광경을 나는 눈으로 좇았다. 당장 읽고 싶다. 하지만 다과회 중에 책을 집으면 다른 것은 보이지도 않게 된다. 측근들도 알고 있는 것이리라. 내 시야에 책이 들어오지 않게 코르넬리우스가 슬쩍 위치를 바꿔 섰다.

"아르투르, 나도 로제마인에게 뭔가 답례를 하고 싶어요. 괜찮은 책이 있을까요?"

힐데브란트가 자신의 시종을 돌아보며 물었다. 왕족은 아랫사람에게 받는 것이 당연하다 보니 답례를 따로 생각하지 않는다. 하지만 힐데브란트는 착하게도 책으로 답례하려고 한다.

'와우! 힐데브란트 왕자는 정말 좋은 왕자야. 중앙의 책을 읽을 수 있게 되다니!'

미지의 영역에 있는 책을 읽을 수 있다는 기대감에 감동하고 있을 때 아르투르가 잠시 고민에 잠기며 눈을 내리떴다.

"다음번까지 책을 골라둘 수도 있습니다만……."

그렇게 말한 뒤 나를 힐끗 쳐다보았다.

"왕궁 도서관에 초대하는 쪽을 더 좋아하지 않으시겠습니까?"

기쁨에 흥분한 나머지 나는 그 자리에서 졸도했다.

귀환

정신을 차리니 내 침대 위였다. 대체 어느 틈에 잠든 걸까? 가물가물한 어젯밤의 기억을 떠올리며 몸을 일으켜 머리맡에 있는 종으로 손을 뻗었다. 딸랑, 하고 경쾌한 소리가 울리자 그와 동시에 리카르다가 걱정했던 듯 어두운 표정으로 캐노피 안에 들어왔다.

"공주님, 몸은 어떠십니까?"

"리카르다, 조금 전에 아주 행복한 꿈을 꿨어요. 내가 왕궁 도서관에 가게 되는 꿈이요."

"……꿈은 아니지만, 왕께서 허가하실지 아직 확실치 않습니다. 팔팔해 보이셔서 다행이지만요."

리카르다가 걱정에서 어이없다는 표정으로 바뀌었다. 그때 기억이 났다. 나는 다과회에서 넘치는 기쁨과 감격에 마력을 제어하지 못하고 쓰러졌다.

'Nooo! 다과회 주최자인데 기절한 게 이번이 두 번째야! 왕족 앞에서 기억을 잃은 것도 두 번째!'

핏기가 싹 사라졌다. 큰일이다. 이건 상당히 난처한 상황이 아닐까? 쭈뼛거리며 리카르다를 올려다보았다.

"리카르다, 저기 다과회는? 다과회는 어떻게 됐어요?"

"당연히 중단되었지요. 그 상황에서 어떻게 계속하겠습니까?"

간만에 즐겁고 평화로웠던 책벌레 다과회가 갑자기 쓰러진 나 때문에 서스펜스 혹은 공포로 돌변했다고 한다.

"책을 빌려준 보답으로 왕궁 도서관에 초대하면 어떠냐고 제안한 순간 기절하신 공주님을 보자 힐데브란트 왕자의 측근이 얼마나 당황했는지 아세요? 감정 조절에 능한 중앙 상급 귀족의 혼을 빼 버린 겁니다. 공주님이."

고의 아니게 내가 쓰러진 원인을 제공한 아르투르는 "아닛!?"하고 입을 쩍 벌린 채 굳어 버렸다고 한다. 아직 허가도 나오지 않은 제안 단계에서 기쁨을 주체하지 못하고 의식을 잃을 줄 누가 알았겠는가.

'으아, 아르투르 씨, 미안해요.'

힐데브란트는 전혀 움직이지 않는 나를 보고 "로제마인이 왜 저러는 겁니까?"라며 굳어 버린 아르투르를 붙잡고 흔들며 혼란에 빠졌다고 한다. 심지어 "진정하십시오."라며 힐데브란트를 진정시키는 측근들의 목소리도 한껏 높아져 있었고, 당황을 감추지 못했다고 한다.

'미안해요, 진짜 미안해요, 여러분. 트라우마를 줄 생각은 전혀 없었어요!'

"책을 교환하는 데도 마석이 필요할 정도인데 왕궁 도서관에 초대한다는 말이 나왔으니 흥분을 못 이기신 것도 이해합니다. 하지만 이렇게 또 왕족 앞에서 의식을 잃어버리셨군요. 한넬로레 님도 작년 악몽이 생각나셨는지 울먹이고 계셨습니다."

"그리고 어떻게 됐어요?"

리카르다가 말하길 올도난츠로 빌프리트와 샤를로테에게 지원을 요청했다고 한다. 두 사람이 힐데브란트와 측근들을 진정시키고 설명하며 뒤처리를 했다. 그동안 리카르다는 나를 안아서 호위 기사와 도서관을 빠져나왔고, 시종과 문관이 뒷정리를 했다고 한다.

"빌프리트 도련님과 샤를로테 공주님께도 사과와 감사의 말씀을 전하세요.”

“알고 있어요.”

'난 정말 민폐 왕이야.'

고개를 푹 떨군 나는 아주 중요한 말을 듣지 못한 것을 깨달았다. 리카르다를 올려다보며 조심스럽게 물어보았다.

“……저기, 다과회는 언제였어요? 조금 전? 아니면 어제?”

“이틀 전입니다. 힐데브란트 왕자님과 한넬로레 님, 솔랑쥬 선생님으로부터 문안 선물과 용태를 묻는 올도난츠가 몇 번이나 왔습니다.”

내가 저지른 짓에 머리를 싸매는데, 캐노피 너머에서 “로제마인 님은 깨어나셨습니까?”라는 목소리가 들렸다. 연락을 받은 여측근들이 내 방에 모인 모양이다.

“공주님, 마력이 진정되고 속이 불편하지 않으시다면 식사하시지요. 슬슬 점심시간이니 샤를로테 공주님도 곧 오실 겁니다. 건강한 모습을 보여드리세요.”

자는 동안 내 마력을 계속 마석에 빼냈다고 한다. 어쩐지 일어날 때부터 개운하더라. 나는 리카르다의 말에 고개를 끄덕이고, 침대에서 내려왔다. 캐노피에서 나가자 측근들이 모두 안심한 듯 긴장한 표정을 풀었다.

“다들 걱정 끼쳐서 미안해요.”

“로제마인 님께서 사과하실 필요는 없습니다. 왕족을 초대한 다과회에서 주인을 쓰러지게 한…… 제가 시종으로서 실격입니다.”

얼굴을 씻고, 옷을 갈아입는 동안에 브륀힐데가 분한 듯이 입술을 깨물었다. 시종들은 나의 폭주를 막으려고 쿠키와 차로 암호를 만들고 신호를 고민한 데다가 마석을 건네는 타이밍을 노리며 열심히 해 줬다. 실격이라니 당치도 않다.

"브륀힐데와 여러분이 아니라 두 번이나 왕족 앞에서 쓰러진 내가 귀족 실격이에요."

내가 어깨를 떨구자 레오노레가 가만히 고개를 저었다.

"이번에는 로제마인 님의 책임이라고 하기 어렵습니다. 로제마인 님의 약점을 정확하게 집어 공격한 그들의 실력이 뛰어났을 뿐입니다. 역시 왕족의 시종. 참으로 감탄했습니다. 페르디난드 님께서도 어떤 의미로는 천만다행이라는 연락을 보내셨습니다."

"……네? 천만다행이라니요?"

내가 눈을 끔뻑거리자 필린느가 머뭇거리며 입을 열었다.

"의식을 잃지 않으셨다면 아무런 상담도 없이 그 자리에서 승낙했을 게 뻔하다고 하셨어요."

'큰일 날 뻔했다. 신관장님의 말대로 제정신이었으면 승낙했을 거야. 상담해야겠다는 생각을 바로 못 했는걸. 살았다.'

"공주님이 의식을 잃는 사이에 귀환일이 지났지만, 왕족과 대영지에 사과와 인사도 없이 출발할 수는 없는 노릇이라 아우브 에렌페스트의 허가로 귀환을 미룬 거죠."

다과회 참가자에게 사과도 해야 하고, 귀환 명령이 떨어진 사실을 드레반헬의 아돌피네에게도 전해야 한다.

'사과하고 나면 도서관에 마력 공급을 하러 가야겠지? 마석도 가져갈까? ……음, 또 뭔가 잊은 게 있는 것 같은데…… 뭐지? 뭐가 있었지?'

귀환 전까지 해결해야 하는 일들을 손가락으로 세면서 식당으로 내려갔다. 계단 쪽에서 기다리고 있던 코르넬리우스가 "정신 차려서 다행이다. 심장 떨어지는 줄 알았어."라고 하면서 내 뺨을 어루만졌다.

식당에 들어가자 이미 점심을 먹는 학생들로 가득했다. 샤를로테가 "언니!"하고 소리친 순간, 모두의 시선이 일제히 내게로 쏠렸다. 다과 회에서 내가 갑자기 쓰러졌다는 소문이 퍼진 모양이다. 다가와서 내 얼굴을 들여다보는 샤를로테의 남색 눈동자가 불안감에 흔들린다.

"아무리 정신이 돌아왔대도 더 쉬어야 하지 않아요?"

"이번에는 몸 상태가 아주 좋아요. 걱정 끼쳐서 미안해요, 샤를 로테."

내 뺨과 이마를 짚는 샤를로테의 손을 가볍게 잡으며 웃자, 겨우 안 심한 듯 샤를로테의 표정이 밝아졌다. 나는 식사 중인 빌프리트에게로 고개를 돌렸다.

"빌프리트 오라버니, 누를 끼쳐서 죄송해요."

"의식이 돌아왔으니 됐어. 몸은 괜찮은 거지?"

내가 고개를 끄덕이자 빌프리트는 다시 밥을 먹으며 다과회가 끝난 뒤의 참상을 알려주었다. 빌프리트는 리카르다와 호위 기사들이 나를 안고 기숙사로 돌아간 뒤 힐데브란트에게 설명했다고 한다. 작년에 한 넬로레 때와 마찬가지로 세례식 날 잡아당겼다고 쓰러진 일, 눈덩이 몇 개로 기절한 일화를 들려주며 별거 아니라고 했더니 "연약한 여성 에게 어찌 그런 심한 짓을 하는 겁니까!"라고 오히려 된통 혼내더라 고 했다.

"왕자도 혼란스러워서 그랬겠지만, 난 이번에 로제마인을 도우러 갔다가 왕족에게 혼이 나는 아주 귀한 경험을 했다."

"미안해요, 미안해요, 빌프리트 오라버니."

측근의 간언을 들으며 방을 나가는 힐데브란트를 배웅한 뒤 빌프리트는 한넬로레에게도 극구 변명해야 했다.

"두 번째 경험이라서 괜찮다며 울먹이는 한넬로레 님은 누가 봐도 전혀 괜찮지 않았어. 한넬로레 님까지 정신을 잃으시는 줄 알았다."

빌프리트는 작년과 마찬가지로 기숙사까지 한넬로레를 바래다주고, 단켈베르거 사람들에게 사정을 설명하고 왔다고 한다.

"저는 솔랑쥬 선생님을 맡았어요. 사실 저도 언니가 기절하는 모습을 목격한 건 처음이라서 당황했지만요."

그리고 보니 지금까지 샤를로테의 눈앞에서는 쓰러진 적이 없었다. 사고 수습에 쫓기는 현장에 동석한 적도 처음이었을 터이다. 빌프리트를 따라 "종종 있는 일이에요." 하고 주변을 달랬지만, 완전히 정신을 잃은 내 모습에 유레베에 잠기게 된 사건을 떠올리고 울고 싶을 정도로 무서웠다고 한다. 그런 정신 상태로 다부지게 솔랑쥬를 달래고 자신의 측근들을 시켜 뒷정리하는 브륀힐데를 돕게 했다고 한다. 도무지 첫 사고 대응 같지가 않다.

'샤를로테는 정말 똑 부러진단 말이야.'

"모두에게 사과한 후에 에렌페스트로 돌아가는 거다. 알겠지?"

내가 점심 식사를 마칠 때쯤에 하르트무트가 기숙사로 돌아왔다. 점심 식사보다 먼저 보고를 시작한다. 하르트무트는 오전에 조합 수업이 있어서 끝난 뒤에 힐쉬르와 얘기를 나눴다고 한다.

"로제마인 님, 라이문트가 연구 성과를 제출하겠다고 면담 요청을 했습니다. 힐쉬르 선생님도 마찬가지입니다. 어쩌시겠습니까?"

'생각났다. 힐쉬르와 라이문트를 깜빡하고 있었어!'

돌아가기 전에 인사할 상대 중에 누구를 깜빡했었는지 생각나서 속이 후련해졌다.

"슈바르츠와 바이스에게 마력을 공급하고 마석을 주러 도서관에 가야 하니까 내일 오전 중에 도서관에서라면 만날 수 있다고 전해 주세요."

"알겠습니다. 올도난츠를 보내겠습니다."

하르트무트는 대답을 마치자 당장 식당을 뒤로했다. 나는 리젤레타에게 도서관에 갈 때 힐쉬르와 라이문트에게 대접할 간식을 준비하라고 부탁했다. 연구에 미쳐 있는 그 사제는 보나 마나 밥도 제대로 챙겨 먹지 않았을 터이다.

점심을 먹은 뒤에는 회복 소식과 사과의 말을 올도난츠로 전하고, 서둘러 귀환하게 됐음을 거듭 사과했다. 솔랑쥬의 올도난츠에는 '내일 오전 중에 마력을 공급하러 가겠다'고 전했다. 아돌피네에게도 다과회에서 쓰러진 탓에 에렌페스트에서 귀환 명령이 떨어졌다고 알렸다. 그날 오후는 사과와 귀환 준비로 끝났다.

"로제마인 님, 무사하신 모습을 보니 이제야 살 것 같습니다."

"정말 죄송해요, 솔랑쥬 선생님. 흥분하면 항상 이러니 걱정하지 마세요."

가슴을 쓸어내리는 솔랑쥬에게 다시 사과하고, 내가 귀족원을 비울 동안 사용할 마석 하나를 건넸다. 리카르다가 왕궁 도서관에 흥분한 내게서 마력을 잔뜩 뽑아 뒀던 덕분에 사실 마력이 꽉 찬 마석이 몇 개나 남아돌았다.

"힐데브란트 왕자님과 한넬로레 님께서 오실 테니 마력이 부족하지는 않겠지만, 만일을 위해 받아 두세요."

"감사하게 생각합니다. 마력보다도 로제마인 님의 건강이 더 걱정입니다. 에렌페스트에서 푹 쉬고 오십시오."

'에렌페스트에 돌아가면 아마 귀족원보다 훨씬 더 바빠.'

한창 겨울 사교 시즌이고, 봉납식도 있다. 그 전에 보호자들은 내게 사정을 캐묻고 설교를 할 터이다. 하지만 불안스럽게 나를 보는 솔랑쥬에게 쓸데없는 말은 삼가기로 했다.

"힐데브란트, 왔다."

바이스의 목소리에 문 쪽을 보니 정말 힐데브란트와 측근들이 들어왔다. 슈바르츠와 바이스는 주인이나 협력자가 부지 내에 들어오면 감지하는 모양이다. 정확하게는 도서관 부지 내의 어디에 있어도 안다고 한다.

"로제마인, 정말 괜찮습니까?"

힐데브란트가 슬픈 녹색 눈동자로 불안한 듯 나를 바라보았다. 비슷한 눈높이에서 똑바로 바라보는 그 눈빛에 나를 얼마나 걱정했는지 단번에 느껴졌다.

'왕자의 주변에는 뜬금없이 쓰러지는 사람도 없었을 테니 깜짝 놀랄 만도 하지.'

본인이 몸져누운 적은 있어도 남이 쓰러지는 광경을 본 경험조차 없었는지도 모른다. 그런 힐데브란트의 앞에서 실신했다. 어마어마한 충격이었을 터이다.

"걱정 끼쳐서 죄송해요. ……저기, 저는 감정이 북받치면 자주 의식이 끊어집니다. 익숙지 않은 분은 많이 놀라세요. 되도록 쓰러지지 않으려고 노력하고 있지만, 피치 못하게 놀라게 해서 정말 죄송합니다."

왕궁 도서관은 내게 너무 큰 자극이었어요, 라고 속으로 중얼거렸다. 제안으로 쓰러졌다고 초대를 취소하면 곤란하기 때문이다.

내가 사죄하자 힐데브란트가 고개를 좌우로 저었다.

"갑작스럽게 벌어진 일이라서 놀라긴 했지만, 이제 괜찮습니다. 나도 놀라기만 하지 말고, 도서위원으로서 로제마인을 도울 수 있게 강해져야죠."

'힐데브란트 왕자가 어른스러워 보이려고 애쓰는 모습이 너무 귀여워!'

주먹을 불끈 쥐며 "다음엔 당황하지 않을 겁니다." 라고 말하는 힐데브란트의 눈동자가 결의에 불타는 것처럼 보인다. 강해지기 위해 목표를 다지는 모습도 사랑스럽다.

"제가 없는 동안 슈바르츠와 바이스를 잘 부탁합니다. 힐데브란트 왕자님께서 돌봐 주시면 정말 든든할 거예요."

힐데브란트가 기쁘게 고개를 끄덕일 때 도서관에 형형색색의 빛이 쏟아져 내렸다. 곧 라이문트가 수업을 끝내고 도서관에 올 시간이다.

"힐데브란트 왕자님. 대단히 말씀드리기 죄송하지만, 지금부터 도서관에서 사람을 만나기로 했습니다."

"왕자님, 다른 사람의 눈에 띄시면 안 됩니다. 로제마인 님의 건강한 모습을 보셨으니 이제 돌아가시지요."

아르투르가 아쉬워하는 힐데브란트를 재촉하면서 나를 보고, "저희도 안도했습니다, 로제마인 님." 하고 말했다.

힐데브란트 일행이 자리를 뜨자 종이 울렸고, 조금 뒤 힐쉬르와 라이문트가 찾아왔다. 오늘은 연구실을 나와서인지 두 사람 모두 차림새가 멀쩡하다.

'왠지 이 두 사람, 모자지간 같아. 인생을 연구에만 미쳐서 사는 연

구자 아우라가 아주 비슷해.'

둘을 보면서 그런 생각에 빠져 있는데, 힐쉬르가 불만스럽다는 듯 입을 열었다.

"올해는 정말 빨리도 돌아가시네요, 로제마인 님. 제 연구는 예정보다 진행이 더딘데 말이죠."

"연달아 쓰러지는 바람에 에렌페스트에 있는 모두가 안달이 나셨거든요."

타니스베팔렌을 쓰러뜨린 후에 기절하고, 회복 직후에 연 다과회에서 졸도했다. 타니스베팔렌 얘기는 학생에게 숨기는 사안이라서 언급하지 않았는데 힐쉬르에게는 통한 모양이다. "후견인인 페르디난드 님도 마음 편할 날이 없겠군요."라며 쿡쿡 웃었다.

"로제마인 님의 건강이 회복되면 며칠 내로 심문을 할 거라고 루펜이 말하던데, 귀환하신다니 어쩔 수가 없네요. 이쪽에서 조정하겠습니다."

"잘 부탁드릴게요."

루펜을 비롯한 선생들이 타니스베팔렌 출현에 관한 심문 조사 일정을 짜는 중에 귀환 명령이 나온 모양이다. 보호자들에게 상담할 여유가 생겨서 솔직히 다행이다. 선생들의 정보 몇 가지를 흘린 힐쉬르는 라이문트가 들고 있던 자료 뭉치를 넘겨받았다.

"이 자료가 제 연구 성과입니다. 페르디난드 님께 전해 주세요. 그리고 라이문트가 페르디난드 님께 제출할 과제도 있습니다."

힐쉬르의 재촉에 라이문트가 내 측근들의 눈치를 보며 머뭇머뭇 한 걸음 앞으로 나와 식물지 뭉치를 내밀었다.

"과제로 주신 개량 설계도를 완성했습니다. 이것을 페르디난드 님께 전해 주십시오. 그리고, 의견을 듣고 돌아와 주시면 감사하겠습니다.”

하르트무트가 라이문트에게 과제를 건네받으며 가볍게 고개를 끄덕였다. 하르트무트와는 여러 번 만났기에 편해졌는지 긴장하던 라이문트의 어깨에서 뻣뻣함이 사라지는 것이 보였다.

“라이문트, 저는 에렌페스트에 돌아가도 하르트무트는 귀족원에 남으니까 하르트무트를 통해 새로운 과제를 전달하게 할게요. 그때까지 규칙적으로 생활하면서 수업을 마치고, 영양도 섭취하고, 잠도 푹 자면서 다음 과제에 대비하세요.”

“어머, 꼭 라이문트의 엄마처럼 말씀하시네요.”

힐쉬르의 어이없어하는 말에 울컥한 나는 힐쉬르를 노려보았다. 페르디난드가 공방에 틀어박히면 곤란해지는 사람은 힐쉬르 외의 사람들이다.

“스승인 힐쉬르 선생님이 제자의 생활에 신경쓰지 않으니까 페르디난드 님 같은 어른이 되는 거예요. 어릴 적 생활 습관은 어른이 되어서 큰 영향을 끼치는 법인데, 지금 라이문트의 생활 리듬이 깨지는 걸 눈 뜨고 볼 수 없잖아요. 이대로는 라이문트가 페르디난드 2호가 될 거예요.”

“정말입니까!?”

“생활이 엉망이 된다는 의미니까 그렇게 기뻐하지 마세요.”

라이문트를 혼내고, 나는 리젤레타가 준비해 온 간식을 내밀었다.

“저와 약속한 시각까지 빠듯하게 연구하느라 끼니도 거르셨죠? 자료는 확실히 넘겨받았으니까 오늘은 식사하고 푹 주무세요.”

“로제마인 님은 진짜 성녀시네요. 감동했습니다.”

라이문트가 아닌 힐쉬르가 간식 바구니를 들고는 환희에 몸을 떨었다. 역시 힐쉬르는 못돼먹은 스승이다.

"힐쉬르 선생님은 수업 잊지 마세요. 라이문트, 스승을 직장에 보내는 일도 제자의 중요한 업무임을 명심하세요."

간식과 함께 라이문트에게 힐쉬르의 감시 역할을 떠맡기고 면담을 끝냈다.

"이제 잊은 건 없겠죠?"

기숙사에 돌아온 나는 마지막으로 체크 리스트를 확인하면서 전이 마법진이 있는 방으로 갔다. 배웅하는 측근들, 빌프리트, 샤를로테도 함께.

"거기 적혀 있는 것을 끝냈으면 문제없어. 에렌페스트에 돌아가서 아버님께 실컷 혼나고 와. 왕족과 거리를 두게 하려고 귀환 명령을 내렸는데 다과회에서 기절해서 오히려 왕족에게 강한 인상을 남겼다고 골머리를 앓고 계시더라."

"아으……."

전이 마법진 앞에는 코르넬리우스도 서 있지만, 나를 바래다주고 곧바로 귀족원으로 되돌아온다고 한다. 마지막 귀족원을 즐기겠다나. 이번에는 나의 귀환이 너무 앞당겨져서 레오노레와 유디트는 아직 모든 수업을 통과하기 전이다.

"에렌페스트에 가면 다무엘과 안게리카가 있으니까 호위는 문제없지만…… 혼자 돌아가자니 쓸쓸하네요."

"봉납식이 끝나면 최대한 빨리 귀족원에 돌아와 주세요."

샤를로테가 그렇게 말하며 미소를 지었다. 올해는 자리를 비우는 동안 로지나를 샤를로테에게 맡기기로 했다. 내가 없을 때 동성 영주 후보생이 있으면 이렇게나 든든하다.

"로제마인, 이쪽 걱정은 안 해도 돼. 샤를로테가 있으니까 작년보다 훨씬 든든해. 적어도 여성만 득실거리는 다과회에 동원될 일은 없겠지."

빌프리트가 어깨를 으쓱했다. 샤를로테가 키득거렸고, 나도 함께 웃었다.

"가요, 리카르다, 코르넬리우스."

나는 리카르다와 코르넬리우스와 함께 전이 마법진 위에 올라갔다. 전이 마법진이 검은빛과 금빛을 발하자 시야가 일그러졌다.

에필로그

하루가 멀다 하고 귀족원에서 보고서가 온다. 질베스타는 영주 집무실에서 측근들을 내보내고, 칼스테드, 페르디난드와 보고서를 읽고 있었다.

귀족원이 시작하기 전까지만 해도 보고서 내용은 평온했다. 책장에 감격한 로제마인이 빌프리트에게 여태껏 보여주지 않은 고마움을 표하고 책 중심의 독특한 인사말로 샤를로테를 당황케 했지만, 이 정도는 웃어넘길 만했다. 로제마인에게 이름을 바치겠다는 구 베로니카 파 학생이 나타났지만, 로제마인이 이름을 받는 것에 큰 부담감을 느껴 피하는 듯해서 상황을 지켜보기로 했다.

친목회가 끝난 후에 날아온 보고서도 그나마 평온했다. 드레반헬이 린샴을 비슷하게 만들어냈다는 소식에는 놀랐지만, 시기가 빨라졌을 뿐 예상한 일이었다. 아렌스바흐에서 시집온 베티나가 정보를 흘리고 있다는 보고도 있었지만, 그러려고 시집온 것이므로 당연하다고 생각했다. 중요한 건 데뷔 무대도 치르지 않은 3왕자의 존재였다. 하지만 방에서만 지낸다면 전혀 문제 될 게 없다.

"……문제는 로제마인이 엮이느냐 아니냐에 달렸다는 거군."

"불길한 소리 하지 마, 페르디난드! 원칙상 왕자는 방에서 지내니까 엮일 위험은 없어. 없다면 없는 거야!"

물론 질베스타도 페르디난드와 같은 의구심이 있었다. 작년에 왕족과 어떻게 엮였는지를 보면 아무 사고도 없이 귀족원 2학년 과정이 무사히 끝날 거라고 도무지 장담할 수 없었다.

수업이 시작되자 평온이라는 단어에서 조금씩 멀어지기 시작했다. 로제마인이 단켈페르거의 영주 후보생을 도서위원으로 끌어들여 몇몇 도서관 마술구에 마력을 공급하고, 슈타프 변형 수업에서 신구를 만들어 페르디난드가 준 방어구로 선생을 공격하고, 자작 장난감을 강화해서 침대 캐노피에 구멍을 뚫었다.

잇달아 날아오는 보고서를 읽은 질베스타, 페르디난드, 칼스테드는 시선을 교환하고 깊은 한숨을 쉬었다. 보고서의 양이 어찌나 많은지 읽기만 해도 피곤하다. 질베스타는 손가락으로 미간을 문질렀다.

"페르디난드, 로제마인은 왜 이렇게 별난 거냐?"

"몰라. 나에게 묻지 마. 아무래도 평온이라는 단어의 의미가 우리와는 다른 모양이지. 그 부분부터 조정했어야 했어."

머리카락을 쓸어 올리며 깊은 한숨을 내쉰 페르디난드도 상당히 피곤해 보인다. 하루도 빠지지 않고 날아오는 보고서에 칼스테드도 녹초가 되었다.

"일주일도 안 지나서 일을 이만큼 벌이는 것도 재능이군. 하등 쓸모 없는 재능이지만……."

칼스테드의 중얼거림에 질베스타는 섬뜩한 사실을 깨달았다.

'그렇군. 이렇게 보고서가 날아오게 된 지 아직 일주일도 지나지 않았어. 어쩐지 힐쉬르의 보고서가 없다 했더니.'

그 후로도 보고는 계속해서 들어왔다. 2학년 전원이 이론 시험 첫날에 합격했다는 보고, 드레반헬에서 초대한 다과회의 대응 방법을 묻는 질문서, 로제마인이 로데리히의 이름을 받기로 했다는 보고서, 음악 선생의 다과회에서 얻은 정보 등 다양했다.

다과회와 사교에 관한 질문서는 질베스타뿐만 아니라 플로렌치아, 페르디난드, 엘비라에게도 왔다고 한다. 남성과 여성의 착안점이 달라서 답변에 차이가 있다. 여러 시점의 대답이 나왔기에 조금은 도움이 되었으리라고 질베스타는 생각했다. 순위가 오르고 교류 상대에도 변화가 생겼기에 영주 회의에 출석한 어른도 고생했지만, 귀족원에 있는 학생들도 만만치 않게 고생하는 모양이다. 작년에 비해 로제마인의 언행에 대처하는 아이들의 성장이 눈에 띄게 보였다.

하지만 대량으로 날아오는 보고서를 씁쓸하게만 읽을 수 있었던 건 로제마인이 3왕자와 도서관에서 만나기 전까지였다.

「슈바르츠와 바이스의 의상을 갈아입힐 날을 정하러 도서관에 간 언니가 힐데브란트 왕자와 마주쳤다고 합니다. 이런 일은 흔히 있는 일인가요?(샤를로테)」

「왕자는 공공연하게 활동할 수 없기 때문에 앞으로 마주칠 일은 없다고 로제마인은 낙관하고 있습니다. 하지만 저는 매우 불길한 예감이 듭니다(빌프리트)」

'나도 그래, 빌프리트. 아주 불길한 예감이 들어.'

"역시 접촉했군."

"페르디난드, 넌 어떻게 그렇게 차분할 수 있지!?"

"……아직 접촉만 했지, 아무 일도 일어나지 않았어. 이제부터다. 벌써 평정을 잃으면 앞으로 날아올 보고서에 몸이 남아나지 않을 거다. 진정해, 질베스타."

아직 입학도 하지 않은, 원래라면 만날 리가 없는 왕족이 엮여 버린 상황에서도 손을 흔들며 대충 넘기는 페르디난드의 침착함이 비정상이라고 질베스타는 생각했다.

"이런 불길한 보고를 듣고 어떻게 침착할 수 있겠어!? 더 불안해졌어."

"앞으로 성가신 일들이 가속도가 붙어 닥쳐올 거다. 작년에 겪어 봤으니 알겠지. 자, 하르트무트의 보고서를 읽어 봐. 더 불안해질 거다."

페르디난드가 옅은 미소를 지으며 보고서를 꺼냈다. 아무래도 겉으로 드러나지만 않았을 뿐, 그도 속으로는 상당히 동요하고 있는 듯하다.

「로제마인 님은 힐데브란트 왕자님께 인사만 하고 책에 집중하셨지만, 왕자님은 같은 또래로 보이는 로제마인 님께 관심이 있으신 것 같습니다. 책을 읽는 모습을 보러 일부러 2층까지 올라가셨습니다(하르트무트)」

'부탁이니까 제발 우리 애하고 엮이지 마!'

마음 같아서는 소리치고 싶지만, 질베스타는 억지로 삼켰다.

"페르디난드, 로제마인과 왕족이 접촉하지 못하게 막을 방법은 없어?"

"모든 수업을 첫날에 끝내서 겨우 도서관 출입 금지령이 풀렸을 텐데 어떻게 막겠나. 억지로 막으면 다른 쪽에 더 큰 영향이 가겠지. 작년 빌프리트의 실수를 반복하고 싶은가?"

"큭……."

도서관 때문에 폭주하는 로제마인에게 휘말려서 온갖 고생을 했던 상황을 떠올린 질베스타는 입을 다물었다. 칼스테드도 처치 곤란이라는 듯이 어깨를 으쓱했다.

"도서관 출입을 막는 방법도 불가능하고, 왕족의 행동을 우리 쪽에서 간섭할 수도 없어. 왕자가 도서관에 가지 않고 얌전히 방에서 지내길 신에게 빌 수밖에."

"빌어먹을! 신에게 기도를!"

"아우브 에렌페스트, 귀족원에서 긴급 통지가 왔습니다."

쓸데없는 짓을 벌이는 사람은 로제마인 하나가 아니었다. 사감인 힐쉬르가 아렌스바흐 학생을 애제자로 키우고 있다는 보고서가 올라온 것이다.

『힐쉬르 선생님을 내일모레 열리는 슈바르츠와 바이스의 환복식에 초대할 예정이었습니다만, 어떻게 대처하면 좋겠습니까?(마리안네)』

「에렌페스트의 정보가 힐쉬르 선생에서 제자를 통해 아렌스바흐로 새어나갈 우려가 있어 매우 위험합니다. 지금까지 힐쉬르 선생님에게 건넨 자료에 문제는 없습니까?(이그나츠)」

「제자인 라이문트를 우리의 정보원으로 만들 방법은 없습니까? 군돌프 선생님과도 교류가 있다 보니 드레반헬에도 연구 정보가 새어나가고 있습니다(하르트무트)」

「라이문트는 개량 능력이 뛰어난 유능한 인재예요. 제가 만든 마법진을 개량해 주고 수정 방법도 알려줬어요. 그리고 페르디난드 님의 책을 읽고 싶대요. 빌려줘도 되나요?(로제마인)」

'로제마인! 왜 너만 위기감이 없냐!? 아렌스바흐에 습격당한 사람은 너잖아!?'

질베스타는 으악! 하고 소리치며 로제마인의 볼을 꽉 쥐고 흔들고 싶은 충동에 휩싸였다.

"아무리 중앙으로 이적했다고 하지만, 힐쉬르도 조금은 에렌페스트를 배려했어야 했어."

칼스테드의 발언은 에렌페스트 귀족이라면 지극히 당연한 감상이었다. 하지만 그 순간, 페르디난드가 험악한 표정으로 칼스테드를 노려보았다.

"에렌페스트가 힐쉬르에게 배려하지도 않았는데, 아쉬울 때만 그런 소릴 하면 쓰나?"

"페르디난드, 그게 무슨 의미지?"

얼굴을 찌푸린 페르디난드가 말하길 페르디난드를 제자로 들이면서부터 베로니카의 괴롭힘은 힐쉬르에게도 미쳤다고 한다. 결국 기숙사에서 안심하고 지낼 수도 없게 되어 연구실에서 지내는 날이 늘었다. 원래라면 사감에게 주어지는 영지의 지원금도 베로니카의 부하가 가로채는 바람에 힐쉬르는 아예 받지도 못하는 상태였다며 차분하고 담담하게 설명했다.

그런 페르디난드와 힐쉬르의 과거는 질베스타가 귀족원을 졸업한 뒤에 일어난 일이라서 질베스타도 처음 듣는 얘기였다. 최우수를 놓치지 않고, 왕에게 친히 칭찬을 듣고, 상위 영지와 개인적인 교류를 만들고, 마술구와 소재를 팔아 학생으로는 생각할 수도 없는 막대한 돈을 벌었던 페르디난드가 그런 귀족원 생활을 보냈다는 말이 금방 믿어지지 않았다.

"사감에게 지원이라고? 알고 있었다면 왜 어머님을 내친 후에 말하지 않았어? 그 이후로 벌써 몇 년이 지났나!? 넌 네 스승이 자유를 억압받아도 아무렇지 않은 거야?"

"힐쉬르 스스로 필요 없다고 해서다. 자신이 제자를 키우는 데 방해만 될 뿐인 지원 따위는 받지 않겠다. 그렇게 말하고 힐쉬르는 귀족원에 재학 중인 나를 지켜냈다."

그래서 페르디난드는 힐쉬르를 존경하여 마술구로 번 돈의 일부로 개인적인 지원을 계속했다고 한다. 졸업한 후에도 이 스승과 제자의 연이 깊었던 이유를 알게 된 질베스타는 매우 서글퍼졌다.

"페르디난드, 부탁이니까 그런 중요한 얘기는 내게 말해. 영주인데도 몰랐던 나 자신이 한심해서 미칠 것 같다."

"……자네 모친에게 당한 불쾌한 기억을 떠올리고 싶지도 않다. 허락해 주게."

페르디난드가 괴로운 듯 미간을 찌푸리고 눈을 내리뜨며 쉰 목소리로 그렇게 말하면 질베스타도 더는 추궁할 수가 없었다.

"……허락한다."

깊은 한숨을 내쉰 페르디난드가 "귀족원에 다녀오겠다."라며 일어났다.

"잠깐, 페르디난드! 원칙상 성인은 개입 금지야!"

그러니까 질베스타도 답장을 쓰는 일 말고는 이렇게 보고서를 읽을 때마다 닥쳐오는 두통을 해소하지 못하고 있지 않은가. 하지만 페르디난드는 "문제없다."라며 손을 저었다.

"마술구는 제작자만이 처리할 수 있다는 규칙이 있거든. 그 김에 은사와 대화를 나누고 오려는 것뿐이다. 힐쉬르에게 이야기가 통하는 사람은 나뿐이야. 아닌가?"

힐쉬르의 연구실에 두고 온 마술구를 회수함과 동시에 어느 정도 이야기를 매듭짓고 오겠다고 페르디난드가 말했다.

"……걱정 마, 질베스타. 에렌페스트에 불이익이 오는 일은……."

"그런 건 걱정도 안 해. 힐쉬르와 얘기하는 과정에서 네가 불쾌한 기억을 떠올리지 않을까 생각했을 뿐이야. ……알았어. 너한테 맡기지."

"그래, 맡겨 둬."

페르디난드는 그날 귀족원에 요청서를 보냈고, 다음 날 저녁에 에크하르트와 유스톡스를 데리고 귀족원에 갔다. 그리고 밤에는 속이 후련해진 표정으로 대량의 마술구와 함께 돌아왔다.

그다음 날, 질베스타는 자신의 기도가 신에게 닿지 않았음을 알았다. 왕족과 접촉했다는 우려했던 보고가 오고야 만 것이다.

「오늘은 슈바르츠와 바이스에게 옷을 갈아입혔습니다. 로제마인 님의 허가로 처음으로 그들을 만졌습니다. 새로운 의상도 아주 잘 어울렸습니다. 도중에 힐데브란트 왕자님께서 견학하러 오셨고, 저희도 모르는 새에 마력 공급 협력자가 되어 있었습니다(마리안네)」

'슈바르츠와 바이스에게 옷을 입히는 도중에 왕자가 등장해서, 협력자?'

"잠깐만! 로제마인이 주인이고, 왕자가 협력자라고!? 보통은 반대 아냐!?"

"어제 내가 귀족원까지 발걸음해서 성가신 일을 조정하고 왔는데 어째서 오늘 이런 문제를 일으키는 거지?"

웬일로 페르디난드가 초점 없는 눈빛으로 중얼거렸다. 질베스타도 동감이었다.

"자, 이것도 읽어 봐. 머리가 다 아프군."

칼스테드가 보고서를 툭 하고 질베스타에게 던졌다. 그리고 이마를 누르며 "아……." 하고 낮게 신음했다. 칼스테드를 무너뜨린 보고서를 든 질베스타는 한 번 기합을 넣은 뒤 읽기 시작했다.

「언니와 힐데브란트 왕자의 사이가 매우 돈독해졌습니다. 제가 보기에 왕자는 언니에게, 언니도 왕자에게 호감이 있는 것 같았습니다. 대화를 나누는 표정이 오라버니 때와 명백하게 다릅니다. 언니는 마치 책을 보는 듯한 불타는 눈동자로 왕자를 바라보았고, 제게 연하의 남성에 대해 어떻게 생각하느냐고 물었습니다. 저는 오라버니를 밀었지만, 오라버니에게는 도서관을 언니에게 아예 떠맡길 만큼의 도량이 필요할 듯합니다(샤를로테)」

「왕자는 스밀을 좋아한다고 하셨지만, 오히려 로제마인 님께 관심이 있어 보였습니다. 왕궁 도서관 얘기에 로제마인 님이 넘어가셨습니다. 쉽지 않을 것 같습니다. 아무래도 왕자가 키를 보고 로제마인 님과 샤를로테 님을 착각하고 계신 것 같았고, 로제마인 님은 왕자가 샤를로테 님에게 관심이 있다고 착각하고 계십니다. 그 뒤 왕자 측에서 마술구의 주인 자리를 넘기라고 했지만, 공공연하게 활동하지 못하는 힐데브란트 왕자가 마력을 공급하기는 어렵다는 점, 남성도 공주님이라고 불리게 된다고 로제마인 님께서 지적하신 결과, 왕자는 협력자로서 마력을 공급하게 되었습니다(하르트무트)」

「오늘은 슈바르츠와 바이스에게 옷을 갈아입혔어요. 솔랑쥬 선생님은 도서관에서 사신대요. 너무 부러웠어요. 저도 언젠가 도서관에서 살고 싶어요. 아, 맞다. 슈바르츠와 바이스에게 옷을 입힐 때 힐데브란트 왕자가 왔어요. 왕자가 저보고 물어봐 달라고 해서 물었는데 아쉽게도 샤를로테는 연상이 좋지, 연하한테는 관심이 없대요. 오빠보다 언니를 더 좋아해 줬으면 좋겠어요(로제마인)」

"……마치 로제마인만 혼자 다른 세계에서 사는 것 같군."

다른 이들은 언급도 하지 않은 솔랑쥬의 주거 관련 보고가 가장 많았고, 장래의 희망 사항이 그 다음을 이었다. 왕자에 관한 보고는 추신으로밖에 보이지 않았다.

"아무리 생각해도 로제마인은 사교를 하면 안 돼……."

"이런 상태로 왕족과 교류를 늘린다고? 환장할 노릇이군."

칼스테드도 페르디난드도 관자놀이를 세게 눌렀다.

"페르디난드, 로제마인을 끌고 올 방법이 없을까? 적어도 왕자가 도서관을 출입하는 기간이 끝날 때까지……."

"이제 겨우 도서관에 다니게 된 상태라서 말이지. ……또 무슨 일을 벌이면 그때는 귀환시켜 버리겠다고 협박해 두겠다."

세 사람 모두 골머리를 앓았지만, 이것은 소동의 시작일 뿐이었다.

"로제마인에게 이런 질문서가 도착했다."

「도서관 다과회에 힐데브란트 왕자님을 초대하기로 했어요. 왕자에게 에렌페스트의 기사 소설을 빌려드려도 문제는 없을까요? 뭔가 조심해야 할 게 있을까요?」

"로제마인이 왜 왕족을 다과회에 초대하게 된 거지!? 본인 처지를 모르는 거야?"

왕족을 초대하는 일은 아우브 에렌페스트도 영주 회의에서밖에 할 수 없다. 초대받고 가는 것보다 초대하는 쪽이 신경 쓸 일이 많고 복잡하다. 사교도 제대로 못 하는 로제마인에게는 어림도 없는 일이다.

"책을 좋아하는 친구한테 정신이 팔려서 왕족을 방치하는 그림이 눈에 훤하군."

페르디난드의 상상은 질베스타도 쉽게 떠올릴 수 있었다. 무례한 행동이지만, 로제마인이라면 하고도 남는다.

"시종과 신호를 정하게 해. 화제를 바꿔야 할 때, 왕자를 오래 방치했을 때 쓸 신호 말이다. 책을 교환하자는 얘기만 나와도 감정에 휘둘릴 게 뻔하다. 마석을 많이 챙겨 가야 할 거다."

생각나는 대로 대책을 써서 로제마인의 측근에게 보냈다. 로제마인에게는 '왕족 방치 금지'라고 집요할 정도로 써 뒀다.

모두의 답장을 모아서 보낸 직후, 샤를로테에게 긴급 통지가 날아왔다. 올해는 하나같이 긴급 통지뿐이다.

「마수를 사냥하러 간 구 베로니카 파 학생 중에 로데리히가 다친 채 돌아왔고, 오라버니가 견습 기사들을 이끌고 지원을 나갔습니다. 언니가 로데리히의 상처를 치료하면서 이야기를 들어보니 그 범인이 타니스베팔렌임을 알게 되었고, 어둠의 축복을 내리러 언니도 호위 기사를 이끌고 현장으로 날아갔습니다. 선생님들께 연락을 넣으라는 지시를 받았는데, 제가 할 수 있는 일이 또 있을까요?(샤를로테)」

"타니스베팔렌? 그게 뭐지?"

처음 듣는 이름에 질베스타가 고개를 갸웃거리자, 페르디난드가 "성가시군." 하고 중얼거리더니 얼른 펜을 들고 답장을 쓰기 시작했다. 현지 견습 기사들에게 타니스베팔렌을 공격하지 말라고 주의를 주고, 교대로 적을 도발하여 중앙기사단이 도착할 때까지 시간을 벌게 하라고 지시했다.

"베르케슈토크 인근에 출몰하는 토론베 같은 마수다. 검은 무기로만 쓰러뜨릴 수 있지."

"뭐라고!? 위험한 상황이잖아! 우리가…….."

"그건 안 돼, 칼스테드. 우리 측에서 기사단을 보낼 수 없어. 중앙에 부탁할 수밖에."

기사단을 귀족원으로 보내면 중앙에서는 침략으로 간주할 수 있다. 중앙의 요청도 없이 에렌페스트에서 기사단을 보낼 수 없는 셈이다. 칼스테드가 분한 표정으로 답장을 쓰는 페르디난드의 손을 빤히 바라보았다.

답장을 다 쓴 페르디난드는 서둘러 전이의 방으로 가서 그곳에 있는 기사에게 "당장 이걸 보내라. 긴급이다."라며 방금 쓴 편지를 건넸다.

전이 마법진이 있는 방에서 답장을 기다리고 있었는지, 곧바로 샤를로테의 답장이 날아왔다.

「이미 현장에 연락해 뒀습니다. 공격으로 거대해지고 말았지만, 지금은 팀을 나눠 시간을 벌고 있다고 합니다(샤를로테)」

"타니스베팔렌을 아는 우수한 학생이 있었군."

하아, 하고 한시름 놓은 듯이 페르디난드가 숨을 내뱉으며 머리카락을 쓸어 올렸다.

타니스베팔렌이 어떻게 됐는지 안절부절못하며 세 사람이 다음 보고를 기다리자 「타니스베팔렌을 무찔렀다고 합니다. 그런데 언니도 쓰러졌습니다. 그 외에 다른 피해는 없습니다(샤를로테)」라는 소식이 왔다.

"타니스베팔렌을 처치해서 다행이군. 걱정은 되지만, 로제마인이 쓰러지는 건 하루 이틀 일이 아니지."

당장에라도 지원하러 달려가고 싶은 얼굴을 하고 있던 칼스테드가 어깨에 힘을 빼고 안도의 한숨을 쉬었다. 질베스타도 가슴을 쓸어내렸다.

다음 날, 각자에게서 보고가 왔다.

「저는 소식을 듣자마자 준비해서 지원을 나갔습니다. 마티아스가 선생들이 도착하기 전까지 시간을 벌어야 한다고 해서 저는 교대로 상대하자고 제안했습니다. 시간을 버는 중에 로제마인이 도착했고, 어둠의 축복을 무기에 내렸습니다. 공격을 개시했지만, 적의 움직임이 재빨라서 공격이 먹히지 않았습니다. 하지만 공격 도중에 로제마인이 검은 천으로 타니스베팔렌의 머리를 덮어 움직임을 제한한 덕분에 집중 공격을 퍼부었고, 큰 타격을 입혔습니다. 저는 첫 출진에서 2위로 공헌을 했습니다(빌프리트)」

「로제마인 님은 진짜 성녀입니다. 무기에 어둠의 신의 축복을 내리는 로제마인 님의 옆모습은 늠름하셨고, 축문은 마치 선율을 가진 것처럼 부드럽고 아름다웠습니다. 타니스베팔렌은 명백히 로제마인 님을 가장 경계하고 있었습니다. 다른 기사의 공격은 달게 받으면서 로제마인 님의 물총 공격만 전부 피했습니다. 로제마인 님은 자신의 공격이 먹히지 않는 것을 알고, 이번에는 어둠의 신의 신구로 타니스베팔렌을 포획했습니다. 로제마인 님이 계시지 않으셨다면 처치하지 못했을 겁니다. 그것뿐만이 아닙니다. 로제마인 님은 플류트레네의 지팡이를 소환해서 의식을 통해 채집터를 완전히 되살리셨습니다. 저는 이 눈으로 신의 기적을 목격했습니다. 훌륭합니다! 신에게 감사를!(하르트무트)」

「선생님들과 중앙기사단이 도착했을 때는 이미 상황이 끝나 있었다고 합니다. 토벌 때의 자세한 정황과 에렌페스트의 신전 사정에 관해 알고 싶다는 요청이 있었습니다. 타니스베팔렌은 베르케슈토크 기숙사 방향에서 왔다고 합니다. 학생은 어둠의 축복을 쓸 수 없으므로 중앙기사단이 무찌른 것으로 한다, 라는 말을 들었습니다(샤를로테)」

"……이게 전부 같은 사건에 관한 보고가 맞아?"

"모든 보고서에 타니스베팔렌의 이름이 나와 있으니 맞겠지."

도통 같은 사건을 기록한 보고서로 보이지 않는다.

"뭐. 잘 처리한 건 틀림없군."

"음, 원래는 학생이 상대할 마수가 아니지. 성인이 되면 토론베 토벌에서도 제법 쓸 만하겠어."

칼스테드의 말에 질베스타가 고개를 끄덕이자, 페르디난드가 관자놀이를 누르며 신음했다.

"질베스타, 회복하는 대로 로제마인을 불러라. 긴히 해 둘 얘기가 있다."

"응?"

"축복에 관한 얘기다. 로제마인은 기사단에서 가르치고 있는 주문과 다른, 성전의 축문을 그대로 사용했을 거다. 심문을 받기 전에 어느 정도 말을 맞춰 둬야 해."

페르디난드가 시키는 대로 질베스타는 귀환 명령을 내렸다.

왕족을 초대한 다과회가 끝나면 곧장 돌아오라고 명령했음에도 불구하고, 약속한 당일 전이 마법진에 나타난 것은 종이 뭉치였다.

기사에게 종이를 받아 펼쳐 본 페르디난드가 한 번 눈을 질끈 감고, "집무실로 돌아갑시다, 아우브 에렌페스트."라며 눈이 전혀 웃지 않는 미소를 지었다. 아무래도 또다시 큰일이 벌어진 모양이다.

집무실로 돌아가자 페르디난드가 하르트무트가 보낸 보고서를 소리 내어 읽기 시작했다. 다과회 전에 단켈페르거의 영주 후보생을 협력자로 등록한 것, 왕자가 도서위원 완장을 갖고 싶어 해서 로제마인이 선물하기로 약속했다는 내용이 적혀 있었다.

'작년의 머리 장식에 이어서 올해도 왕족의 주문을 받아오다니 대체 로제마인은 무슨 생각이야. 그래. 아무 생각이 없겠지. 알다마다.'

질베스타는 이마를 꾹꾹 누르며 보고서를 읽는 페르디난드의 목소리를 들었다.

"책 화제로 분위기가 무르익었을 때 갑자기 로제마인이 왕자에게 독촉 올도난츠를 보내줄 수 있냐고 제안했다는군."

"뭐!?"

"왕자에게 일을 시켰다고? 제정신이야!?"

칼스테드와 질베스타는 무심코 소리쳤다. 페르디난드는 한숨을 내쉬면서 고개를 가볍게 저었다.

"아마 주변 녀석들도 같은 심정이었을 거다. 이어서 읽겠다."

"듣고 싶지 않지만 들어 보지."

다른 왕족이었다면 격노할 법한 발언이지만, 의외로 왕자는 로제마인의 제안에 기뻐하며 왕에게 상담하겠다고 답했다고 한다. 너무나도 갑작스럽게 벌어진 일이고, 상대측의 의도를 알 수 없어서 어느 시종도 막지 못했다고 한다.

"왕자의 측근도 아연실색했다는군. 로제마인의 실수로 끝나지 않아 다행이다."

"그렇긴 하지만, 아무래도 이 왕자와 로제마인의 조합은 위험해. 그렇지 않아?"

　비록 왕자지만, 신하의 교육을 받으며 자라서인지 왕족으로서의 긍지가 아직 약한 듯하다. 그렇지 않고서야 로제마인의 무례한 말을 기쁘게 받아들일 리가 없다.

　"위험하다는 이유로 떼어내려고 하면 로제마인은 더 다가가려고 할 거다."

　"난 지금 내가 이 다과회에 동석해야 하는 측근이 아니라서 진심으로 다행이라고 생각해. 이왕이면 이런 보고서도 안 읽고 넘어가는 입장이면 더 좋았겠지."

　"혼자 도망칠 생각 마라, 칼스테드. 포기하고 들어. 이런 녀석이 자네 딸이다."

　콧방귀를 픽 뀌며 페르디난드가 다음 내용을 이어서 읽었다. 그러는 너는 후견인이잖아, 라고 속으로 투덜거리며 질베스타는 보고에 귀를 기울였다.

　"단켈페르거와 책을 교환하고, 그 영주 후보생에게 에렌페스트의 책을 칭찬받았을 때 로제마인이 마석을 사용했다는군."

　"칭찬 하나에 마석이 필요했다는 건가. 역시 가져가게 하길 잘했어."

　"작년에는 친구가 된 단계에서 실신했었지."

　페르디난드의 말에 무심코 질베스타는 인상을 찌푸렸다.

　"……친구가 되었다고 실신? 난 그런 친구 싫어. 단켈페르거의 영애는 의외로 정신력이 강하군."

　"단켈페르거 여성이니까 이상할 것 없지."

　"로제마인은 성장한 건지, 퇴화한 건지 알 수가 없네."

칼스테드가 유레베를 사용하기 이전보다 더 잘 쓰러지는 것 같다며 중얼거렸다.

"몸이 건강해지면서 마력도 늘었으니 쓰러지는 빈도는 별반 다르지 않아."

페르디난드는 살짝 언짢은 얼굴로 그렇게 말하고, 계속해서 읽었다.

"음……. 답례로 책을 빌리니까 왕자가 분위기에 휩쓸렸는지 답례하고 싶다고 했다는군. 왕자의 측근이 로제마인을 왕궁 도서관에 초대하면 어떠냐고 제안한 순간, 로제마인이 의식을 잃고 쓰러졌다고 한다."

"또 왕족 앞에서 쓰러졌다고!?"

"또 자기가 다과회를 주최해 놓고 쓰러졌어!?"

질베스타와 칼스테드의 목소리가 겹쳐졌다. 페르디난드는 복잡한 표정으로 보고서를 노려보았다.

"그럼 다과회는 어떻게 됐어? 어떻게 중단됐지? 뒤처리는 제대로 했다던가?"

질베스타는 뒷얘기가 신경 쓰여서 페르디난드의 손에서 보고서를 빼앗았다.

「중앙의 측근은 이성을 잃고, 왕자는 눈물을 글썽이고, 한넬로레 님은 울먹이면서 괜찮다는 말만 반복하는 혼란 상태를 보였습니다. 빌프리트 님과 샤를로테 님께 지원을 넣었고, 뛰어다니며 수습하였습니다 (하르트무트)」

'로제마인의 뒤처리에 동분서주하며 빌프리트와 샤를로테가 급속도로 성장한 것 같군.'

"……괴상한 다과회가 되었군. 페르디난드, 어쩔 거야?"

"어쨌거나 로제마인에게 들어 봐야 알겠지. 관계자들에게 사과한 뒤 귀환하라고 명령해 둬. 지금이라면 연속으로 쓰러지는 건강상의 이유를 들면 되겠지. 사정만 듣고 다시 귀족원에 돌려보내려고 했지만 취소다. 봉납식이 끝날 때까지 에렌페스트에 붙잡아 둬야지."

될 대로 되라는 식으로 페르디난드가 그렇게 말했다. 포기하고 싶어지는 마음은 질베스타도 심히 이해되었다. 작년보다도 더 골치가 아프다. 칼스테드는 입을 열기도 귀찮은 듯했다. 그 마음 역시 뼈저리게 이해가 된다.

'왜지? 대체 로제마인은 왜 이렇게 문제만 일으킨단 말인가.'

평온, 그것은 로제마인과 거리가 먼 단어였다.

굽힐 수 없는 결의

"당신은 내가 가장 원하는 것을 주는걸요. 이야기와 함께 이름도 받을게요."

그 말이 귀에서부터 온몸에 스며들듯이 서서히 퍼져간다. 처음에 내가 이름을 바치겠다고 선언했을 때는 난처함과 거절의 기색이 역력하던 금색 눈동자가 지금은 확 변해 허용과 각오의 빛을 띤다. 그 금색 눈동자를 부드럽게 뜨며 로제마인 님이 활짝 웃는다.

'이야기뿐만 아니라 나까지 받아들여 주셨어.'

하얀 탑 사건이 있고 난 후로 나는 몇 년이나 고독했다. 같은 파벌에서 배제되고, 부친에게도 폭력을 당하며 살았다. 그런 나를 구했던 존재는 로제마인 님께서 만든 책이었다. 지금은 그때 느낀 기쁨보다도 훨씬 크다.

'이 행복을 어떻게 표현할 수 있을까.'

말로 표현하고 싶은데 적절한 단어가 떠오르지 않는다. 가슴에 퍼지는 이 안도와 감동을 그 누가 알랴. 나는 그저 행복을 음미했다.

그래서 로제마인 님이 가족을 언급한 순간, 나의 뇌리에는 아버님의 이기적인 명령과 눈에 띄게 돌변한 태도, 수많은 폭력의 기억이 선명하게 되살아났다. 스멀스멀 등을 기어오르는 공포가 심장을 쥐어짠다.

'그만해.'

구 베로니카 파 내에서 입지가 좁아진 아버님이 이번에는 자신을 이용해 영주 일족에 빌붙으려고 들 미래가 훤히 보인다. 로제마인 님의 자비로운 마음이 유린당할까 봐 소름이 끼친다.

"이름을 바침과 동시에 가족과 연을 끊음을 허락해 주십시오."

그 맹세를 로제마인 님께서 받아들여 주셔서 일단 안심했다. 두 번 다시 아버님이 마음대로 하게 두지 않겠다. 로제마인 님을 끌어들이고 싶지 않았다.

"로데리히, 잘됐어요. 저도 기뻐요."

"고마워, 필린느."

내 입에서 솔직한 감사의 말이 나왔다. 필린느는 지금까지 나 혼자 질투했던 상대다. 전에는 나를 걱정하는 그녀의 마음을 고맙게 받아들이기 힘들었다. 그런데 그녀가 건넨 축복을 순수하게 받아들일 수 있게 된 심경의 변화에 나 자신이 제일 놀랐다. 배배 꼬인 시선으로 보던 자신은 사라지고, 그저 기쁘다고 느꼈다.

하지만 기뻐해 주는 사람은 필린느뿐이었다. 로제마인 님의 측근에는 라이제강 계 귀족이 많다. 구 베로니카 파는 이름을 바친다고 해도 완전히 신용할 수 없는지 그들은 로제마인 님이 보지 못하는 목욕 시간대에 나를 회의실로 불렀다. 코르넬리우스 님, 하르트무트 님, 브륀힐데 님, 레오노레 님, 이렇게 네 명의 상급 귀족이 험한 표정으로 쭉 서 있었다. 이런 상황에 위축되지 않을 중급 귀족은 없으리라.

나는 마른침을 삼켰다. 이름을 바치게 된 기쁨으로 가득했던 가슴에, 이름을 바친 뒤에도 주변 사람과 삐걱거릴 것 같은 불안감이 점차 커졌다.

"로데리히, 지금이라면 아직 늦지 않았어. 이름을 바치겠다는 말, 다시 생각하는 게 어때? 네가 이름을 바쳐서 측근이 되는 것을 강하게 반발하는 사람이 있어. 지금은 너무 마음만 앞선 것 아닐까."

먼저 입을 뗀 사람은 코르넬리우스 님이었다. 칠흑 같은 눈이 나를 빤히 바라본다. 아마 나를 싫어하여 '측근으로 들어오면 두고 봐라'라는 협박이리라. 하지만 비슷한 말은 지금까지 셀 수도 없이 들었다.

"……로제마인 님께서 받아 주신다고 하셨습니다. 저는 제 결의를 바꿀 생각이 없습니다. 그게 싫으시다면 로제마인 님께 말씀하십시오."

내가 제안을 거부하자, 브륀힐데 님이 미간을 찌푸리며 인상을 썼다.

"아무리 생각해도 일이 복잡해져요. 로제마인 님께서 정하신 일이라서 나도 대놓고 반대하지는 못했지만……."

"그래요? 난 이름을 잡아두는 만큼 트라우고트 같은 사람보다 훨씬 안심돼요. 다만, 파벌은 둘째 치고, 빌프리트 님께서 로데리히를 좋게 보지 않으시잖아요. 두 분이 혼약하신 지금, 괜한 다툼의 불씨가 되지 않기를 바랄 뿐이에요. 하르트무트, 당신 생각은 어때요?"

레오노레 님의 말에 정신이 번쩍 들었다. 하얀 탑 사건에서 아버님이 시킨 대로 탑으로 빌프리트 님을 유인했던 나는 그분을 모함에 빠트린 모든 책임을 져야 했다. 그런 나는 혼약자 사이에 다툼의 불씨를 만드는 위험요소이다. 그런 시점으로는 생각하지 못했다. 지금까지와 다른 불안이 머릿속을 헤집었다. 그렇다고 결의를 굽힐 생각은 없지만, 나와 빌프리트 님의 사이가 풀릴지 어떨지는 미지수다. 나는 레오노레 님이 의견을 물은 하르트무트 님의 표정을 살폈다.

'측근 중에서 가장 큰 문제는 하르트무트 님이야.'

그는 우수한 상급 견습 문관이다. 중급 견습 문관인 내가 측근이 되면 그는 나의 상사가 된다. 측근 중에서 가장 잘 지내야 하는 상대다. 필린느와 잠깐 얘기를 나눌 때마다 나를 노려보던 그 날카로운 주황색 눈동자가 문득 떠올랐다.

지난번에 "로제마인 님께 받아들여지고 싶다면 네 생각과 마음을 전해라."라고 조언해 줬지만, 동시에 "어중간한 상태로 로제마인 님께 들러붙으면 민폐다. 어서 결판을 내."라고도 했다. 절대 상냥하지만은 않다.

'괜찮을까?'

나를 환영하기 싫은 줄은 알지만, 노골적으로 배제하고 텃세를 부리면 곤란하다. 신분을 따져 봐도 압도적으로 내가 불리하다. 내 시선을 눈치챘는지 하르트무트 님이 싱긋 웃었다.

"로제마인 님은 파벌을 보지 않으셔. 오직 그 사람만 보지. 그런 로제마인 님께서 널 받아들이기로 하신 마당에 내가 이의를 제기할 턱이 없잖아."

"어머, 놀랍네요. 하르트무트가 순순히 인정하다니……."

브륀힐데 님이 입가를 가리고 눈을 동그랗게 뜬다. 동감이다. 나를 가장 달가워하지 않을 줄 알았다. 하르트무트 님은 한쪽 눈썹을 씰룩이며 의외라는 얼굴로 브륀힐데 님을 보았다.

"그래? 내년에 내가 졸업하면 측근 견습 문관은 하급 귀족인 필린느만 남잖아. 솔직히 말하자면 상급 견습 문관이 있었으면 좋겠지만 마땅한 인재가 없어. 그러니까 내년까지 로데리히를 키울 수밖에 없잖아? 마력의 양이 하급에 가까워도 중급은 중급이야."

"확실히 견습 문관 부족은 심각한 문제네요. 하르트무트가 키울 마음이 있다면 난 좋아요. ……이렇게 상급 귀족에게 둘러싸여 있어도 생각을 굽힐 마음이 없어 보이고요……."

하는 수 없다는 듯이 말하는 브륀힐데 님을 보고는 레오노레 님이 쿡쿡 웃었다. 그 순간, 갑자기 그녀들의 분위기가 부드러워졌다. 아무래도 내가 쉽게 생각을 굽힐지 시험한 모양이다. 그렇게 느끼는데 하르트무트 님과 코르넬리우스 님이 내 앞으로 다가섰다. 하르트무트 님이 조그맣게 찢은 종잇조각을 내밀었다.

"로데리히, 이름을 바치는 돌을 어떻게 만드는지 모른다고 했지? 제작법은 나중에 가르쳐줄 테니까 여기에 나와 있는 소재를 최대한 빨리 모아라. 에렌페스트보다 귀족원에 좋은 소재가 많아."

"송구합니다, 하르트무트 님."

그가 내민 종이가 마치 로제마인 님의 측근이 되는 시험지로 보였다. 나는 떨리는 손으로 종잇조각을 받았다.

"잘 들어, 로데리히. 로제마인 님의 측근들은 네 소재 수집을 도와주지 않을 거야. 앞으로 이번처럼 이름을 바치겠다는 자가 나타났을 때 또 협력을 요구한다면 곤란하거든. 너 스스로 소재 채집에 동행할 견습 기사를 의뢰하고 자력으로 소재를 모아."

"알겠습니다. 열심히 하겠습니다, 코르넬리우스 님."

나는 1년에 걸쳐 로제마인 님께 바칠 새로운 이야기를 집필했다. 로제마인 님께서 내 이름을 받겠다고 하셨다. 소재를 모으면 만드는 법을 배울 수 있게 되었다.

'고지가 눈앞이다!'

종착점은 보이지만, 그 '조금'이 어려웠다. 견습 기사를 데리고 소재 채집을 하러 가야 하는데, 내게는 견습 기사들에게 낼 돈이 없다. 하르트무트에게 받은 종잇조각에 쓰여 있는 소재는 견습 문관인 내가 혼자서 찾아올 수 있는 물건이 아니다. 마수를 쓰러뜨려야만 얻는 마석도 있다. 견습 기사들에게 마수를 쓰러뜨리게 해서 마석을 넘겨받아야 한다. 사본 작업으로 모은 돈은 이미 생활비로 썼다. 또 로제마인 님께 드릴 이야기 집필에 시간을 소비하느라 사본으로 많은 돈을 번 것도 아니었다.

'큰일 났네.'

방법을 찾지 못한 채 조금이라도 돈을 벌려고 매일같이 사본 작업에 매진하며 지냈다. 그러는 중에 힐쉬르 선생님이 아렌스바흐의 견습 문관을 제자로 키운다는 소문으로 기숙사 안이 시끄러워졌다. 에렌페스트에서는 페르디난드 님이, 문관동의 연구실에서는 힐쉬르 선생님이 기숙사에 와서 회의를 열었다. 기숙사에 있을 리가 없는 두 사람이 기숙사 식당에 모인 광경에 일반 학생인 우리에게도 사태의 심각성이 전해졌다.

'영주 일족은 아렌스바흐에 경계를 풀 의사가 전혀 없나 보네.'

아렌스바흐의 신부를 들이면서 다시 전처럼 양 영지의 교류가 활발해지지 않을까 하고 구 베로니카 파 귀족들은 내심 기대했다. 하지만 영주 후보생과 그 측근, 페르디난드 님이 경계하는 모습을 보면 그런 미래는 쉬이 찾아오지 않으리라.

내가 분위기가 산만한 기숙사 안을 제삼자의 시선으로 바라볼 수 있었던 건 하르트무트 님께 불려가기 전까지였다.

"로데리히, 이름을 바칠 소재는 모았어?"

"아뇨, 아직입니다."

종잇조각에 적힌 소재가 어떤 소재인지 조사만 하고, 아직 채집터에 한 발짝도 들이지 못했다. 호위 비용을 아낄 심산으로 한 번에 끝내 버리고 싶어서였다.

"최대한 라이문트와 로제마인 님의 접촉을 줄이려면 로제마인 님의 문관이 둘 사이의 중간다리 역할을 해야 해. 아렌스바흐의 정보 수집, 힐쉬르 선생님의 정보 유출 감시 등을 포함해서 네가 배워야 할 업무가 단숨에 늘었다. 느긋하게 1년 뒤를 기다릴 상황이 아니야. 조속히 소재를 모아."

"그렇게 말씀하셔도 상급 귀족 분들과 달리 저는 견습 기사들에게 호위와 토벌을 의뢰할 돈이 부족합니다. 사본 대금이 들어오기 전까지는 어렵습니다."

내가 기다려 달라고 부탁하자 하르트무트 님은 "정말 머리가 나쁘구만." 하고 짜증내듯이 나를 노려보았다.

"계급 따위 상관없어. 자신이 가진 연줄과 정보를 돈으로 만드는 기술을 모르면 로제마인 님의 문관은 못 한다. 지금은 정말로 시간이 없으니까 알려주겠는데, 앞으로는 스스로 생각해."

나는 하르트무트 님이 시키는 대로 마티아스 님과 라우렌츠 님, 여름 막바지에 영주께 편지를 보내려고 로제마인 님의 측근과 연락을 취할 수 있는 인맥을 찾았던 구 베로니카 파 견습 기사들에게 말을 걸었다.

"로제마인 님께서 이름을 받아 주시기로 하셨습니다. 이름을 바치는 돌을 만들려면 소재를 채집하러 가야 하는데 여러분께 호위와 토벌을 부탁해도 될까요? 제가 드릴 보수는 돈이 아닙니다. 이름을 바치는 돌 제작법을 알려드리고, 측근이 되면 여러분과 로제마인 님을 중개해 드리겠습니다."

예상대로 견습 기사들은 매우 못마땅해 했다. 하지만 나는 다그치듯이 입을 열었다. 최대한 당당하게 보이려고 등을 꼿꼿이 세우고, 목소리가 떨리지 않게 주의하면서.

"여러분도 유사시를 대비해 소재를 확보해야 하지 않을까요? 아우브께 충언을 쓴 편지도 사실은 부모에게 등을 돌릴 각오로 쓴 것 아닙니까."

"로데리히, 지금 우리를 협박하는 거냐!?"

"진정하세요, 라우렌츠 님. ……이건 조언입니다."

내 입으로 말하면서도 궤변이라고 생각했다. 그들 입장에서 보면 어떻게 들어도 '함께 소재를 찾아 주지 않으면 부모에게 밀고하겠다'라는 협박으로 들리리라. 팔짱을 끼고 내 말을 듣고 있던 마티아스 님이 파란 눈동자로 나를 노려본다.

"로데리히, 그거 네가 생각한 말 아니지? ……그런 지시를 내릴 만한 로제마인 님의 측근이라면 레오노레 님, 브륀힐데 님이냐? 아니지, 은근슬쩍 협박하는 사람이면 하르트무트 님이겠군?"

"역시 마티아스 님이시네요."

파벌 내에서 가장 낮은 취급을 받아 왔던 내 머리로는 그들을 협박할 방법이 도무지 생각나지 않았다. 누구의 지시라고 언급하지 않았지만, 마티아스 님은 대충 눈치챈 모양이다.

"상대가 하르트무트 님이면 불리하네. 시키는 대로 채집하러 가도록 하지."

"어이, 마티아스."

"보수에 로제마인 님과의 중개도 포함이야. 힐쉬르 선생님과 제자 사건만 봐도 유사시를 대비해서 길을 만들어 두는 건 나쁜 선택이 아니지."

마티아스 님은 채집에 동행하겠다고 약속하면서 파란 눈동자로 나를 빤히 보았다.

"그런데 로데리히. 내가 분명 신중하게 행동하라고 주의했잖아. 지금은 소재를 구하는 것까지만 하고, 이름을 바치는 건 신중하게 다시 생각해."

그의 충고가 머릿속에 되살아났다. 하지만 나는 결심을 굽힐 생각은 없다.

"마티아스 님께서 걱정하시는 건 이해합니다만, 제게 그 조언은 의미가 없습니다. 여러분에겐 충동적으로 보여도 저는 로제마인 님을 모실 방법을 1년 동안 찾았습니다. 신용을 얻을 수 있다면 저는 이름을 바칠 겁니다."

마티아스 님이 미간을 팍 찌푸렸다.

"정세가 바뀌면 어쩔 거야? 후회해도 그땐 늦어."

"지난번에 마티아스 님께서 말씀하셨던 남성 말이지요? 저는 정세가 바뀌었다고 이름을 바친 것을 후회하지 않을 겁니다. 제 주인이 다른 영지로 떠나 버린다고 해도 충성심은 변함없을 것이고, 그분을 위해 무엇을 할 수 있을지, 도움이 될 일이 없을지 항상 찾고 있을 겁니다."

자신의 주인이 차기 영주의 지위에서 멀어져 다른 영지로 가게 되면 속상함을 억누를 수 없으리라. 내 능력이 부족해서가 아닐까, 주인을 위해 할 수 있는 일이 더 있지 않았을까, 심각하게 생각하리라. 그래도 충성심은 변하지 않는다. 어떤 상황이 닥치더라도 충성을 바친다. 이름을 바치려면 그 정도의 각오는 있어야 한다.

"……가족은 어쩔 거야?"

마티아스 님이 신음하듯이 낮은 목소리로 물었다. 나는 내 가족을 떠올리고는 씁쓸한 미소를 지었다. 이기적이고 폭력적인 부친과 그 부친에게 아첨만 떠는 모친이다. 집안에 내가 있을 곳은 없다. 만약 내가 있을 곳이 있었다면 이렇게까지 로제마인 님께 도움의 손길을 원하지 않았을 것이다.

"가족이 제게 뭘 해 준다는 겁니까? 저는 가족과 인연을 끊을 겁니다. 내 가족이 내 주인에게 불이익을 입히게 두지 않을 겁니다."

"하지만 그건……."

마티아스 님이 파란 눈동자로 험악하게 나를 보았다. 기분 탓인지 새파랗게 질려 있다. 또 무슨 할 말이 있는 듯했지만, 나는 결심을 굳혔다. 더 무슨 말을 하더라도 평행선이다.

"전 이름을 비칠 겁니다. 제 마음을 로제마인 님이 아닌 다른 분이 막을 수는 없습니다."

"로데리히의 말이 맞아, 마티아스. 그쯤 해둬. 원래라면 이름을 바치는 건 더 비밀리에 이루어져야 해. 당사자끼리 정한 사항에 우리가 참견할 필요는 없어."

"라우렌츠……."

마티아스 님의 어깨를 가볍게 두드린 라우렌츠 님이 주황색 눈으로 나를 보았다.

"난 로제마인 님께서 널 받아들일 결심을 하셔서 다행이라고 생각해. 영주 일족이 우리 구 베로니카 파를 어떻게 보고 있고, 어떻게 취급할 것인지, 귀족들이 어떤 반응을 보이는지는 로데리히를 지켜보면 자연스럽게 알 수 있을 거야. 중요한 건 로데리히의 앞날이지, 그의 결심에 훼방을 놓는 짓이 아니야. 안 그래?"

"……로데리히를 이용하자는 말이야?"

"로데리히도 소재 수집에 우리를 이용하잖아. 피차일반 아냐? 그리고 우리가 어떻게 하든 로데리히의 결심은 바뀌지 않아."

내 반응을 조금이라도 놓칠쏘냐 하고 라우렌츠 님은 나를 빤히 바라보았다. 그 말이 맞다. 이 판국에 이용당하는 자신의 처지가 불쌍하지만, 나도 소재를 모으려면 이들을 이용해야 하니까 피차일반이다. 이용하고 싶으면 맘대로 이용해도 좋다. 나는 내 소망을 위해 움직일 뿐이다.

"가자."

땅의 날, 마티아스 님의 지시에 따라 나는 기수를 소환했다. 구 베로니카 파를 중심으로 한 견습 기사들과 함께 기숙사를 나섰다.

바깥에서 채집터로 이어진 시꺼먼 선을 눈치채지 못한 채 우리는 채집터로 돌진했다.

구 베르케슈토크 기숙사 탐색

"아, 루펜 선생님이시죠?"

내가 힐쉬르의 연구실 문을 노크하자, 아렌스바흐의 스카프를 두른 조합복 차림의 소년이 얼굴을 내밀었다. 아마 힐쉬르의 제자이리라. 내가 담당하는 학년이 아니라서 얼굴도 이름도 모르는 소년이다.

"힐쉬르 선생님, 루펜 선생님입니다. 약속 시각이잖아요."

"잠깐만 기다려요. 지금 딱 좋을 때란 말이에요."

"……라고 하시니 잠시 기다려……."

제자의 말이 끝나기도 전에 나는 문을 벌컥 열고, 시종의 손길이 전혀 닿지 않은 어질러진 연구실로 발을 들였다.

"너, 제자라면 내 말 잘 들어. 힐쉬르의 입에서 나오는 '잠깐'이라는 말을 절대 믿지 마라. 아무리 기다려도 끝나지 않거든. 내 경험담이다. 강제로 끌고 나올 수 있다는 이유로 내가 데리러 왔으니까 기다릴 생각 없어."

"완력을 쓰지는 말아 주세요. 선생님이 조합 중이실 때는 위험합니다."

막무가내로 밀고 들어가는 나 때문에 제자가 안절부절못하는데도 힐쉬르는 조합 냄비만 열심히 젓고 있다. 냄비 위에는 몇 가지 마법진이 전개되고 있었다. 제자의 말대로 완력으로 중단시키면 위험해질 게 뻔했다.

'이를 어쩌나?'

"힐쉬르, 에렌페스트 학생이 일으킨 일은 사감이 처리해야 해."

"알고 있으니까 지금 준비하고 있잖아요. 약속 시각은 세 점 종이에요. 종이 울릴 때까지 방해하지 말아 줄래요?"

오호라. 반듯하게 차려입은 모습을 보면 힐쉬르가 예정을 잊은 것은 아닌 듯하다. 종이 울리기 전에 중앙동에 도착하고 싶었는데 하는 수 없다.

"조금이라도 늦으면 프라우렘이 시끄러울 거야."

"시끄럽기만 하지 큰 피해는 없으니까 그냥 내버려 둬요."

나는 고막을 찢는 프라우렘의 고함을 생각하기만 해도 맥이 빠지는데 힐쉬르는 아무렇지 않은 모양이다.

"……넌 그 목소리를 흘려들을 수 있냐?"

"내게는 조합에 방해되는 당신이 더 시끄러워요, 루펜."

'저 뻔뻔함이 없으면 이렇게 제멋대로 굴 수도 없겠지.'

힐쉬르에게 쫓겨난 나는 제자에게 어디서 기다리면 되는지 물었다. 잡동사니가 굴러다니는 연구실은 손님용 의자에도 목패가 잔뜩 쌓여 있다.

"……여기서 기다리시게요? 요 며칠은 로제마인 님도 병치레로 오지 않으셔서 앉을 만한 자리도 없고, 조합이 끝날 때까지 시종도 들어오지 못하는 곳입니다만……."

제자의 대답에 나는 인상을 찌푸리면서 연구실을 둘러보았다. 유일하게 앉을 만한 곳은 힐쉬르가 평소에 앉는 의자 정도였다.

"갔다가 다시 오면 또 다른 조합에 손을 대겠지. 여기서 기다리마. 다 겪어 봤던 일이다."

하는 수 없이 힐쉬르의 의자에 앉긴 했지만, 앉을 자리가 여기밖에 없다니 기가 찼다. 남자만 득실대는 더러운 기사동 남자 대기실이 훨씬 깨끗하다. 힐쉬르의 연구실은 그야말로 쓰레기장이다.

의자에 앉아서 기다리는 동안 나는 오늘 일정을 되새겼다. 오늘은 구 베르케슈토크 기숙사를 탐색하러 가는 날이다. 타니스베팔렌은 구 베르케슈토크에 서식하는 마수이며 이미 봉쇄된 기숙사 인근에서 에렌페스트 채집터로 이동한 흔적이 있다. 그래서 왕의 허가를 받고 중앙기사단의 참관하에 기숙사를 탐색하게 되었다.

타니스베팔렌이 나타난 원인으로는 누군가가 데려왔을 가능성, 그 주변에 서식지가 있을 가능성, 그리고 여러 우연이 겹쳐서 구 베르케슈토크 성의 전이 마법진이 발동하여 타니스베팔렌이 전이되었을 가능성을 들 수 있었다. 마수이므로 마력이 있다. 구 베르케슈토크 성의 관리 방식에 따라서는 우연이 겹쳐서 전이 마법진이 제멋대로 발동했을 가능성도 배제할 수 없었다.

'쉽게 알아낼 수 있으면 좋으련만, 그렇게는 안 되겠지.'

뭐니 뭐니 해도 탐색을 맡은 선생이 문제다. 먼저 힐쉬르. 연구를 중단시키고 억지로 데려와야 하는 만큼 의욕이 있을지 모르겠다. 끌고 나가는 데도 애를 먹겠지만, 타니스베팔렌 사건은 에렌페스트와 관련된 일이므로 불참은 용납할 수 없다.

또 프라우렘. 현재 아렌스바흐가 구 베르케슈토크령을 관리하고 있기 때문에 회의에서 타니스베팔렌을 반입한 범인으로 의심을 받고 분개하고 있다. 회의에서도 째지는 목소리로 반론하며 떠들었는데 이번 탐색도 감정적으로 할 것으로 예상된다. 그 목소리를 듣고 있기만 해도 피곤해서 나는 가까이 가고 싶지도 않다.

그리고 군돌프 선생. 드레반헬 사감이며 문관 코스 선생이다. 담당 학년과 전문 코스가 달라서 나와는 접점이 거의 없다. 그는 아주 희귀한 마수에 흥미를 보이며 이번 탐색에 자진했다. 원인 규명보다 타니스베팔렌 탐색에 열을 올릴 것 같은 구석이 있다.

마지막으로 나 루펜. 원래라면 샤를로테 님께 올도난츠를 받은 레나투스 선생이 가야 마땅하다. 하지만 레나투스 선생은 기사 코스의 최고령 교사라서 대신 내가 중앙기사단과 움직이게 되었다. 솔직히 타니스베팔렌의 토벌이면 몰라도 원인 규명이 목적인 탐색은 내 적성에 맞지 않다. 다사다난이 쉬이 예상되는 면면들이다.

"힐쉬르, 세 점 종이야. 가자. 더는 못 기다려."

"하아. 이렇게 성미가 급하니까 여자들이 당신을 싫어하죠."

'네 걱정이나 하시지.'

떨떠름한 표정을 드러내며 조합 냄비에서 손을 뗀 힐쉬르지만, 종이 울릴 때는 위험한 조합을 완벽히 끝내 놓은 상태였다. 화를 못 낼 정도로 완벽해서 더 짜증난다. 조합에 몰두하는 제자를 부럽게 바라보는 힐쉬르를 질질 끌듯이 연구실에서 나와 중앙동을 향해 걷기 시작했다.

"앞으로는 이렇게 사람 귀찮게 하지 마."

"참나. 오히려 내가 하고 싶은 말이에요. 이미 타니스베팔렌은 토벌했잖아요. 또 나오면 또 쓰러뜨리면 되죠."

그 무관심한 태도는 마음에 들지 않지만, 의견에는 찬성한다. 마수가 나타나면 쓰러뜨리면 된다. 그렇게 간단한 얘기로 끝낼 수 있다면 얼마나 편할까.

"자네한테는 이미 끝난 일이겠지만, 토벌만 끝났지 아직 원인을 못 찾았어. 그러니까 중앙기사단이 왕께 청해서 구 베르케슈토크 기숙사를 개방한 것 아니겠어? 그리고 아직 의문점이 많은 로제마인 님도 심문해야지. 사감은 꼭 참여해야 해."

"아, 그것도 있었네요. 대체 내 연구 시간을 얼마나 깎아 먹어야 속이 시원할까요? 적어도 심문만이라도 연기하면 안 되나요?"

힐쉬르는 툴툴거렸지만, 로제마인 님의 심문은 도서관 다과회가 끝나면 하기로 일정을 맞춘 상태다.

"사실은 힐데브란트 왕자님이 도서관 다과회 일정이 있다고 양보하지 않으셔서 이미 일정을 한 번 연기했어. 더는 연기 못 해."

"참 유감이네요."

입으로는 그렇게 말하지만, 전혀 유감스럽지 않은 듯 피식 웃은 힐쉬르는 문이 쭉 이어진 중앙동 복도를 걸었다. 1위 기숙사로 이어지는 문이 있고, 안쪽으로 갈수록 순위가 내려간다. 그 뒤로 번호가 없는 문이 이어진다. 그 중에 폐영지가 되어 폐쇄된 구 베르케슈토크 기숙사로 이어지는 문이 있다. 중앙에서 파견한 기사 한 사람이 문 앞에 서 있는 모습이 보였다.

"다른 선생님들은 도착해 계십니다. 들어가십시오."

기사가 열어 준 문으로 들어가자 현관홀에 해당하는 곳에서 다툼이 일어나고 있었다. 중앙 기사가 둘, 그리고 군돌프 선생과 프라우렘이 있다.

"왜 이렇게 시끄러운 겁니까?"

내가 말을 걸자, 군돌프 선생이 수염을 쓰다듬며 불편한 눈빛을 프라우렘에게 보냈다.

"기숙사에 들어오자마자 프라우렘 선생이 바셴을 써서 그렇소."

"뭐라고요?"

이번 기숙사 탐색에서는 타니스베팔렌의 발자취 등이 기숙사 내에 남아 있지 않은지, 수상한 인물이 어떠한 수단으로 침입했을 가능성이 없는지를 조사해야 한다. 그런데 바셴을 사용하면 그러한 흔적이 사라져 버린다.

"대체 무슨 생각으로 바셴을 쓴 겁니까!?"

"어휴. 이렇게 더러운 곳을 청소도 하지 않고 어떻게 들어가란 말이에요! 옷이 더러워지잖아요!"

바셴을 쓴 이유로 들이대기에는 빈약한 변명이다. 더러움도 못 참는다면 탐색에 걸림돌일 뿐이니까. 돌아가라는 의미의 말을 넌지시 했더니 아렌스바흐의 의심을 풀어야 한다며 악을 썼다. 군돌프 선생과 중앙의 기사들이 질려 하는 이유를 잘 알겠다. 말은 하고 있는데 얘기가 통하지 않는다.

하지만 마찬가지로 프라우렘도 우리에게 짜증을 느끼고 있는 듯하다. 엮이고 싶지 않은지 방관만 하는 힐쉬르에게 같은 여성으로서 동의를 구했다.

"당신도 여자니까 이해하죠!?"

"이 정도 더러움쯤이야 별달리 신경 쓰이지도 않는데요?"

'아무렴 그렇겠지. 그 연구실에서 생활할 정도니까.'

귀족 여성으로서 할 말인가 싶었지만, 힐쉬르에게 동의를 구해 봤자 소용없다. 나보다도 더러움에 내성이 강하다.

"그렇게 더러운 게 싫으면 조합복이든 기수복이든 더러워져도 되는 옷을 입지 그랬어요. 바셴을 쓰니까 증거인멸이라고 의심받죠."

"참나! 시간 개념도 없는 칠칠맞은 사람한테 그런 말 듣고 싶지 않거든요!"

나는 힐쉬르가 정론을 말했다고 생각하지만, 프라우렘에게는 본인의 지론이 제일 옳은 모양이다. 정론이 도무지 통하지 않는다. 힐쉬르와 대화하면 할수록 프라우렘이 감정적으로 변할 것 같아서 나는 군돌프 선생과 눈짓을 주고받고 두 사람을 떼어놓았다.

"여기서 떠들고 있어 봤자 아무것도 안 나옵니다. 두 팀으로 나뉘어서 움직입시다."

"음. 힐쉬르 선생과 루펜 선생. 프라우렘 선생과 나로 나눕시다. 각 팀의 증인을 중앙의 기사에게 부탁하고 싶은데……."

중앙기사단이 감시로 붙는다. 감시의 목적은 이번 일의 은폐 공작만이 아니다. 연구에 폭주할 법한 선생들이 이 기숙사에 방치되어 있는 희귀 소재와 도구를 슬쩍하지 않는지 지켜보기도 해야 한다.

"1층은 깨끗해졌으니까 우리가 갈게요. 더럽든 말든 상관없는 분들은 지층의 주방과 지하실을 맡으시죠."

어째서인지 프라우렘이 이긴 사람처럼 당당하게 분담을 정했다. 여기서 싸우면 시간 낭비. 우리는 지하로 향하는 계단을 찾으며 걸었다. 프라우렘의 바셴 때문에 현관홀부터 1층 복도가 쓸데없이 깨끗해져 있다. 하지만 문을 열면 그곳에 있는 것은 수북한 먼지, 부서지고 넘어진 채 방치된 가구, 방의 주인이 사라졌다는 사실도 모른 채 여전히 등록되어 있는 비밀의 방.

"……엉망진창이네."

"대영지로서 힘이 컸던 만큼 마지막까지 저항했었나 보네요."

갑자기 귀족원 학생 시절의 친구가 떠올랐다. 디터에서 경쟁하던 친구였다. 졸업 후에는 중앙기사단에 입단했지만, 4왕자의 호위 기사로 일하다 세상에서 사라졌다. 이미 세상을 뜬 지인들의 얼굴이 잇달아 떠올랐다. 살면서 하나의 과거로 머릿속 한편에 몰아넣었던 슬픔이 되살아났다.

"다음 해부터 얼굴을 못 보게 된 많은 학생이 떠오르는군."

베르케슈토크는 쇠망했고, 아렌스바흐와 단켈페르거가 땅을 나눠서 관리하게 되었다. 하지만 모든 학생이 두 영지 중 어느 한쪽에 소속된 것은 아니었다. 사라진 학생도 많았다.

"슬픔에 잠겨 있을 땐가요? 원인 규명이 중요한 이때 뭐 하는 거예요? 타니스베팔렌은 귀족원에 서식하지 않습니다. 구 베르케슈토크령에서 누군가가 반입하지 않는 이상 귀족원에서 볼 수 없는 마수예요."

힐쉬르는 먼지가 쌓여 아무 발자국도 없는 계단을 발견하고 뒤돌아보았다. 기사와 함께 먼지 위에 아무런 흔적도 없음을 확인하고, 계단을 내려가기 시작했다.

"그러니까 저번 직원 회의에서도 의견이 나왔듯이 저도 아렌스바흐와 단켈페르거 학생이 제일 의심스러워요."

"힐쉬르."

단켈페르거 학생을 의심하다니 의외다. 내가 노려봐도 아무렇지도 않은지 힐쉬르는 담담하게 말을 이었다.

"그쪽 사감이니까 화내는 건 이해하지만, 가능성으로 따지면 가장 높잖아요. 다른 영지 학생이 반입하려고 했다면 외부에서 사들여야 하는걸요."

"타니스베팔렌을 사들인다? 그런 게 가능해?"

흑마수의 반입은 쉽지 않다. 특성을 잘 아는 사람이 아니면 새끼도 다루기 어렵다. 회의에서 이름이 거론되어도 모르는 선생이 있었을 정도로 희귀한 마수다. 다른 영지 학생이 사들여서 반입했을 거라는 생각은 해 보지 못했다. 나는 기사와 얼굴을 마주 보았다.

"잘못 다뤘다가는 반입한 학생도 무사하지 않겠죠. 십 년도 전에 저도 비슷한 경험을 했거든요."

"뭐라고?"

의심하는 우리에게 힐쉬르는 계단을 내려가면서 옛날 일을 말해 주었다.

"베르케슈토크 학생에게서 타니스베팔렌을 사서 페르디난드 님께 풀었던 학생이 있었어요. 귀족원에서 학생이 단번에 줄어드는 계절에 일어난 일이고, 에렌페스트 내에 일어난 말썽인 데다가 페르디난드 님과 기사들이 토벌해서 알려지지 않았지만요. ……이번과 똑같아요."

힐쉬르는 뭔가를 아는 듯했다. 연구밖에 모르고, 연구실에서 사는 그녀가 대체 무엇을 알고 있는지 흥미를 느끼며 나는 계단을 내려갔다. 지층은 평민의 영역이다. 여기에도 귀족을 잡으려고 기사들이 들이닥쳤던 걸까. 문짝이 부서진 선반, 활짝 열린 옷장이 보였고, 깨진 냄비에는 거미줄이 있다. 하지만 전부 하얀 먼지에 뒤덮여 있어서 폐쇄된 이후로 아무도 침입한 흔적은 없다.

"똑같다니 무슨 의미야?"

"에렌페스트에 원한이 있는 자의 소행이라는 의미죠."

"왜 그렇게 생각하지?"

"흑마수가 구 베르케슈토크 기숙사에서 곧장 에렌페스트 채집터로 향했잖아요. 단켈페르거, 아렌스바흐, 프뢰벨타크, 중앙……. 어디로 빠져도 이상하지 않았고 에렌페스트의 채집터보다 마력이 풍부한데도 망설인 흔적이 없었어요."

"에렌페스트 채집터에도 마력이 상당량 있었던 거로 기억하는데?"

"로제마인 님이 치유해서겠죠. 내 기억으로는 그렇게 소재가 풍부한 곳이 아니었어요."

나는 흑마수의 흔적을 추적했을 때를 떠올렸다. 힐쉬르 선생이 "연구실로 돌아가고 싶은데요."라고 귀찮은 듯 칭얼거리며 동행하면서도 그런 추측을 했다는 사실에 놀랐다.

"왜 원한이 있는지는 범인에게 물어봐야 알겠죠. 영지 순위가 뒤바뀌어서 불만이었는지, 에렌페스트 학생에게 개인적인 원한이 있는지, 아니면 또 다른 이유가 있는지……."

손가락으로 세던 힐쉬르 선생이 한숨을 내쉰다. 귀찮아 보이기도 하고, 생각이 복잡해서 피곤해 보이기도 했다.

"누가 범인인지 짐작은 가?"

"설마……. 하지만 프라우렘도 의심하고 있어요. 학생을 포함해서도 가장 타니스베팔렌을 반입하기 쉬운 위치니까."

"어이, 힐쉬르. 그런 의심은……."

이 시점에서 꺼낼 말은 아니다. 내가 주의를 주자, 힐쉬르가 노려보듯 위층을 쳐다본다.

"최근에 알게 됐지만, 아렌스바흐와 에렌페스트의 불화가 꽤 심각해진 것 같아요. 제가 라이문트를 제자로 삼은 것조차 경계하더군요."

기숙사 내 학생들의 대화를 흘려듣거나 수업 중에 학생들의 관계를 피부로 느끼기도 하지만, 다른 영지끼리의 관계를 듣는 기회는 그리 많지 않다. 내가 집중해서 듣고 있음을 깨달은 힐쉬르는 익살맞게 어깨를 으쓱했다.

"정말이지, 제자도 내 마음대로 들이지 못하다니 피곤하네요……."

"자네는 마음대로 들이고 있잖아. 예의 그 제자는 오늘 응대하던 아렌스바흐 학생 맞지? 너무 깊이 생각하는 거 아냐? 불화가 있으면 디터로 결판내면 될 것을……."

"전부 단켈페르거 같은 줄 알아요?"

힐쉬르가 인상을 찌푸리면서 빨래터 문을 열었다. 시종들이 사용하던 승강 마술구가 이어져 있는 것이 보인다. 이 마술구는 위층에서 빨랫감을 내리고 하인들이 세탁한 옷을 올릴 때 쓴다. 평소에는 출입하지 않는 곳이라서 흥미로웠다.

'여기도 아무것도 없군.'

"아렌스바흐와 관계가 어떻든 개인적으로는 이번 사건이 에렌페스트에 원한이 있는 단독범의 짓이길 바라고 있어요."

"응?"

"단독범이라면 소동이 커져서 중앙기사단이 경계하고 있으니 똑같은 수법을 또 쓰지 않겠죠."

거기서 한번 말을 끊은 힐쉬르가 중앙 기사를 돌아보았다.

"그런데 다른 이유와 목적으로 에렌페스트를 단순한 실험대로 쓴 것이라면 타니스베팔렌이 또다시 나타날 가능성이 있어요. 귀족원에 아무리 많은 견습 기사가 있어도 검은 무기가 없으면 흑마수를 쓰러뜨리지 못하고, 중앙기사단이 오기를 기다릴 수밖에 없어요. 중앙기사단 여러분은 학생들에게 힘이 없다는 것을 이해하고, 신속하게 출동해 주길 바라 마지않습니다."

'연구밖에 몰라도 역시 힐쉬르도 선생은 선생이었어.'

이렇게 학생을 생각하고 있을 줄은 몰랐다. 원인을 찾으면 좋겠다고 생각했지만, 재발 대응도 재검토할 필요가 있다. 선생으로서 어떻게 학생의 안전을 지킬지 생각하고 있느냐고 나 자신에게도 묻고 있는 듯한 느낌이 들었다.

"연락과 출동을 최대한 신속하게 할 것, 그리고 비상시에 기사 코스 선생이 검은 무기를 사용할 수 있게 왕의 허가를 받을 수 있을까?"

"그 기세로 열심히 생각하세요. 그래서 더는 내 연구 시간을 깎지 말아 줬으면 좋겠네요."

"어이!"

감동이 순식간에 사라졌다. 힐쉬르는 어딜 가나 힐쉬르였다. 하지만 그녀의 의견은 중요했다. 화는 나지만, 연락 방식을 재검토해야겠다.

"주방은 먼지를 뒤집어쓴 상태였고, 계단을 쓴 흔적도 없었습니다. 눈에 띈 비밀의 방은 전부 등록을 해지하고 왔습니다. 결론을 말하자면 이곳은 타니스베팔렌과 관련된 어떠한 흔적도 없었습니다. 그쪽은 어땠습니까?"

지층과 지하실을 돌아본 우리는 합류한 군돌프 선생 팀에게 물었다. 1층부터 위층을 돌았던 프라우렘이 당당하게 결과를 보고했다.

"누군가 숨어 있었을 만한 곳도, 타니스베팔렌의 흔적도 없었어요. 그렇죠? 군돌프 선생."

"······음."

타니스베팔렌은 이곳 전이 마법진을 통해서 들어오지 않았다. 반입했다고 쳐도 이 기숙사가 아닌 다른 기숙사의 전이 마법진을 사용했으리라. 그렇게 결론지었다.

"난 중앙기사단과 함께 왕께 올릴 보고서를 작성하겠소. 중앙기사단을 호출한 루펜 선생만 책임자로 남고 다들 돌아가도 좋소이다."

힐쉬르는 "고맙습니다, 군돌프 선생." 하고 웃으며 감사의 말을 건네자마자 부리나케 돌아갔다. 그 뒷모습을 바라보던 군돌프 선생은 프라우렘을 돌아보았다.

"프라우렘 선생도 피곤하겠소. 2층과 3층은 바셴을 쓰지도 못하고 탐색했으니 말이오. ……하지만 이것으로 아렌스바흐를 향했던 의심은 풀렸다고 할 수 있겠지."

"네. 다행입니다. 아우브와 첫째 부인께 그렇게 보고하죠."

의심이 풀렸다는 말을 들은 프라우렘도 기분 좋게 돌아갔다. 그 뒷모습을 생글거리며 바라보던 군돌프 선생은 문이 완전히 닫힌 순간, 미소를 싹 거뒀다.

"이번 사건에 깊이 관여된 에렌페스트 사감인 힐쉬르 선생과 기숙사에 들어오자마자 바셴을 쓴 프라우렘 선생에겐 비밀로 해 두는 편이 좋겠다고 판단한 게 있소."

그리고 중앙기사단 두 사람을 보며 "왕께 주의하시라 일러 두게." 하고 목소리를 낮췄다. 긴박한 분위기에 침을 꿀꺽 삼켰다. 대체 무슨 일이 있었던 걸까?

"전이 마법진을 사용한 흔적이 있었소."

"뭐라고!?"

내 입에서 나온 고성에 놀란 나는 서둘러 한 손으로 입을 틀어막았다. 들은 말을 바로 믿을 수 없어서 진위를 밝히기 위해 그들과 동행한 기사를 번갈아 보았다. 기사도 마찬가지로 놀란 얼굴로 군돌프 선생을 보았다.

"저도 함께 있었지만, 특별한 건 아무것도 없었습니다……."

"……난 영주 후보생 출신일세. 영주 후보생의 수업도 들었지. 그래서 알 수 있었소. 다른 동행자…… 프라우렘 선생과 자네는 눈치채지 못했을 것이오."

군돌프 선생과 동행했던 기사가 눈만 깜빡거렸다. 몰랐던 모양이다.

"영주 후보생이 받는 수업 내용이라 자네들에게 자세하게 밝히지는 못하오. 확인하려면 영주 후보생으로 귀족원을 졸업한 왕족의 동행이 필요하오."

현재 체류 중인 힐데브란트 왕자로는 역량이 부족할 터였다. 중앙기사들이 고개를 끄덕였다. 나도 끄덕였다. 군돌프 선생은 천천히 숨을 내쉬더니 뭔가 생각하듯 수염을 매만졌다.

"로제마인 님의 심문이 상당히 중요해지겠소. 다른 신전 출신도 몰랐던 어둠의 주문을 알고 있는 것도 그렇고, 채집터에 치유를 쓴 것도 그렇고, 지금으로서는 로제마인 님이 가장 의심스럽소."

"에렌페스트는 피해자 아닙니까?"

힐쉬르의 의견을 듣고 에렌페스트에 원한이 있는 자가 범인이라고 생각하고 있었던 나는 군돌프 선생의 의견에 눈을 끔뻑거렸다.

"흥분한 프라우렘 선생의 의견이 전부 옳다고 생각하지는 않소. 허나 이 사건에서 에렌페스트가 특별히 피해를 입지 않았다는 의견에 정신이 번쩍 들었소이다."

날뛰는 타니스베팔렌을 로제마인에게 검은 무기를 받은 견습 기사들이 해치웠다. 엉망이 된 채집터도 이미 치유되었고, 다른 영지의 채집터보다 마력과 소재가 풍부해졌다. 그렇게 따지고 보면 확실히 에렌페스트에는 피해가 없다.

"에렌페스트가 타니스베팔렌을 이용해 어떠한 실험을 진행했을 가능성도 있소. 평소에 사감이 없는 그 기숙사라면 영주 후보생이 자유롭게 행동할 수 있으니까."

힐쉬르가 기숙사에 없다는 건 모두가 아는 사실이다. 학생들에게 어떤 보고를 받더라도 그 보고가 사실인지 확인했다고 장담할 수 없다. 전혀 생각지 못한 관점에서 나온 의견에 목덜미가 서늘해졌다.

"로제마인 님을 심문할 때는 왕의 측근⋯⋯ 수석 문관이나 중앙기사단 단장도 출석해야 할지도 모르겠소."

군돌프 선생의 제안에 반대하는 사람은 없었다.

후기

오랜만입니다, 카즈키 미야입니다.

이번 「책벌레의 하극상~사서가 되기 위해서라면 뭐든지 할 수 있어~제4부 귀족원의 자칭 도서위원Ⅵ」을 구매해 주셔서 감사합니다.

로제마인의 귀족원 2학년 생활이 시작되었습니다.

로제마인은 작년과 마찬가지로, 아니, 그보다 더 많은 소동을 일으킵니다. 수업 때 신구를 소환하고, 물총을 강화해 캐노피에 구멍을 내는 등 소동도 가지각색입니다. 동시에 로제마인의 책임으로 보기 힘든 소동도 연달아 일어납니다. 루펜은 기사 코스를 받지 않겠냐고 끈질기게 유혹하고, 슈바르츠와 바이스는 여신상에도 마력을 공급해 달라고 부탁하고, 도서관에서 몇 번이나 힐데브란트 왕자와 접촉하고, 힐쉬르의 제자가 아렌스바흐 학생이고, 로데리히가 소재를 구하러 간 곳에 타니스베팔렌이 나타나고…….

어쨌거나 로제마인은 눈앞에 닥친 일에 대응하는 데 급급합니다. 골머리를 앓는 보호자들의 심정도 이해하지만, 책을 읽고 싶을 뿐인데 강제로 송환된 로제마인은 하늘이 무너지는 심정입니다.

이번 프롤로그는 샤를로테입니다. 빌프리트와 로제마인의 혼약으로 빌프리트가 차기 영주로 내정되고, 아무리 노력해도 샤를로테는 차기 영주가 될 수 없는 처지가 되었습니다. 하지만 샤를로테는 생명의 은인인 로제마인 언니를 보좌하고자 고군분투합니다.

그리고 에필로그는 질베스타입니다. 에렌페스트에서 보고서만 보고 있어야 하는 보호자들. 칼스테드와 페르디난드와 함께 올해도 끊임없이 날아오는 산더미 같은 보고서를 읽으며 골머리를 앓고 있죠.

단편은 평소처럼 '소설가가 되자'의 활동 보고에서 독자분들의 요청을 모집해서 정했습니다. 로데리히 시점과 루펜 시점입니다.

로데리히 시점에서는 이름을 바치기로 정해진 뒤 로제마인의 눈이 닿지 않는 곳에서 이뤄지는 상황을 그려 보았습니다. 로제마인의 측근과의 대화, 구 베로니카 파 견습 기사들과 소재 채집을 하러 가게 된 뒷사정. 하르트무트의 은밀한 활약상을 볼 수 있습니다.

루펜 시점에서는 구 베르케슈토크 기숙사를 탐색하는 장면을 써 봤습니다. 선생들이 타니스베팔렌 사건을 어떻게 보는지, 또 로제마인의 눈에는 보이지 않는 선생 간의 관계 등. 로제마인의 학년을 담당하는 선생들은 서로의 이름을 편하게 부르면서도 다른 학년 선생에게는 경칭을 붙입니다. 선생들의 견해와 반응도 제각각입니다. 이상한 의심을 사고, 왕의 측근까지 등장시키게 된 로제마인의 심문회는 과연 어떻게 될까요? 다음 권을 기대해 주세요.

이번 권에서 시이나 님이 새롭게 디자인을 해주신 캐릭터는 힐쉬르 선생의 애제자인 라이문트와 힐데브란트 왕자의 수석 시종 아르투르입니다. 부스스한 라이문트의 모습이 마음에 쏙 듭니다. 조합에 방해되지 않게 스카프를 허리춤에 묶은 모습이 매우 라이문트답네요.

그리고 하나 더 알려드립니다.

띠지에도 큼지막하게 나와 있듯이「책벌레의 하극상」의 애니메이션화가 결정되었습니다!

3월 9일부터「책벌레의 하극상」애니메이션 공식 홈페이지에서 메인 제작진과 성우, 소개 PV를 보실 수가 있습니다.

기존의 드라마 CD와 성우가 달라서 아쉬운 분도 많으시겠지만, 새로운 성우분들도 정말 유명하고, 실력이 기가 막힌 베테랑들입니다. 확인하시면 깜짝 놀라실 겁니다. 저는 오디션 때부터 깜짝 놀랐거든요.

소개 PV에서 움직이는 마인과 캐릭터들, 평민촌 풍경을 꼭 보세요. 애니메이션 제작진이 서적 일러스트와 만화판 설정을 완벽하게 구현해서「책벌레의 하극상」의 캐릭터와 세계관이 넓어지도록 그려 주셨습니다. 저는 마인이 사는 평민촌에서 길베르타 상회가 있는 부촌으로 가는 길의 건물 분위기와 색조를 바꿔 달라, 배경에 나오는 엑스트라

캐릭터의 머리 스타일과 치마 길이의 규칙 등 아주 성가시고 깐깐하게 주문했습니다.

또 애니메이션 제작진이 참가한 드라마 CD 3탄도 정해졌습니다. 제4부Ⅶ와 동시 발매합니다. 이름을 바치는 로데리히를 중심으로 귀족원 학생들의 대화를 기대해 주세요. 원작 공식 홈페이지에서 예약 접수 중입니다.

http://www.tobooks.jp/booklove/

이번 표지는 도서위원 대집합입니다. 로제마인, 슈바르츠, 바이스에 더해 한넬로레와 힐데브란트가 있습니다. 슈바르츠와 바이스는 새로운 의상을 입었네요. 리젤레타가 놓은 자수가 귀엽습니다. 컬러 일러스트는 견습 기사들이 무기를 들고 타니스베팔렌을 토벌하는 모습입니다. 흑마수와 검은 무기가 나오니까 로제마인도 조금은 여전사가 된 것 같네요. 시이나 유우 님, 감사합니다.

마지막으로 이 책을 구매해 주신 여러분께 최상급의 감사를 바칩니다.

제4부Ⅶ는 6월에 발매할 예정입니다. 그때 다시 만나요.

2019년 1월 카즈키 미야

우수

오옷!!

페르디난드 님의 새 책입니다

로제마인 님

오옷!!!

다른 영지의 사본도 있습니다

또 맡기신 책 몇 권이랑

하르트무트 대체 몇 권이나 더 가져온 거예요?

보고 싶었어요 만지고 싶었어요 지금 당장 읽고 싶었어!

프아아

아이

으아아아! 질문을 피하면서 쐐기를 박았어! 하지만 시종으로서 완벽해!

안 되는데요? 한 권씩만 드릴 건데요?

사랑의 언어유희

네!? 그런 거 못 해!!

빌프리트 님께 말한다고 생각하고 구애의 말을 생각해 보세요

날씨 얘기인가요?

어째서 달을 칭찬하죠?

'달, 달이 참 아름답네요'

나츠메 소세키

어째서 이름에 의문을 가지는 거죠?

'오, 빌프리트, 당신은 어찌하여 빌프리트인가요'

셰익스피어

전부 실패

모르겠네요

「에이드리언!!」

영화 「록키」

책벌레의 하극상 [4부] 귀족원의 자칭 도서위원 VI

초판 1쇄 발행 2020년 4월 15일

저자 카즈키 미야

발행인 원종우
발행처 (주)이미지프레임

주소 (13814) 경기도 과천시 뒷골1로 6, 3층
영업부 02-3667-2653 편집부 02-3667-2654 팩스 02-3667-2655
메일 edit01@imageframe.kr 웹 vnovel.kr

ISBN 979-11-6085-977-5 04830

Honzukino Gekokujo Shisho ni naru tameni ha Syudan wo Erande Iraremasen
Dai Yon-bu kizokuin no zishou tosho iin 6
By Miya Kazuki
Copyright © 2019 by Miya Kazuki
First published in Japan in 2019 by TO BOOKS, Inc.
Korean translation rights arranged with TO BOOKS, Inc.
through Shinwon Agency Co.